山楂

艾米◎著

群言出版社
Qunyan Press

原　序

　　一直都想写点自己的故事，但知道故事的男主角不会同意，所以一直没写，像他说的一样，一个故事，只有到它完结了的时候，才好写出来。故事故事，就是故旧的事嘛，没有成为过去，怎么算得上故事呢？

　　人们写故事，写已经称为过去的事，可能是因为盖棺论定。对于一个人，只有等到他进了棺材，我们才好评论他，给他下个结论，因为进棺材之前，他是可以变的，你今天下了结论，他明天又变了，使你的结论成了空话。

　　所以写温柔的时候，就没有想到把艾米的故事写太多，潜意识里可能是不想让艾米的事成为"故事"。当然这只是开个玩笑，选择从Carol的角度写，而不从艾米的角度写，是因为Carol的家庭更有故事可写，而且她本人爱得很真诚，很辛苦，也更值得一写。她的故事是Clear cut（清清楚楚，脉络分明），爱或不爱，从什么时候开始爱，怎样爱，都是清清楚楚的，比较好写。

　　艾米的故事就比较糊里糊涂了，很多事情在彼时彼地和在此时此地有完全不同的感受和理解，一个跨越十年的故事，写起来不是显得不连贯，就是显得详略不当。

　　现在决定写，也没有画句号的意思，只要生命还在，就有希望。当然这个希望是什么，就连艾米自己也不知道了。不过艾米是个胆子大的人，行起事来不管不顾，所以什么可能都存在。

虽然是写自己的故事，但我不想用第一人称，因为我跟他一样，写自己的东西时很干巴巴无味，宁愿像写别人的故事一样来写，也许那样就能拉开一段距离来看自己，可以嘲讽，可以调侃，可以分析，可以批判，也可以省掉一些心理活动的描写。

一直没动笔写，主要是没想好一个题目。曾经想过用"飞星传恨"做题目，但又觉得其实心里没多少恨，没有仇恨，也没有怨恨，甚至没有"飞星传恨"原本所有的"遗憾"之意。

也想过用《十年生死》做题目，"十年"是挂得很紧的，但生死却不是男女主人公之间的。其实如果仔细想想，虽然男女主人公的肉体没有被生死隔开，但精神上情感上又何尝不是被生死所隔？但这题目太沉重，我肯定是要写跑题的，实在不好用"生死"这样的东西来搞笑。

又想过用"纵使相逢"做题目。真的像是冤家路窄，男女主人公在中国分开，却在美国重逢了。也许他出国是为了逃避，我出国也是为了逃避，至少逃避是动机之一。但没想到英雄英雌所见大同，两个人都选择了美国，而且都来到了C大。重逢的时候，对当初为什么躲，已经都不理解了。但相逢不等于回到从前，因为很多事情都变了。

说来说去，都是在某几首诗词里找题目。《十年生死两茫茫》一首，是他的最爱。《飞星传恨》一首，是我的最爱。爱，是因为这两首很能传达自己的心情，爱到极处，可能就造成了生活模仿艺术，不知不觉地开始live the Poems（按诗里所写来生活）了。

昨夜在梦中，梦见自己最终选择了《雾里看花》做题目。我做梦很少奇幻玄虚，很少噩梦，也很少嫁王子发大财，都是最平常的事情，跟真实的生活没有两样。尤其好笑的是，我做梦常常是真实地看到英语的句子或文章，不是乱糟糟的词语，而是很有内容的句子。有时在梦中，我进行非常符合逻辑的推理，修web programming（网络编程）课的时候，我还在梦中写小程序或者网页，醒来居然有些想法可以用上。

总而言之，我就决定用《雾里看花》做题目了，这个题目像《几个人的平凡事》一样，无所不包，怎么写都不会跑题。

最近比较忙，所以不会每日上贴，也不会按时上贴。贴在自己的博客里，比较自由，码一点，就贴一点，觉得码得不好，可能改一些，或者撤下去。

贴在自己的博客里，也是为了避免那些"冷血评论家"。有那么几个人，总像是生活的大师或者专家一样，对人没有宽容和同情，有的只是对他人情感的刻意贬低鄙薄，还打着一面"我是为你好"的旗帜，摆出一副"良药苦口"的架势。

早就烦透了。

附记：

Sam（山姆）兄建议改名为《十年忽悠》，令我眼前一亮。据说"忽悠"这词是赵本山给弄流行的，可能是"骗人"的意思，不过听上去又有折腾的意思，而且"忽悠"本身又有晃荡的意思。一词多义，每个词义都跟故事挂得上钩，决定改名为《十年忽悠》。

有道是：群众的眼睛是"刷"亮的。谢Sam兄。

1

　　艾米从中国飞到美国的过程，实在是没有什么好写的，一是她没有看到什么令她触景生情的影片；二是她一路昏睡，几乎没有清醒到能回忆从前的地步，至少是没有清醒到能回忆出几万字几十万字的地步。可能是上飞机之前的那几天，她兴奋过度没睡好，所以上了飞机就开始猛睡。

　　即使是没睡着的时候，她也是脑子空空如也，所以这一趟国际飞行，对她来说，就像中国巨龙一样，"昏睡百年"，到了底特律，才"国人渐已醒"，不由得套了一下那个谁的名言：

　　那个谁说："一觉醒来，我发现自己成了名人。"

　　艾米篡改为："一觉醒来，我发现自己到了美国。"

　　(读书人，窃个名句，不算偷，更何况还篡改过了，好歹也加入了自己的心血，至少是拥有联合版权了。)

　　接机的当然不是Jason（杰森），如果是，故事就不是这个写法了。而且对五六年前刚从中国到美国来的艾米来说，Jason这个名字毫无特殊意义，因为她所认识的那个男孩，英文名并不叫Jason，而是叫Allan（艾伦），中文名当然不叫江成，而是叫成钢。Jason和江成都是他后来才用的名字，可能是为了逃避认识他的人，或者是表一下与过去划清界限、脱胎换骨、重新做人的决心。

　　(不管是什么原因，在艾米看来，都是该打PP的。)

艾米那时老是说："艾米艾伦，亲如家人，你是不是我的亲哥哥？"

Allan就龇牙咧嘴："你说得我汗毛立正，细胞跳舞，亏你——"

艾米从来不叫他成钢，却叫他"百炼"；不叫他Allan，却叫他"Poe（坡；艾伦-坡，美国诗人，小说家）"。这只是她比较持之以恒的两个称呼，大多数时候，她几乎过两天就会想出一个新的词来称呼他，而他也早就习惯于她的瞬息万变、有始无终了。不管她叫他什么，他都是扬一扬眉毛，表示知道那是在叫他。

刚到美国的时候，艾米还不知道Allan就在她将要去的C大。她已经很久没有他的消息了，也很久没有费劲去打听他的消息了。俗话说，"哀莫大于心死"，但艾米不舍得让自己的心死掉，所以就安慰自己说："只当他已经死了。"

不过她也就是"只当"一下。她知道他肯定没死，他应该是在国内什么地方。全国所有的省、自治州、直辖市，他都有可能去，就是不可能在国外，因为他是学比较文学的，而在中国，很多搞比较文学的是隶属于中文系的，中文系的人出国？有当然是有，不过通常是换了专业，不然的话，万里迢迢跑到美国来学中文或者中国文学，总给人一种滑稽的感觉。

Allan跟着艾米的爸爸做研究生时，搞的是诗学研究，但你不要以为他是个诗人，像他自己说的那样，他不仅算不上"诗人"，连"散文人"都算不上，最多最多，算个"杂文人"。

所谓"诗学"(Poetics)，其实是文学理论的意思，也就是说，他是对中西方文学理论做比较研究的。他说他跟作家和作品的距离，用"隔靴搔痒"都还嫌太近了，应该是在靴子外面包一层皮子之后再搔。因为搞文学评论的人对别人呕心沥血炮制出来的文学作品指手画脚，而搞文学理论比较研究的人，则对文学评论家呕心沥血折腾出来的文学评论指手画脚。那么谁对搞文学理论比较研究的人指手画脚呢？

艾米说："当然是他们的女朋友或者老婆，所以说她们才是文学作品的终极审判者。"

不喜欢对人指手画脚，是Allan弃文从商的原因之一。他比较爱说的话就是：自己写不出漂亮的文学作品，也就罢了，还要指指戳戳地评价别人的心血？过分了点。而做文学理论比较研究的，竟然是指指戳戳别人的指指戳戳，那就太过分了。是可忍，孰不可忍。

私下里，Allan常问艾米，如果这世界上从来就没有什么文学评论，是不是中国文化就不存在了？一部《红楼梦》，如果没有人评价，究竟会发生什么？

这样的问题，艾米答不上来，不过那时候的艾米，年少气盛，从来不承认世界上有自己答不上来的问题，所以总是很有理地说："如果《红楼梦》没人评价，那些红学家靠什么谋生？如果没有文学评论，那我爸爸靠什么赚钱养家？"

Allan便会笑着说："记下这句，以后编撰《艾米格言》的时候用得上。"

所以艾米认为Allan是死硬爱国派，打死也不会出国的。他父母移民去加拿大后，也一直劝他去加拿大，办探亲移民也好，办技术移民也好，总之是跟父母待在一起就好。但Allan不以为然，他说："我一个学英语、学文学的，到加拿大那种地方去干什么？去教加拿大人怎么说他们的母语？还是去教他们中国文学？"

这种爱国的态度是好的，艾米当时也是很赞成的，因为她不想他去加拿大，怕他一去，自己就再也见不到他了，所以每每对他的这种想法大加鼓励，看到一个中国移民在加拿大混得不好的故事，就拿来添油加醋地讲给他听。他起先是一本正经地听，听多了，就笑她："艾米，你不用跟我搞爱国主义教育了，我不会跑那地方去的。只怕有朝一日，你改变了主意，自己跑出国去了。"

一语成谶，现在真的是她自己跑出国来了。

艾米想，我跟Allan的情况不同呀，我是学英美文学的，我不出国，谁出国？在国内拿个英美文学的博士学位，谁把你当回事？不管怎么说，你的英语也是跟着中国老师学出来的。

她记得他们系有个不成文的规定，就是中国老师什么都可以教，就是不可以教英语口语，因为系里信不过你的口语。英语系的口语课都是请外教教的。有一次，那所谓的外教，其实并不是英语的native speaker（以某种语言为母语的人），而是比利时人，只不过嫁了一个美国人，当丈夫来B大政治系教书的时候，妻子也就到英语系教口语，好像只要是在美国待过几年的都可以教英语口语一样。

既然是学人家的语言文学，就干脆跑到别人的大本营去学。艾米到美国混个博士学位的决心是早就有了，但也是像她所有的决心一样，想的时候是很慷慨激昂的，等到要干的时候，就怕苦怕死，怕累怕输，怕这怕那，所以迟迟按兵未动。后来是一个偶然的机会，使她居然把留学美国的事搞成了。

2

艾米出国居然是跟哈佛燕京有关的。艾米有极为严重的"哈佛情结"，严重到只要是沾个"哈"字的，她都格外上心，像什么"哈尔滨"啊，"哈萨克"呀，等等，都能引起她的极大兴趣。据说Allan有N分之一的哈萨克血统，这可能也是艾米爱他的一个原因。

不过艾米是个典型的君子，因为君子是"动口不动手"的。你说你既然有这么严重的"哈佛情结"，那你就努力啊，不是说世上无难事，只怕有心人吗？

艾米就恰好是个"有心人"，也就是说她只有心，没有行。她上哈佛的决心是有的，但她不想费力去行动去争取。她把自己的不成功归咎于"只怕有心人"这句话。如果古人不是这样说的，如果古人说的是"只怕有行人"，那她就肯定会行动起来了。现在既然古人都说"只怕有心人"，她光有心没有行也不能怪她了。古人的古人说了：不听古人言，吃亏在眼前。

所以艾米有两个百用不厌的词，一个是"说说而已"，另一个就是"以后再说吧"。她父亲问她："你一直说想去哈佛念书，为什么总没见你着手准备呢？"她就回答说："去哈佛念书？说说而已啦。"如果父亲再追问一句："不去哈佛，别的学校也行啊。"那她就懒洋洋地回答说："以后再说吧。"

你可以试一下这两个词，只要你说得真心诚意，说得百无廉耻，包管可以应付各种追问。艾米在原创不怎么用"说说而已"，盖因坛子里有过一个大名鼎鼎的"说说"，她怕一用这词，别人就以为是说"没什么大不了的，不过是与子成说罢了"。

艾米会成为一个出国的"有行人"，而不仅仅是一个"有心人"，主要是因为系里突然来了一个留学哈佛燕京的机会，说是什么"庚子赔款"的钱，拿来赞助国内学人的。艾米搞不清什么根子赔款，叶子赔款，她感兴趣的是"哈佛"这两个字，强烈地刺激了她的"哈佛情结"。

当时艾米正在R大教英语，而她之所以会进R大教英语，应该说跟Allan有关，虽然Allan并不在R大。

回首往事，艾米发现自己的生活基本上可以分为PRE-Allan（艾伦前）和post-Allan（艾伦后）两个时期。post-Allan时期，是从Allan离开J市到深圳去工作的时候开始的。那个清晨，当出租车来载Allan去火车站的时候，艾米赖在自己房间里，没有送他下楼去。他临走前，来到她的卧室，跟她说再见，说保重，说take care（保重）。她也鹦鹉学舌地说了那几句话，然后他在她门边站了一会，就下楼去了。

她已经不生他的气了，但她不想跑到楼下去，在众人面前表现自己的不舍。她甚至觉得自己已经没有不舍了，她想通了，或者是被爸爸一通大道理讲通了，或者是被妈妈一通妖言迷通了。不管是什么原因，总之是"通"了。通则不痛，既然通了，就没有什么分离的痛苦了。

爸爸说："你不要把他当成你的洋娃娃，带在身边，想玩的时候就拿出来玩一下。他是个人，一个男人，一个大人，他有他自己的工作和事业。如果他想到南方去工作，你为什么不让他去呢？"

"那我做他的洋娃娃行不行呢？"艾米对父亲的大道理从来就是不屑一顾的，她知道对付大道理的最好的办法就是横扯，

"我跟他到深圳去，让他把我带在身边，他想玩的时候就拿出来玩一下，不好吗？"

父亲可能是把这个"玩"字想歪了，断喝一声："女孩子，不要瞎说八道！"

如果说爸爸是义正词严但收效甚微一类的演说家，那么妈妈就是妖言惑众类的。妈妈说话，总像是漫不经心，又像是无的放矢，好像是在说不相关的什么人，或者是在说妈妈她自己，但妈妈说的话，却像海妖的歌声一样，穿过夜空，轻轻向你飞来，不知不觉之中就把你魅惑了。

妈妈说："男人的通病就是一鸟在手，不如另一鸟在林。紧追着他的，他就不当回事；他追不到手的，他才挖空心思去追。"

妈妈说话常常是泛指，不知道是为了达到放之四海而皆准的效果，还是为了推卸责任，但认真的听众就会以为是在特指他，所以这样的话题，多半是被爸爸捡起，纠缠住妈妈，与她探讨"你究竟在说谁"的问题去了。

"你这是说谁呢，你？听你这意思，是说我不够珍惜你了？"爸爸气呼呼地说，"还是说你当初对我就是使的欲擒故纵大法？"

艾米就在心中嘿嘿地暗笑，不管他们谁胜谁负了。她知道他们接下去会回忆他们自己的往事，唇枪舌剑地探讨当初究竟是谁追谁。然后文斗不解决问题，就上床武斗去了。如果依她"文化大革命"的脾气，她就要擂他们的门，吆喝"要文斗，不要武斗"。但她现在是不会那样损了，因为她也算是个"过来人"了，知道正在兴头上的人，被外人这样一吓，肯定是兴味全消，不知在心里怎么咒骂那个打岔的人呢。严重的，落下个病根都未可知。

她觉得妈妈说的有道理，看来我要做个Allan追不到的人，这样他才会挖空心思地来追我。早知这样，当初就不该傻乎乎地先对他示爱了。也许他现在这么坚决地走，就是因为他得到的太容易了。

悔之莫及！不知道从现在起开始欲擒故纵，还来不来得及？但这样想，至少自己思想上比较好过一点：你以为是你自己要走的吗？别自己恭喜自己了，是我在纵你呢。

艾米就躲在窗帘后面看着Allan坐进出租车，看着出租车开走了。那车是一溜烟地开走的，肯定是个搞笑版不懂诗意的司机，不知道此刻应该开慢一点，要"渐行渐远，渐行渐远"……

有些事件，其现实意义往往不如历史意义重大深远。事件发生的时候，你体会不到什么，但事件发生后的漫长日子里，事件的影响才慢慢显示出来。

Allan的走，对艾米来说，就是这样一个事件。看着他在楼下对着她卧室的那扇窗挥挥手，然后钻进出租车的时候，她并没有什么刻骨铭心的痛苦，感觉跟他去个短差一样，过几天就会回来的。但那个场景，会那么久，那么经常地出现在她眼前，使她一次比一次深地体会"永诀"这个词，却是在那个场景过去之后很久才开始的。

Pre-Allan和post-Allan这两个时期的区别，就在于一切的一切，是否跟Allan相关。在她漫长的post-Allan时期里，她作的每一个决定，几乎都是与Allan有关的。毕业后，她本来是想南下的，因为Allan去了南面，南面对她就有了特殊的意义，但她父母死活不同意。

爸爸说："一个女孩子家，还是待在大学比较好。到南面去干什么？进公司？做花瓶？你一个学英语的，难道还能当上公司总裁？充其量也就是做做office（办公室）小姐，做到老，也没有什么出息。"

妈妈呢，就东扯西拉，从office小姐一下子扯到office先生上去了："其实当初Allan选择进公司，我就知道是长不了的。他学英语学文学的，那家公司录用他，也是用他的外语知识。他不是个庸庸碌碌的人，肯定不会甘心一辈子做人家的助手和翻译，估计他现在也该离开那家公司，进大学教书去了。"

艾米迫不及待地问："那他会进哪个大学呢？"

"那谁知道？不过还有哪个城市比J市更大学林立、更重点大学比比皆是呢？"

于是艾米就满怀希望地进了位于J市的R大。

3

艾米原以为在R大教英语会是个很浪漫的勾当，你想想，可以成天put on（放上，穿上）一张《感伤旅程》的脸，带着《傲慢与偏见》，与学生讨论《呼啸山庄》之呼啸，《咆哮山庄》之咆哮，或者意味深长地询问：For whom the belltolls（海明威名著：《丧钟为谁而鸣》）？或者富有哲理地追问：To be or not to be（莎士比亚名句：生存还是毁灭）？再不济也可以对白瑞德的小胡子发表一点高见，在课堂上放放《与狼共舞》的英文版小电影，再教学生唱唱"Do-ray-me（《音乐之声》插曲"哆来咪"）"。

教英语不就是图这一份浪漫吗？穷虽然穷一点，但浪漫还是应该有的，而且浪漫从骨子里讲，不就应该是穷的吗？

艾米没有想到，当今中国大学里的英文系，已经将浪漫彻底摈弃了。可能也不是有意摈弃浪漫，主要是为了摈弃"穷"，恨屋及乌，一不小心连浪漫也摈弃了。

所以艾米的教书生涯跟"浪漫"二字可以说是风马牛不相及。说到"风马牛不相及"，有必要声明一下，艾米在用这个词的时候，绝对没有想到"风"在这个词里的原意，which means（即）？"动物发情"。马发起情来，跟牛有什么相关？难道一头发情的公马会跑去找一头母牛吗？当然不会。于是乎，就有了"风马牛不相及"一说。

艾米有个毛病，就是常常纠缠于某个词的某个字，寻根究底地追溯词源，旁敲侧击地探讨引申义，而忘了这个词的完整意思或者现代意思。这个毛病，可以说是她的职业病，因为艾米一开始就被分配教"精读"，所谓"精读"，就是拿一篇课文来，不管这篇课文讲的是什么，只揪出里面的一些词，讲那些词的祖宗三代，旁亲血亲，工作职位，社会地位，等等。

那些要讲的东西，往往是艾米自己读书时没有心思搞懂的东西，比如though（虽然）与although（"虽然"的另一种说法）的区别呀，agree on（同意）与agree upon（"同意"的另一种说法）的区别呀，等等。现在为了教书，不得不深钻牛角尖，那真是要多痛苦有多痛苦。

除了教英文系的学生，艾米还要教一些七七八八、各种各样的班。系里办了不知道有多少个班，有成人自学考试辅导班，外贸英语速成班，GRE强化班，托福听力班，出国干部填鸭班，高考应试秘诀班，少儿英语入门班，幼儿英语启蒙班，护士英语温柔班，海员英语浪荡班……

在此就不一一列举了，有些可能会涉及版权问题。那么多的班，要想给每一个班都命一个贴切而又具有广告意义的名，没有一点想象力是办不到的。而有想象力的人，自然也会想到用版权来保护自己的想象力，不然还称得上有想象力吗？

系里所有老师都被要求到这些班教课，不管你需不需要每节课几十元的津贴，因为这关系到整个系的创收问题。有些老师教的班实在太多了，多到自己也搞不清这节课是在教哪个班了，只好把什么都带着，进了教室再问："你们是哪个班的？"

学生一般比老师清醒，多半都会说出个一二三来，说我们是某某班的。老师便狡黠地一笑，说我当然知道你们是某某班，我教书的，难道还不知道自己的学生是哪个班的吗？我是看看你们今天睡没睡醒呢。

但有时候，学生也是同时上好几个班的，所以也被老师问糊涂了，最后是老师唾沫横飞地讲了半天外贸英语，下课后师生在一起抽根告别烟的时候，双方才发现那节课实际上应该是GRE英语。老师想，我说怎么今天几个刺儿头都不提问了呢。学生想，一场虚惊，刚才还以为GRE改了题型。

"创收"这两个字，是艾米系里开会时提得最多的词，每星期一次的例会，从头到尾都是在探讨如何创收。系主任的口头禅和开场白就是：

"大家再想想，看看我们还可以办些什么班创收？这是关系到每个人切身利益的大事啊！这也是关系到我们英文系生死存亡的大事啊！如果创不了收，我们系靠什么留住大家？大家又靠什么留住自己的家人？"

艾米觉得系主任这个论述中有巨大的毛病，但她不能pinpoint（查明，指认），听上去就好像是在说现在所有的人际关系家庭关系都是靠金钱在维持的，如果你没钱了，你的家人就要离你而去了。真的是这样的吗？中华民族真的到了这么危险的时候了吗？好像不至于吧？

不过艾米跟钱也没有仇，她也知道钱的好处，她还知道工资单上的那点工资早就是虚晃一枪了，谁把那钱当回事呀？不都是靠"额外"的，"灰色"的乃至"黑色"的收入吗？

副系主任有点玩世不恭，总是愁眉苦脸地说："大家行行好，出主意想办法呀。我是黔驴技穷了，除了开妓院，我再想不出什么别的办法了。"

书记对副系主任这张贫嘴很不感冒，但目前幽默感也被当成一个干部的才华之一了，不好发作，只好轻描淡写地说："老张啊，光发牢骚说怪话还是不能解决问题的……"

艾米看书记那个架势，知道他心里有多窝火，如果依着书记1957年的脾气，肯定把副系主任打成右派了，再不济也要判他一个"作风不正派"。

艾米参加系里的会议，从来都是晕晕乎乎的，只知道系领导讲来讲去就是"创收，创收""办班，办班"，她也懒得管究竟怎样创收，办什么班。她对这些班的态度是能不教就不教。既然进了大学教书，就做好了当一个穷光蛋的准备，年终分不分红，分多少红，就懒得操心了，免得操白了青年头。

　　不过有一次开会，系里居然没有把所有时间都花在讨论"创收"上，而是谈到了"哈佛燕京"，说哈佛燕京给了我们系一个名额，这次我们搞得透明一点，自由竞争，适者留学，凡是三十五岁以下的都可以报名，我们一星期后进行一个考试，考阅读，翻译，写作，听说和文学，本系教授阅卷，考生名字密封。谁考上了谁去。

　　一听到"哈佛燕京"几个字，艾米就来了精神。是不是应该参一个加？竞一个争？凭考试，那好呀。老话说，是骡子是马，拉出来遛遛。看来现在应该自己把自己拉出去，自遛一把了。不过这个老话她一直没弄明白，为什么遛一遛就知道是骡子是马了呢？听说骡子是不会生育的，莫非拉出来遛的时候，就是为了让人看看它们的那个地方？（又扯远了！）

　　系里年轻老师都说："百年不遇，百年不遇啊！"不是说有个哈佛燕京的名额是百年不遇，而是说系里能搞得如此透明是百年不遇，因为以前有了什么名额，常常是推荐或者论资排辈，悄没声息地就搞定了，像艾米这样的小字号而又不是系主任的媳妇或者R大出版社社长女儿的，肯定是排不上的，所以这次艾米决定enjoy（享受）一下系里的透明，遂跑去报了一个名。

　　报了名，她又有一点担心，万一我不幸考上了，那可如何是好？如果Allan什么时候想起要来找我，而我却去了哈佛燕京，那不是关山阻隔了吗？而且像他那样死要面子的人，他没有哈佛读书的经历而我却有，他会不会就因此放弃了我呢？也许我最好保持清白，不要染上哈佛这个污点？

　　但她又想，还没考呢，八字还没一撇呢，谁知道自己去不去得了？至于这么早就开始担心吗？大不了考上了不去，那该多荣耀！考上哈佛燕京，固然光彩；考上了不去，岂不是更光彩？

　　况且Allan曾经答应过她，绝不在她结婚之前结婚，绝不在她有男朋友之前有女朋友。当然这个誓言是她逼着他起的，但他毕竟是起了这个誓的，她相信，只要是他答应了的事，他一定会办到的。

4

在要考的五个项目中，艾米的强项是阅读、翻译和听说。

阅读是强项，盖因英文阅读题早就multiple choice（多项选择）化了。艾米对发明multiple choice（多项选择）题型的人感激涕零，一定是个跟她一样办事潦草、粗枝大叶的人发明的。你想想看，几个答案都为你写出来了，你只打个圈，还有什么比打圈更容易的事？连阿Q都会打圈呢。如果你叫艾米写出文章中心来，她极有可能写成一个偏心，而且保不住会写错拼错好几个词，但是如果你叫她选一个别人写好了的答案，她就算不懂，也能蒙个八九不离十。

以前读书的时候，同寝室的人总说她运气好，因为有些题，四个选项，大家都是一个也不认识，都是蒙的，但艾米就往往蒙对了，而别的人则蒙错了。同寝室王欣总是说艾米有"吃狗屎的运气"，这在王欣的家乡话中，就是运气大得匪夷所思的意思。

翻译是她的强项，可能得益于她的父母一个搞英语，一个搞汉语。妈妈是从艾米很小的时候起，就给她灌输英语的。不光给她起了个不中不西的名字，还尽力跟她说英语，而且家里贴满了英语单词，桌子上是"table（桌子）"，窗子上是"window（窗子）"，进门的那一面贴着"come（进来）"，出门的那面贴着"go（出去）"。

艾米小时候也挺喜欢这种贴字条的学习方法，经常写个歪歪倒倒的"Dad（爸爸）"，贴在爸爸背上，搞得爸爸有时上课都背着一个"Dad"在那里高谈阔论，被学生发现，狂笑不已。有次，艾米大惊失色地跑去向妈妈汇报，说Dad掉楼下去了，把妈妈吓个半死，结果发现只是一张写有"Dad"的字条从阳台上飞到外面的地上去了。

艾米的爸爸则对她猛灌汉语，他每天都要艾米背古文古诗，要临帖练书法，还要记日记，且每天都要检查艾米在日记里写了些什么，这还叫日记吗？不如叫社论好了。于是艾米从小就写两套日记，一套是供父亲检查的"革命日记"，另一套才是诉说心里话的"反革命日记"。幸好妈妈没叫她写英文日记，不然她每天得写四套日记了。

她由自己的经历推而广之，于是万分同情那些口是心非，阳奉阴违，当面说得好听，背后又在捣鬼的人。一个人说两套话，她容易吗她？还不都是听众逼出来的？如果听众全都是人，我就只说人话；如果听众全都是鬼，我就只说鬼话。结果听众有的是人，有的是鬼，有时是人，有时是鬼，我就只好见人说人话，见鬼说鬼话。

经常的情况是，在革命日记里她磕磕绊绊地写道："我爱我的爸爸，以及爱我的妈妈……"如果写得太通顺，爸爸就要把明天的要求提高了。

而在反革命日记里则字正腔圆地写道："世界上还有没有比我更悲惨的女孩？我受的折磨不仅是双重的，而且是bilingual（双语）的！连纳粹统治下的Aanne Frand（安·佛兰克，因日记记录了她在二战期间躲藏在德国占领下的荷兰的生活而著名）都可以只写一套日记，而我却不得不写两套日记。黑暗啊！悲惨啊！什么世道！"

不过bilingual（双语）的折磨使她日后做起翻译来比一般年轻人老到一些，她就不再记恨她的父母了，那些革命的、反革命的日记都不知道整哪去了。

她的听说能力还不错，是因为Allan曾经做了她一段时间的英语家教，详情将在下几集描述，此处略过。

写作呢，就看阅卷的人什么口味了，喜欢的就说她文风神出鬼没，天马行空，写得飞沙走石；不喜欢的就说她东扯西拉，胡言乱语，动辄擅离职守，所以她对写作没把握。

文学也一样，如果是泛而浅的问题，那你就算问到她老家去了，天上地下，古今中外，她都知道一些，全都是皮毛知识，似是而非。如果你问的是深刻的问题，她也能胡诌几句，做写貌似深刻的评价。但真深刻的阅卷人，就看得出那不是深刻而是故弄玄虚；假深刻的阅卷人，干脆就读不懂，肯定不会给高分。

昏天黑地复习了一个星期，又昏天黑地考了五次，再战战兢兢地等了几天，终于有了结果：本系有四位老师被初选上了，要到N市与哈佛燕京来的哈罗德教授面谈。搞了半天，考过了还只是万里长征迈开了第一步。怎么当初说得好像是在系里一考过就能去哈佛燕京了一样？

接下来系里又通知，在等候面谈结果的时候，请大家抓紧时间把GRE，托福考了。几个候选人都傻了眼，闹半天还是要考GRE，托福的呀？那这跟自己办留学有什么两样？有两个当时就宣布："退出退出，搞什么鬼，调戏我们？早说要考GRE、托福，谁还去费那个劲？"

艾米想，已经被调戏到这个地步了，退出去也是被调戏了，不退出去还是被调戏了，如果不考，别人还以为我不敢考呢。所以她雀跃地报了名，赶在规定时间之前把GRE、托福都考了。再接下去就是找人写推荐信，办成绩单，等等，弄好了，交给系里统一寄到哈佛燕京去了。

越明年，学校几乎每天都能听到谁谁谁收到拒绝信了，原来那一个名额，根本不是给了英文系的，而是给了学校很多个文科院系的，难怪系里搞那么透明，原来透明是因为稀薄，这么稀薄的希望，再在多个院系之间抻一抻，当然很透明了。

当95%的人都收到了拒绝信的时候，艾米还没收到拒绝信，不光别人认为她有希望了，连她自己都开始相信自己有希望了。

突然有一天，同系另一个候选人刘芳沮丧地对艾米说："不行了，我没被录取，因为M大要GRE subject（美国研究生入学专业考试）成绩，而我没有。"

艾米就不懂了："你怎么知道M大要GRE subject成绩？而且你怎么扯到M大去了，不是哈佛燕京吗？"

刘芳说："哈佛燕京只是出钱的地方，你还得有学校录取你才拿得到他们的钱呀。"

艾米愣了，有这种事？怎么早没人告诉我？但刘芳说系里发的小册子上写着的。她跑回家，翻箱倒柜地找出那个小册子，果不其然，上面写得明明白白，是Harvard Yenching Institute（哈佛燕京学院）的一个Fellowship Program（奖学金项目），叫Doctoral Scholars Program（博士奖学金项目），给予那些被美国大学录取的博士生三年半的资助。她恍然大悟，原来是这样，难怪我一直没被拒绝，敢情我根本没追求啊？

父亲知道后，气得不知说什么好："你呀，你这个粗枝大叶的毛病迟早毁了你。"听上去好像是说现在还没毁掉一样。

妈妈指着爸爸说，"还不都是踏你的代？你就是这么个粗枝大叶的人，你跟我谈恋爱的时候，十回有九回把约会的时间地点搞错……"然后爸爸妈妈又文斗武斗去了。

说实话，艾米倒不怎么伤心，全校那么多文科院系，就这么一个名额，就是录取了，都未必拿得到这笔钱，还不如像我这样，连申请都没申请，何谈录取不录取？这就像爱上了一个人，但没有去追他，固然是得不到他，但也没有被拒绝的风险，可以自负地说，你得意个什么？我根本不追你，管你接受不接受？

无所求，就无所惧；无所谓追求，就无所谓被拒。

好心人都劝艾米办自费，说你GRE也考了，托福也考了，何不试试自费留学呢？艾米想想也是，就办自费吧。

艾米在别的问题上，用钱都是大手大脚的，唯独在与学习有关的事情上，就非常小气，小气到吝啬的地步。复习GRE的时候，她舍不得花钱去读新东方的那些班。报名的时候，她舍不得花钱报太多的学校，只选了五所大学，美国三所，加拿大两所。

可能真是有"吃狗屎的运气"，撒出去的种子居然有发芽开花的，艾米拿到了三个录取通知书，一个给了全额奖学金，一个免了学费，另一个，也是她比较心仪的一个，什么也没给。

看来这出国留学跟找对象差不多，你喜欢的，他不够喜欢你；喜欢你的，你不太瞧得起。人就是在这些矛盾中求统一求完美，最终大多是"不得已而求其次"。

本着读书能不花钱就不花钱，能少花钱就少花钱的原则，艾米决定到那个给了她全额奖学金的C大去读书。她在地图上找到了那个小小的城市，用红笔打了一个圈，心想，豁出去了，就到这个巴掌大的城市去待个几年，洋插队一把，尽快混个学位就回来。她研究了一下C大英文系的博士Program（项目），估计如果抓得死紧的话，五年左右能拿到博士学位。

她想，五年就五年，到那时，我已经二十八岁了，可以理直气壮地找到Allan，对他说："现在我长大了，成熟了，知道什么是爱情了，让我们重新开始吧！"

5

在B城机场接艾米的是C大英文系硕果仅存的三个中国人之一，叫柳子修，从这个名字你就可以嗅出一股港台味道。柳子修是个台湾女孩，个子小小的，皮肤黑黑的，讲一口典型的台湾"国语"，就是说话时舌尖很靠近门齿的那种，而不是舌头几乎卷到喉咙里去了的那种。

从艾米把子修称做"中国人"这一点，我们可以看出艾米是很爱国的，从骨子里就是把台湾看作我们祖国领土神圣不可侵犯的一部分的。

艾米属于那种remote（遥举例）爱国派，又叫"庐山"爱国派，就是人在国内的时候，免不了就骂骂咧咧地抨击中国的这，针砭中国的那，横挑鼻子竖挑眼，大到人民代表大会，小到街头的公共厕所，没有一条入得了她的眼。但一到了国外，就爱起国来了，听不得别人说中国半个不字，动辄就拍板而起，指指戳戳地责问：你说中国腐败，你们国家不腐败？你们的那些官员不照样贪污腐化？

所以当子修问艾米会不会说"mandarin（国语）"的时候，艾米就长篇累牍地跟子修解释，说"mandarin"就是"满大人"的音译，我讲的是"普通话"，而不是"满大人"的话。你讲的也不能说是"国语"，因为台湾不是一个国家，你讲的话也不是台湾固有的，而是从大陆带过去的。

子修很随和地说："你说是什么话就是什么话喽，只要能沟通就行了。"

子修说话软绵绵的，艾米觉得自己是一拳砸在了棉花包上，不好意思再砸了。

子修一路上都在说话，她说如果她不说话，就会打瞌睡的，打着瞌睡开车的事，她也干过，不过现在车上还有另一条身家性命，就不敢太冒险了。

子修说她爸爸是从大陆去台湾的，在大陆就有老婆孩子，但他1949年跟着国民党去台湾的时候，没能把乡下的老婆孩子也带上，所以孤零零地一个人去了台湾。他以为今生是无缘跟大陆的老婆团聚的了，就在台湾娶了一个土著姑娘，生了三个女儿，子修是最小的一个。

哪里知道中国开放以后，子修的爸爸有了回大陆探亲的机会，他去台湾这么多年，又已经有了新的老婆新的家庭，却仍然没能忘记自己留在大陆的老婆孩子。他背着子修的妈妈打听到了大陆老婆孩子的下落，他们仍然住在老家的村子里，他大陆的老婆一直没有再婚，一个人带大了几个孩子。

于是子修的爸爸千里迢迢，回到大陆来探亲。子修的妈妈当然是不太高兴的，但也没办法，只好跟着她爸爸到大陆来。一个丈夫，两个妻子见了面，个中几多欢喜几多愁，就只有当事人知道了。

艾米知道，最近这些年，这样的故事不知道发生过多少次了，有什么可说的？历史造成的，责怪谁都没有用。可能最终都是那个做丈夫的，给了大陆元配一笔钱，然后跟自己在台湾娶的老婆回到台湾去了。用很时髦的话说，就叫把两边都摆平了。

艾米想象子修父亲留在中国的那个老婆，可能经过了这些年，早已磨炼得刀枪不入，心如止水了。那个曾经是她丈夫的人，在她生活中已经不再重要了。她得了那笔钱，可能会欢天喜地分给几个孩子，感谢命运把这笔意外之财带到了她面前。但那个台湾的老婆，可能会从此感到自己和丈夫之间插进了一个人，两个人免不了会疙疙瘩瘩。那个做丈夫的呢？会不会从此就一颗心被劈成了两半，既牵挂大陆的老婆孩子，又牵挂台湾的老婆孩子？也许他的心一直就是两半的？

她很同情子修的妈妈，你想想，突然一下，就冒出个大奶来了，子修的妈妈该多难过。

生活就是这样，有些事，有些人，不是你自己想牵扯进自己的生活里来的，而是生活强加于你的，不论你理解不理解，欢迎不欢迎，你都必须面对这些人，这些事。很多时候，你逃避这些人和事，你得到的是痛苦，你面对这些人和事，你得到的还是痛苦。你唯一的想法就是：为什么生活要把这些人和事强加到我头上？如果没有那个人，如果没有那件事，那该多好啊！

艾米想到自己的生活中也有那么一个人，那么一件事，像一道分水岭一样，把她的生活分成两半。在那个人那件事之前，一切都是美好的、单纯的、清清楚楚的。而在那个人那件事之后，一切都变得那么难以解释、难以理解、难以handle了。

"那个人"当然不是Allan，但没有Allan，她的生活中也就不会有"那个人"。

她还记得第一次见到Allan的情景。那时她还在读高中，而他已经考上了她父亲的研究生了。她第一次见到他，是因为他来给她父亲送一份他帮忙翻译的俄语诗歌的，因为他发现了艾米父亲写的一篇文章中引用的一个段落有误，原文是俄语的，刚好Allan读过那首诗的原文，记得原意不是那样的，应该是翻译时出的差错，而艾米的父亲是根据译文来写自己的评论的。所以当Allan说那段话原文好像不是那个意思的时候，艾米的父亲就叫Allan把原文和正确的译文都找来给他看一下。Allan找到了原文，没找到正确的译文，就自己翻译了，准备那天跟艾老师讨论一下。

艾米的父亲那天因事耽搁了，没有在约好的时间赶回来，Allan到艾老师家来的时候，艾米刚好也从学校放学回来。她看见一个高个子的年轻人站在四楼她家门前。

她看到他的背影，就觉得他很帅。她故意往五楼方向走了几步，这样就可以看见他的正面了，他的确很帅，使她一下子想起奶奶的话：这孩子看着"舒服"。

奶奶对俊男靓女的评价有三个级别：生得"干净"，长得"顺眼"，看着"舒服"。以前艾米一直觉得奶奶这样说，是因为奶奶词汇量有限。但今天看见这个站在她门前的男孩，她就很佩服奶奶这几个词用得好了，别的词，像什么"帅"，"英俊"，"文质彬彬"，"英气勃勃"之类，都不能形容他给她的感觉。

生得"干净"，也就是没有倒胃口的地方，对得起观众。长得"顺眼"，则是符合你这个特定审美者的审美观了，一切都跟你希望期待的一样。看着"舒服"，那就不仅作用于你的眼，也作用于你整个身心了，赏心悦目，给你一种通体舒服的感觉。

爸爸妈妈带的研究生，她见过不少，但她没见过这么"舒服"的研究生，所以她一直觉得一个人读到研究生的地步，肯定是长得"不舒服"的。要么是长得"不舒服"的人才会毫无干扰地读到研究生，要么就是读书读多了，把长相读得"不舒服"了，所以她已经立志只读到本科了。但这个研究生不一样，他是一个看着很"舒服"的研究生。她一下子就被他吸引了，决计要把他拖在那里多讲几句。

没人开门，她知道家里一定是没人。他转过身，可能准备离去了，她在他身后叫他："你找艾老师还是秦老师？"

他站住了，回过头："你放学了？你家里没人。"

她走到他跟前，逗他："我家里没人？你知道我家在哪里？我家在五楼呢。你没看见我刚从五楼下来？"

他笑了笑，说："你是艾米吧？小孩子，骗人不好。"

"大人骗人就好了？"

"真的是伶牙俐齿啊，说不过你，认输。"他开心地笑着，把手里的纸卷递给她，"你把这个交给你爸爸，他要的。"

她不肯接，想跟他多待一会。"我不认识我爸爸，还是你自己交给他吧。"

"你把这交给他，也可以趁机认识一下你爸爸。"他说着，把纸卷塞到她手里，准备下楼去。

她站在楼梯口的中间，伸开两臂，使他没法下楼梯而不碰到她。他只好站住，笑着问："怎么？占山为王，要收买路钱？"他摸了一下口袋，"要钱没有，要命有一条。"

"本大王不收买路钱，不取你性命，只抢你做压寨夫人。"

"今天遇到女魔头了。"他脸红了，嘴巴倒仍然很硬，"还没过招呢，谁胜谁负还未可知——艾米，有人上来了，快让别人过吧——"

艾米以为真有人上来，赶快闪到一边，他乘势从她身边走过，下到楼梯上。他一边下楼梯一边呵呵笑着说："真正是山大王，有勇无谋啊！"

她在他身后喊："嗨，你叫什么名字？我待会好告诉我爸爸。"

"成钢。"

"百炼成钢？你有没有英语名字？"

"Allan。"

"AllanPoe？"

她听到他在笑，她很喜欢听他的笑声。

6

令艾米开心的是，过了一会，Allan就跟着她爸爸妈妈一起上楼来了，因为他在楼房外面正好碰见了他们。艾米看见他坐在客厅的沙发上，就走上前去，打趣他说："刚才叫你留下来陪本大王，你不肯，现在还不是乖乖地回来了？敬酒不吃吃罚酒——"

爸爸在卧室换衣服，听到了，就呵斥她："艾米，不要跟谁都是乱开玩笑。"然后走到客厅对Allan说："成钢，你不要介意，这丫头从小惯坏了。我们到书房去吧。"

Allan站起身往书房走，笑着说："艾米辩功高强，我说不过她，甘拜下风。"

妈妈在厨房做饭，艾米溜进去，央求妈妈说："你留他在我们家吃饭吧，现在这么晚了，等他回去，学校食堂肯定关门了。"

"什么时候学得这么关心人了？"妈妈看了她一眼，说，"瞎操心，这还用你说？我连这点都想不到？"说完，就走到书房门口，对Allan说："Allan，今天就在这吃饭吧，等你回去，学校食堂肯定关门了。"

爸爸也邀请说："是啊是啊，我们这一时半会还谈不完。"

那天Allan就留在艾米家吃饭，她高兴地跑到厨房里，要帮妈妈的忙。妈妈笑着瞟了她一眼，说："太阳从西边出来了？你能帮什么忙？做你的作业去吧。待会帮着吃就行了。时间不早了，我也没做什么菜，蒸了个腊肉，炒了个青菜，其他都是剩菜。"

饭桌上，四个人，艾米坐在Allan的左手，她不停地给他夹菜，不停地看他，搞得他很不自在，不时地红脸。爸爸仿佛什么也没看出来，但妈妈摇摇头，说："艾米，不要给人家夹菜，你不知道他喜欢吃什么，乱夹，而且用你自己的筷子给人夹菜不卫生。"

Allan连忙说："没事没事，没什么不卫生的。"

"他自己老不夹菜，我才给他夹嘛。"艾米跑进厨房，拿来另一双筷子，说，"我用公筷，可以了吧？"说着，又往Allan碗里夹了两块腊肉。

艾米自己喜欢吃奶奶送给她家的腊肉，所以她觉得Allan也应该喜欢吃。她吃腊肉不吃肥的，只吃瘦的，她咬下了瘦的那部分，就把肥的扔在桌上了。爸爸看见了，就说："肥的你不吃，不要乱丢，拿来给我吧。"

艾米不好意思用嘴啃下来给爸爸，只好用手撕，撕得满手油腻。Allan看见了，提议说："我帮你把瘦的切下来吧。"看看没人反对，他就端着腊肉碗到厨房里去，很快就把肥瘦分开了。

她一块块地吃他为她切下来的瘦肉，很开心。她时不时地看看Allan，发现他一块瘦腊肉都不夹，知道他是留给她吃的，她觉得他像她的父母一样，看到她喜欢吃什么，就都让给她吃，她吃得开心了，他也就开心了。所以她很夸张地吃得摇头晃脑的，好像是在告诉他：谢谢你，我吃得很开心。

她偷偷看了看爸爸妈妈，爸爸仍然是全神贯注于吃饭，什么也没看见，但妈妈的眼神喜忧参半。

吃完饭，Allan帮着收拾碗筷，擦桌子，他要洗碗，但妈妈没让他洗，说："你不知道我把东西放什么地方，你跟艾老师讨论问题去吧。"

爸爸拿出平日从没见过的气势，命令道："艾米，去帮你妈妈洗碗。"

艾米大声抱怨："为什么？我们女的就该洗碗的？"

"我们这不是要讨论正经事吗？"爸爸解释说，看得出，平时就是被女儿吃喝惯了的，今天想在外人面前出个风头，女儿也不买账。

艾米是有点"人来疯"的，没外人的时候，就已经是撒娇撒痴了，现在有了外人，而且是她一心想引起注意的外人，就更不会放过表现自己的机会了。她反驳说："洗碗就不是正经事？"

Allan笑着说："还是我来吧，我是我们家的洗碗机，洗得又快又干净。秦老师，你帮我找本俄语词典。"

妈妈笑着擦了擦手，去找俄语词典了。爸爸对Allan说："我在书房等你。"

艾米跟在Allan后面跑到厨房，看他洗碗。"我爸爸从来不洗碗，大男子主义，我替我妈打抱不平。两个人都是教授，凭什么我妈洗碗，我爸不洗碗？"

"是你妈妈照顾你爸爸吧？"

"嗨，你真的洗得又快又干净呢。你在家是不是天天洗碗？"

"经常洗。"

"你们家是男的洗碗？那女的干什么？你有没有姐妹？"

"没有，我只有一个哥哥。"他说，"垃圾倒哪里？"

"我不知道，我没倒过，应该是楼下那个大垃圾箱里。"

他把垃圾桶里的垃圾袋提出来，扎好了口，对艾米说："找个新垃圾袋放上去，我下楼去倒垃圾。"

"我跟你去。"她顾不上找新垃圾袋，也不知道家里的垃圾袋放在哪里。她紧跟在他后面向外走。走到门口，她对屋子里的人大叫一声："我们倒垃圾去了。"

"嘿嘿，倒个垃圾嚷嚷得全世界都知道？"他笑她，"你连垃圾都不倒？真正是小懒虫啊。"

"我以后每天倒垃圾。"她向他保证说，"真的，你以后可以问我爸爸，看我倒了没有。"本来她还想说"我以后每天洗碗"，但她一想到那油腻腻的样子，觉得太艰巨了，算了，以后再说吧。

等Allan到书房跟爸爸讨论问题去了之后，艾米回到自己的卧室，坐在写字桌前，却什么也干不下去，只是支着耳朵听书房里的动静。听了一会，听不到什么，于是嘴里咬着笔头，就胡思乱想起来。他有没有女朋友？他喜欢不喜欢我？应该是喜欢的，因为他一直对我笑着，而且把瘦肉都让给我吃。他脸红的样子真可爱。他什么时候会再到我家来？希望他天天都来，但是他肯定不会天天都来。

她想，有没有什么办法，让他非得上我家来不可？让爸爸每天叫他来讨论问题？爸爸肯定不会的。让妈妈叫他每天来翻译东西？妈妈肯定不会。最后她想到了一个点子，就是不知道能不能成功。不过根据她对爸爸妈妈脾气的掌握，她知道只要有"不成功，便成仁"的决心，就一定能成功。

Allan走后，艾米听见爸爸对妈妈说："成钢很不错，想不到他俄语也这么好，如果不是他提醒，我这篇文章就有一个大漏洞了。诗因翻译而失落。真理啊！所以搞比较文学的，最好能多懂几国外语，通过译文搞比较文学研究，无异于隔靴搔痒。以后英语上向你请教，俄语上就依靠成钢了。听说他日语也不错，可以借助词典看文学作品。"

妈妈说："俄语日语我不知道，但我知道他英文译笔很老到。他本科时的翻译老师我认识，叫静秋，是D省翻译家协会的常务理事，他们合译过很多东西，《译林》上有他们俩的翻译作品，还在《中国翻译》上发表过文章。这孩子如果向翻译方面发展，可能挺有出息的。"

"你这是什么意思？"艾米的爸爸说，"难道你认为他选择比较文学是个错误？"

"我没有这样说，我只是说他译笔不错，光看译文，你真的想不到他才二十出头。"

艾米插嘴说："他才二十出头？我以为他三十出头了。"

"为什么？"妈妈笑着问，"因为他有胡子？"

"不光是有胡子，我觉得他很老成的，可能是因为他说我是小孩子，小懒虫。"

妈妈教育她说，"你的确是个小懒虫，什么家务都不干。你看人家**Allan**多懂事！什么家务都会做，你是横草不拿，竖草不拈，如果到别人家去做客，肯定不讨人喜欢。"

"我以后每天帮你倒垃圾，我向他保证了的。"

"你看你看，你这个观点就不对，怎么是帮我倒垃圾呢？"妈妈笑着说，"你向他保证？他批评你了？"

"没有，他没有批评我，是我自己想到的。"艾米想，要等到他批评还算本事？自己就应该能看得出他喜欢什么不喜欢什么了。

"妈妈，你说他英语很好，那你可不可以请他辅导我英语呢？"艾米试探着问。

"你的英语还需要辅导？"妈妈吃惊地说，"如果需要辅导，我辅导你就是了。自己的妈妈是搞英语的，还去请个英语家教，不怕别人笑话？"

"你那么忙，哪里有时间辅导我？"艾米说，"我只是想要他跟我练口语练听力，你知道的，我以后是要上英语专业的。你们不愿意出家教费，我用我自己的钱付他，好不好？"

爸爸不解地说："既然是这样，你自己请他就是了，还要你妈妈去请？"

"他拿我当小孩子，我请他，他会答应？"艾米对妈妈说，"你去请，他肯定会答应。我保证会把各科成绩都搞好。如果你们不肯请，我就不知道我的成绩会垮成什么样了。"

"你这是在威胁我们呀？"爸爸说，"是你的成绩，你的前途，你搞垮你的成绩，你自己倒霉，不要总是觉得是在为父母读书——"

妈妈看了艾米一眼，知道她是说得出做得到的，叹口气说："好吧，我去跟他说，但是你要保证你的各科成绩都不掉下来，不然的话——而且说清楚了，只是英语家教。女孩子，要自重，不要——"

爸爸不解地说："请个家教，你说这些干什么？"

"打个预防针。"

7

　　艾米不知道妈妈是怎样跟Allan讲的，反正他同意做她的英语家教，每星期两小时，星期六或者星期天，看当时的情况定具体时间。他不肯收钱，说两个人练口语，说不上谁是谁的家教，是互相帮助，不应该收钱。

　　现在艾米有了一个理由见到Allan了，她很珍惜这每周两小时。她专门挑爸爸妈妈不在家的时间叫他来辅导她，有时根本就是把爸爸妈妈支出去或者赶出去了。有时她故意把时间选在快开饭的时候，这样就可以留他吃饭。还有时她约他去公园的英语角，顺便就可以叫他陪着她在公园里逛逛。

　　在时间的选择上，他很迁就她，她说什么时间，他就尽力把那个时间空出来陪她练口语。

　　艾米看得出来，Allan是一本正经地在跟她练口语和听力，他每次来的时候，都会带来他为那天的练习作的准备。他会跟她一起为下次定一个topic（题目，话题），然后他会收集跟那个topic有关的词汇、句型、背景材料、BBC（英国广播公司）或者VOA（美国之音）的广播录音等，把两小时排得满满的。在那两小时中，他们俩只说英语，不说汉语；只说与那个topic有关的东西，不说别的。

　　艾米时常想把话题扯到别处去，但Allan总是一下子又把话题扯回来了。

"下次我们谈谈love（爱）吧。"艾米建议说，准备看他发窘推托。

"行啊，"他很爽快地答应了，"这次你来收集资料，找找各家各派的不同定义，再找找有关love的散文、诗歌、日记、小说什么的……"

艾米很失望，本来是想把谈话引向自身的，结果被他搞成了科研，呼的一下从实践上升到理论去了。但她不想被他看低，只好拿出应考的劲头，到处收集资料，准备下星期给他个一鸣惊人。

下次见面的时候，艾米亮出她的研究成果，一个人侃侃而谈，从love的定义与分类，到男性女性对love的不同追求，再到名家名篇有关love的论述，连读带背，倾巢而出。

Allan笑眯眯地听她侃，最后问："把自己侃糊涂了没有？"

艾米沮丧地说："还真把自己侃糊涂了。收集了这么多关于love的议论，看到后来，看得没感觉了，反而不知道love是什么了。"

"Love defies definition（爱是不可定义的）。"

"爱是不可定义的？"艾米擂他一拳，"那你为什么叫我去找love的定义？而且我还找到那么多定义？"

Allan笑着说："总是有人明知不可为而为之的嘛。再说，有些人说love不可定义，也不等于就真不可定义，看你自己怎么想了。你认为可以定义就定义一下，你认为不可定义就不定义。"

"那你对love的定义是什么？"

"我就是没有自己的定义才叫你去找定义嘛。不过我相信Love defies analysis（爱是不可分析的）。如果把love拿出来分析研究探讨，可能会越搞越糊涂，甚至觉得索然无味——"

"那你叫我收集这些资料，是不是为了让我对love感到索然无味？"

"不要把我想得这么阴险狡猾嘛。"

她想，你就是阴险狡猾，想让我脱离实际，上升到理论的高度，自己把自己架空？我偏不。"Do you love me（你爱我吗）？"她突如其来地问。

"Define love first（给爱下个定义先）。"

"你狡猾！"

"Define狡猾first（给狡猾下个定义先）。"他说完，建议道，"两小时到了，我们出去吃羊肉串吧。"

艾米一听，就忘了方才的话题，兴高采烈地跟他去吃羊肉串了。那个卖羊肉串的店子在校外，但离艾米家不远，是靠着学校的院墙搭起来的一个小屋子，摆着几套简陋的桌椅，看上去很不起眼。但那家的羊肉串很不错，远远地就闻到一股孜然的香味。

大概学生都喜欢那家的羊肉串，所以那店子附近的院墙经常被推倒一片，方便学生进出。学校不得不每过一段时间就来补墙，顺便也把卖羊肉串的赶走。不过，过段时间，卖羊肉串的又回来了，学校的院墙就又倒了一片。

每次去吃羊肉串，Allan都让艾米坐在小桌子边等着，他去买羊肉串和饮料，然后端过来，放在她面前，连擦手的纸也为她准备好了。看她吃得高兴，他就显得心满意足。

"你跟我在一起的时候开心吗？"艾米边吃边问。

"开心的反面。"他逗她。

"开心的反面是什么？不开心？"

"你这么聪明的人，怎么被我绕糊涂了？开心的反面是关心。"

她笑得差点把嘴里的食物吞到气管里去了，吓得他连声说："不要笑，不要笑，别把自己噎住了。我奶奶说，食不言，睡不语，看来是很有道理的。"

"为什么你会关心我呢？"

"因为我没有妹妹，我很想有个妹妹让我宠，让我保护。"

艾米很失望，追问他："那你以前这样宠过别的女孩吗？"

他想了想，说："没有，我读书有点早，所以班上的女同学都比我大，没有遇到过像你这样的小不点。"

"她们宠你吗？还是欺负你？"她好奇地问，想起上初中的时候，班上的几个女生老爱欺负一个刚从外地转来的男孩。

"说不上欺负，有时逗弄我一下。"

"她们怎么逗弄你？"

他呵呵笑着，不肯告诉她，只说："不能告诉你，你学这些东西快得很，不告诉你这些，你已经很调皮了，告诉了你，你不天天拿我开涮？"

她想象那些比他大的女生逗弄他的样子，忍不住开心地笑。"你留着胡子，是不是为了显大一点？免得别人欺负？"

他笑了起来："没想过胡子会有这种功能，只是懒得经常刮它。只有你们小孩子才想方设法地显老，真正老的人会千方百计地显小。"

"为什么你老把我当小孩子呢？我只比你小三岁。"

他指了指心的位置："是不是小孩子，主要是这里决定的。"

艾米不知道他为什么老把她当小孩看待，她想，也许等我考上大学他就不会这样想了。

有Allan做家教，艾米学习很用功，成绩也上升很快。妈妈到她学校开了家长会回来，显得很高兴，对爸爸说："艾米从第五名上升到第一名了，老师夸她这段时间很有进步呢。"

艾米说："我叫你请Allan做我的家教没错吧？他不光能辅导我英语，别的功课他也能辅导。"

妈妈意味深长地说："你好好读书，如果你高考考得不好，他会瞧不起你的。"

"我肯定会考好的。"艾米自信地说，"他说我很聪明，他知道我想考B大英文系，他说我一定能考上。"

妈妈突然把早恋的坏处大大宣讲了一通，艾米听着，不置可否，心里却想，你不说到"早恋"的坏处，我还在月朦胧鸟朦胧，现在你把这事说得这么可怕，妹妹我就要大胆地往前走呀，往前走，莫回——（耶）头。

她想，早恋早恋，就是早就恋上他了。早恋的坏处就是早就恋了，却到现在还不敢说出来，憋在心里很难受。早恋的好处，就是因为恋他，我变得勤快了，勤劳了，勤奋了，勤俭了。我的成绩提高了，我把我的卧室收拾得干干净净，我还帮家里做家务了。如果人人都像我这样早恋，共产主义就可以提前实现了。

　　她情不自禁地咕哝了一句："为实现共产主义而早恋：时刻准备着！"

　　妈妈问："你说什么？"

　　"没什么，想起少先队的呼号了。"

8

　　那年，当艾米如愿以偿地拿到B大英文系的录取通知书的时候，她第一个想到要分享这份喜悦的就是Allan，但他到南面做暑期工去了，要到秋天开学时才会回来。

　　那是怎样一个漫长难熬的暑假啊！众所周知，高考过后的那个暑假，是个令人发疯的暑假。考上了的，可以高兴得发疯；没考上的，可以绝望得发疯。紧压着分数线的，像踩在薄冰上一样，可以担心得发疯；刚够上分数线的，像悬挂在峭壁上一样，可以着急得发疯。有的在发疯似的找路子开后门，有的在发疯似的摆酒席宴请宾客。凡是家里有高考的，都处于一种要疯不疯、随时可疯的状态。

　　艾米也处在一种非癫即狂的状态，不过她的疯跟高考没多大关系，仅有的关系只是突然一下没学习压力了，人变得轻飘飘的，好像快要抓不住地球了一样。

　　闲暇的日子助长疯狂的思念，艾米每天都在思念远在南方的Allan。这几个月来，每星期跟他见一次面，这个习惯已经融化到血液里去了，现在这么久见不到他，就像是得了血液病，说不出来病在哪一块，就是浑身不自在。

　　如果不是怕Allan不高兴，她就跑到南面去找他了。

　　她在日记里写他，在歌声里唱他，有时日记里面整页整页的纸上就只写着他的名字，英文的，中文的，横着的，竖着的，左手写的，右手写的，应有尽有。有时她把所有带"成"或者"钢"的成语找出来，一遍一遍地抄写。有时她画他的侧面像正面像，差不多为此去改学绘画专业了。她觉得自己快要思念成疾，思念成疯了。她很担心，怕等到下学期Allan回来的时候，她已经变成了一个衣衫褴褛、目光呆滞、睡街头、吃煤球的疯子了。

最后她找到了一个办法来保持清醒不疯掉，那就是写小说。她把自己跟Allan的故事写成了一个短篇，侧重写她的少女情怀。她不知道那是无病呻吟，还是有病哼叽，反正都是她自己的切身感受，所以写起来即使不是才思如泉涌，至少也是胡想如井喷。写到痛处，泪流满面；写到甜处，手舞足蹈；打腹稿的时候，发痴发呆；改错字的时候，咬牙切齿。

妈妈有点看不懂了，故作轻松地问："艾米，你怎么啦？中了举，痰迷心窍了？要不要请个杀猪的来打你一巴掌？"

艾米想，考上个B大就值得我这样疯疯癫癫吗？真是小看我了。为表示她仍然处于清醒状态，她很深刻地问："妈妈，为什么你说话像爸爸写文章，而爸爸说话像你写文章呢？"

"什么意思？"妈妈不解地问。

"爸爸说话干巴无味，但他写文章却诙谐风趣。你说话很风趣，但你写英文却干巴无味。"

"这么说你爸爸是人不如文，我是文不如人喽？"妈妈笑着说，"我宁愿文不如人，人跟文比，还是人重要一些，文毕竟只是人的外在部分。"

艾米问："那你以前爱上爸爸，是不是上了他文章的当？"

"嗯，也算是吧。他的文章写得很俏皮。"

"我想看看Allan文笔怎样。你说他翻译过很多东西，为什么我一篇也找不到？"

"他像我一样，都是用的笔名。"

"你们为什么不用真名？"

"可能是因为有些东西只算是通俗文学，如果以后成了著名翻译家，回头看看自己年轻时译过这些东西，肯定会脸红的。"

艾米决定投稿时也不用真名，现在写的这些东西，只算是心情故事，肯定是很青涩的。以后成了大文豪，肯定会为自己年轻时写的东西脸红。用个笔名，到时死不认账。

小说写好后，她不管什么职业道德不职业道德，她喜欢的几本杂志，都寄去一份。她知道作家的职业道德不允许一稿多投，但她想，我不是作家，所以作家的职业道德不能规范我。

每家杂志她都用个不同的笔名，她拿出字典，随便翻到一页，揪出一个字，就是她笔名的姓。再翻一页，再揪出一个字，就是她笔名的名。她不无得意地想，如果以后我成了名作家，后人研究我的时候，肯定会对我的笔名大加研究。他们哪里知道我是这样决定我的笔名的，活该把他们研究得晕头转向。

看来广种博收这话没错，暑假快结束的时候，她收到通知，有两家杂志社准备刊发她的小说。她欣喜若狂，但她知道不能一稿数登，只好退掉了其中一家，像那些怀了第二胎不能生、只好做人流手术的妇女一样，痛惜了很久。

艾米的小说发表后，杂志社给她寄了两本样本，还有一笔稿费，当然不是天文数字，不过也算是她第一笔收入。她暂时还不想把小说给Allan看，天机不可泄露，女孩子，要自重，等他来追。

开学后，艾米仍然叫Allan陪她练口语，她说进了大学，更需要练口语了，因为现在她是英语专业的学生了，不练好口语怎么行？Allan没有意见，仍像从前一样选topic，准备资料，陪她练习。但过了一段时间，他忙起来了，就把以前的一星期一次，减到了两星期一次。

Allan迟迟没有来追，艾米等得太心焦，生怕他在学校里看上了谁，被人捷足先登了。

没有别的办法排遣她心中的情思，只好又写小说。这次她写了个双尾的短篇，一个故事，两个不同的结局，一个是有情人终成眷属，另一个是女主人公吞食安眠药自杀。投出去后，很快就被两家杂志社录用了。一家是比较通俗的杂志，删去了悲剧结局。另一家是比较高雅的杂志，删去了大团圆结局。

艾米恍然大悟，原来高雅文学是以人物的不幸来打造自己的高雅的。有情人终成眷属在高雅的文人眼里，就是落了俗套了。不把美好的东西打碎了给人看，就登不了大雅之堂。这个发现使她决定以后生活上向通俗文学看齐，写作上向高雅文学看齐。生活上，争取过得大团圆一些，写作上，争取每篇都写死几个人。

有一天，艾米听爸爸说，Allan在准备提前毕业，虽然毕业证还是要到七月份才发，但他可以早点去工作。她听到这个消息，真的是惊呆了，他要毕业了？她从来没去想他总有一天是要毕业的，而他毕业了就不一定会待在J市了。潜意识里，她觉得不去想一件事，那件事就不会发生。

艾米觉得实在是不能再等了。她觉得他没来追她，主要是因为他把她当个孩子。她想，如果我追他，他就瞧不起我，那也正好说明他不值得我爱，我至少可以早点发现这一点，早点打消我的幻想。

于是，她开始了她的攻势。有一天，她打听到他学校周五晚上有舞会，就打电话给他，问他能不能带她去。他答应了，说周五晚上六点半来她家接她。

周五的晚上，六点半还差一点的时候，Allan来敲艾米的门，她在卧室里叫道："大门没关，你自己进来吧。"

他进了门，在客厅等她。

当艾米穿着一条长长的白色连衣裙从卧室走出来的时候，她看见Allan有点愣住了，好一会才说："哇，穿得像个小仙女一样，看来我得去换衣服了。"她看看他，发现他只穿着平时穿的衣服。

"怎么？你们学校舞会不兴穿得正正规规的吗？"她好奇地问。

"学生舞会，很随便的。不过没什么，穿得正规的也有。我们走吧。"

她赶紧叫道："等一下等一下，我去换衣服，既然你不穿正规的，我也不要穿得太正规了，不然你不跟我跳了。"她跑进卧室，换了一件不那么正规的裙子，想了想，跑到客厅里，背对着他，说："帮我拉上背后的拉链，我够不着。"

他很听话地为她拉上了拉链，说："好了，我们可以走了。天冷，外面穿件厚点的衣服。"

那次舞会，使她产生了要把他尽快追到手的紧迫感，因为她看得出，有好些女孩都挺喜欢他的，有的是认识他的，有的根本不认识他。她们一直盯着他看，有的还走过来邀请他跳舞，如果不是她一直跟在旁边，她不知道会发生什么了。他一直在跟她跳，她也每支曲子都跳，因为如果一坐下来，就会有别的女孩上来搭讪，她怕他被别的女孩邀走了。

每逢有人来邀舞的时候，Allan就会说："对不起，我带了舞伴。"艾米听了这话，真是喜忧参半。他拒绝了别人，她很高兴，但他的话也说明如果他今天没带舞伴的话，他是会去跟别人跳的。她不明白为什么这些女孩这么大胆，舞会上，不是应该男孩子邀请女孩子的吗？而且他旁边还跟着一个我，难道她们当我透明吗？

但她想想自己，就理解了那些女孩。有些时候，motivation（动机）强过了etiquette（礼节），人就顾不上墨守成规了，不管是舞场，还是情场，都是如此。你还记得那些etiquette，你还在遵守那些etiquette，只能说明你背后的motivation还不够强。有的人一生都不会有那么强的motivation，可能是因为他们天生有比较强的克制能力，也可能是因为他们没遇到那样一个人。

她决定今晚要向他摊牌，成败在此一举。明天早上醒来，自己或者是一个全世界最幸福的人，或者是一个全世界最悲惨的人，但绝对不能仍然生活在幸福与悲惨的夹缝之中。

9

　　舞会还没有散场，Allan就提议送艾米回家，说他今晚要回简阿姨那边去，太晚了会吵醒人家的。她知道他说的是他父母在J市的一个朋友家，他父母移民去加拿大后，他周末就住在那个简阿姨家。她还知道那家有个独生女，叫简惠，英文名字叫Jane（简）。她听他说是回简家去，就更着急了，现在她觉得所有的女孩都是潜在的情敌。

　　Allan一直把她送上了楼，但等她开了门，他就告辞了，说："你早点休息，我回去了。"

　　她央求说："进来坐一下。我爸爸妈妈都不在家，他们去我奶奶家了。"

　　"不了，还得骑个把小时的车，我回去太晚，会把简阿姨他们吵醒的。"

　　"你今天不回那里不行吗？"

　　"我事先没告诉他们，不回去怕他们担心。"

　　"那你把我一个人丢在这里，就不怕我难受？"她的泪水涌进眼眶，哽咽着问，"你是不是很讨厌我？"说着，泪水就流了下来。

　　她看见他立即变得手足无措，轻声叫着："艾米，艾米，别这样……"看看她越哭越厉害，他推开门，轻轻把她拉进屋去，开了客厅的灯，让她坐在沙发上。

"怎么啦？"他担心地问，"怎么好好的就哭起来呢？在楼梯里也不怕别人看见？"

她哭得更厉害了，"我忍得住我会在外面哭吗？"她抽抽搭搭地说，"我忍了很久很久了……"她越哭越厉害，越想越悲伤，虽然她不知道自己究竟在想些什么，但就是想哭。

她一直哭，他就一直惊慌失措地问："艾米，你怎么啦？"

"你别管我，让我——尽情地——哭一哭，平时家里——有人，我连哭——哭的机会都没有……"这句话，足够让任何已经哭开了头的人悲从中来了，你想想，连哭的自由都没有，这事本身就很值得哭了。

他无助地看着她，小心地问："艾米，你怎么啦？你告诉我。你这样哭，把我都哭糊涂了。是我做错了什么吗？你告诉我，如果是我做错了什么，我向你赔礼道歉。"

"光赔礼道歉有什么用？如果是你做错了事，你会改吗？"她抽泣着问。

"如果是我的错，我当然会改，但是你不要哭，你这样哭，我很难受——"

"你错就错在老是不来追我，"她老老实实地说，"我等得太久太久，我哭得太多太多，只是你不知道罢了。"

他看着她，很久才说："可是你还是个小孩子——"

她指指自己的左胸，问："你说过，是不是小孩子，主要是这里决定的，对吧？"

他点点头，但不等他说出话来，她就拉起他的手，放到她左乳上，"那你看看，我是小孩子吗？"

他脸红了一下，无声地笑了，说："你歪曲我的话，我说的是心，不是——"

"不是什么？"她抬起眼，盯着他问。

"不是保护心的盾牌——"他的手被她抓着，按在她厚厚的盾牌上，使他很不自在，但他没有把手抽开，只是望着她。她发现他那大而黑的眼睛可以一直看着她，很久不眨一下。她也试着不眨眼地看着他，但她发现很难做到，越想不眨越眨得快。他还没眨一下，她已经眨了不知多少下了。

她避开他的视线，伸出另一只手，摸摸他的胸，说："你不要老说我小，其实你比我小，承认不承认？"

他笑着抽出手："承认承认，我比你小，你赢了，我甘拜下风。你这张嘴呀，狡辩起来无人能敌。"他刮了刮她的鼻子，说："不是小孩子，怎么会这么傻乎乎地哭？你把我的头都哭晕了。"

她破涕为笑，用指甲掐着自己的太阳穴说："我把自己的头也哭晕了。"

"要不要我给你按摩一下？我妈妈头晕的时候，我就这样给她按摩，很见效的。"他让她躺在沙发上，他用一个杯子装了冷水，用手指蘸了水，像做眼保健操一样为她按摩，然后一直按摩到她的整个头部和后颈。他的手指凉凉地按在她脸上，她的发丛中，她的后颈上，很舒服，有一种麻酥酥的感觉从头传到脚。她觉得头一下就不晕了，人变得很安详，很宁静。

他边按边说："你以后可不可以不这样哭？哭能解决什么问题？有什么不开心就告诉我，不要一上来就是哭鼻子抹眼泪的，搞得我不知道究竟出了什么事。今天到底是为什么哭？"

她站起身，走进卧室："你到这里来，我给你看点东西。"

他从来没进过她的卧室，走到门边就站住了。她跑上去把他拉进来，把他按坐在她的小床上，给他看她写的小说。他很认真地读着，而她则坐在他旁边，搂着他的脖子。她觉得这一幕好温馨，好甜蜜，一定要写进下一部小说里去。

他看完了，转过头，笑着说："你这个小脑袋里装着这么多东西啊？亏你还能考上B大……"

"爱情的力量嘛。我是不是可以成为一个大作家？"

他点点头："已经是大作家了，这是很有名的杂志。"然后他问："大作家写的那个骗取安眠药的情节，是在哪里看来的？"

"为什么说是看来的，"她吃惊地问，"你说我剽窃？可那是我自己写出来的，是我自己的经历，我已经存了很多安眠药了——"她从抽屉里找出一个小瓶子，给他看。他接过去，紧紧捏在手里，起身走到洗手间，打开瓶盖，把药全倒进厕所，放水冲掉了。

她嘻嘻笑着："冲掉了就冲掉了，反正没花钱，要的时候再去骗——"

他很严肃地说："艾米，以后不要为了写些耸人听闻的东西就这样体验生活。写什么是一回事，过什么生活是另一回事。说艺术来源于生活，并不等于要来源于自己的生活，很多是来源于别人的生活。写杀人的，不用亲自去杀人；写自杀的，不用真的自杀。写小说可以写得疯狂一些，但在生活当中，不要去做疯狂的事。我不喜欢疯狂的女孩，她们令我害怕。"

"我只是说说而已，我肯定不会做疯狂的事的。"她保证说。

"那就好。"他解释说，"你爸爸是我的导师，我跟导师的女儿——这样，总觉得有点别扭——"

她一本正经地问："怎么？你信佛教？是和尚？"

他不明白她在说什么："我不信佛教，怎么啦？"

"那你为什么跟道士的女儿在一起会觉得别扭？"

他哈哈大笑，指着她，不知道说什么好。

她得意极了，继续发挥说："我是个道士的女儿，难道是我自己选择的吗？出身不由己，道路可选择，我们党的政策是有成分论，不唯成分论，重在政治表现。我妈妈家是地主，我爸都不嫌弃她，你怎么因为我爸爸是道士就株连到我头上了？"

他笑得前仰后合："真的服了你这张嘴了，天上地下胡扯一通，扯出了和尚道士不说，连"文革"的成分论都扯出来了。"

她央告说："我们可以不让我爸爸妈妈知道呀，我们做地下工作，好不好？如果等到你毕业，你就不知道跑哪里去了。我爸爸说你要提前毕业，是真的吗？"

他点点头。

“你毕业了要到哪里去？”

“想到南边去。”

想到他很快就要离开J市，她很快就要见不到他了，她的泪水又涌上眼眶：“你要走了？那我们——”

“你看你看，还说不是小孩，刚才还哈哈大笑的，一下就哭起来了，说起风就是雨。不要哭，不要哭，我还没说完。本来是想提前毕业的，但是现在——有了你——这个拖后腿的——”

她欣喜若狂，搂住他的脖子：“你不提前毕业了？你——你为了我，不提前毕业了？”她一边胡言乱语，一边像只小鸡一样在他脸上乱啄。他好像被她急风暴雨般的啄弄昏了头，任她乱啄一气，很久才变被动为主动，吻住了她四处乱啄的嘴。

那是一个又深又长的吻，她感到自己全身的骨头都化成了水……

10

接下来的日子，用艾米小时候的话来形容，就叫做"光阴似前，日月如俊"。

艾米对很多词语，都有她自己的读法。她从小就爱看闲书，而且大多看那些她的词汇量还不够阅读的书。遇到不认识的字，坚决执行"中国人认字认半边"的政策，既不查字典，也不问爸爸妈妈，自作主张瞎猜一下了事。

人说第一印象永远是最难抹去的，所谓"先入为主"是也。所以有些字，虽然后来知道了正确的发音，她还是不愿改过来，反而觉得正确的读音怎么读都不对头。小时候，她一直以为"迫击炮"是"追击炮"，被妈妈纠正过了，还是不相信，狡辩说："能主动追着目标打的炮不是比被迫去打的炮更好吗？"

所以她每次跟Allan约定见面的时间地点时，就问："这个星期我们到哪里去'唧唧我我'？"

她知道如果她的"道士"爸爸听见，肯定要纠正她，说那应该是"卿卿我我"。可是她觉得"卿卿我我"听着就是没有"唧唧我我"顺耳。

她问Allan这是为什么，他笑着说："'卿卿我我'不过就是'你你我我'的意思，有什么特殊的地方？而'唧唧我我'听上去多么鸟语花香！"

她高兴得一蹦三丈高："知我者，Allan也！"

不过她很快就发现，虽然他对她最稀奇古怪的想法一猜就中，但对她最一般的女孩心思，却好像不太懂一样。

他骑自行车带她的时候，如果她要求坐前面，他会把她抱上他自行车的横杆，用两臂很温柔地圈着她，跟她耳鬓厮磨。但如果她没说要坐前边，他也不主动要她坐前边。花前月下，如果她依偎到他怀里，他会一直抱着她，好像没有厌倦的时候。但如果她没依偎到他怀里，他也不会把她拉到他怀里，而是老老实实地坐在她旁边，听她神侃。

她忍不住问他这是为什么，他说："我不想做你不喜欢的事。"

她有点气恼地想，难道你看不出我喜欢你疯狂一点，原始一点？他给她的感觉是柔情有余，激情不足。他好像总是保持着一个什么分寸，每次离关键时刻还有几步，他就打住了。她觉得在这一点上，他跟书里写的那些男生不同，跟她听到的故事里的男生也不同。那些男生都是急不可耐地要把女朋友弄上床的，至少在弄上床之前是急不可耐的。

她不知道这是为什么，是她没魅力，还是他没能力？

她老是有一种渴望，就是要成为真正意义上的情人，好像只有那样做了，他们的关系才算是真正建立起来了。她还从来没有过那种经历，但她看了不少乱七八糟的书，五湖四海、千奇百怪的故事都知道一些，是个理论上的巨人，行动上的矮子。

她记得有一篇小说里把那些被迫卖身的女人称为"半处女"，因为她们把身体给了人，心灵却没有投入进去。她觉得自己也只能算是个"半处女"，不过是to the opposite（刚好相反），因为她的心已经给了他，思想上也早已把那件事想像过多次了，但是行动上还没有做过。

虽然她不在乎处处带头，但对这件事，她觉得是应该男生来起带头作用的。女孩即使心里是一百个愿意的，也应该只表现出50个愿意，甚至是负50个愿意，半推半就嘛，里面不是还有一个"推"吗？推就是那个负号。如果男孩都没冲动到想做那件事，女孩推什么？就什么？

　　她不知道Allan在等什么，有好几次，机会就在眼前，但他却执意放过了。她想，是不是他并不爱我呢？她这样一想开头，就越想越怕了。她突然意识到，虽然两个人像男女朋友一样在一起了，但他从来没说过"我爱你"三个字。

　　当然她想到自己也没直接说过那三个字，但是，如果一个女孩自己扑到一个男孩的怀里，那还不比那三个字更能说明问题吗？她不爱他，她会那样做吗？

　　但她不按照这个逻辑去揣摩他，因为她觉得男生跟女生不同，男生即便不爱一个女孩，他也可以吻她抱她，因为那只是他生理上的需要。也许这就是为什么女生总想听男生直接说出"我爱你"三个字的原因。你不说，光是抱呀啃呀，我怎么知道你爱不爱？谁不知道男生热情上来了，连猪八戒都可以抱着啃的？

　　对男生来说，言语胜过行动，因为男生总是富于行动却吝于言语的。他们做那事的时候，多数情况下头脑都是糊涂的，但他们说话的时候，即使头脑仍然是糊涂的，总比做那事的时候清醒。

　　对女孩来说，行动胜于言论，因为女孩总是有点羞答答的，说出的话多半是言不由衷的。不管她嘴里怎么喊"行不得也哥哥"，只要她是紧搂着哥哥的，就说明哥哥还是行得的。

　　Allan的情况好像比一般男生更糟糕，他不仅是没说那三个字，连一般男生头脑发热时会做的事也没做。男女在一起，如果男生很冲动，至少还说明那个女生能令他激动，起码是生理上的吸引力够本了，但她从来没有看见过他冲动起来是什么样子。

　　她想，如果不是因为自己对Allan没吸引力，那就是因为他是gay（同性恋）。如果他不是gay，那他就是有所保留，他在为自己留退路，他不想彻底陷进来，他想保持随时退出的自由。无论是哪个原因，都使她很惶惑，很紧张，很难受。

　　1997年情人节是个星期五，艾米很早就在计划怎么样过这个情人节了，这是她跟Allan的第一个情人节，他很快就要毕业了，毕业后他会去南面工作，那就不知道什么时候才能在一起过情人节了。她决定要在这个情人节跟他成为真正的情人。

她摇动三寸不烂之舌，说服了爸爸妈妈周五晚上去听音乐会。然后她在房间里点了红色的蜡烛，在客厅里放上浪漫的音乐，把整个家搞得像被醋熏过了一样，酸溜溜的很小资，然后忐忑不安地等Allan过来。

他按约定时间来到她家，送给她一个音乐盒，那是个小巧精致的心形盒子，打开盖子，就会听到《致爱丽丝》的音乐，还有一个跳芭蕾舞的小人儿会在盒子里的小镜子上旋转。

她夸张地说："哇，这么文明的礼物？相比之下，我送给你的礼物就太原始了。"

"原始好啊，返璞归真嘛。原始到什么地步？"

"原始到山顶洞人的地步，是一个cave woman（洞穴时代的女人）。"

他好像有点惊讶："你的礼物这么不同寻常？早知道你喜欢原始文明，我送你一个云南元谋人好了。看来我挑的礼物太俗套了。"

她安慰他说："俗到极处，反为不俗。"

他好奇地问："什么cave woman？不要告诉我你把博物馆的山顶洞人化石偷出来了。"

她神秘地指指卧室："藏在我卧室里，我们进去看吧。"

他好像看出了端倪，岔开话头，问："你吃过晚饭没有？想不想出去吃？"他见她摇头，就说："那我来做晚饭。你想吃什么？"

"吃你！"她嬉笑着，掩盖自己紧张的心情。

"吃我也要先做熟了再吃呀，咱们不是野人，总不能茹毛饮血吧？"他开玩笑说着，向厨房走去。

她拦住他，抱怨说："茹毛饮血有什么不好？原汁原味。你们文明人却非要弄得烟熏火燎了再吃。"她拉着他往卧室走，"来看看你的cave woman，今天是现代文明遭遇原始文明，不吃人就被吃，没有第二条路可走——"

他拉住她，说："艾米，别打肿脸充胖子了，你知道你并不是cave woman——"

她被他揭穿了，索性摊牌："男生跟女生在一起，不是应该很——冲动的吗？为什么你——没有呢？是不是我对你——完全没有吸引力？"

他笑了起来："看来真是应了那句话，女人担心自己的魅力，男人担心自己的能力。"然后有点尴尬地说："你怎么知道我——没——冲动？因为我没向你汇报？人——是可以控制自己的嘛——"

"那你为什么要控制自己呢？因为你——想为自己留条后路？"

他有点吃惊地看了她一眼，伸出双臂搂住她："你怎么会这样想？你一直就在这样揣摩我？那不是把自己弄得很不开心？"见她点头，他苦笑一下："善解人意到了你这里就要重新解释了，变成了善于曲解人意。不是你想的那样，我只是在等你长大——你还不到二十岁，我们还有很多很多时间——"

"可是你几个月之后就要毕业了，"想到还有几个月他就要到很远的南方去，两个人就要很久很久见不到面，她眼圈开始发红，"你说过只要我喜欢的你就喜欢，对吧？如果我喜欢你——吃我呢？"

他低下头看着她，看了很久，然后抱起她，向卧室走去。

……

十点多了，艾米的父母快回来了。她恋恋不舍地送Allan下楼，他拦住她说："别下楼了，很晚了，你待会一个人走回来不安全，而且你爸爸妈妈回来见不到你也会担心的。"

她固执地说："我就送你到前边那个路灯那里。"

他没办法，只好让她送："你送我到那个路灯那里，我再送你回来。"到了楼下，他一手推着自行车，空出另一只手牵着她。

走过一个小水坑的时候，她甩开他的手，一大步跨过，轻声抽了一下冷气。她知道哪怕是这样一个细微的动作，也不会逃过他的眼睛。果然，他追上来，关切地问："疼？"

她没有回答。刚才人吃人的时候，虽然Allan一直在她耳边说"Tell me if it hurts（疼的话就告诉我）"，事后也看到了血染的风采，但她并没有感到hurt（疼）。现在她这样做，只是想留住他，所以她对他这个问题不置可否。

"你在这等我一下。"他说完，一偏腿上了自行车，然后把车停在学校后门边的车棚里，快步跑到她跟前，抱起她，向她家走去。他一直把她抱上楼，抱进门，把她放在床上，关上门，为她脱了外衣，自己也脱去外衣，两个人紧紧地挤在她的小床上。

他抱着她，小声问："还疼不疼？"

"你抱着我就不疼。"

"做个女孩要多受很多的苦，你后不后悔？"

"后悔什么？后悔做了女孩，还是后悔做了你的女——人？"

"Both（我两者都问）。"

"Neither（都不后悔）。"

11

第二天早上，艾米很早就要上厕所了，她迷迷糊糊地从床上爬起来，揉着眼睛往洗手间走，连门都忘了带上。走了两步，看见妈妈提着菜篮子从厨房出来，看样子是去买菜买早点。艾米一下子全吓醒了，想起Allan还在她房间里，赶紧返回去关卧室的门。她往里瞄了一眼，吃惊地发现他坐在床边的椅子上睡觉，刚才她完全没注意到。

妈妈看见她，问："艾米，你起来了？正想问你今天早上想吃什么。"

"随便吧，跟上星期一样。"她不敢去洗手间，怕万一妈妈到她房间去看见Allan在那里。

妈妈看她站在那里不动，好奇地问："不睡了？昨天是你洗的床单？你会用洗衣机了？"

艾米的脸腾地红了，支吾着："本来就会用嘛。妈妈快去买早点吧，我饿了。"

妈妈离去后，艾米才敢跑到洗手间匆匆方便一下，赶快溜回卧室，Allan已经起来了。看见她进来，他走过来拉住她的手问："还疼不疼？"

"No（不疼了）。"

"别骗我。"

"说疼才是骗你的，"她坦白说，"只是想让你留下来陪我。"

他看了她一会，好像要搞明白到底哪句是真哪句是假，最后指指外面，问："鬼子走了？"

她听到这句，忍不住想笑，只好使劲压低嗓子，哧哧笑着说："鬼子走了，伪军还在。你要回去了？"

他点点头。

"等我去把伪军引开。"艾米返回洗手间，很快地梳洗了一下，在客厅大声对爸爸说，"爸爸，早上空气好，你陪我去外面散散步吧。"

爸爸受宠若惊，立即从卧室来到客厅："好呀，今天怎么这么好兴致？"

艾米拉着爸爸往外走："快走吧，晚了好空气就没了。"然后大声说："我们散步去喽。"

等她装模作样地跟爸爸散了步回来，Allan已经不在那里了。她痴痴地坐了一会，回想着昨晚的情景，心里有几分骄傲，也有几分担心。骄傲的是她和Allan终于成了真正意义上的情人，担心的是他现在已经完全拥有她了，他会不会对她失去兴趣？

听说男人对一个女人的兴趣，是以占有她为最高点的，在此之前，他一直在向着顶峰冲刺，他的兴趣是逐渐上升的。当他到达了那个最高点后，他的兴趣也达到了顶点，可能他会在顶峰停留一段时间，但不管停留多久，他的兴趣都不会再往上升了，剩下的就是下坡路了。

她一点也感觉不到自己今天的担心跟昨天的担心是多么互相矛盾。昨天还在担心Allan有所保留，不肯全部陷进来，今天却又开始担心他洞悉了她的一切会由此产生厌倦情绪了。她很喜欢昨晚的他，那么温柔，那么体贴，他使她尝到了她以前从未品尝过的快乐，他又细心地留下来陪了她一夜，这使她很开心。但今天早上他这样匆匆离去，又使她很难受。

一旦他不在眼前了，她就感到坐立不安，她不知道他现在在干什么，他跟谁在一起，他还爱不爱她。难道他今天不该陪她一天吗？他急急忙忙地回那个简阿姨家干什么？

艾米越想越焦躁，她决定到简阿姨家去找他，看看他究竟在干什么。她知道简阿姨住在哪条街，因为Allan说过那条街的名字，但她不知道简阿姨的家究竟在哪一栋，更不知道在几楼几号。她只记得他说过那栋楼附近有家叫"天下第一剪"的个体理发店，是个退休理发师开的。那位理发师的按摩技术很高，不论给谁理完发都会奉送几分钟按摩，所以Allan很喜欢在那里理发。

她顾不上那么多了，待会就是一家一家地问，也要把简家问出来。刚好妈妈买了菜和早点回来，她匆匆吃了一点东西，就跑出去叫出租车。

到了简阿姨住的那条街，她让出租车司机开慢一点，她好找"天下第一剪"。还好，费了不大工夫，就找到了，她在"天下第一剪"门前下了车，付了钱，顺着旁边的小巷子走进去，就看见了好几栋楼房。她大致观察了一下，发现每一栋都有三个单元。她决定从最近的一栋开始，一个单元一个单元地找。

她看了一下一单元，一层一层地看那些阳台，希望能发现Allan的衣服或者什么熟悉的东西，但没有看见。她又走到二单元，正要如法炮制，一层层观察阳台，就看见一楼的阳台上站着一个人。天很冷，外面几乎看不见别的人，她决定去向那个人打听一下。

那是个女孩，侧身靠在阳台上，因为是一楼，阳台是用细铁条封了的。可能是听到了脚步声，阳台上的女孩转过身来，从铁条缝里打量艾米。

艾米凭直觉知道这就是简惠，但她仍然问："跟您打听个人，您知不知道有家姓简的住在哪里？"

"我家就姓简，你找谁？"

艾米走近一点："你是不是简惠？"

那女孩点点头："你找我？"

"我找成钢。"

"你找他有什么事？"

"呃——他把东西忘在我家了，我给他送过来——"艾米不打草稿地撒了一个谎。

简惠打量了她一会，指指单元门的方向，说："你从那个门洞进来，我来跟你开门。"说完，就从阳台上消失了。过了一会，简惠打开了门，探出一个脑袋，对艾米说："在这里，进来吧。"

艾米进到门里，看见Allan的鞋放在进门靠墙的地方，赶紧把自己的鞋也脱了，放在Allan的鞋旁边，她注意到地上铺的是塑料地砖一样的东西。

简惠小声对艾米说："别出声，他今天早上刚回来，还在睡觉。别把他吵醒了。"

艾米想说，我知道，因为他今天早上是从我家回到这里来的，但她想起了地下工作的原则，就忍住没说。她不知道哪个门是他的卧室门，也不好问简惠，只好勉强跟着简惠在客厅坐下。

"你家没人？"艾米问，想了想，又改口说："你爸爸妈妈不在家？"

"他们监考去了。你是——"

"我是艾米。"

"你是他导师的女儿？我猜到了。"简惠笑着说，"看不出来你已经上大学了，看上去还是个小女孩呢。"

"还小女孩？老女人了。"艾米本来是自谦一下的，但她想起Jane比她大，怕简惠误会到别处去了，赶快打断自己，问："成钢住哪间？"

"让他睡会吧，他昨晚肯定没睡好，今天回来时很疲倦的样子。"

艾米见她这么关心Allan，好像他是她的男朋友一样，心里酸溜溜的很难受，几乎要口不择言地告诉她昨晚的事了。

"你喝不喝茶？我去帮你倒杯茶。"简惠说着起身到厨房去倒茶。

艾米借机看了一下几个房间的门，只有靠阳台那边的那间关得紧紧的，其他几扇门都半开着，她知道Allan一定是住在靠阳台的那边，就跑过去，敲了敲门。她听见Allan睡意惺忪地问："谁呀？"

"我，艾米。"

Allan很快，拉开一道缝："真的是你？好像听到你的声音，我还以为是我睡糊涂了做梦呢。你怎么到这里来的？"

"我不能来这里吗？"她很快地钻进屋子里，反手关上了门，扑倒他怀里，"想你了，就来了。"

他把她拉到床边，自己钻进被子，拍拍床，示意她进去。她很快脱了外衣，钻到被子了，钻到他怀里。他搂住她说："我是问你怎么过来的，不要告诉我你骑车来的，你现在这样——骑车不好吧？"

"打的来的。"

"聪明。"

艾米问："你昨晚没睡好？床太小了？不过我睡得挺好的。"

他闭着眼睛微笑，不吭声。

"我把你挤到椅子上去了？"艾米问。她知道自己睡觉爱跟人追，所以小时候跟妈妈睡一床的时候，不管床有多宽，她都可以把妈妈挤到床下去，有时妈妈只好从另一边爬上床再睡，但过不了多久，艾米又会追过去，有时一夜要这样拉锯多次。

她埋怨说："你怎么不叫醒我呢？或者把我推一边去？"

他仍然是闭着眼微笑，说："你睡得呼呼的，像只小狗一样，怎么忍心把你弄醒？"他打个哈欠，问："早上吃东西了没有？饿不饿？"

"吃过了，不饿。"

"那就睡一会吧，我好困。"

艾米一点瞌睡也没有，只好假寐。寐了不到两分钟，她就开始在他身上摸摸索索。不知道为什么，她觉得两个人在一起，好像天经地义是要做什么的，不然她就会怀疑他不爱她了，至少是他感觉不到她的吸引力了。

他闭着眼，笑着抓住她的手，不让她碰他那个地方："干什么？小手这么不老实。没听说过老虎的什么什么摸不得？撩蜂射眼，玩火自焚，不要自讨苦吃。"

"你不想讨苦吃？"

"怕你疼。"

"不会的。"

"You sure（你肯定）？"

"Yes（肯定）。"

战斗打响之后，艾米慢慢地有点忘乎所以了，开始咿咿呀呀地唱起无字之歌，吓得Allan连忙把自己的嘴盖上她的嘴，钳制了她的言论自由。

12

　　一觉醒来，已经快下午两点了。艾米又想上厕所了，只好悄悄爬起来，偷偷溜出房间。她正在四处张望，看哪个门像洗手间的门，就看见简惠系着个围裙，手里拿着锅铲，从一个门里走出来。

　　看见艾米，简惠有点吃惊地说："你还在这？我倒了茶回来，就没见到你了，我还以为你早走了呢。"说完，溜了一眼门边那些鞋。艾米有点得意地想，你把重要的线索忘了吧？看来侦探小说看得不够多。

　　艾米问："你们家洗手间在哪里？"

　　简惠指指洗手间的方向："在那边。"

　　等艾米回到Allan的房间，看见他也起来了。她问："你不睡了？"

　　"不睡了，饿得前心贴后心了，再不吃东西要饿出人命来了。"

　　"你早上没吃东西？"

　　"吃了，"他笑了笑说，"不过现在快两点了，加上刚才又踢了半场足球，还不该饿？"

　　艾米不解地问："你刚才踢足球了？我怎么不知道？"她看他笑得很意味深长的，知道他在说什么了，好奇地问："为什么把那叫做踢足球？我觉得那并不像踢足球呀。"

"书上看来的，说男人付出的体力相当于踢了半场足球。"

艾米忍不住说："难怪你会出汗，原来是踢足球踢的。"她想了想，又问："男的相当于踢半场足球，那女的呢？"

Allan歪着头看她，说："问你自己喽，是不是相当于举办一次独唱音乐会？"艾米红了脸，伸手要打他，被他抓住了手。他就势一拉，把她拉到怀里，小声说："稀奇稀奇，艾米也会红脸，现在知道怎么对付你那张利嘴了。"

Allan到洗手间去漱洗，又跑到外面小店子里买了一条小毛巾和一把牙刷给艾米用。她走到洗手间去漱洗，漱洗完了，她看见简惠家的毛巾是挂在一个圆形的、有很多夹子的塑料架子上的，她把自己的毛巾也夹在上面，然后把自己的牙刷放在小壁柜的搪瓷杯中，很有做了Allan家的媳妇、在这个家里占了一席之地的感觉。

客厅里，Allan在往桌上摆碗筷，简惠站在厨房门口说："我已经做了饭了，知道你——们睡到现在肯定饿了。艾米，我手艺不行，你随便吃点。"

Allan很歉意地说："这怎么好？要乡亲们做饭——"

简惠笑着说："你们在前方打仗，辛苦了，我们在后方为你们做饭是应该的——"

艾米看见Allan脸红了，大概因为今天的确是打过仗。她觉得简惠开这个玩笑是有所指的，也跟着红了脸。

Allan走到厨房去帮忙，艾米也跟过去，但发现厨房里挤不下太多的人，自己也帮不上忙，只好走回客厅。她听见Allan在问简惠："你们学校今天没设成自学考试的考场？"

"设了，不过我没参加监考。"

艾米猜测简惠是因为知道Allan今天在家才不参加监考的。她知道自学考试的监考费还是很可观的，爸爸妈妈他们系里的老师都愿意参加监考，简惠难道跟钱有仇？她觉得简惠一定是爱着Allan，虽然她没什么证据，但她相信自己的直觉。

吃过饭，Allan去洗碗，简惠不让他洗，说："你有客人，你陪客人吧，我来洗。"

Allan坚持要洗："老规矩，做饭的不洗碗，还是我来吧。"
简惠没有再坚持，在客厅的沙发上坐下，拿起毛衣，边织边陪艾米说话。

艾米见是银灰色的毛线，忍不住问："你是给他织的吗？"

简惠有点不自在，说："谁？成钢？不是。"但艾米心里断定她一定是为Allan织的，那灰色是很浅的那种，多半是青年男子才穿的。

不知为什么，艾米觉得心很慌，简惠什么都会，又会做饭，又会织毛衣，而自己什么都不会。简惠生得也很漂亮，鼻子不高，但眼睛很大。艾米觉得男孩都喜欢大眼睛的女孩子，不是经常可以看到对漂亮女孩的描写总离不了"一对水汪汪的、会说话的大眼睛"吗？她知道自己鼻子还算高，但眼睛不算大，也说不上水汪汪，更不知道会不会说话。

她觉得Allan住在简家真是太危险了，如果能说服他从这里搬出去就好了。但是搬到哪去呢？他肯定不愿意搬到自己的导师家去，但他可以就住在学生寝室呀。那些外地的学生，不都是整个学期都住在学生寝室的吗？为什么他非得周末住在校外呢？她觉得简惠肯定是喜欢Allan的，Allan也没道理不喜欢简惠。如果他们俩这样朝夕相处，肯定会处出问题来。她决定待会要跟Allan谈谈这个问题。

Allan洗了碗，从厨房走出来，对艾米说："我现在送你回去吧。"

"为什么？"艾米着急地问。

"我下午要写论文，你不也有好多页书要读吗？"

"我的书可以明天再读，我在这看你写论文吧，我坐旁边，不打搅你。"

Allan笑着说："你坐边上，我还写什么论文？直接搞书法表演好了。我给你找本书看吧。你老师布置的是什么小说，看我能不能帮你找一本……"

简惠提议说："艾米，我们俩去逛商场吧，让他在家好好写论文。"

这个建议还比较入耳，因为艾米也不是真的想坐在旁边看Allan写论文，她主要是不想让简惠跟Allan待在一起，既然现在简惠也一起出去逛商场，那最好了。她爽快地说："好呀，我们去逛商场。"

Allan连忙走到卧室拿出一些钱给她："带点钱吧，不要待会看见自己想要的东西没钱买，又去唱歌别人听。"

简惠很好奇地问："唱歌别人听？什么意思？"

艾米抢着说："是我小时候闹的笑话，我讲给他听过。有一次我跟我爸爸妈妈去商场，我看见了一个很漂亮的洋娃娃，一定要买，我妈妈觉得家里已经有好几个类似的了，就不肯买，骗我说没带那么多钱，说：'没钱怎么买？你唱歌别人听？'我听真了，就走上去，唱歌给那个卖东西的人听，引得商场里的人都跑来听，搞得我父母哭笑不得，只好买下了那个洋娃娃。不过我不知道，我一直以为那个洋娃娃是我唱歌唱来的，所以后来要什么，如果父母不肯买的话，我就走上去唱歌别人听。"

简惠听得哈哈大笑，说："看来你父母很宠你呀，你是不是到现在还是要什么就一定要弄到手？"

艾米觉得这话很刺耳，她怕Allan也这样想，赶快声明说："那都是小时候的事了，当笑话讲给你们听的，我早就不是那个惯坏了的小女孩了。"然后她问Allan："对不对？我现在在外面乱要过东西吗？"

Allan一直笑，听到这里连忙说："没有，没有，你现在是好孩子了，不光是没乱要过东西，根本就没要过东西，"说着，把钱塞到她手里："不过该买的还是可以买的，只要不是乱买就行。"

艾米跟简惠打的来到"光华商场"，随便乱逛。简惠好像漫不经心地说："你比成钢小几岁？"

"三岁多，怎么啦？"

简惠轻声叹了口气说："没什么，你的确是很小，不怪他像宠小孩一样宠你。虽然有老话说'女大三，抱金砖'，但更多的人相信'只可男大七，不可女大一'。男生总还是喜欢比他们小的女孩。其实想想也很有道理，女的本来就老得快，同样是三十岁的人，男的是'男儿三十一枝花'，女的就是'女人三十豆腐渣'，如果女的还比男的大几岁，那等到男的四十出头的时候，女的就到更年期了。"

艾米还从来没想到那么远的地方，她觉得更年期离她还远得很。她好奇地问："女的到了更年期就怎么样？"

"到了更年期，女人就变得干瘪难看了，女性的吸引力就消失了，身体就不润滑了，男的就对她没兴趣了。如果那时男的还才四十左右，正是风华正茂，两个人就肯定有矛盾了，男的就不爱那个女的了，肯定会去找年轻的女孩——"

艾米在心里算了一下，也很紧张。她在什么地方看到过，说女的更年期是在四十五到五十五岁的时候开始。她想，如果她不幸在四十五岁的时候就开始更年期，那Allan还不到五十岁，那怎么办？听说男的就是七十岁了，也有性要求的，那他会不会到外面去找年轻的女孩？

这样想一想，就搞得她没心思逛商场了，只在心里感叹红颜易老，也有点庆幸自己开始得早。你想想，如果一个女孩二十五岁结婚，到四十五岁更年期，中间只有二十年时间。如果你还等到三十岁再结婚，你就只有十五年时间了。她知道她有个表姑，四十岁了才结婚，那不只有五年了？那真的跟她奶奶说的那样，结什么婚？结个"黄昏"。

两人逛了半天，艾米什么也没买，她不舍得用Allan的钱。简惠买了一盘磁带，艾米拿过来看了一下，主打歌曲是刘德华的《来生缘》，她不解地问："这是新歌吗？"

"不是，只是很喜欢这首《来生缘》，你有没有听过成钢唱这首歌？"

艾米摇摇头："他没带我去过卡拉OK厅，他这段很忙——"

"不用去卡拉OK厅就能听到他唱歌，他在家经常会哼哼唱唱。他比刘德华唱得好多了，刘德华嗓子并不好，只能唱低音，而且国语又不标准。成钢嗓子很好，唱起来真是声情并茂。成钢算得上能歌善舞，可能是因为他父亲那方有哈萨克血统。你知道的，中国五十多个民族，除了汉族一本正经外，少数民族都是能歌善舞的，随便拖一个出来，就是胡松华、腾格尔之流。"

　　艾米想到简惠能经常见到Allan，经常听他唱歌，真是羡慕死了，忍不住说："你好幸运，能跟他住在一起。"

　　"我幸运吗？"简惠说，"我觉得我很不幸运。"但她没说为什么她觉得自己不幸运，反而问艾米："你相信来生吗？"

　　艾米也不知道自己相信不相信，她没想过这个问题，现在被简惠一问，又见她喜欢《来生缘》，就有点讨好地说："我相信。"

　　"我也是。一个人如果相信有来生，对此生的酸甜苦辣就不是很在乎了，一切的一切，都寄托在来生了。"

13

那天晚上，当Allan送艾米回家时，艾米抓住机会对他说："你不要住在简家了吧，搬到我家去，或者就住在学生宿舍里。"

"怎么啦？"

她坦白说："我怕你会爱上Jane，她又漂亮，又能干，又贤惠——"

他笑起来，加劲握握她的手："德智体全面发展？你这么欣赏她，是不是对她一见钟情？"

"别开玩笑了，我是女的，怎么会爱上一个女的？"

"那有什么，世界上不是有lesbian（女同性恋）吗？"他看出她真的是在担心，就安慰说，"别担心了。你真以为我是个野人？见一个，吃一个？见两个，吃一双？"

她摇摇头："你不是野人，但你有个致命伤，就是怕女孩子哭，别人一哭，你就投降了。Jane那双水汪汪的眼睛，不哭都像是在哭，哭起来肯定楚楚动人。如果她对你哭一哭，你抗得住？"

"她为什么要对我哭？我抢了她的玩具了？"

"当然不是抢玩具，是因为——她爱你。"

"Jane怎么会爱我？她有大把的追求者，不是高干，至少也是高干子弟，我算老几？"

艾米对"高干"不以为然，现在居委会主任都是高干。她半开玩笑地说："你不比高干子弟强？你有海外关系——"

"就是，我还收听敌台——你放心好了，Jane不会爱我的，我认识她又不是一天两天了，如果她有那个意思，我早看出来了。"

艾米固执地说："我说的是真的，Jane肯定是爱上你了。她在给你织毛衣，她做饭给你吃，她还——"艾米发现真的数起来的时候，又数不出什么来了，只好说："反正，太多的事了，枚不胜举。"

"呵呵，还真是'枚不胜举'，就那么一枚，举不起来了。"Allan问，"她织件毛衣，怎么就能断定是织给我的呢？我从来不穿手织的毛衣的，我住在她家，她难道看不出这一点？"

艾米想了想，好像是没见过他穿手织的毛衣，而且Jane也说了，不是给他织的。"毛衣可能不是给你织的，但她爱你是肯定的，这是我的直觉，女孩对另一个女孩的直觉，肯定错不了的。"

"那是因为你不了解她。我先问你，如果你爱一个人，你会不会为他介绍女朋友？"

艾米说："当然不会，要是他看上了我介绍的人，那怎么办？而且如果我为他介绍朋友，那不等于告诉他我不爱他吗？"

"但是Jane已经为我介绍过几次女朋友了。"

"真的？"她现在放心多了，心思马上转到了Jane介绍过的那几个女朋友身上去了，"她都给你介绍谁了？高干-女妹？你跟她们见过面吗？你喜欢她们吗？"

Allan笑起来："知道一提这，你就要打破沙锅问到底了。向组织坦白，我不太知道她介绍的那些人的详情，她大多数时候都没有说是介绍朋友，一般都是说朋友帮忙搞到几张紧缺的票子，音乐会、展览会什么的，大家一起去看，或者约到家里来吃顿饭，都是等人家走了，她才问我对刚才那个女孩印象如何。我说没什么印象，她就算了。"

"你以后叫她不要为你介绍女朋友了——"

他呵呵笑起来："她看了今天这场'没有硝烟的战斗'，肯定不会给我介绍女朋友了。"

艾米想想也是，再傻的人也猜得出一男一女关在屋子里能干些什么了。她问："Jane有没有男朋友？"

"那我就不知道了，但候选人是很多的，前段时间她还给我看过几个候选人的照片，让我帮忙参谋参谋——"

"那你怎么参谋？"艾米急忙问。

"什么情况都不了解，当然是以貌取人喽，看哪个长得水灵，就投哪个的票。"他想起了什么，"最近有个市委组织部的家伙在追她，看上去挺年轻的，但都是小车接送。有几次找到家里来，刚好Jane出去逛商场了，人家放下干部架子，一等好几个小时呢。我也荣幸地跟市委组织部的同志讲了几句话。"

"你跟他讲什么？"

"我告诉他洗手间在哪里。"

她哈哈大笑，差点笑岔了气："就讲这？"

"这怎么啦？这是国计民生大问题，他能安安稳稳等到Jane回来，我功不可没。"

"既然他来的时候Jane不在，说明不是事先约好的，那肯定不是她的男朋友。我希望他追紧点，把Jane追到手，除掉我的心头大患。"她想起最后一个问题，"Jane比你大多少？"

"她一九六九年的，生日比我的晚几天，大四五岁吧。"

她想起Jane说过的那些女比男大是如何如何不好的话，心想，Jane知道这一点，肯定不会爱上Allan。她酸酸地问："她的生日，你怎么记得这么清楚？"

"奇怪得很，我记别的不行，记人的生日真是厉害，过目不忘。"

她知道他这是在谦虚，他其实是那种记忆力特别好的人。她考他一下："那你记不记得我的生日？"

他逗她："你的生日不就是十二月三号——"他见她又要动

武，赶紧追加一句，"——后面的一天吗？"

后来，艾米没再逼着Allan从Jane家搬出来，她不想显得太小气。但她严肃认真地把Jane当做一个对手来竞争。她觉得光吃醋不行，重要的是自己要能吸引住他，打铁要靠自身硬，如果我各方面都比Jane强，他又为什么要爱Jane而不爱我呢？除非他脑子有毛病。脑子有毛病的人，爱他做甚？

Jane的大眼睛当然是学不来的了，不过艾米对自己的外貌也不是太担心，两个人各有千秋。Jane只有一米六左右，跟Allan在一起，应该是嫌矮了一点。而且Jane的鼻子不够高，从侧面看就不那么出众了。

艾米认为Allan还是很欣赏她的长相的，因为他很喜欢给她照相，每次去公园他都会带着相机，给她照很多相，正面的、侧面的、远的、近的，应有尽有。她觉得他给她照的相都很出彩，照片上的她比镜子里的她漂亮，说明他知道她美在何处。

他最喜欢的是让她把头发绾在脑后，背对着他，再把脸向他的方向侧过来，他说那样照出来像香港演员石慧或者夏梦的侧面像。他曾看见过那样一张侧面照，黑白的，他很欣赏，不过他忘了究竟是石慧还是夏梦了。

艾米少不得又吃了一通石慧和夏梦的合成醋，问："你那么欣赏，是不是把那照片吻了又吻？想入非非？"

他摇摇头说："美跟性并没有必然的联系，有的美，令你肃然起敬，所谓只可远观，不可亵玩。现在有'性感'一说，比笼统地用'美'来形容女性更准确。性感的不一定美，美的不一定性感。"

艾米从认识Allan起，就开始慢慢学做家务事，现在也差不多能应付日常的做饭洗衣了。她觉得做家务并不是个很难的事，像Allan说的一样，连B大都考上了，炒个菜还学不会？世上无难菜，只怕有铲人。

现在她跟Jane比，就差一样了，那就是织毛衣，但Allan已经说了，他不穿手工织的毛衣，艾米自己也不喜欢穿，觉得又厚又重，她爱穿羊毛衫，又轻巧又好看，何必费力地手织？不过她仍然想亲手为他织点什么，主要是让他知道，Jane能做的事情，我都能做，我想学的东西，没有学不会的。

她向同寝室的王欣请教了一下，王欣说最好从织围巾开始，因为围巾没什么收针放针的问题，一条康庄大道，直奔共产主义。艾米觉得这是个好主意，决定织围巾。王欣又传授给她一个糊弄日本鬼子的技巧，就是买那种很粗的棒针，三把两把就织好了。艾米赶快去买了毛线和针，叫王欣教她织。

王欣说，你刚学，也不用织什么花样了，就织元宝针吧，简单好织，又厚实。艾米说那就元宝针吧。王欣就把要领教给她，说你记得每隔一行就在每个上针那里背一针，下一行就把那背的一针跟原来的一针合在一起当一针就行了。但艾米是个粗枝大叶的人，常常忘了把那背的一针重掉，所以织着织着，就越来越宽，一织就织成了一个下窄上宽的梯形。

王欣见了，哭笑不得，说，算了算了，织元宝针，你太容易创新了，教你个死板一点的吧，"梭鱼骨头"，就是两针上，两针下，下一行的时候，挪动一针，再下一行的时候，又还原，织出来就像鱼骨头一样了。

这个针法好就好在不会越织越宽，坏也坏在不会越织越宽。因为没有越织越宽，艾米就没觉察自己有织错的地方，她也不知道梭鱼骨头应该是什么样子的，因为王欣就织了几行给她看，她心中没有完整的概念，以为自己织得天衣无缝，所以就一直飞针走线地往下织。织着织着，就有天上织女下凡的感觉，把自己敬佩得一塌糊涂。

等到夜以继日地把围巾织完了，拿给王欣看的时候，王欣一看就哈哈大笑："我的妈呀，你这是织的梭鱼骨头吗？骨头在哪里？我怎么只看见一些疙疙瘩瘩的东西？"

艾米把围巾拿得远远地看了一下，真的只是些疙疙瘩瘩的东西，但她不想拆了重织了，说："算了，就叫它风疹团吧。你们以后谁想织风疹团花纹的，就来向我请教。"

艾米都有点不好意思把自己织的围巾送给Allan了，但她最终还是鼓足勇气拿给了他，就算博他一笑吧。他打开那个里三层外三层的花纸包，看到是一条围巾，问她："你自己织的？"

她红着脸点点头，说："想赶超一下Jane的，哪知道不是那块料，织得太糟糕了，真是没脸承认是自己织的。快包上，丑死人了。"

他不肯包上："挺好的，为什么说丑死人？"

"挺好的？你看不看得出是什么花纹？"

Allan横看竖看了好一阵，笑着说："看不出门道，为了显得自己高雅，只好说是印象派大师的杰作，不过如果随我乱说，说错了你老人家不见怪的话，我看像是些风疹团。"

艾米再也忍不住了，哈哈大笑："英雄英雌所见大同，这花式恰好就叫风疹团，我自己创造的。"然后把织围巾的笑话讲给他听了。

两个人笑了一顿，笑饱了，艾米问："你敢不敢戴这条围巾？"

"为什么不敢戴？它咬人？"

"它不咬人，但织得乱七八糟，你戴着不嫌丢人？"

"丢什么人？得人还差不多。B大高才生的处女作，好家伙，还是自己创新的风疹团花式，全世界就这么一条，孤版。现在哪怕是用枪逼着你，你都织不出另一条同样的来了，对吧？真可谓'人有绝唱，我有绝织'啊。"

他开了一阵玩笑，转而柔声说，"艾米，你不用费心去做别的人，你就是你，你活得很率性，很自我，我一直是很欣赏的。你不要以为我在喜欢某种人，就去把自己改造成那样的人，那样会活得很累。你活得累，我也不会轻松，何必呢？就做你自己吧。"

14

　　以前艾米听到有人唱"爱情两个字好辛苦"的时候，总以为这歌词是在暧昧地描述做爱，因为"辛苦"总给她一种体力上劳累的感觉。她看的那些乱七八糟的书，使她常常看到词语的性双关含义，而流行歌曲从很大程度上助长了她的这一歪风。

　　比如"让我一次爱个够"，嘿嘿，这不是在谈做爱又是在谈什么？情感上的东西，有什么"一次""两次"之说？还有"我等到花儿也谢了"，"want you tonight（今晚想要你）"，就更是明摆着的了。

　　不过现在她真的认识到爱情两个字是很辛苦的，不是体力上的辛苦，而是心力上的辛苦，莎士比亚说的是"我白天劳力，夜晚劳心"，艾米觉得自己是白天夜晚都在劳心，而且都是为同一件事劳心，就像希腊神话里的西西弗（Sisyphus）一样，日复一日地做着同一件辛苦的事。

　　传说西西弗是个大力士，因为耍小聪明，戏弄冥王，受到众神的处罚，罚他把一块巨石推上山顶。但当巨石快推到山顶时，就会自动滚到山脚，西西弗只得又回到山脚，从头开始。如是者，日复一日，年复一年，西西弗都要重复做同一个动作、做同一件事情，直到永远。

　　艾米像所有深陷爱情的女孩一样，是个不折不扣的西西弗。不同的是，深陷爱情的女孩们不是推石头上山，而是求证自己的心上人是不是真爱自己。每天，她们都希望从心上人那里得到证据，证明他在爱她，为了得到这个证明，她们像西西弗一样，费尽心机，耗尽精力。好不容易证实了，还没等到一天，心里又不踏实了，又要做新的求证。

虽然是在热恋时期，但艾米跟Allan见面的时间并不多。他们两个人都住校，两个人的学校离得也不近，加上又怕艾米的父母知道，总是有点躲躲藏藏的，所以一般都是到了周末才见上一面。

有时刚刚跟Allan分别，艾米已经开始想象他在干什么了。她想，一个星期的另外五六天，他在干什么呢？他跟谁在一起呢？他会不会被别的女孩勾跑了呢？他的心这么软，如果哪个女孩对他哭一哭，那岂不是就有了艾米number two（第二），number three（第三），……number N（第N）？

下次见面的时候，艾米就忍不住问Allan："一个星期没见面了，你想我了没有？"

他开玩笑说："这个问题可是女生的经典提问，我只能用我们男生的经典回答来对付：想又有什么用？"

她知道他在开玩笑，仍然有点不高兴："你们男生怎么这么功利主义？一定要有用才想？想念应该是最没有功利主义的，因为你明知想了没用，你还是会想，那才叫想念。如果只为了有用才想，那哪里是想？不如叫想入非非，意淫。"

他看她气愤愤的样子，说："不要生气，我已经说了，只是套用一下男生的经典回答。你现在再问一遍，我给你一个personal（个人）的答复。"

她看他像彩排一样，觉得有点滑稽，但还是问了一句："你想不想我？"

他很严肃地说："想。"然后他主动建议："你再问我哪里想。"

她有点忍不住要笑了，但因为好奇，就问道："你哪里想？"

他指指他的心说："这里想。"然后两个人都大笑起来。

艾米说："好啊，你把小时候对付奶奶的那一套都搬出来糊弄我了。我小时候每次去奶奶家，奶奶都会问：艾米，想奶奶了没有？我就说：想了。奶奶问：哪里想？我说：心里想。等奶奶叫我把心指给她看的时候，我却总是指在肚子上。"

他笑完了，说："看来天下奶奶都差不多，可能一生都在问这个问题。年轻的时候问自己的恋人，有了孩子之后，问自己的孩子，孩子长大了，就问自己的孙子孙女了。为什么你们女孩总爱问这个问题呢？"

"我也不知道，可能就想听你亲口说你想我，你爱我。"

"可是上次见面不是已经说过了吗？"

"那是上次呀，上次说的只在上次有效，不能管这么久的嘛，这个应该是daily（每日），halfdaily（每半日），hourly（每小时），minutely（每分钟），secondly（每秒钟），时时都要更新的，不然就不管用了。"她好奇地问，"为什么你不问这个问题呢？你不想知道我想不想你吗？"

"你肯定会想我的。"

她敲他一下："你脸皮好厚呀！这么自信？"

"自信有什么不好呢？最多显得自作多情，傻乎乎的，好骗。但我认为你在想我，我得到的心理上情感上的满足跟你真的想我是一样的，何乐不为？爱情本来就是一种心理享受嘛。"

她突如其来地一转话头："除了想我，你还想别的女孩吗？"

"又来一个经典问题，"他呵呵笑着说，"开始把调查范围扩大了，抓住一点，扩大到面。艾米，爱情这种事是不能举一反三的，不能说'你既然想我，那你就肯定想别的女孩'，'你既然能跟我做这种事，你就能跟别人做这种事'。这样想，既不符合逻辑，又不符合事实。有些事，只是对一个特定的人才说才做的，不相信这一点，会造成冤假错案，而且会把自己弄得很烦恼。"

"不说意识形态里的东西了，说实际的。"她换个话题，"你以前——爱过别的女孩吗？"

"现代查完了，开始再查古代部分了，"他摇摇头，很诚恳地说，"其实历史最好是让它成为历史，刨根问底的结果往往是弄得两个人都不愉快。我们两个人相遇之前的事，跟我们的现在不相关——"

她不同意："为什么说跟我们现在不相关？如果你心里忘不掉某个人呢？如果你只是把我当做某个人呢？"

"那是一种很傻的做法，会把自己和别人都搞得很痛苦，你要相信我不至于那么傻。如果我心里忘不掉某个人，我就不会让另一个人走进我的生活。爱情对我来说，只能有时间上的继起，不能有空间上的并存。这不一定是出于什么道德或高尚的考虑，只是不想让自己烦恼。"

这话让她有点放心，但她又想起另一个问题："为什么说到爱情，你总有一套一套的答案等在那里？你一定爱过了大把的人。"

"不是只有实践才能出真知的，知识是可以从前人那里、从书本上学来的嘛。一个人能亲身实践的事是很少的，人类的大部分知识都是从书本上学来的。我没有爱过大把的人，但我看过大把的爱情故事和理论。我的关于爱情的知识，都来自于我读的书。"

"你看过多少爱情故事？"

"不知道，很多，因为我的论文就是关于爱情的。"

"你在写关于爱情的论文？"她觉得难以置信。

"当然不完全是关于爱情，实际上是关于爱与死的。我只是比较中西方文学作品对爱与死的不同处理，应该说是比较背后的文学理论，但我不可能不看文学作品就来作这种比较，所以只好看。"

她哈哈大笑起来："哇，我还不知道呢，原来你跟我爸爸那个老夫子天天在研究爱情？我真的不敢想象——可是我爸爸好像根本就没有什么浪漫细胞一样——"

"我也没有什么浪漫细胞，因为看多了，写多了，分析多了，看待爱情就有点像个旁观者了。在别人的故事中经历了太多的悲欢离合，难免有点心如枯井。书中写爱情，最聪明的办法是只写到两心相许的地步，再往下写，就会写出很多问题，不是天灾人祸，就是自身的矛盾，写着写着，即使不成悲剧，也变得平淡无奇了。"

她担心地问："那你说我们的爱情会不会有一天变得平淡无奇呢？"她想到这些，就觉得很害怕。

"我不知道，不过既然生活就是如此，即使有那一天，我们也不会大惊小怪。"

她突然感到很恐惧，很想痛哭一场："为什么爱情要是这样？我不要这样，我要我们的爱情永远轰轰烈烈，永远都不变得平淡。如果以后我们的爱情会变得平淡，我宁可不要以后，年轻时就死去——"

他把她拉到怀里，安慰她说："其实都是个定义问题，如果你把爱情定义为轰轰烈烈，那等到爱情不再轰轰烈烈的时候，你就会感到爱情不存在了。但是爱情是可以有很多不同的形式的，像你的爸爸妈妈，他们之间肯定也曾经轰轰烈烈过。现在他们的感情可能变得平静如水了，但你不能说他们之间的爱情已经没有了。他们仍然是相亲相爱的一对，他们教书，做科研，理家，抚养你，爱你，和和睦睦，那不也是爱情吗？"

"那是爱情吗？也许只是——感情，或者习惯。"

"所以说是个定义问题，你要把那定义为'习惯'，那你就会觉得那是习惯，而不是爱情了。幸福是一种感觉，爱情也是一种感觉，不管你生活中有多少爱情，你感觉不到，就跟没有一样。如果你把爱情的定义弄得很窄，感觉爱情的时候就会很少，因为没多少情感符合你的定义。如果你把定义下得宽松一些，就有很多情感符合你对爱情的定义，你就总能感受到爱情。人的一生分很多阶段，对每个阶段爱情的定义可以是不同的。你没听人说，夫妻两个，如果在白发苍苍的晚年，能互相搀扶着上医院，就是那个阶段最美好的爱情了。你不能指望两个老家伙还轰轰烈烈地打仗嘛。"

她说："两个人都白发苍苍，那当然是没有问题，但如果只一个人白发苍苍呢？比如，我到了更年期了，而你还风华正茂，你还会爱我吗？"

"爱情与更年期有什么关系？"

她把Jane的话学说了一遍，然后问："如果我到了更年期，变得干巴巴的，不能make love了，那怎么办？"

"哪里有这样的事？从来没听说过。难道那些到了更年期的夫妇都不make love了？"

她固执地问："如果是这样呢？假设是这样呢？那你怎么办？"

"那就把make（做）扔了，只留下love。"

她正在想象怎么把"make（做）"扔掉，他却猛地抱起她，问："现在到没到更年期？"

"没有。"

"那就把make（做）捡回来用一下……"

15

有一个星期三的下午，艾米需要回家拿东西，她想，天赐良机，我可以乘此机会给Allan一个惊喜，跟他在一个不是周末的日子见个面。她想他应该在学校里，他的课早就修完了，在写论文，多半会在寝室里。

她还从来没去过他寝室，虽然他没叫她不去，但也没邀请她去过。她决定去他寝室找他，她想，我不说我是谁的女儿，别人怎么会知道我是谁呢？难道我脸上写着"艾老师的女儿"几个字？她听Allan说过，他室友老丁是经济系的，想必不会认识比较文学系艾老师和英文系秦老师的女儿。

如果按照她的意愿，她早就咋咋呼呼地弄得全世界都知道了，又不是婚外恋，又不是偷人家的、抢人家的，为什么要躲躲藏藏？如果大家知道他们是恋人，别的女孩就不会再动那个心思了。但既然Allan不愿别人知道，她也只好尊重他的意愿。她不想惹他生气，虽然她没见过他生气是什么样，但她知道，一个不经常生气的人生起气来，肯定是很可怕的。

她觉得一个人的脾气都是一定量的，有的人爱在小事上生气，把脾气分到了N个事情上，每件事分到的气愤就只有N分之一了，所以雷声大，雨点小，生气也不可怕，而是可烦，因为一天到晚、事无巨细都在生气。但有的人，轻易不生气，好像什么都无所谓。这样的人，必定有一件事，是他非常有所谓的。如果你在那件他有所谓的事情上惹恼了他，那他把全部的脾气都发在你身上，你就真的是吃不了，兜着走了。

艾米的这个结论是从爸爸妈妈身上得出来的。妈妈就是那种事生小气的人，平时都是妈妈在抱怨爸爸这样，批评爸爸那样，而爸爸都是哼哼哈哈了事。但爸爸是不生气就不生气，一生气就生大气。真的等到爸爸生气的时候，妈妈就不啃声了。

她凭直觉认为Allan是爸爸那样的人，可能比爸爸还集中精力生大气，因为Allan平时对什么都不生气，那他肯定是把气存在那里，只等谁在他最在乎的那件事上惹恼了他，他就要生一个once for all（一劳永逸）的大气了。可惜的是，艾米不知道哪件事是惹他生大气的事，只好提防着点。

她知道Allan住在研一栋405，因为他曾经说过，研一栋是男生楼，研二栋是女生楼。

Allan的房间是405，这个号码，常常被大家拿来开玩笑，说很久以前，有过一部电影叫《405谋杀案》，所以胆子小的人都不敢住405。本来研究生是三个人住一间的，405却只有两个人住，就Allan和老丁。

其他房间都是摆两张高低床，四个铺位，住三个人，空着的那一个铺位就放东西。但他们房间因为只两个人，就只放了一张高低床，余下浩翰的空间，摆了一张方桌，所以他们寝室经常是"麻派"聚会的地方。众所周知，文科生中，"麻派"居多；理科生中，"托派"居多。

她骑上她的自行车，跑到他学校去找他。进了研一栋，就觉得很不自在，因为楼里都是男生，看到一个女生，都毫无顾忌地打量她，仿佛在说：这妞找谁呢？男生楼也不像女生楼那么干净，每层楼转角的水房看上去都湿乎乎的，房门上也乱七八糟地贴着一些东西。在楼里走动的男生有不少都是衣冠不整，蓬头垢面。

她找到405，发现门关得紧紧的，就轻轻敲了敲。她听见里面突然变得鸦雀无声，过了一会，有个男生，"打开一道缝，探出个头来，问："找谁？"

"成钢。"

"他不在。"说完就把脑袋缩进去，关上了门。

艾米好生奇怪，搞得这么鬼鬼祟祟的干什么？她忍不住又敲了几下，还是那个脑袋探出来："他真的不在。"

"你知道不知道他去了哪里？"

"可能是图书馆吧。"

艾米从门缝往里看了看，明白为什么里面不肯开门了，原来屋子里正打麻将呢。她想，这些研究生真逍遥，我们本科生忙死忙活，他们却在光天化日之下打麻将。

她想，这样的环境怎么写论文？Allan肯定是在图书馆里。早知这样，刚才在来的路上就直接去图书馆了。她骑车来到图书馆，一层一层地找，找遍了图书馆所有的楼层，也没见到Allan。她有点怀疑了，觉得Allan一定是在屋子里打麻将，懒得理他，才叫人出来把她支走的。她听他说过他会打麻将，有段时间还迷得不得了，不过打会了，就懒得再打了。

她听说打麻将像抽鸦片一样，是会上瘾的，哪里有打会了，反而不打的道理？她恨恨地想，好啊，你总说你在写论文写论文，好像忙得没时间见我一样，却原来你是在打麻将。

她憋着一肚子气，骑车回到研一楼，再次去敲405的门。还是那个脑袋探出来接待她："没找到？"那人嘿嘿地笑着说："那我就不知道在哪了。"

"他肯定在里面，"她生气地说，"你让我看一下。"

"不行不行，我们都衣冠不整的哟，你还是不要进来看吧。"

艾米猛地推了一，","，"推到了半开的地步，在她视线所及的范围内，她没看见Allan，但他如果坐在门挡住的那边，她是没办法看见的。她正要再推推，就听见坐在靠门处的那个男生说："好像是老艾的女儿，老丁，让她进来吧。"

原来开门的就是所谓"老丁"，年纪很小不说，个子也很小，平时听Allan说"老丁"时积蓄起来的一点雄伟壮观的感觉顿时一扫而空。

挡在门口的老丁闪过一边，艾米挤了进去，屋子里烟雾缭绕，几个人的确衣冠不整，不过还没到有碍观瞻的地步。艾米看了一下，Allan不在。屋子不大，没有藏得住人的地方，但屋子后面有个阳台，她不知道Allan会不会躲到阳台上去了。

她也不打招呼，直冲冲地就走到通往阳台的门那里，推开门，仔细看了看，阳台上没人。她走回房间，有点歉意地说："对不起，打搅你们了，你们知道不知道成钢上哪去了？"

那个认出她是"老艾女儿"的男生说："谁知道，chasing skirts去了吧。你可不要跑秦老师面前报告我打麻将的事啊。"

"我又不是你们学校的，我管那么宽？"艾米没好气地说，猜他可能是英文系的，"你们知道不知道他到哪里去——chasing skirts去了？"

几个人都哈哈大笑，说："他去chasing skirts（追女生），还会向我们报告地点？我们几个这么英俊潇洒，风度"扁扁"，如果我们知道了地点，冲将上去，那还有他的份？老成chasing skirts，从来都是单独行动，神出鬼没的啦。

艾米气得快要哭了，走到桌子跟前，一伸手就把桌上的麻将扫得到处都是。

"干什么干什么？"一个留着胡子，看上去有点年纪的男生嚷嚷着，"我七对都听胡了，被你搅了。你以为你是谁？你是老艾的女儿很了不起还是怎么的？不是看老成的面子，早把你赶出去了。"

老丁息事宁人地说："算了，老刘，她是在生老成chasing skirts的气，不是生咱们打麻将的气。"然后对艾米说："他们跟你开玩笑，成钢肯定是回家用电脑去了。他的电脑放在这里被我们霸占了打游戏，他搬回家去了，八成在家打论文呢。"

艾米对他说声"谢谢"，就走出那间烟雾弥漫的屋子。她听见屋子里的人议论说："成钢在跟老艾的女儿搞对象？那上次那个坐在这里等了几个小时的女孩是谁？"

她听了这话，心里很烦，一烦他们用"搞对象"这么难听的词来称呼她跟Allan之间的关系；二烦他们认出了她是"老艾的女儿"；三烦那个"上次坐在这里等了几个小时"的神秘女郎。如果现在Allan就在眼前，她肯定要大刑伺候。

她气呼呼地把车骑到校门，叫了个出租车，直奔简惠家。她想，如果Allan不在简家，那就肯定是在chasing skirts，她就再也不理他了。

到了简惠家，她敲了好一会门，简惠才"打开，吃惊地问："艾米？你今天不上课？"

"成钢在不在家？"

"他现在怎么会在家？他都是周末才回来的。"

艾米不相信，总觉得Allan肯定躲在房间里，说不定正在跟谁"打仗"，说不定就是跟简惠。她问："你今天怎么在家？你不用上班？"

"我们不坐班，没课的时候就回来了。"简惠说，"怎么想到跑这里来找他？怎么不到他学校去找他？"

艾米生气地说："在他学校找过了，哪里都没有他，他肯定在家。"

她看见简惠也露出着急的神色："你到处都找过了？那他会去哪里？会不会出了什么事？"

艾米没好气地说："他能出什么事？他寝室里的人说他在chasing skirts呢。你让我看看他在不在他房间里。"

简惠没说什么，让她进去了。她每个房间都看了一遍，Allan确实不在家里，这才觉得自己这样上门搜查，实在是很没礼貌，于是对简惠赔礼道歉说："对不起，我不该这样，我——"

简惠说："没什么，要不要我跟你一起去找一找？我怕他出什么事。"

"到哪里去找？J市这么大，他随便躲到一个什么地方，我们都没法找他。"艾米灰心丧气地说，"我回去了，如果他回来，你给我打个电话。"

"我没你家的电话号码。"

艾米跟简惠交换了电话号码，简惠嘱咐说："如果你找到他了，就跟我打个电话，免得我担心。"

16

艾米气急败坏地回到家，倒在自己的小床上生闷气。她从来没想到Allan是这样的人。现在她知道他为什么不想让别人知道他俩的事了，因为他不想失去追别的女孩的机会。现在她也知道他为什么没时间跟她在一起了，他在忙着chasing skirts。

她想，他到底在哪里chasing skirts呢？长skirts（裙子）还是短skirts？本科skirts还是研究生skirts？她一想到他在chasing skirts，眼前就浮现出一幅生动的画面：一些穿着长长短短的裙子的女孩，嘻嘻哈哈地笑着，四处奔跑，裙子被风吹得鼓鼓的，而Allan则一会追这个，一会追那个，追到一个，就抱住了亲吻，手还不老实地伸到别人裙子里去了。

她在心里恨恨地说：不要他了，不要他了，什么破人，从今天起就不要他了！她把Allan送她的东西、他为她照的照片都找了出来，准备彻底毁灭，以示一刀两断之决心。

刚好艾米的爸爸回来了，看见艾米，很吃惊，问："怎么啦？你今天怎么在家？生病了？"

"没有，"艾米懒洋洋地说，"回来拿东西，待会再去学校。妈妈怎么还没回来？"

"她跟成钢到出版社校稿去了，他们合译的那本书清样出来了——"

艾米跳起来："什么什么？他们到出版社去了？"她一下子开

心起来，"哪个出版社？"

爸爸说是J市译文出版社，艾米急忙说："我去那里找他们。"

"你去那里干吗？"爸爸不解地问，"出版社现在应该下班了，他们肯定正在回家的路上。你现在跑去，肯定在路上错过。"

艾米按捺不住心头的高兴，决定到校门车站那里去等他，因为他从市里回来，肯定会在校门那里下车，他的自行车肯定停在校门的车棚里。她对爸爸说："我出去一下，吃饭不用等我。"不等爸爸回过神来，她已经跑下楼去了。

她骑车到了学校大门那里，把车放在车棚里，本来想去找找Allan的车的，但又怕错过了他，于是站在车站附近的一家小卖部旁边等。

等了一会，她看见Allan从一辆电车里下来了，她不吭声地跟在他后面，一直跟到车棚，到了他停车的地方，他低头开车锁的时候，她才大叫一声："举起手来！缴枪不杀！"

如果是平常，他肯定要很配合地举起双手说："枪有一支，你自己过来拿吧。"但今天他却很吃惊地问："你怎么在这？出什么事了吗？"

她本来想说"没出事就不能来找你吗"，但她想到今天下午已经被他寝室那些人认出是"老艾女儿"了，不知道他会不会怪她。她决定编个大事件出来，证明她今天去他寝室找他是不得已而为之。

她知道自己编神话的本事是很高的，即兴创作，即兴表演，编得活龙活现，身临其境，该哭的时候哭，该笑的时候笑。奶奶说她是"背着白话跑"，爸爸说她应该去做演员，妈妈说她是魔术教练，先把魔术玩给你看，然后告诉你她是怎么玩的，因为艾米撒了谎，过不了几分钟就会自己揭穿自己。

见她愣愣的不回答，Allan又问一次："艾米，是不是出了什么事？你现在怎么会在这里？你今天不上课？天都黑了——"他把车推出来，问："你吃晚饭了没有？"

她摇了摇头，他说："那我们找个地方吃饭吧。你没事吧？"

她说："先吃饭吧，我饿死了。"

吃过饭，他们俩推着车来到一个僻静的地方，他担心地问："出了什么事？现在可以告诉我了吧？"

她做沉痛状："I'm late（我的那个晚了）。"

"late for what（哪个晚了）？"他开始没听懂，过了一会说，"那你——pregnant（怀孕）了？Wow（哇），看来我不是快枪手，是神枪手呢。"

她拿不准他这是什么意思，决定不吭声。他把她拉到怀里，责怪她说："那你还骑个车到处乱跑？你不知道现在很容易miscarriage（流产）吗？"

这是她没料到的反应，她从书上看来的、从别人那里听来的，都不外乎几种情况：人品好的男生就惊慌失措，人品不好的就大发脾气，要么责怪女孩没掌握好时间，要么说自己都是体外的，怎么会弄出人命来？还有恶劣的，就会说"谁知道你跟哪个浑蛋搞出来的？赖到我头上。你这种女人，能跟我上床，就能跟任何人上床"。

她知道Allan不会说这么难听的话，但他会叫她去做掉，那她过几天就向他汇报说做掉了，就可以混过去了。但他好像没有叫她做掉的意思，反而怕miscarriage，她就不知道这事怎么下台了。

她奇怪地想，他怎么知道现在骑车会容易miscarriage？是不是他以前的女朋友有过这种经历？

他见她不说话，小声问："是不是很害怕？"

"嗯。"她脸上做胆战心惊状，心里却暗自好笑，我是怕你要我拿个baby（孩子，宝贝）给你看，我拿不出来。

"不用害怕的，每个女孩都会有这一天的。"他很温柔地看着她，慢慢把目光移到她的腹部，然后把手轻轻地放在那里，"是不是很奇妙？两个人——make love，一条生命就产生出来了——"他把她轻轻抱在怀里，好像怕把她或者那个小生命弄伤了一样。

她觉得被他这样"小心轻放"，有种很奇妙的感觉，干脆闭上了眼享受。

她听他自吹自擂地说："哈，以后我就有两个baby了，如果你们两个都哭起来，我抱谁好呢？"

她被他说得憧憬起来："当然是抱大baby喽，大baby可以抱小baby的嘛，我们三个人，一个抱一个。"

"不过，到了那时候，你就不会哭了。不管是多么年轻的女孩，一旦做了妈妈，就成了大人了，她们就知道照顾自己的孩子了，母爱是一种天性，不用学就会的。你们女孩从小就爱玩布娃娃，那不就是在做母亲吗？"

"可是我们还没有结婚呢，而且我们也不够年龄——"

他认真地想了一会说："好像婚姻法规定年龄是男不得早于二十二岁、女不得早于二十岁，如果是这样的话，那我就够年龄了，只有你还差一点，但可以请人开个假的年龄证明，老丁就是这样办的，他媳妇是换亲换来的，也不到年龄，不过他是在乡下登记的，可能比较容易一点。学校好像对学生结婚有年龄规定，等我明天去打听一下。"

"如果开不到假证明呢？"

"那就等到了年龄再结，中国把结婚年龄定晚一点，主要是出于控制人口的考虑，不等于中国人成熟晚，很多国家十多岁就可以结婚。你是不是怕别人说？"

"我不怕。可是谁来带小baby呢？我还在读书——"她还存着一点希望，希望他叫她去做掉。

"我可以带呀，我很会带小孩的。我哥哥的小孩，还有我一个老师的小孩，我都经常抱的，小baby都很喜欢我，因为我会打胡说。我们家乡的说法，有了小孩之后，爸爸妈妈要打三年胡说，就是陪着小孩子说儿语。打胡说其实很简单，只要把所有的单音节名词都重叠一下就行了，比如'手手'，'脚脚'，'车车',是不是这样啊？"

她觉得他描绘的那幅画面真的是很甜美，令她向往，她也开始痴想起来。

他见她没吭声，以为她在担心，安慰说："可惜人类不是海马，不能由雄性来担当孕育的责任，不然可以把小baby放我肚子里。不过你不用着急，等到小baby生出来的时候，我已经毕业了，工作了，我可以带它，还可以让我妈妈来帮我们带。"

她看见连他妈妈都牵扯到了，生怕他马上就打电话把他妈妈从加拿大叫过来了，知道这个谎再不能撒下去了，只好小心地说："我想告诉你一件事，但是要你保证了不骂我，我才会告诉你。"

"我什么时候骂过你？我永远都不会骂你的，"他说，然后他看了她一会，问："你已经把它——做掉了？"

"没有——"

他如释重负："没有就好。你知道不知道，我父母有了我的时候，开始是不准备要的，因为那时他们已经收养了我哥哥，是个父母双亡的孤儿，他亲生母亲是我父亲诊治的病人，癌症，去世了，他亲生父亲随后自杀了，我父母收养了他。有了我之后，我父母怕有了自己的孩子，会厚此薄彼，曾经想把我做掉，但他们舍不得，说别人的孩子，自己的孩子，都是一条生命，没有道理会厚此薄彼，无论如何也要生下来，所以就有了我。"

"那我真要感谢你的父母当时没有把你做掉——"

"可能二十年后，会有一个女孩或者男孩感谢你现在没有把这个小baby做掉呢。"

她叹了口气说："我没有做掉小baby，但是我——根本就没有pregnant——"

他难以置信，不眨眼地盯着她："没有pregnant？"见她点头，他仍然不相信，"你在骗我吧？"

她诚恳地说："是真的，真的没有pregnant，我跑到你寝室去找你，被他们认出是——老艾的女儿，我怕你怪我，所以——"

"所以你就撒了那个谎？"他摇摇头，"这好像不成其为理由，你到寝室找我一下，跟pregnant有什么关系？你不要把pregnant当一个包袱，以为自己一个人背了，是为我好——有了baby是两个人的事，是喜事，有的地方把怀孕就叫做'有喜'的，说明——"

她垂头丧气地打断他："对不起，的确是没有pregnant。我刚才有点想测试你一下。我不该对你撒谎。现在搞得我非常非常想要一个孩子了。"

他沉默了一阵，不知道是安慰她还是安慰自己："没有也好，你还在读书，别搞得学校把你开除了。"

"我会不会有不孕症？"她担心地问。

他拍拍她的手说："又在说小孩子的话，这才几天呀，至少要一年以上才算不孕的——"

"你怎么什么都知道？"

"哪里什么都知道？还不都是一知半解。我嫂嫂是妇产科医生，我帮她翻译过很多资料。我哥嫂当年也曾经为不孕烦恼过，其实是一场虚惊，现在他们的小孩已经上学了。"

"我们会有孩子吗？"

"会，会有很多。"

她好奇地问："不是只准生一个吗？"

"我们可以到加拿大去生，想生多少生多少。"

"那你想生多少？"

"一直生到你不想生了为止。"

17

艾米得回学校去了，因为第二天早上要上课。她跟Allan两个人骑车来到她家的楼下，她上楼去拿东西，他在下面等她，待会儿送她去学校。

一进门，艾米的妈妈就告诉她，说有个女孩打了好几次电话找你，问她什么事她又不肯说。艾米这才想起她曾经答应过简惠，找到了Allan就打电话告诉她的，结果忘记得连一点影子都没有了。

艾米赶紧找出简惠的电话号码，给她打了个电话。简惠松了口气，说："成钢没事就好，我刚刚出去找了他才回来。

艾米听到这话，不由得好奇地问："你到哪里去找他了？"

"卡拉OK厅呀，他的吉他老师家呀，七七八八的很多地方。"

"你怎么知道这些地方？你跟他去过？"

简惠笑了笑说："没跟他去过，不过他平时去什么地方，走的时候都会打个招呼，所以有点印象，今天也只是去碰碰运气而已。他究竟是去哪里了？"

"他去出版社了。"

"这个人真是，去出版社可以跟同寝室的人说一下嘛，搞得别人着急——"

艾米替Allan鸣冤叫屈："这有什么好着急的？他是个大人

了，会出什么事？"

"听刑侦科的王科长说最近有个流窜杀人犯在J市作案多起了，市里下了死命令，一定要在这个月内破案——"

艾米想起Allan还在下面等她，赶快说："好了，我不跟你聊了，他还在楼下等我，我挂电话了。"

妈妈插嘴说："谁在楼下等你？"

"一个朋友，"艾米不想回答，敷衍了事地说，"说了你也不认识。"

"你吃饭了没有？"

"吃了吃了，我现在要回学校去了。"说罢，她就拿了东西，跑下楼去了。

Allan在楼下等她，见她下来就说："终于下来了，我以为你把我卖这了，正在想卖了钱怎么跟你分成呢。"

"哪里舍得卖你？"她把今天下午的事讲一下，说，"真惭愧，我忘了给Jane打电话，害她天黑了还在外面到处找你。"

他摇摇头："我一个大男人，会出什么事？难道有女流氓把我抢跑了？反倒是你们，天黑了还一个人在外面到处乱逛，如果出了事，你叫我还活不活？"

艾米把那个流窜杀人犯的小道消息传播了一下，然后说："Jane是不是对你关心得过分了一点？我看她今天比我还着急。"

"拜托，拜托，"Allan笑着摆手，"不要又把你那套'人人爱成钢，成钢爱人人'的理论搬出来了。"

艾米不听他的，接着说："Jane这个人心思很深的呢，"她把上次逛商场她和Jane之间的对话绘声绘色地学说了一遍，然后说，"当时我没怎么在意，现在想来，她是不是在感叹比你大，所以很不幸，因为今生没希望跟你在一起，只好等来生呢？"

Allan说："你越说越离谱了，连来生都扯出来了。你知道不知道Jane学什么专业的？"

艾米开个玩笑："难道是学buddhism（佛教）？专门研究转世

轮回的？"她猜测说："她是学英语的吧？不然你怎么叫她的英文名字？"

"叫她英文名字是因为没什么更好的称呼，她比我大，直呼其名不大好，她不让我叫她姐姐，我也叫不出口，所以就叫她英文名了。Jane这个名字还是她中学的英语老师给她起的。"

"她不是学英语的，那她是学什么的？"

"你肯定猜不出来，Jane是学哲学的，马克思主义哲学。"

"她学马克思主义哲学的？"艾米瞪大了眼，"马克思主义哲学跟投胎转世不是两码事吗？她这人怎么搞的？啧啧啧，怎么还有人选择这么个专业？难道上马列课还没把头上痛？"

"她父母都是搞这个的。Jane是市党校的哲学老师，看不出来吧？"

艾米乱摇头："看不出来，看不出来，党校的哲学老师再怎么也得是个一米八的转业军人什么的才看得过去，再不济也得是个三十五的老姑娘。"

"一米八的转业军人，"Allan呵呵笑起来，"这个形象正好也是我以前对党校哲学老师的臆想，不过三十五的老姑娘跟党校怎么扯得上边？党校的学生可都是党员干部啊，搞不好你们学校的党委书记都要叫她一声'简老师'。"

"难怪追她的都是干部，又知道那么多内部消息。可她那天亲口对我说她相信来生的。真的，不骗你。我知道我爱撒谎，说了话没人信，但这件事我绝对没撒谎，我以我的党籍做保证。"

"说不撒谎，就撒了一个谎，你拿什么党籍做保证？你只有拿国民党的党籍做保证。"他猜测说，"Jane可能是想幽它一默，你想，教马克思主义哲学的人说相信来生，那不是'红色幽默'吗？或者根本就是'马克思主义幽默'？可惜你没有get it（搞懂），还说人家迷信。Jane说话挺风趣的，你不觉得吗？"

"我跟她接触不多，不过也算是说话风趣吧，"艾米嘟囔着，"可是她说她相信来生时就不像是在幽默，而是一本正经的样子。"

"幽默就是要一本正经，如果别人没笑自己先笑了，还叫什么幽默？其实相信来生也没什么不好，相信来生的人都会善待今生，不然就不能托生到一个好人家，所以马克思才说宗教是精神鸦片，是统治阶级用来麻痹人民、巩固他们政权的。"他停下来，看了她一会，说，"看来Jane成了你的一块心病了，她一天不出嫁，你一天不安心，等我找个机会从那里搬出来吧。"

艾米想到他寝室的状况，说："算了吧，还是住那吧，至少每个周末你还可以清清静静地用电脑打打论文，吃几顿可口的饭菜。我保证以后不乱吃Jane的醋了。"

但她刚放下一瓶醋，又想起了另一瓶醋，问他："为什么今天下午你那几个朋友说你chasing skirts去了？你是不是经常chasing skirts？"

"你信他们的话，真的是要杀只猫过年了。"

"如果你从来不chasing skirts，他们为什么要这样说呢？"

"你这个逻辑有问题，大前提不对，你已经假设他们只说真话了，但他们不能开玩笑吗？"他借着路灯看她，"你连这样的话也信，会把自己搞得很难受的。你要我怎样说才相信我从来不chasing skirts呢？"

她低声说："我当然是相信你的，但你不chase skirts（追女生），skirts会跑来chase你，他们还说前几天有个女孩在你寝室等你几个小时，是谁？"

"我也不知道是谁，老丁根本没告诉我前几天有人等过我。"

她没法相信这话："怎么可能呢？他今天连我都告诉了，会不告诉你？"

他叹了口气说："艾米，我不知道要怎么样说你才相信，老丁他们可能是在开玩笑，也可能忘了告诉我有人找过我。用你自己的理论，她既然在我寝室等几个小时，说明不是约好了的。她等我也不等于是在chase我，可能只是有什么事要办。我不希望你为这些捕风捉影的事难受，你不可能从早到晚跟着我，如果你这样疑神疑鬼，那你的日子会很难过的。"

她好奇地问："你也不可能从早到晚跟着我，那你有没有这样疑神疑鬼呢？"

"没有。"

"那你到底是因为相信我，还是不在乎呢？"

"我相信你。"

"可是我经常对你撒谎，骗你，你怎么还会相信我呢？你肯定是不在乎。"她见他苦笑不说话，酸酸地说，"被我说中了吧？你就是不在乎我。你要是在乎我，就不会等到我来追你了。"

他反驳说："怎么是你追我呢？不明明是我追到你家里去的吗？"

他见她没吭声，伸出双臂，就在当街搂住她："是不是对这个谁追谁一直耿耿于怀？其实我们之间不存在谁追谁的问题。我这个人比较自作主张地替人考虑，以为等你长大是为你好。如果你不告诉我你在想什么，可能等到最后就把你等跑了。"

她听了这话很高兴，但一点不显山露水，反而嗤之以鼻："算了吧，你这么狡猾的人，肯定知道我不会跑的。你们男生瞧不起追你们的女生，我知道——"

"瞎说，谁说男生瞧不起追他们的女生？你以为男生都是傻瓜？就凭个追不追来决定喜欢不喜欢一个人？你叫西施去追随便哪个男生，你看那些男生喜欢不喜欢。其实男生并不喜欢那种扭捏作态、拿腔拿调的女孩，也不喜欢有话不说、爱使小心眼的女孩，跟那样的女孩在一起太累。"

"也不是个个男生都像你这样想——"

"你管'个个男生'干吗？"他打趣说，"准备把'个个男生'一网打尽？难道真是属猎人的？有一只猎物漏网就睡不着觉？其实你们女孩追人，都是知道自己一枪就能命中，才扣动扳机。那叫什么追？顶多算个手到擒来。"

这话听起来很舒服，她嘻嘻笑着说："是我猎你，不是你猎我，我比你厉害。"

"你肯定比我厉害。敢追的人，是强者，因为她知道有失败的可能，她仍然敢出手，说明她经得起失败，她是个拿得起，放得下的人。一个人敢陷进去，是因为她知道自己能爬出来。心中有情却不敢追的人才是弱者，他知道自己一旦陷进去就拔不出来，只好选择不陷进去。"

　　"那你不chasing skirts是不是因为你实际上是很爱skirts的，只是怕陷进去爬不出来才不追呢？"

　　他笑起来："你真厉害，总是用我亲手做的炮弹打我，要论曲解人意，没有谁比得上你。你有没有听说过这样一个比喻？陷入情网的女孩每天都在开庭审判自己的恋人。先是扮演公诉人，罗织一些罪名，指控自己的恋人，起诉起到自己信以为真的地步。然后扮演辩方律师，千方百计地替恋人开脱，希望他不是自己指控的那种坏人。再然后扮演陪审团，决定要不要判恋人的罪。众口一词地判有罪或无罪的时候，都是不多的，常见的是陪审团内部分裂成几派，有的说有罪，有的说无罪。最后是扮演法官，如果不是闭着眼睛瞎判，就是宣布休庭。明天再从头开始。"

　　"为什么陷入情网的女孩会这样呢？"

　　"我也不知道，可能是因为女孩都比较多愁善感，有很深的忧患意识，觉得爱情难以确定，难以把握，但又很想确定，很想把握，所以会花很多时间左分析，右分析。有时是出于对人性的不信任，有时是出于对自己的不自信，所以大多是把恋人向坏的方向分析，把爱情向悲观的方向分析，最后把自己分析得垂头丧气。Love defies analysis（爱是不可分析的），分析得多，烦恼就多。我奶奶的说法就是：烦恼都是想出来的。"

18

Allan在四月初就答辩了，因为南边那家录用他的公司希望他能尽早过去工作。那家公司给他的头衔，是董事会秘书，简称"董秘"。艾米从来没听说过这种职位，听上去很不舒服，总像跟"小蜜"有点类似。开始她一直怀疑那家公司的老板是个女的，后来发现老板其实是个儒雅的中年男人，才比较放心了一些。

Allan能到那家公司去工作，完全是他本科时的老师静秋的功劳。有一年暑假，静秋帮Allan找了一个暑期工，为那些准备考L大经院在职研究生的人上英语辅导课，他未来的老板张曙光就是他那个班的学生。

那些考生都是一些公司里的头头脑脑们，地位有了，职位有了，就差个学历。L大的经贸学院为了广开财路，决定招收在职研究生，每年集中授几次课，三年就可以拿到一个硕士学位。当然公司得赞助学校一些钱，具体是多少，怎么瓜分，外人就不知道了。

入学考试也是配合这一政策的，估计题目是能出多简单就出多简单。但有一门课是要统考的，那就是英语，结果英语考试就成了考生们败走麦城的唯一原因。经济学院为了对付英语统考，联合英语系，利用暑假在几个城市办英语辅导班，帮那些考生实现他们的研究生梦。

L大英文系在本市也办了不计其数的班，系里的老师人手不够，有点忙不过来。深圳那边的课时费是高一点，但因为要跟经院分成，也就高不了多少了，大家都不愿千里迢迢跑到深圳去教课，于是静秋就为Allan弄到了这份差事。

Allan去深圳讲了两个暑假的课，除了拿到教课的报酬外，也认识了一些人，包括张曙光。张老板是那些考生中为数不多的有本科学历的人，前些年下海经商，现在已经是战果辉煌，把公司搞成了挺有名的集团公司了。他觉得Allan英汉语都不错，他正想把公司向海外发展，Allan应该是个得力的助手，就主动提议叫Allan毕业后去他的公司工作。

Allan接受了这份工作，说他早就不想做文学理论的研究了，到外面的世界去跑了跑，觉得坐在书斋里品评别人的文学作品，实在是没有什么社会意义。而且做文学评论的人，扶持一个新作家不容易，但打杀一个文学青年却是不经意就可以马到成功的。干吗呢？有本事就自己写文学名著，不然至少是闭上嘴，让有本事的人写文学名著，也让那些做着文学梦的人继续做他们的梦。

"总觉得有点愧对你父亲，"Allan说，"我去公司工作，不光是辜负了他这几年对我的培养，也从某种意义上否定了他的生活方式。他是非常希望我留校任教，读他的在职博士的。"

"既然你不想做文学了，还管他怎么想？"艾米不以为然地说，"我也不希望你一辈子像我爸爸那样做个书呆子。"

艾米早就在留意深圳的一切了，她从什么地方看到一篇报道，说深圳的未婚男女之比是1比7，这让她很不放心，那么多的年轻女人，只有那么少的光棍可挑选，Allan去了那里，不知道能不能混个全尸回来。

但是她看得出来，Allan是很喜欢这份工作的，踌躇满志，已经找了很多相关书籍在看了。他喜欢的东西，她没有理由不喜欢。但是她免不了很难过，因为如果一切顺利的话，Allan五月份就会到南边去了。

"你走了，我怎么办？"她担心地问。

"你接着读你的书呀，等到你毕业了，如果你不想读研究生了，你也可以到南边来工作啊，你不是很喜欢暖和的气候，可以一年四季穿裙子的吗？"

艾米本来是有点假小子的性格，爱剪短发、穿牛仔裤的。自从有了Allan，就不知不觉地淑女起来了，头发也留长了，牛仔裤也换成了裙子。开始是假模假式地穿穿裙子，冒充淑女，穿多了，穿上了瘾，有时大冬天的也穿裙子。不过J市的冬天可不是开玩笑的，她得在裙子下面穿很厚的长筒袜，脚上穿靴子，再在外面套很长的大衣，而且尽力避免在外面走路，出门就打的。

Allan总笑她是个"不爱穿裤子的人"。她警告他："不要乱说，别人听见还以为我爱光屁股呢。"

"深圳那边常年都有二十多度，"他告诉她说，"你去了，可以一年四季穿裙子，我就不用担心你冻坏腿了。"

她担忧地说："你去了那边，我们就要很久很久见不到面了。"

"不会的，你有寒暑假，我也有出差的机会，我们见面的时间不会比现在少。马上就是暑假了，我们可以在一起待几个月，从地下转到地上来了。"

"可是深圳那边女多男少，鸡鸭成群，你去了那里，我怕是凶多吉少，要不了几天就——爱上了别人，或者染了艾滋病什么的。"

他呵呵笑起来："艾米，你把我当什么呀？好像我一天到晚就想着那点事一样。"

"我要转学到深圳那边去。"

"别傻了，深圳那边就一个深圳大学，深大的英文系怎么能跟B大的英文系比？"他建议说，"如果你实在是不放心我去深圳，我就留J大吧，或者在J市的公司找工作。"

这样她又不愿意了，他为她放弃自己喜欢的工作，叫她心里怎么过得去？不过他愿意放弃，还是很让她感动的。女孩嘛，更看重的是姿态，只要你有这个姿态，最终做没做，那就是我让不让你做的问题了，怕的就是你想都想不到这上面去，连姿态都没有。

她大方地说："你还是去深圳吧。我只是担心你，怕你去了那个花花世界，就忘了我。你说，要怎么样才能证明你对我的爱情是经得起考验的呢？"

"可能只有两种办法，一种就是烈火识真金，另一种就是路遥知马力。路遥知马力是一辈子的事，你是个急性子，肯定等不及。最好是烈火识真金，"他想了想，说，"第三次世界大战看来一下子是打不起来的了，不能指望我在战场上救你了。不如我们到海边去租条船，划得远远的，然后我们想法把船凿穿，让它下沉，我把生的机会让给你，自己淹死掉。这办法你觉得怎么样？"

"不好不好，那样的话，虽然我知道你的爱是真的，但我失去了你，又有什么用？"

"或者咱们去沙漠里，少带点水，我把最后的一壶水都让给你喝，自己渴死掉？"

"那跟沉船有什么区别？"

"区别大啦，一个是水太多，一个是水太少。再来一个有关水的考验，你去找几个红颜祸水，让她们来勾引我，看我对你忠诚不忠诚。"

她摇头把头发摇得乱飞："不行不行，这办法不好，要是你定力不够呢？那不等于拱手把你送给别人了？"

"其实你真不用担心我定力不够。如果一个女孩只准备跟我一夜情，第二天拍拍屁股就走路的，我就觉得没意思。如果她不是找一夜情的，我又怕她纠缠。所以最聪明的办法就是不要越轨。"

她忍不住看了看他那个地方，说："可是，如果你——几个月都不能……，那——你受得住？"

"那又怎么样？这么多年不都过来了吗？一个男生从十多岁就觉醒，到他结婚，中间有七八上十年的时间都是出于性失业状态，每个人不都活出来了吗？"

"可是你——你很贪得无厌的呢。"

他有点尴尬地笑了笑，点点她的鼻子，说："你分析我的性心理的时候，用的理论真是错综复杂。蠢蠢而不动的时候，你觉得那是因为你没有吸引力。我蠢蠢乱动的时候，为什么你不顺着吸引力的路子思考，而要归结于我的贪得无厌呢？实际上你的两套理论刚好用反了。蠢而不动，不是因为你没吸引力，以前是因为爱护你，觉得你还太小，现在是怕你没兴趣，或者是没机会。蠢蠢乱动，一是因为你有魅力，二是因为知道有那种可能，可以娱己娱人，为什么不放任自己一下呢？"他突然住了口，说："再不能说了，再说要出问题了。"

她故意问："出什么问题？"

他做个鬼脸，不回答。

那我问你一个问题：你会不会有一天离开我？"

他想了一会说："如果有一天，你跟我在一起不开心的话，我会离开你的，让你去寻找你的幸福。"

"瞎说瞎说，我跟你在一起怎么会不开心呢？"

"Everything is possible（什么事都有可能）。你还是个小丫头，基本上没有见识过世界，你又是个喜欢新奇东西的小丫头，你跟我在一起时间长了，就会觉得不好玩了，也许就想出去看看世界。"

"那时你就让我去外面看世界？"

他点点头。

"如果我看世界的时候，看上了别人呢？"

"那有什么办法？只好祝福你了。"

"可是如果我过一段时间又觉得他不好，再回到你这里来，你还要不要我呢？"

"你这个小脑袋里总可以冒出各种各样稀奇古怪的想法

来，叫人应接不暇。这个问题我还从来没想过，你容我想想。"

她催他："快想，快想，我等着听答案呢。"

他认真想了想，说："我不知道，没有发生的事，我想象不出我会有什么反应。"

19

　　生活中有些事件，当我们回头去看它的时候，会发现很多预兆，明白无误地昭示着即将发生的事，但在当时当地，却没有人注意到任何一个预兆。或者说如果有人注意到那些预兆，那件事就不会发生了。

　　记得有一部电影，是关于一次飞机失事的。电影开头的时候，花了很多镜头描写那些乘坐死亡航班的人怎样毫无预见地起床，漱洗，然后从不同的地方赶往同一个机场，挤上同一次航班，他们一点也不知道等待他们的将是死亡。有的乘客本来是坐别的航班的，为了某个原因，费尽心机地换到那个航班上。观众看到这里，都免不了在心里警告他："别换航班，别坐那趟，那飞机要出事的！"然后观众无可奈何地看着电影上那个人换了航班，悠然自得地坐上了那架飞机，飞向死亡。

　　如果在现实生活中，我们也能像电影观众一样，看到不同地方发生在同一时刻的事情，那么，我们就会看见，当Allan即将离开J市去深圳工作的时候，艾米每天都在计划怎样尽可能地利用这十多天，跟他在一起多待一会。而在同一个J市，还有另一个女孩，也在为他的即将离去计划着一件事。虽然两个女孩的目的都是为了爱情，但实现的方式却是完全不同的。

　　这两个女孩都看上了四月的一个星期五。艾米计划那天半夜跟Allan见面，过一个浪漫的周末，因为她父母星期六要到她奶奶家去，很早就会出发，要到星期天上午才回来，所以她跟Allan整个星期六都可以待在一起。能在家里幽会的时候，艾米就懒得到公园里去，她喜欢跟Allan待在床上，该做什么做什么，不做的时候，她可以偎在他怀里跟他神侃。他们还可以在家做饭，过一整天柴米油盐老夫老妻的生活。

Jane也选中了这个星期五，她为什么选那一天，已经没有人能知道了，因为她的日记中没有记录，她也没对任何人讲过。如果我们一定要猜测一下的话，那极有可能是因为她的父母那天晚上也要出去，他们要去看望一个朋友，那个朋友的丈夫患癌症去世了。她的父母如果知道自己的女儿在想些什么，可能那个星期五的晚上就不会出去了。但也许这话应该反过来说，也许Jane实际上是选定过别的时间的，只是因为她父母在家，她只好把计划推迟。

与这两个女孩的计划密切相关的Allan，那天也有他自己的计划。他未来的老板张总从深圳那边到J市来办事，星期三晚上已经约他出去吃过饭了，他想回请张总一下，尽尽地主之谊，也把室友老丁引见给张总，因为老丁也很想到张总的公司去工作，于是Allan和老丁约张总星期五晚上出去吃饭。他们三人，加上深圳那边来的另外两人，总共五个人，那天晚上约好在"全聚德"吃烤鸭，然后去唱卡拉OK，据说张总嗓子好，唱歌有瘾。

Allan那天先回了趟简家，因为他身上带的钱不多了，他不知道晚上会吃出一个什么天文数字出来，决定回家拿点钱。很巧的是，他留在家里的人民币也不多了，于是他拿了一些他父母寄来的美元，准备到一个邮局门前去跟那些贩子兑换人民币。

他在那里换过美元，知道那个在邮局门前东逛西逛的中年男人其实是个炒美元的贩子。他还知道另一个文质彬彬、永远都在看报纸的中年男人也是美元贩子。这两个贩子不同的地方就是东逛西逛的那个总是从胸前、背后、腰带上、裤裆里掏出人民币来换给你，而那个看报纸的男人则把你带到邮局的小储蓄所去，当场从他的账号上取出人民币来支付给你。

所以Allan那天走得很匆忙，怕去晚了，邮局的储蓄所关门了，那就只好跟那个从裤裆掏钱的家伙换人民币了。虽然那家伙是长期在邮局门前讨生活的，所以也是讲信誉的，不会换假钱给你，但看见他从裤裆里掏钱，总觉得用起来不舒服。因为走得匆忙，他就忘了告诉简家的人今晚是在哪家餐馆吃饭，而他以前几乎次次都告诉他们的，这是他父母培养出来的好习惯，就是不管你到哪里去，都要告诉家里人，那样万一有什么事找你，就知道你在哪里。

他在家换好了衣服，拿了美元，准备出门的时候，Jane来到他的卧室，跟他聊了几句，然后她靠在他卧室的门框上，微笑着说了那句著名的话："小女婿，我想好了，我要走了，我连方式方法都想好了。"然后她做了一个切腕的动作，很优雅很潇洒的样子。Allan以为她又在开玩笑，而且急着出去应酬，就回她一个玩笑说："你前脚走，我后脚跟。"说了，想到他即将开始的工作，还特意翻译一下："You go first. I'll follow you.（你先去，我就来）"

这句让他悔恨终生的话，在那时就那样轻飘飘地说出来了。然后，Jane哈哈笑了几声，从门边让开，Allan匆匆离开简家，骑上自行车，直奔邮局。

艾米那天晚上也有一个同学聚会，所以她跟Allan约好半夜在她家见面，叫他等到她父母睡觉了再来，那样就可以神不知，鬼不觉地在"鬼子"眼皮子底下潜伏到第二天早上，等父母离去后，再占领"鬼子"的碉堡。

如果那个时候，手机像现在这样普遍，可能这整个故事就要大变样了。可惜的是，艾米不仅没有手机，连"拷"机也没有一个，Allan也一样。家里有电话，但没有留言机，没有ID显示，现在想来，真可以说是落后的电信事业造成了那个悲剧。

艾米从她的聚会回来的时候，已经十点多了，妈妈说："八点多的时候，有个女孩打了三次电话找你，问她姓名她不肯说，问要不要带口信又说不用。"

艾米想，那是谁呢？几个要好的女朋友都在刚才那个聚会上，实在想不出谁会给她打几次电话，还神神鬼鬼地不留姓名。最后她想可能是Jane，但她想不出Jane为什么每次打电话都不肯说自己的姓名。她不知道Jane今天找她干什么，可能又在担心成钢。但现在太晚了，明天再打电话问Jane吧。

这一点，也成了艾米心中一个永远得不到回答的问题：如果我那天没去那个聚会，会怎么样？也许我就接到了Jane的电话，把Allan的行踪告诉了Jane，那Jane就能找到Allan，那个悲剧就不会发生了。但也许我会醋性大发，故意不把Allan的地点告诉Jane，那我就成了谋杀她的罪人。

一个悲剧，留下了太多的"IF"，每个有关的人都在企图用几个"IF"改写历史。可惜的是，历史是任人评说却无人能改写的。

那天一直到十二点多了，Allan才来到艾米家。她一直在从窗口望下面，因为她要在他来的时候为他开门。她看见Allan骑着车来到她楼下了，就悄悄跑去把家门打开，下了几层楼梯去接他，两个人蹑手蹑脚地上了楼……

睡觉之前，艾米对Allan说："如果我睡着了挤你，就把我叫醒，听见没有？你不答应我这句，我就睁着眼睛不睡。"

"不是睁着眼睛不睡，而是睡得张着小嘴流口水。"他知道她最怕他说她睡觉流口水，故意逗她说。

"我什么时候流口水了？造谣！"

"等你的口水把我胸前弄湿的时候我叫醒你，看你承认不承认。"他关了灯，在被子里搂住她，"真是赤条条来去无牵挂，刚洗完澡，两条肉虫睡在被子里，真舒服。"

她恋恋不舍地问："肉虫，你想不想天天这样？"

"想又怎么样？也就是想想而已。"

"还有十五天，你就要走了，"她幽幽地说，"谁知道你一走，我们什么时候才能——再这样？你舍得走吗？"

"这个问题有现成的答案，秦少游若干年前就为我们写好了，"他说，"我很喜欢他的那首《鹊桥仙》，很缠绵，又很大气，不是一味地渲染相思之苦。聚就聚得亲密无间，别就别得潇潇洒洒，痴而通达，柔而洒脱：'纤云弄巧，飞星传恨，银汉迢迢暗渡。金风玉露一相逢，便胜却人间无数。?柔情似水，佳期如梦，忍顾鹊桥归路。两情若是久长时，又岂在朝朝暮暮？'你最喜欢哪一句？"

艾米想了想，说："我最喜欢'飞星传恨'一句。"

"呵呵，你总是有不同凡响的见解，大多数人都会喜欢最后两句，也是这首词的词眼，"他想了一会，赞许地说，"不过你喜欢的东西很符合你的个性，也可以说符合人性，也许心里头因为分离产生的那番'恨'才是最真实最深刻的。最后两句只不过是无可奈何之际，用来开解自己的安慰剂。"

"你最喜欢哪句？"

"我是个信奉loser（失败者）哲学的人，所以我肯定是喜欢最后两句，见不到面了，就拿这两句安慰自己。不过我现在最喜欢的是'金风玉露一相逢'——，你——想不想——相逢一下？"

"again（又来）？"

"不能枉担'贪得无厌'的罪名……。你不想？"

"不想。"

"你这张嘴总是不说实话的，让我来问问小妹妹。嗯，小妹妹是个说实话的好孩子……"

20

　　第二天早上九点左右，艾米醒了，虽然她想上厕所，但她不愿乱动，怕把Allan弄醒了，但他很快就睁开了眼。

　　"我把你弄醒了？"艾米好奇地问，"可我一动没动啊。"

　　"我知道你没动，奇怪得很，你一醒我就知道了，好像有人在我睡梦里告诉了我一样。"

　　"你是不是一直就没睡着？"

　　"睡着了啊，可能你的睡神经连在我身上了吧。要上厕所了吧？"他在她小腹上轻轻按了一把，她夸张地尖叫起来。他捂住她的嘴，嘻嘻笑着说，"快去吧，别尿床上了。"

　　她穿上睡衣，去了趟洗手间，顺便侦察了一下情况，发现爸爸妈妈已经走了，便放肆地大叫起来："平安无事喽！"她匆匆跑回卧室，脱了睡衣，胡乱一扔，又钻进被子。但Allan却爬起来，开始穿衣服。她失望地问："你不睡了？"

　　"嗯，肚子饿了，昨晚光喝酒，没吃什么东西。你想吃什么？"

　　"随便。"

　　"随便就是吃面，我煮面你吃吧，"他穿好衣服，掀开被子的一角，压低嗓子，装腔作势地叫唤，"大家都来看呀，这里有个小丫头没穿衣服呀！都来羞她呀——"

　　她从被子里跳出来，挂在他脖子上："我怕人看？我就这样跟你上街去都不怕——"

他赶快把她放回被子里："瞎搞，感冒了怎么办？"

他煮好了面，端了一碗给她，她闻到一股香香的麻油味，看到面汤里有切得细细的葱花，面上盖着榨菜肉丝，叫一声："好香！"就赶快去洗个脸，刷个牙，裹了件衣服坐被子里吃。"我今天一天都不起床，"她边吃边说，"你吃完了也回到被子里来，好不好？"

"我回到被子里来？那你还有好日子过？不又得吃二遍苦，受二茬罪？"

"今天坚决不受罪，只躺在床上说说话——"

电话铃响了，她跑到客厅去听电话，是一个女人的声音，很憔悴，很沙哑："请问成钢在不在？"

"他——呃——不在，你找他有事吗？"

"你要是见到他，跟他说简惠的妈妈在找他，有急事。"

"行，我碰到他就告诉他。"

艾米挂了电话，诧异地说："是Jane的妈妈，找你，说有急事。奇怪，她怎么知道你在这里？电话打这里来了，我们暴露了？"

"我也不知道，"Allan犹豫着，不知道该不该从这里打电话给简阿姨，"她说没说是什么事？"

"没有，她只说有急事，不过听她声音——好像哭过一样，很嘶哑的感觉——"

"那我还是从这里打个电话给她吧。"Allan说着，到客厅去给Jane的妈妈打电话。

她看见Allan的表情变得很焦虑："她现在没事吧？哪家医院？"然后Allan挂了电话，茫然地说："昨天还好好的，怎么今天就病这么重？"

艾米问："谁病了？"

"简阿姨说Jane住院了，问她哪家医院她又不说，只叫我先回家。"他匆匆走进卧室，提着他的外衣往门口走，"我现在要回去一下，你在家等我，那边弄好了，我马上过来。"

"我跟你一起去。"艾米急切地说。

"你不要去了吧，医院又没有什么好玩的——"他看她撅起嘴，知道她又拽上了，只好交代她，"快穿衣服吧。"

两个人骑车到了校门口，Allan说："算了，打的吧，你骑车太怕人，别慌慌张张出了事。"他们把车放在车棚里，叫了出租车，来到Jane的家。

Jane家门前围着好些人，看见Allan，就有人脱口说："他来了！他来了！"艾米不知道他们这样说是什么意思，感觉这些观众都在翘首以待他这个大演员出场一样，很像哪个电影里的婚礼，客人都到齐了，新娘也穿戴停当了，就在等这位新婚前夜还在外面寻花问柳的新郎。

围观的从Jane家的门前一直站到离老远的地方，不知围观的人是都认识Allan，还是听见了"他来了"这句话，或者就是凭一种直觉，总之，大家都自动让出一条道来，艾米跟着Allan，也享受了一下特殊待遇。他们俩从自动形成的夹道欢迎般的人群中一直跑到Jane家的门外，还没到单元门，艾米就闻到一股她从来没闻过的味道，无法形容，只觉得马上就反胃，要吐出来了。Allan拦住了她，很武断地说："你不要进去了，回去吧，不然我再也不理你了。"

艾米觉得他的眼神很专横，很严厉，她不敢再往前走，眼睁睁地看着他一个人进去了。人群很快挤拢，艾米费劲地挤了一通，才挤了出来。她跑到楼房侧面的一个垃圾桶跟前，把胃里反上来的东西痛痛快快地吐了出来，心想，我是不是怀孕了？怎么会呕吐？可能是让那股难闻的味道熏的，她不明白这些围观的人怎么会忍受得住，究竟是什么力量使他们不顾难闻的味道，紧紧地围在那里？

她也很担心Allan，在屋外就能闻到这股气味了，进到里面岂不是更糟糕？到底是什么味道？煤气漏了？还是——她突然意识到那就是书里常常写到的血腥味，但她没想到血腥味会这么腥，这么难闻，她一直以为就是像鱼腥味一样。她不明白到底发生了什么事，Allan说Jane进了医院，但Jane的妈妈为什么又叫他上她家里来，而不直接去医院呢？这股血腥味又是从哪里来的？

她现在已很难挤进去了，她也很怕那股味道，干脆站在最外围。即使最外围的人仍然在踮着脚张望，她也踮着脚往Jane的家那边望，但只看见人头，别的什么也看不见。

她问身边的一个女孩："出什么事了？"

"不知道，好像是煤气中毒吧。"

另一个人说："哪里是煤气中毒？是这家的闺女难产——一地的血，啧啧啧，这下隔壁四邻的都没法住了——"

"那她——人呢？我是说——这家的闺女？"她恐惧地问。

"早就弄到医院去了，昨天晚上的事了——你来晚了，现在看不到什么了……"

"那人——还活着吗？"

旁边一个看热闹的插嘴说："还活个鬼，血流了一屋一地，还活得成？"

艾米听到这里，觉得胃里又开始翻腾，躲闪不及，就蹲到地上呕吐起来。胃里的东西都吐光了，还在一阵阵地干呕，连苦胆水都吐出来了。一个中年妇女惊叹说："啧啧啧，你比我还胃浅，我也不行，所以我只站远远地看一下……"

一个五十多岁的女人说："哎，作孽啊，一个女孩儿家，跟人乱搞……我说这小子也太狠了，弄到医院刮掉不就行了，非得灭口？现如今哪，男人没有一个男人的样，女人没有一个女人的样。我早就说了，小惠的妈让那个男的住他们家没好事，看见了吧？我没说错吧？"

艾米开始感到惊恐，为什么说"灭口"？难道Jane死了？她知道那个妇女说的"那个男的"是指Allan，难道是在说Allan"灭口"？

一个年轻男人呵斥那个妇女说："妈，你别在这里瞎叨叨，你又不懂，瞎说个什么呢？那闺女是自己割脉的，是自杀，不是他杀，你乱说一通，当心人家找你麻烦。"

"我瞎说？"那个妇女说着，"那人家闺女无缘无故地就割脉了？前天我还见她好好的，跟我打招呼还一脸的笑，哪知才过了一天就成这样——"

另一个妇女插嘴说："简家的闺女怀毛毛了？真看不出来呢。还是党校的老师，怎么干这事——"

那位五十多岁的妇女说："看不出来？我跟你说，我眼睛尖得很，不要说肚子搞大了，就是没搞大，我也看得出她跟人搞过没有。黄花闺女屁股是尖的，跟男人搞过的女人，屁股是圆的——"

艾米听得头皮发炸，心想，完了，这个妇女肯定看出我不是黄花闺女了，我的屁股是圆的吗？不知道妈妈看不看得出。她听见另一边有人在说："——上个月电视上就说破案了，怎么这里又来一起？手段都是一样的，先奸后杀，颈子上一刀致命……"

"剃头匠的刀，那还不一刀致命？不瞒你说，我每次去'天下第一剪'剃头都提心吊胆的，孟老头阴着呢——这回他得判个死刑了吧？"

"你不要高兴，凡是在孟老头那里理过发的都是嫌疑犯，你没在那里理过发？"

"我理过发怎么啦？警察为什么不抓我，只抓昨天那俩小子？"

艾米越听越糊涂，她抓住一个人就问："到底是怎么回事？"她问过的人，没有一个说不知道的，每个人都是胸有成竹，每个人都说得铜铜铁铁，不容置疑，每个人都很耐心地给她讲解，但每个人给她的答案都不同。

还没问出个名堂，她就听见人群在嚷嚷："又抓了一个，又抓了一个，雷子抓红了眼了。"

她顺着人群的视线向简家的方向望去，看见Allan从单元门里出来了。他被围观的人挡着，她只能勉强看见他的脸，觉得他脸色苍白，焦急地向人群中张望着。她知道他在找她，就爬到一个花坛上，举起手，尖声大叫："Allan，I'm here（我在这里）！I'm here（我在这里）！"

这一下，所有围观的人都向她望过来了。

她看见他也向她的方向望过来，看见了她，他不顾一切地向她的方向挤过来，但很快就被谁扯了回去，推着他往一辆车那里走，他扭头对她大声喊："快回去吧，Don't tell your parents——（别告诉——父母——）"

她身边有人嬉笑着喊："嗨，还会放洋屁呢。他们在对暗号——这里有个同谋！"

她看见一个警察模样的人扬起一根黑色的棍子样的东西在Allan头上敲了一下，推推搡搡地让他往车那边走，围观的人当中也有人在打他，她愤然叫道："你们不要打他，你们凭什么打人？我要告你们——"

但她的声音被淹没在围观人群的议论和喊叫声中了……

21

　　不知道常人在这种情况下会有什么反应，也不知道合乎逻辑的思维应该是怎样的。如果你觉得艾米的表现不合逻辑、不真实、不正常，那你就知道，你比当年的艾米高明了不知多少倍。

　　艾米记得很清楚，那天她没有哭，也没有晕倒。当她看到那辆车把Allan带走的时候，她想的好像是一个相关而又不相关的问题：幸好爸爸妈妈到奶奶家去了。她觉得Allan被带上车之前对她喊的是"Don' t tell your parents（别告诉你的父母）"给她的感觉有点像学生在学校犯了错误，怕老师告家长，瞒过一时是一时。

　　她不知道那辆车把Allan带到哪里去，可能是带去公安局了，因为围观的人嚷嚷着"又抓了一个"，但她不能确定他们说得对不对，她甚至没看清那车是不是警车，或者说她也不知道警车究竟是什么样的。

　　在她将近二十年的"漫长"生涯中，她从来没有跟公安局的人打过交道，她甚至不知道"公安人员"跟"警察"是什么区别，也不知道"拘留""拘捕""逮捕"是什么区别。她觉得她这一生肯定不会犯法，那些东西就一辈子都不会跟她搭上边，所以她从来没费心去想那些问题。

　　她印象当中逮捕一个人是要出具一个什么"逮捕证"的，还要念长长的一段："你有权保持沉默——"后来她想起那是在外国电影上看来的。她不记得有没有看过描写中国警方的电视电影，可能有这样的电影，但她很可能没捺着性子看过，她无缘无故地就觉得国产电视电影很虚假，不论拍哪行哪业的人，都虚假，都做作，都脸谱化，都千篇一律，她都嗤之以鼻，懒得看。

她也不知道Jane究竟怎么样了，虽然有人说Jane死了，但她不是很相信，她觉得死亡是老年人的事，是病人的事，像Jane这么年轻健康的人，她实在想不出怎么跟死亡沾得上边。特别是一个很熟悉的人，不要说她没看见Jane的尸体，就是看见了，都很难相信这个前不久还跟自己说过话的人，说死就死了。

她在小说里写过死亡，写过自杀，写得很像回事，写自杀前的绝望，甚至还得到过一篇评论文章的好评，说"细腻逼真"。可能那个写评论文章的人也不知道自杀是怎么回事，更不知道自杀的人自杀之前会想些什么，因为他/她既然还在写评论文章，说明他/她还没有自杀，所以说"逼真"，却不知道"真"在哪里，又怎么知道如何去"逼"？

难产在电影里看到过，又是外国电影，还是原文的，记得产妇在鸡喊鸭叫，旁边的人就喊"Push！Push！"然后是产妇大汗淋淋的脸部特写，再然后一个小孩就生出来了。也可能那不是难产，至少在她看来一点也不"难"。

切腕在电影里看到过，还是外国电影。在她的记忆中，中国电影里的人自杀，好像多半选择上吊。电影上只看见一双脚悬空摆动，看不见上吊人的头，给她的感觉是演员用两手抓在一根横杆上，笑着恳求导演："可不可以快点拍？挂不住了。"

外国电影里切腕的镜头，在她印象中都是躺在浴缸里切，可能是导演追求的一种性感和美感，因为那样的话，切腕的人就会赤身裸体，银幕上就不会血流遍地，而是流在浴缸里，放开塞子就可以冲得干干净净。这样的电影给她的印象就是切腕天经地义就应该在浴缸里切，如果家里没浴缸，还切什么切？所以她的小说里面就不写切腕，而写服食安眠药。实际上，服食安眠药的死亡场面是什么样，她也不知道，所以她重点写服药前的内心挣扎，服药之后的情节就稀里糊涂一带而过。

在现实生活中，她还从来没见过死亡，甚至连葬礼都没参加过。从她记事起，她家还没什么人死过。她所见过的唯一的真实的流血场面就是她自己的period和她初夜时血染的那一点风采。

听说女人不像男人那样怕血，因为她们月月见到流血事件。如果这样说有道理的话，那艾米更不怕血，因为她月月见到较大的流血事件，她听别人说，那都是"废血"，流掉了才好，不流就不对了。初夜的血也只是使她感到欣慰，又是"不流就不对"的那种。她觉得那天Allan看到床单上的血迹时，比她还害怕，问了她很多次疼不疼，要不要上医院。后来他帮她用洗衣机洗那条床单，她还有点舍不得，想留下来做个纪念。

所以那个上午发生的事，对她来说是陌生的。她的大脑把现实中的、电影中的、小说中的、想象中的东西全混在一起，感觉很模糊，不真实，像一个梦，但还算不上噩梦，而是一个没有逻辑、没有道理、杂乱无章的梦，没有头绪，东扯西拉，没有完整的情节，都是一些片断，好像连"意识流"都算不上，即使有意识，也没形成"流"，充其量是个"意识泥坑"。

她的两条腿好像自动地把她带到了街上，但她没有马上伸出手来叫出租，而是茫然地站在街边，好像是因为没钱打的，又好像是在等Allan，她老觉得过一会Allan就会气喘吁吁地从街道拐角处跑过来，说："对不起，他们叫我去问几句话，我这里有钱，我们打的回去吧。"

她不知道自己在街边站了多久，后来有一辆出租车自动地停在她身边，司机问她要到哪去，她才坐了进去，报了自家的地址。她还记得那个司机问了一句："J大的呀？校门让不让车进去呀？"

"大门不让进，旁门可以。"

她记得自己还能很狡猾地算计，现在不要告诉司机我没钱，不然他会在半路上把我赶下车的，我要等到他把我送到了我再告诉他。司机把她送到楼下了，她才告诉司机她没带钱，让他在下面等，她会上去拿钱。但司机跟着她上了楼，她很聪明地叫司机就在外面等，她进去拿了钱付给了他。

坐在客厅的沙发上了，她才想，我怎么跑回家来了？Allan呢？但她又想起是Allan叫她回家的，因为他被别人推进那辆车之前对她喊的是："快回去吧，Dont' t tell your parents（别告诉你的父母）！"所以她想，我回来是对的，Allan肯定会到这里来找我。

她吃了一点东西，又吐掉了，她不敢再吃，因为吐了几次，她觉得她的食道肯定是被吐的食物划伤了，很痛，从喉咙到胃里，长长的一道线，都很痛。她和衣倒在床上，很快就睡着了。

傍晚的时候，她才醒来，头很痛很痛，上午发生的事好像已经很遥远了一样。她想待会Allan来了，我一定要对他撒个娇，说我头好痛，他肯定会端一杯冷水来，为我按摩。

她走到窗前去等他，看着楼下那条路，觉得Allan很快就会出现在她楼下。她一直那样等着，很多次都觉得听到轻轻的敲门声了，但跑过去开了门，外面却没有人。她有时觉得Allan是在逗她，可能躲在楼梯转角处，但她跑去查看了，他不在那里。

她想他怎么还没有来呢？今天是星期六，公安局派出所什么的会上班吗？即使上班现在也该下班了，不是早就该把他放出来了吗？她跑到校门那里，去看他的自行车在不在。她看到他的自行车和她自己的自行车都孤零零地停在那里，她想了想，决定把自己的车推回去，那样Allan来的时候就知道她已经回家了。

后来她没再出去，怕他来的时候她不在，他进不了门。她在窗口一直守到十二点，然后转移到门边去等。她想，我就坐在这里等，他敲门我肯定能听见。她坐在门边的地上，裹着一床被子，靠在门上等他，不知道为什么，她想到自己很像卖火柴的小女孩，有一种很孤独的感觉，她流了一会泪，慢慢地睡着了。

她一觉醒来的时候，已经是半夜了。她想，是不是我睡得太死，Allan敲了门我没听见，他回他寝室去了？她知道他今天是不能住在Jane那里了的，因为那里那么肮脏，那么腥臭，谁还敢住那里？虽然她听到有人说Jane肯定活不了了，但那只是围观者的猜测，Jane的妈妈说了Jane在医院里，并没说Jane死了，警察也没说Jane死了。然后她突然意识到，Allan可能也在医院里，在陪Jane。

她开始生气，觉得自己很傻，怎么这么久才意识到这一点呢？那辆车可能就是把Allan载到医院去的。Jane认识公安局的人，叫辆警车接一下Allan是完全有可能的。是不是Allan怕她吃醋，才串通了Jane安排这么一个场面的？她越想越觉得像，开始他不想让她跟去，到了门前他又不让她进去，最后还搞个什么警车把他带走，那样他就make sure（保证）她不会跟去了。

这样一想，就觉得那个用来打他的黑棍子很像是根橡皮棍子。她想象Allan一坐进那辆车，就对身边那些帮忙的人说："好险！总算把她摆脱了。过两天请你们上餐馆撮一顿啊。"

她突然觉得她心里很烦，比上次听到别人说Allan在chasing skirts的时候还烦。她想，一定是Jane在家里生孩子了，不是有人说是难产吗？听说生孩子会流很多血，可是上次见到Jane时她的肚子一点也不大呀。

她想起听别人讲过，说有个女孩怀了孕，不想让人知道，把肚子捆得紧紧的，结果一直到生都没看出来。还听别人讲过，说有个中学生怀了孕，自己都不知道，结果去上厕所的时候，蹲下一使劲，一个小孩就掉到厕所里去了。

肯定是Jane生了孩子了，不然怎么有那么多人围着看？那么Allan一直就跟Jane有那种关系？多久了？在我之前还是之后？之前之后重要吗？重要的是Jane怀了孕而我没有怀。Allan现在肯定是在Jane的病床边忙前忙后，骄傲地说："如果你们两个都哭起来，我抱谁好呢？"

她看了一下钟，半夜三点多了，她也不管那么多，抓起电话就往Jane家打，她要问问Jane在哪个医院，她要去那个医院找Allan。但Jane家没人接电话，她快快地放下电话，想了想，又飞快地穿上外衣，连袜子都没穿，就跑到楼下，把自己的自行车推出来，骑到校门，把车锁在Allan的车旁边，走到校门外叫出租。

她跑了几家医院，跑到急症室去问别人有没有一个叫简惠的在这里住院。急症室的人告诉她，你要找住院的人就到住院部去问，她又跑到住院部，问别人昨天或者今天有没有送来一个叫简惠的病人，别人说那你应该到急症室去问。她就被他们这样支来支去，觉得他们都串通好了，帮着Jane和Allan瞒她。她一直跑到早上六点多了才回家，全身骨头像散了架一样，就和衣躺在床上，进入了一种无思无想无泪无痛的麻木状态。

后来，艾米听见父母回家来了。妈妈推了一下她卧室的门，以为她还在睡觉，就退出去了。

再后来，艾米听见爸爸接了一个电话，然后父母两个都出去了。等到爸爸妈妈回来的时候，已经快下午一点了。艾米的妈妈来到她的卧室，把她扳过来，见她头发散乱，两眼红肿，小心地问："你都知道了？"

"知道什么？"

妈妈见她这样问，不肯说了，只问她吃饭了没有，她说她不想吃。妈妈就关了卧室的门，在艾米床边坐下，很久才说："艾米，你知道，你是我和你爸爸唯一的女儿，是我们的掌上明珠，是我们的命根子。你从小就是个聪明伶俐的孩子，我们都很爱你。不管你做什么，我们都是爱你的。

"别人经常批评我们，说我们对你太娇惯，太溺爱，说娇儿不孝，娇狗爬上灶。但我们不认为我们那是娇惯，我们只是想让你自由的成长，能多自由就多自由，因为我们相信我们的女儿是一个懂道理的孩子，父母对她的爱护，她是会理解的，她是不会被惯坏的。

"一个人年轻的时候，难免会做错事，会因一时冲动犯一些大大小小的错误，但是没有什么错误是不可更改的。人们爱说'一失足成千古恨'，但那只是警告人们不要失足，并不等于失足了就不能挽回了。

"女孩子有时爱面子，失了足，特别是造成了一定的后果，就觉得再也抬不起头来了，就想用走极端的方式来挽回，这是很不聪明的。现在医院对很多事情都比以前宽松，有些在女孩子看来是无法挽回的错误其实是很容易改正补救的——"

"我听不懂你在说什么。"艾米疲倦地说，其实妈妈说的每一个字她都听见了，都懂，因为这种大道理好像书上杂志上到处都是，她不明白妈妈为什么现在把这些大道理背给她听。

妈妈看了她好一会，字斟句酌地说："我的意思是，如果一个女孩子不小心跟别人有了关系，怀了孕的话，一定不要自作主张地去走极端，应该告诉妈妈。妈妈是过来人，她知道怎么处理这样的事。现在到医院做个——人流已经不是什么太难的事了。有的女孩怕爸爸妈妈骂，就瞒着父母，甚至走极端，这是很傻的做法。父母怎么会骂自己的女儿呢？他们知道这种时候是女儿最需要帮助、最需要温暖的时候——"

"妈，你现在怎么想起说这些给我听？"艾米怀疑地问。

"我知道你在跟Allan——谈恋爱，如果你们——如果你已经——"

"谁说我在跟他谈恋爱？"艾米还在坚守地下工作的原则。

"我亲眼看见的，我那天看见他在楼下等你。你知道，我一直都是——很欣赏他的，你跟他在一起我也很放心，所以那天有他送你回学校，我就没叫你爸爸送。但是即使是妈妈这样的成年人，也有看错人的时候，更何况你呢？俗话说'知人知面不知心'，看错了人，没什么，知道了，认识到了，不再受骗了，就行了。"

艾米不耐烦地说："他等我一下就是在谈恋爱？"

妈妈好像黔驴技穷了："艾米，不用瞒我了，他自己已经承认了。"

艾米惊讶地问："谁承认了？承认什么了？"

"Allan，他承认你们在谈恋爱，是他把我们的电话告诉公安局的，我跟你爸爸已经去过了。他亲口对我承认的，他说他昨天跟你有约会，但他从昨天上午起就一直待在公安局，他说他本来是不想给我们添麻烦的，但是他没别的办法通知你，他说如果你不知道他是在公安局，你又要胡思乱想——"

艾米突然微笑着从床上坐起来，妈妈焦急地问："艾米，艾米，你没事吧？"

"我没事，就是肚子饿了，我要吃饭。"

22

艾米一口气吃了两三碗饭，觉得食道也不疼了，头也不疼了，一切都好了。她想，看来我这个人心理作用很强，身体上的不适全都是心理上的不快引起的。

她觉得心情很舒畅，Allan现在待在公安局，他还能想到怕我担心，真是难为他了。记得被抓去的人是可以向外打一个电话的，就一个，好像一般的人都是跟律师打电话，而Allan把这个机会用在给我父母打电话上了，就因为怕我胡思乱想，他多么体贴啊！

过了一会，她又有点不快，既然可以打一个电话，为什么不直接打给我呢？为什么不一进去就打呢？还要等到第二天再打，害得我苦苦等那一晚上？如果我是个急性子，当晚就自杀了，那他岂不是悔恨终生？

到了晚上，艾米应该回学校去了，妈妈说如果你撑不住的话，可以请假休息几天。艾米不解地问："撑什么撑不住？我下星期好几个测验考试呢，怎么能不回学校？"

妈妈有点担心地看着她，好像在判断她到底正常不正常一样，然后说："那我送你去学校吧，你爸爸去纪委王书记家还没回来。"

"Allan回来了，叫他往我宿舍打电话，"艾米大大方方地说，她觉得现在不用搞地下工作了，妈妈已经知道了，而且是

Allan自己说出去的，那就不怪她大嘴巴了。她分析说，"肯定是因为这两天是周末，大家都不上班，没人管事，明天上班了，他们问问他就会让他回来了。"

妈妈没有说什么，只叫她安心读书，不要老想着这事。

星期一和星期三上午，艾米连着两个考试。到了星期三中午，她还没接到Allan的电话。她往家里打了个电话，是爸爸接的，艾米问Allan回来了没有，为什么他还没给她打电话。

爸爸迟疑了一会说："他星期一已经被公安局正式收审了。"

艾米不知道这个"收审"是什么意思，这个词她从前也听说过，但从来没往心里去过。她问："什么叫'正式'收审？难道星期六上午把他带走是'歪式'收审？"

爸爸那边没啃声，艾米不敢再耍嘴皮子，严肃地问："收审是什么意思？是逮捕吗？"

"我也不知道收审是什么意思，应该不是逮捕。你好好读书，管这些事干什么？"

"你要我好好读书，就把你知道的都告诉我，不然我怎么读得进去？"

爸爸有点生气："我知道的都告诉你了，就这些。现在我很忙，你不要跟我耍小孩子脾气。让你妈妈来跟你说。"

艾米听见妈妈在小声埋怨爸爸不该说什么收审的事，然后她听见妈妈在电话里说："收审不是逮捕，是收容审查，是——人民内部矛盾，相当于把Allan请去协助调查。"

艾米一听又是"请"又是"协助调查"，感觉Allan正架着二郎腿在那里指点那些公安人员一样，于是放心了："那我可以跟他打电话吗？"

"那恐怕不行吧？收审了的人是没有——行动自由的，跟——跟坐牢差不多。"

"那你刚才怎么说是协助调查？还说是'请'？"

妈妈有点生气地说："你钻什么牛角尖？你不要跟我咬文嚼字，我不是学法律的，我怎么知道？都是听来的，他们怎么说我就怎么说。"

艾米有点奇怪，爸爸妈妈是怎么啦？妈妈以前从来不跟她发脾气的，妈妈的脾气都是专门留给爸爸的。爸爸也很少发她的脾气，爸爸的脾气是专门留给妈妈的。她记得小时候，她把"脾气"认成"牌气"，全家人都跟着她说"牌气"。爸爸妈妈都说他们家是个子越小的"牌气"越大，所以那时艾米是家里"牌气"最大的人。即使现在艾米已经长得比妈妈高了，她还是家里"牌气"最大的人。平时只有她发妈妈"牌气"的，怎么今天这二位"牌气"都这么大？

妈妈见艾米不说话，赶快缓和了口气说，"艾米，你是个聪明孩子，怎么劝都劝不醒呢？Allan不是你想象的那样单纯的，他有很多东西你根本不知道，像你这样年轻幼稚的女孩，很难想轻得出他那样的人有多——复杂。你好好读书吧，这件事比你想象的要复杂得多，你最好不要再过问——"

艾米听见妈妈一口气用了好多个"复杂"，一下是"多复杂"，一下又是"复杂得多"，听上去像个没什么文化的家庭妇女一样，反反复复就是用那么几个词。

她讥讽地说："一个人总不会因为复杂就被收审了吧？他们为什么收审Allan？"

"我也不知道，情况一天一变，今天说是为这，明天说是为那——"

"你只告诉我最新的消息。"

"最新的——是因为那个——姓简的女孩被谋杀的事。"

"Jane被人谋杀了？"艾米惊讶地问，"她真的死了？我还以为——你从哪里听来的？你sure她是被人谋杀的？"

妈妈有点烦躁地说："你不要在那里'谋杀''谋杀'的大声乱叫，现在这些都还在调查当中，我们不要在电话上说这些，让你那些同学听到不好。"

"那我马上回来，你当面告诉我。"

"算了算了，你不要回来了，跑来跑去耽误学习。就在电话里告诉你吧，你不要在那边一句句重复，听见没有？"

"我保证不重复。"

妈妈说："姓简的女孩的死，Allan是重大嫌疑犯，他有作案动机和机会，公安机关已经掌握了充分证据。就这些，现在不要再过问这事了，从思想上跟他一刀两断，好好读你的书。好男孩多的是，书读好了，还愁找不到一个比他强的？"

艾米有点鄙视妈妈，怎么说话办事都这么小市民呢？一看到Allan有麻烦了，马上就想到逃跑，而且还扯到什么"找一个比他更强的"，太势利了。

她放下电话，开始思考。Allan是谋杀Jane的重大嫌疑犯？而且公安部门已经掌握了充分证据？什么证据？

她想起那天晚上在洗手间里Allan说过一句"你这是握手还是谋杀？"难道那是他情不自禁的口误？她又想到那天还没有到Jane家的单元门，Allan就好像知道里面发生了什么，坚决不让她进去，他是怎么知道的呢？如果是他干的，那他最后喊的那句肯定是"Dont' t tell——my——parents（别告诉我的父母）"，而不是"your parents（你的父母）"，因为后来是他自己把这事告诉她的parents（父母）的。可能当他被抓的时候，他就知道事情败露了，所以叫她不要告诉他远在加拿大的父母，难得他这么孝顺。

但他为什么不逃跑，反而回到他作案的地方去呢？可能没想到公安人员这么神机妙算？那么Jane的妈妈打电话时不说Jane已经死了，而说Jane在医院，是在帮公安人员骗他过去？他连这点也看不出来？真是白看了那么多破案小说了。她记得他还翻译过一本《犯罪心理学》，难道翻译的时候就没学到一丁点东西？

她自己都觉得自己有点奇怪，这么严重的问题，她并没有轰地倒下，没有哭的冲动，脑子也没有形成"意识泥坑"，而是很冷静地思考这一切究竟是怎么回事。她发现自己有些时候非常冲动和糊涂，比一般没脑子的人都糊涂，但有的时候又非常冷静和逻辑，比一般有脑子的人更逻辑。

像现在就是这样，如果是一般人，肯定要六神无主了。但艾米不，她好像有第七神一样，很有把握一定有办法洗刷Allan的杀人罪名。

她读过的侦探小说情节刷刷地飞进她的脑海，那些名词术语一个个显得那么亲切："谋杀"、"作案"、"嫌疑犯"、"凶手"、"不在现场"、"动机"、"时机"、"证人"、"旁证"、"物证"等。平时爱看侦探小说，想不到在现实生活中竟然用上了。

她最喜欢看的侦探小说是那种被称为"推理小说"类的，她最喜欢的推理小说作家是英国的阿茄莎·克里斯蒂，因为阿的小说都是运用逻辑推理破案的。通常的情况是，谋杀案发生在一个相对封闭的环境中，比如火车上，游轮上，凶手不可能逃离现场，只能是火车上或者游轮上的某个人。小说的高妙之处就是所有的线索从一开始就都呈现在读者面前，但读者就是推不出罪犯是谁。推不出的原因，一是因为作者同时给了很多虚假的线索，误导读者，另一个原因就是犯罪的动机往往很隐秘，读者不知道，或者罪犯有非常过硬的不在现场的证据。

艾米读阿茄莎的小说的时候，都是坚决不提前看最后的结果，而是自己一步一步地推理，争取自己能把罪犯给"推"出来。刚开始看的几部，她推不出来，一推就被作者误导，推到一个无罪的人身上去了。但多看几部，掌握了作者的思维方式，最后也能推出来了。所以她对自己的推理能力非常自信，觉得自己经过这样缜密的推理训练，推出杀害Jane的真凶，是不成问题的。

杀人第一要有动机，第二要有时机。谁有杀害Jane的动机？她觉得首当其冲的应该是那个追求过Jane的组织部年轻干部。那个家伙到Jane家来找过她好几次，但Jane都不在家，说明只是那人一相情愿，搞不好Jane是故意躲出去的。一个组织部的干部，吃了这样的闭门羹，面子上是很过不去的，自尊心是很受伤害的。也许上个星期五的晚上，他又来纠缠Jane，而Jane至死不从，于是那个家伙动了杀机。又因为他是组织部的，自然认识不少官场上的人，串通公安局，把Allan抓去做个替死鬼。

现在的问题是，怎么样证明是组织部的那个家伙干的呢？艾米想了一会，觉得从这头着手太麻烦，现在还是先证明Allan不是凶手。只要把Allan洗刷了，剩下的就不关她的事了。

Allan有没有动机呢？他为什么要杀Jane？难道像那个围观的中年女人说的那样，因为他把Jane的肚子搞大了？如果真是搞大了，他肯定舍不得杀Jane了，因为他那么爱孩子，他还不把Jane当个宝贝捧在手里？她不相信Allan跟Jane有那种关系，如果有的话，那么Jane看到她跟Allan关在屋子里打仗，还不醋性大发？还请她吃饭？如果换了她的话，吃了Jane还差不多。

如果他跟Jane没那个关系，他更没动机杀Jane了。他现在马上就要到深圳去工作了，正是春风得意的时候，为什么要去杀人？

动机消除了，剩下的就是时机了。Allan那天晚上应该有不在现场的证据，因为他跟另外四个人待在一起，只要把那四个人找来问问，就很清楚了。她觉得公安局那些家伙真是吃干饭的，如果这事交给她来办，肯定是三下五除二，就能水落石出了。

艾米决定回家一趟，她知道老丁上个星期五晚上是跟Allan在一起的，肯定可以为Allan作证。她不知道Jane是什么时候出事的，但她记得妈妈说过Jane在八点多钟时往她家打过电话，那就是说Jane在那之前是活着的。她估计Jane的父母那晚不在家，不然就不会发生那个悲剧。

但Jane的父母是睡得很早的人，所以那晚除非是Jane的父母没回来，不然就会是在比较早的时候就回来了。Jane的父母那晚肯定回了家的，不然就不可能当晚就发现Jane出事了。不管怎么说，Jane的死发生在八点多钟到Jane的父母回来之间，应该不超过十二点。

Allan那天是近一点才到她家来的，说明他跟老丁他们在一起待到十二点以后。如果老丁出来证明Allan整晚都跟他在一起，

Allan就有不在现场的证明，那不就一切水落石出了吗？这么简单的案，还不好破？

她想这可是"烈火识真金"的机会了，这比Allan说的那些把船凿破呀，到沙漠里去考验呀，都强多了。在这种关键时刻，我没有逃跑，而是跟他站在一边，而且还运用自己的聪明才智，为他洗刷了罪名。等他出来那天，肯定要动情地说："艾米，是你救了我一命，我今生今世——"

但她马上觉得这个场景有点老套，大概是从什么电影里看来的，Allan肯定有比这更风趣更幽默更独特的表达方法。她甚至想到，说不定从这件事之后，公安局就会聘她做顾问，有了什么疑难问题就来向她请教。那些侦探小说中一般都有一个傻不拉叽的警长什么的，猪脑子，什么都是只看表面现象，都要等到那个私家侦探来帮他破案，就像公安局这些猪脑子一样，要等到她来帮他们破案。

那英语专业还读不读完呢？读不读完都无所谓，其实她也不是很喜欢英语专业，只是因为Allan是学英语的，她才想到读英语。不如干脆做个侦探算了，自己开家私人侦探所。Allan也是看过很多侦探小说的，推起理来，不比她差。那就两个人合开一个夫妻侦探所，他们男人爱面子，就让他当所长，自己就甘居幕后，当个神探算了。侦探所的名字就叫"艾艾侦探所"，名字起得怪一点，一般人猜不出为什么起这么个名，肯定吸引大把的clients（顾客），做发了，就专门侦破疑难案件，一般的小case（案件）让公安局去搞就行了。

艾米把自己想得热血沸腾，马上就打的从学校跑回J大，连家都没回，在楼下取了自行车就跑去找老丁了。

23

　　艾米骑车来到研一栋，在楼下停了车。想到上次来找Allan的情景，心里生出好多的感触。那时即便是误会生气，也是和平环境的误会生气，现在却搞成了生死存亡的大事。

　　她来到405，举手敲门之前，突然想到那个关于《405谋杀案》的典故，难道405真是住不得？这次虽然谋杀案不是发生在405，却牵涉到住在405的Allan。她打了个寒噤，总觉得待会一推门，就会看见什么血腥的场面，心想这侦探看来还不好当呢。如果侦探不用看血腥场面，只坐在自己书房里推理就好了，所有那些勘察现场呀，提取物证呀，查看尸体呀，等等，都交给助手去做。

　　她鼓足勇气，敲了敲门，老丁很快就"打开了。见是艾米，老丁好像有点吃惊，但没像上次那样把她挡在门外，而是默默地把她让进去了。

　　房间里还有另外两个人，一个就是上次认出她是"老艾女儿"的那个，老丁介绍说是英文系的老杨；另一个她没见过，老丁说这是法律系的老曾。

　　"你知道成钢的事了？"老丁问。

　　"知道一点。"艾米不知道老丁的名字，只好跟着叫老丁，"老丁，你那天是跟他在一起的，对吧？"

　　"你说上个星期五？"老丁说，"对，我跟他在一起。"

"你们是什么时候聚在一起，又是什么时候分手的？"

"我是从寝室去'全聚德'的，他先回了趟家，说去拿点钱，然后他也去了'全聚德'，应该是六点多钟。从那以后我们就一直在一起，还有深圳的张老板和他公司的两个人。我们吃完饭又去唱卡拉OK，一直玩到十二点过了才散。我跟老成在校门那里分的手，我回了寝室，他——去哪里我就不知道了。"

"你知道不知道——姓简的女孩是什么时候——被那个的？"艾米想这个问题好像问得不专业，老丁怎么会知道？

"好像是九点多钟。"

"那就是说Allan根本不可能——作案，他有不在现场的证据，你就是他的人证。"艾米急切地恳求说，"你可不可以到公安局去一下，向他们说明这一点呢？我相信只要你肯出来证明，他们就知道Allan是无辜的了。"

老丁苦着脸说："我已经向他们讲了这些了——"

"那怎么可能呢？"艾米不相信，"如果你向他们讲了这些，他们为什么还不放Allan出来呢？老丁，你跟Allan是室友，你——"

"你怎么不相信我呢？我跟老成不仅是室友，我们也是好朋友，这次请张老板他们吃饭，老成是在帮我的忙，因为我也想进那家公司。老成为了帮我，又出钱又出力，你说我会见死不救吗？我确实已经把这些都告诉他们了，不是我自动去找他们，而是他们把我找去的，不然我根本不知道老成出了这么大的事。"

艾米仍然不相信地说："你去过了？那他们——"

老丁激动起来，说话也有点不利索了："我——我这个人也是很讲——义——义气的，我在这种事情上不会撒——撒谎的。如果我没去，我怎么知——知道那个女的是九——点多钟出的事？他——他们不说，我哪里会知道？还有，"老丁挽起裤腿，把左脚踝上和小腿上的青紫淤伤指给艾米看，"这是他们踢的，你说我——去——去没去？"

"谁踢的？"艾米惊恐地问。

老杨在一边说："还有谁？当然是那些雷子喽，我是说，那些公安。"

"老丁，他们为什么要踢你？"

老杨又替老丁回答："公安你还不知道？逮住谁，想打就打，想骂就骂，你撞他们手里算你点子低。"

艾米慌了，眼泪一下子就流出来了，她也顾不上什么男女瘦瘦的不亲了，抓住老丁的胳膊乱摇："他们为什么要踢你？他们会不会踢——Allan？他们肯定会打他的，他们带他走的那天就打过了——他们为什么要这样？为什么——没有人管的吗？你为什么不告他们？你——"

老杨问："告谁？谁见他们踢你了？是你自己不小心掉沟里去了吧？没告你酒醉扰乱治安就不错了——"

老丁赶快打断老杨："老杨别瞎说，他们踢我，是我说话讨人嫌，他们气不过，才踢我一下。他们肯定是看不来我那股傲劲，艾——小艾，你不要担心，老成那人说话温和，对人又有礼貌，他们无缘无故打他干什么？疯了？"

艾米一个劲地哭："他们会打的，他们已经打过了——他们肯定会打他的——他们肯定会的——"

三个人抢着安慰她，都说老丁平时说话就讨人嫌，上次还跟学校食堂的人吵起来，不是我们拉得快，说不定就打起来了。但老成从来不跟人发生纠纷，他那人生就一张笑脸，和蔼可亲，你想生他气都生不起来，公安肯定不会打他。我敢拿我的脑袋打赌，如果他们打了他，你拿我脑袋当西瓜切。

艾米慢慢平静下来，安慰自己说，可能那天他们打Allan是因为他说了句英语，他们觉得他傲气卖弄。他那天是在跟她说英语，现在他肯定不会对公安说英语。她抹抹眼泪，问："老丁，你在——里面——见到他没有？"

"没有，他们怎么会让我们见面？

艾米问老曾："你是法律系的，你认不认识什么有名的律师？"

老曾说："我是搞国际法的，对国内的这一套不是很清楚。不过就我所知，现在请律师也没用，因为没谁逮捕老成，也没谁起诉老成，所以用不着辩护。他现在只是收审，就是收容审查，公安机关有权将那些他们认为有嫌疑的人收容审查，暂时剥夺人身自由，待情况查清之后再作决定。乐观的估计，老成很快就会出来，因为公安局的人也不是傻子，明明有不在现场的证据，他们会视而不见？那不是丢自己的人？"

几个人都很佩服老曾的分析，心悦诚服地说："就是就是，你不用着急，就这几天的事。"

老丁说："我们正在为老成搞人格证明，老曾，应该是人品证明吧？"

"人格，人品都一样，就是证明他的character（性格，特征）吧。"

"对，就是让大家联名写个东西，证明老成是个正直善良的人，不可能做这种事。听说外国有这种搞法，律师有时会请几个证人，不是证明被告在不在现场什么的，而是对被告的人品提供证词，让陪审团了解被告的为人。不知道我们这里兴不兴，也许能起一点作用，毕竟是群众的呼声嘛。老成人缘好，我们已经征集不少签名了，弄好了就想办法送上去。"

艾米赶快签了一个名，谢了他们几个人，告辞离开了405。走到外面，正要上自行车，老杨追了出来，说："老丁脚不方便，叫我送你一下。你等着，我去推车。"

"不用了，现在还早，不用送，我骑车走了。"她想了想，又问，"你那天说成钢chasing skirts，是不是真有那事？"

"你没为那事跟老成吵架吧？"老杨问。

"怎么没吵，跟他横吵。"

老杨不好意思地说："还真吵了？那不明摆着是开玩笑的吗？真有那事，谁会说出来？惹那麻烦干吗？吃饱了撑的？"老杨迟疑了一下，又犹犹豫豫地说："你这人挺——有意思的，都到这份上了，还——有心思关心——这个？"

艾米也懒得想他说的"这份上"是哪份上，"关心这个"又是关心哪个，反正老杨说了Allan没chasing skirts就好。她说声："谢谢你，那我走了。"就一抬腿上了自行车。

她回到家的时候，父母都不在，她不知道他们去哪儿了，也不知道他们什么时候回来，只好自己找了点东西吃了，决心一定要等到他们回来，好跟他们商量Allan的事。

快十点了，父母才从外面回来，看见她在家，都吃了一惊。妈妈问："你今天怎么跑回来了？吃饭了没有？"

"吃了。"艾米急切地问，"你们知不知道是怎么回事？Allan的室友老丁说公安局已经把他叫去过，他也出具了Allan不在现场的证明，怎么他们还不放Allan回来？"

爸爸皱了皱眉，不高兴地说："我不明白你跟这事有什么关系，你搞得这么积极干什么？成钢的事有我过问就行了，你一个小孩子，懂什么？"

"我小孩子不懂？我至少还知道去找成钢不在现场的证人……"艾米辩解说。

"事情不是你想的那么简单，"妈妈连推带哄地把她带到她卧室里，"连你都知道找他室友调查，难道人家公安局的人不知道？别人是吃这碗饭的，不比咱们这些外行强？出个不在现场的证明能说明什么问题？你怎么知道他中途没离开过？你怎么知道他不会花钱请别人干？他被抓的那天身上还带着很多钱，又是美元，又是人民币——"

"那不是他请客的钱吗？"

"客已经请了，怎么钱还在身上呢？"妈妈解释说，"这不是我的意思，我这也是从纪委王书记那里听来的。现在基本上已经排除了凶手是外来的这一点，因为简家的阳台是用铁条封了的，门窗都没有毁坏的痕迹。前几天抓的那几个都基本上洗刷了嫌疑，因为简家都不认识那几个人，所以如果他们去叫门，简家的女孩是不会开门的。现在公安局已经肯定凶手只能是有门钥匙的人——"

"门钥匙不能配呀？如果他们家的钥匙丢过呢？"艾米生气

地说，"如果别人把他家的门钥匙偷去配一把呢？"

"我也希望Allan不是凶手，他是凶手，我们都有牵连。现在你爸爸那边很多人都在指责你爸爸，说他重才不重德，总说成钢有才，问题是一个人光有才不行啊，没有德，越有才的人越可怕。所以我们都想为他洗刷，这几天，我们除了上课，都是在跑他的事，但是——"

艾米焦急地问："你说公安局已经掌握了充分证据，到底他们掌握了什么证据？"

妈妈两手一摊："我怎么知道？现在一切都在调查当中，别人怎么会告诉我们掌握了什么证据？"

"那现在怎么办？"

"没什么办法，只有等公安局调查，你要相信公安机关不会放过一个坏人，也不会冤枉一个好人。我们今天又去找了纪委王书记，还有教委的郑科长——"

艾米有点不耐烦："你们找纪委和教委的人干什么？这又不是党纪党风的事，也不是教学上的事，你们连这都不知道？"

妈妈的自尊心似乎受了打击，反驳说："你懂个什么？中国的事，没什么相关不相关的，你有熟人有路子，都是相关的。你没熟人没路子，就什么都不相关。教委的郑科长，他小叔子认识收审站的一个人。纪委的王书记，以前在市公安局工作过，那里很多人都是他以前的部下。不是找他，我们怎么能知道这些情况？我们当教员的，清水衙门，也就认识这么几个人。你这么有本事，你说应该找谁？"

艾米怕妈妈一不高兴撒手不管了，缓和了口气说："我没说我有本事，我也没路子，我只能找你跟爸爸。不过我觉得这样找熟人，好像有点做贼心虚一样。既然他没干这事，为什么还要找熟人找路子呢？"

"所以说你小孩子不懂喽，郑科长说了，关在收审站的人，至少有70%最后都证明是无罪的，但在里面关了四五年没放也没正式逮捕的大有人在——"

24

艾米听得毛骨悚然："关四五年不放？没有罪，为什么关那么久？"

"谁知道？可能调查需要那么久的时间喽。所以你不找人催着他们办，他们给你拖个三年五年的，你拖得起？"

"你说收审跟坐牢一样，"艾米担心地说，"万一他们调查Allan的事也花个四五年，那他不是等于坐四五年的牢？可不可以把Allan保释出来？"

"我不知道中国有没有保释制度，有也不适用于收审的人，因为收审不是逮捕，只算个协助调查，怎么保释？"

艾米现在一听到"收审"这个词就火冒三丈："收什么审？这是谁兴出来的？一个人在没有被证明有罪之前，就应该assume（假设）他是无罪的，这个什么'收审'完全是背道而驰，在没有证明他是无罪之前，就assume（假设）他是有罪的，像这样搞，无论谁都可以收审，都可以关一辈子——"

"你这都是书上看来的一套，不是英美的，就是香港的。"妈妈安慰她说，"艾米，妈妈知道你着急，所以妈妈一天到晚都在跑这个事。但是我们也没法改变中国的收审制度，所以你急也没用。你一个小孩子，不要逞能，想去破案。现实生活不是小说，不可能黑白分明，中国的社会不是按照你的逻辑来运行的。你又是个女孩子，这样到处乱跑收集证据寻找证人，要是出点事，你叫爸爸妈妈怎么活？"妈妈加重了语气说，"你今天一定要答应我再不这样乱跑了，不然我不管这事了。"

艾米被今天的事搞得垂头丧气，答应不再逛能乱跑了，恳求爸爸妈妈一定抓紧，尽早把Allan弄出来。

只要能把Allan救出来，你就是要她去劫法场她都肯干，更不要说请客送礼，扔炸药包，投手榴弹了。如果需要做伪证，她也愿意，现在唯一有顾虑不敢做的，就是牺牲色相，搭救Allan了，因为她怕那样的话，救出了Allan，却被他厌恶，不等于跟别的妞帮个忙？

她恳求妈妈说："下次你去找王书记或者郑科长，可不可以让我也跟你去？"她看见妈妈面有难色，就要个软刀子，"如果你觉得不方便就算了，我自己去找公安局的人谈。"

妈妈赶紧说："你别去捅公安局那个马蜂窝了，你找他们干什么？去告诉他们你比他们聪明？你是想帮Allan还是想害他？"妈妈说，"这样吧，我们跟王书记说好了下星期一晚上去他家的，你要去就一起去吧。不过先约法三章，你去了，只能听，不能乱插嘴，不然的话，得罪了王书记，什么情况都打听不到，我们就更加两眼一抹黑了。"

艾米赌咒发誓地保证了一通，心想到了那里再说，有了机会还是要把自己的推理跟王书记说一下，好让他转达给公安局的人。

好不容易熬到了下个星期一，艾米下午四点多就赶回了家，积极主动地做了晚饭，等爸爸妈妈回来吃。过了一会，妈妈从学校里回来，爸爸也从外面回来了，提着几瓶酒，还有几条烟。艾米听见爸爸在客厅跟妈妈说："不知道王书记喜欢不喜欢这种酒，我对酒一窍不通，这还是问了对面的老张才去买的……"

艾米从厨房里走出来，说："我已经做了饭了，你们把桌上的东西拿开，我摆桌子吃饭了。"

爸爸看见她，好像有点吃惊，本能地去遮盖桌上的东西，问："你今天不上课？"

妈妈连忙解释说："今天想把艾米也带去——"

"带她去干什么？"爸爸斥责说，"这又不是去音乐会，你怕她不被这些歪风邪气污染？"

"算了，让她去吧，她想去——"

"想去就让她去？迁就也要有个限度——"

艾米见爸爸妈妈为她开吵，赶快说："吃饭吧，时间不早了。你们不用怕污染我，也不用为自己干这种事羞愧，这也是没办法。现在就是这种风气，你不扔炸药包手榴弹就办不成事。我知道你们一生清白，厌恶这种勾当，但这不是为你们自己，是帮Allan，也算舍己为人，所以不用那么自责了。"

两个大人被自己的孩子开导，显得很不自在，不过没再说什么，三个人默默地吃了饭，打的到王书记家去。

王书记家房子虽然挺大，但装饰得并不豪华，有点纪委书记的廉洁奉公味道。王书记人也显得很清瘦，不像艾米心目中的贪官污吏，个个吃得脑满肠肥。艾米看见爸爸有几分尴尬地把带来的礼物放在桌上，搓着两手，像干了坏事一样不安，她鼻子一酸，差点掉下泪来，心想爸爸如果不是为了Allan，肯定是不会干这种违背他做人原则的事的。

王书记一眼就看见了爸爸放在桌上的礼物，走过去，提起来，往爸爸怀里塞，说："老艾，你这是干什么？我是纪委书记，你这不是要我违法乱纪吗？你前几次没搞这些，我不一样在帮你打听消息吗？"

艾米看见爸爸尴尬得无地自容，接也不好，不接也不好，脸涨得通红。她恨不得恳求王书记收下算了，心里对那些有礼就收的干部充满了感激之情，那样至少不会让送礼的人这么尴尬了。但王书记坚决不收，妈妈帮忙转个弯，接过礼物，放到门边地上，说待会走的时候拿走。

王书记说："到我书房来谈吧，"然后又看看艾米，"这是你闺女？嗬，挺高呢，在B大读书那个？"

妈妈说："我们就这一个，响应计划生育号召。"

"我也就两个，一儿一女，我是计划生育先行者，党还没发号召，我就先行计划了。"王书记说完，对书房边的一个房间叫道，"小昆，你来陪陪这个妹妹吧，我们几个大人要谈点正经事。"

艾米见王书记要把她打发掉，急着说："我不是小孩了，上大学了，我——"她看见爸爸妈妈都在给她使眼色，大概是怕她再坚持下去王书记干脆不跟他们谈了，她只好跟那个"小昆"去了书房隔壁的那个房间。

小昆看上去年龄肯定不小了，最少有三十岁，高高瘦瘦，挺老实的样子。小昆很殷勤地为她搬椅子，端茶倒水地忙了一阵，然后坐下来陪她说话。艾米心不在焉，一心想听隔壁的人在说什么。小昆见她没心思说话，就把自己集的邮票拿出来给她看，自己也在一边翻看，这样两个人就可以名正言顺地不说话。

艾米越着急越听不清隔壁在说什么，小昆问她："你爸爸妈妈是在跑你男朋友的事？"

"不是，"她自己也不知道为什么要否认，"是我爸爸的一个学生，他父母都不在这，在加拿大那边。"

"噢，在加拿大那边？移民过去的？"

艾米看看小昆，说："你可不可以不说话？我想——"

小昆想了想，把她带到一个门帘子前，把手指放在唇上，做个"不要说话"的手势，就走回桌边看他的集邮去了。艾米用手拨了拨帘，发现是个门，大概书房跟这间房原是一间，中间有个门，用帘子挡了一下算是两间。她站在帘子边，听书房里的人说话。她听见王书记说：

"他在L大那边——也有过很多——男女关系方面的事，现在已经派人去调查了。J大这边虽然还没调查出什么来，但不等于没有，很可能是那些受骗的女孩子还没觉悟。姓简的女孩这件事，只是他很多风流韵事当中浮出水面的一件，没浮出水面的，就不知道有多少了。"

她听见爸爸说："成钢不是这样的人，他做我的研究生近三年，从来没听说他有作风方面的问题。他学习很用功，论文写得很出色，答辩委员会给予很高的评价。他在读书期间，发表了不少文章，还翻译了一些书——"

王书记说："你这是说的才能方面，有才不等于有德。你是他导师，但不等于你每分钟都跟着他。他周末住在简家，跟简家的女孩同居你也不可能知道，就连她父母都不知道。他杀人的动机可能是女孩子不愿堕胎，本来年轻人冲动了，发生了关系，并不是什么大不了的事，他们两个人也都到了结婚的年龄，但估计是中途他移情别恋了，不想奉子成婚，女方又拖着不放手，这才下了毒手——"

艾米再也忍不住了，掀开帘子就走进书房，直通通地问王书记："他们怎么能断定简家的女孩怀孕了，而且怀的是成钢的孩子？他们解剖尸体了？验过血型了？做过DNA检查了？他们凭什么这样说？"

书房里的三个人大吃一惊，小昆也吓得跑到书房来了。王书记看看艾米的爸爸妈妈，说："你们这个闺女好厉害！吓我一跳。小姑娘，很不简单呢，说话咄咄逼人。"

艾米不知道他是在表扬还是在讽刺，不敢乱答话。

王书记对艾米说："小姑娘，公安局办案是有他们的章法的，这些事，你小孩子能想到，公安局的人难道想不到吗？就我所知，凡是非正常死亡的，都要解剖尸体，而且要尽快解剖。不过我没看过验尸报告。我刚才说的都是公安局那边的人告诉我的。你不要到外面瞎嚷嚷啊，不然我就算玩完了。"然后又半开玩笑地问："成钢是不是你的男朋友啊？这么关心他？他移情别恋，不是移到你身上去了吧？"

爸爸妈妈都抢着替她断然否认，但艾米看得出来爸爸是真心否定，说话底气很足，而妈妈只是掩盖，显得很慌张。

"开个玩笑，要真是你们闺女的话，你们能不知道？"王书记对小昆说："去拿些水果来客人吃。"

那天的谈话就算被艾米搅和了，王书记没再回到Allan的话题上去，而是跟爸爸妈妈聊别的事，艾米一点兴趣也没有了，催促说："我们回去吧。"

临走的时候，王书记把一边的礼物提了起来，硬性塞回给爸爸了。三个人走出去叫出租车。爸爸说："王书记这人还是很清廉的，不愧是纪委书记。"

妈妈说："谁知道？会不会是嫌咱们送得太少？或者送的东西不对路？"

"你总爱把人往坏处猜，"爸爸说，"我知道王书记喝酒的，而且好酒量，抽烟你也看到了，烟瘾大得很。别人就是清廉，你看他家里也不是那种富丽堂皇的——"

妈妈问艾米："你今天回不回学校？要不干脆叫出租直接送你回学校？"

艾米有气无力地说："我想先回家，我头好痛。"

25

　　艾米回到家，想收拾一下东西回学校去，但王书记的话老在她耳边嗡嗡作响，像只赶不走的蚊子一样，你以为它飞走了，正在庆幸，它又飞回来了。

　　妈妈来问她今晚回不回学校，如果回的话，就叫爸爸送她。她抓住妈妈问："如果Jane怀的是Allan的孩子，那Allan杀她，不等于把他自己的孩子也杀了吗？"

　　妈妈打个寒噤，说："想想就残忍，一刀两命——"

　　"可是Allan那么爱孩子，他怎么舍得杀自己的孩子呢？"

　　妈妈警觉地问："你怎么知道他爱孩子？你们——"

　　艾米矢口否认："你放心，我跟他没那种关系。但是我觉得他跟Jane不可能有那种关系，更不可能有孩子。解剖真的证明Jane怀孕了吗？而且孩子是Allan的？"

　　妈妈也很迷茫："如果解剖证明她没怀孕，或者孩子不是Allan的，那他们干吗还不放Allan回来呢？"

　　艾米烦躁地说："算了，懒得管他的事了，我回学校去了。"

　　"我叫你爸爸送你。"妈妈离开了艾米的卧室。艾米扑倒在床上，感到浑身软瘫，头痛欲裂，耳边除了妈妈刚才的话，还有王书记的声音"他在L大那边也有很多男女方面的事"，"他跟简家的女孩同居"，"这只是浮出水面的一件"，老杨也跟着喋喋不休"chasing skirts"，然后还有Allan振振有词地说"对过去的事最好不要刨根问底"。

她昏昏沉沉地躺在床上，朦胧中觉得妈妈进来了，问她去不去学校，然后摸摸她的额头，紧张地说："这孩子在发烧。"

然后爸爸也进来了，要带她去医院，她死活不肯，大发脾气："你们都出去，出去，我要睡觉。"爸爸妈妈出去了，过了一会，妈妈又拿来药和水，说你吃了药再睡吧。她大喝一声："你们是不是想烦死我？"吓得妈妈退了出去。

她沉入一种半睡半醒的状态，好像是在做梦，又好像是回忆，几乎都离不了Allan，有时他在跟她开玩笑，有时他在玩她的头发，有时又在做爱，但他的声音听上去很遥远，那些画面也很模糊。她像一条小船，随波逐流，漂漂荡荡，抓不住桨，看不见岸，就那样漂流着，不知道要漂到哪里去。

她的脑袋里好像有无数个线头一样，四处乱飘，她想让它们停下来，但那些线头就是不停下来，而是越飞越快，好像有人在她脑子里转一个拖把，拖把上的布条乱糟糟地向四面八方飞去。

她觉得她的人也跟着转了起来。她闭着眼睛，仍然能感到天旋地转。刚开始是水平方向转动，她不得不紧紧抓着床，才不至于转得飞到床外。然后她感到她连人带床一起转动起来了，像翻筋斗一样，头向着地上栽去，然后又向天空方向浮起，越转越快，她吓得大叫，妈妈奔过来，问她怎么啦，她哀求说："你抓住我，压住我，不然我就要转飞了。"

妈妈说："你睁开眼，睁开眼看见四周的东西，就知道自己没转动了。"

她睁开眼，但四周的东西都在转动，连妈妈也在转动，她只好又闭上眼，感觉喉头发紧，刚说了声"我要吐"，就吐出来了。

妈妈不管她同意不同意了，跟爸爸两人把她送到医院急症室。医生查来查去查了很久，说看不出有什么问题，可能是美尼尔氏综合征，开了些药，就让爸爸妈妈带她回家了。

到半夜了，她才觉得转动停止了，她脑袋里那些四处乱飘的线头慢慢垂下来了，她的大脑可以组织一个一个句子了，她可以想问题了。

她想起当她问Allan以前有没有爱过别人的时候，他说"过去的事最好不要刨根问底"，那说明他爱过的，不然他就会断然否定了。果然现在王书记说他在L大那边也有很多男女方面的事。他究竟有些什么事呢？是有过很多女朋友？还是把很多人的肚子搞大了？抑或是杀了很多人堆在那里？

她相信他没杀过人，可能也没搞大几个肚子，但他肯定做过不少爱，因为他跟她做爱的时候，从一开始，就没显得慌张，而是很老练的样子。

想到他曾经跟无数的女孩有过这种关系，特别是曾经那样温柔地把无数个女孩送上极乐巅峰，她就感到自己的心被嫉妒撕裂。如果他只是跟别人发生关系，草草了事，也许她不会这样难受，因为那说明他不爱她们，只是发泄一下。如果他是这样温柔地爱她们，这样体贴地爱她们，那就太让她难以忍受了。

她恨了他一会，就为他辩解说，那都是很遥远很遥远的事了，是他在遇到她之前的事了。他那时还不认识她，就算他爱过别的人，也不能说明什么，因为他毕竟最终没有跟那些人在一起，而是跟她在一起了。

她相信J大会有人爱他，会有人到他寝室去等他。如果她自己是他的同学，或者是住在研二的女生，她也会跑他寝室去找他。但有多少人爱他，不是她伤心的事，她伤心的是他会爱别的人。

她想起那天她对Allan说她怀孕了，他是那样欣喜，他抱着她的时候，好像生怕把她或者那个小人儿弄伤了一样，他还说他会打胡说，会带小孩。他说他自己就差一点被做掉了，她想那可能是他爱小生命的原因之一。难道他说的一切都是在骗她？是想把她稳住，等有了机会好杀她？那她当时就揭穿了自己，说自己没怀孕，看来是自己救了自己一命了。

但她无论如何没法相信Allan会杀人，她想象不出他举起刀来会是什么样子，她想象不出他会有凶恶一面。他不是一个杀人犯的TYPE。世界上有两种人可能杀人，一种就是头脑容易发热的人，有很强的动机，有不顾后果的蛮勇，而Allan是个冷静有余，热情不足的人。另一种杀人犯是所谓冷血杀手，但冷血杀手都是精于计划的。像这样在自己居住的地方杀害一个怀了自己孩子的人，绝对低于Allan的智力。他看过不计其数的侦破小说，他思考问题非常缜密，如果他要犯罪，肯定会比这高明。

她有点惊恐地发现，当她想到Allan是杀人犯的时候，远不如当她想到Allan在爱别人的时候痛苦。其实她已经听到别人好几次说到Allan杀了Jane了，但她并没有很痛苦，一是她不相信他会杀人；第二个原因，她连对自己承认都有点不敢，也许潜意识里她认为既然Allan杀了Jane，就说明他不爱Jane，所以她没有感觉到痛苦，而是在担心Allan。真正能使她痛苦的是他爱Jane，只要他不爱，她似乎连他的杀人都能原谅。她觉得自己真的是算得上残酷，她决定这一辈子都不要对任何人承认自己有过这种想法。

她想，如果Allan因为杀人坐牢了，她不会恨他，她会一如既往地爱他，她会永远等他，哪怕是此生再不能在一起，都不会影响她对他的爱情。

但如果他爱Jane，那就完全不同了，那就像他飞起一脚，直接踢在她的致命之处，她的心就被踢碎了。她看不出生活还有什么意义，她想不出还有什么必要去上学，她只想回到那个星期五，让生活就结束在那个美好的夜晚，让她以为Allan是爱她的，然后直接就被他爱死掉，从此不再有痛苦。

她觉得Allan说过的那个关于陷入爱情的女孩起诉自己恋人的比喻不完全对，她没有为他罗织罪名，他的罪名都是别人罗织好了的，而她只是他忠实的辩护人，她一点一点地驳斥别人罗织的罪名，一心一意想为他开脱，一步一步地在心里让步，只想证明他是爱她的。

现在解剖已经证明Jane怀了孕，而且是Allan的孩子，她可以不相信流言飞语、围观者的议论，但她不能不相信解剖，因为解剖是科学。如果解剖结果证明Jane怀的不是Allan的孩子，而他又有不在现场的证明，那他们就应该放他回来了。他至今被关在收审站就说明解剖结果证明了Jane怀着他的孩子。

她慢慢说服自己，性关系不代表爱情，如果他只是生理上的需要，跟Jane发生了关系，她还是爱他的。现在Jane已经不在了，他也有了她，他的生理需要就解决了，他就不会再去想Jane了。但是如果他跟Jane发生关系不仅仅是生理的需要，而是出于爱呢？想到这一点，她就觉得心很痛。

她不愿意想到Allan跟Jane在一起的场面，但她遏制不住地要想，而且是生动具体地想。她把自己跟Allan做爱的情景一场场回忆起来，只不过把女主角换成Jane，然后仔细回想那一幕幕，一回回，每一个细节，每一个动作，都像针一样，扎在心上，一阵一阵地痛。她几乎都能看见Jane用她那水汪汪的大眼睛望着他，而他则温柔地爱她，问她"喜欢不喜欢这样"，他一直等到Jane的小妹妹抓住了他的小弟弟，Jane一次次上了高潮，累得告饶了，才舍得让自己一泻千里……

她记起他跟她在一起的时候，除了最开始的两次之外，他一直都采取体外的方式。她以前只把那当做是对她的爱护，现在想来那其实是他不爱她的证据，因为他愿意让Jane怀孕而不愿意让她怀孕，因为跟Jane做出来的孩子是爱的结晶，而跟她做出来的就不是爱的结晶。

她再也控制不住泪水，就那样躺在那里，让眼泪泛滥在脸上。她感觉泪水热辣辣的，刺痛她的眼，还流到耳朵里去了。她懒得去擦，只是一遍遍地想：他为什么要爱Jane而不爱我？他既然爱Jane，又为什么要跟我在一起？

然后她想起是她自己把自己force upon him（强加于他）的，她抓住他的手，按在自己胸上，她对他流泪，所以他心软了，但他一直没有跟她做爱，肯定是因为他那时一直在跟Jane做爱。最后又是她自己把自己强加于他，他才开始跟她做爱。

再然后他变得越来越贪恋她的肉体，可能是因为Jane怀孕了，他害怕Jane会因为做爱而miscarriage，才在她身上发泄自己的情欲。想到这里，她觉得一阵猛烈的恶心，又呕吐起来。

26

　　艾米不记得自己在床上躺了多少天，时间对她来说已经没有什么意义，她什么都不关心，什么都懒得想，一切的一切都没意思。妈妈也不敢催她去学校，总是自己打电话给她老师说请假的事，还给她搞了个医生证明，说她有美尼尔氏综合症。她的同学兼好朋友向华经常打电话来告诉她学习进度，可能也是妈妈托的，但她只懒心无肠地听听，说个谢谢，就没有下文了。

　　她每天都勉强爬起来跟父母一起吃饭，因为不吃的话，他们就老来麻烦她，叫她吃，劝她吃，劝得她很烦，不如随便吃两口，堵他们的嘴。

　　爸爸妈妈还是经常出去找人，他们把那简称为"跑"，总是说"今天没课，我们再出去跑一下"或者"今天跑了一天，没什么结果"。

　　妈妈还是经常来向她汇报当天"跑"来的情况，她冷冷地说："这关我什么事？你们也不用跑来跑去了，让Jane的父母去帮他跑吧，既然他们的女儿怀的是他的小孩，那他就是他们的女婿了，岳父母帮女婿洗刷罪名，不是天经地义的吗？"

　　妈妈总是担心地看着她，但不敢说话。后来她听见妈妈对爸爸说："老艾，我看我们还是别管成钢的事了吧，管得太热心，别人不怀疑成钢移情别恋的对象是艾米？"

　　爸爸很固执："谁会这样捕风捉影，造谣生事？艾米还是个孩子，成钢怎么会移情别恋到她身上？我帮成钢，是因为我相信他是清白无辜的，帮不帮得成，不是我能操控的，但帮不帮，是由我决定的。别人怎么想，那是别人的事，我不关心。你以后就不要跟着跑了，你上那么多课，还要照顾艾米，有我一个人跑就行了。"

艾米听了爸爸的话，恨得牙痒痒的，很想反驳一下，但又觉得爸爸是对的。Allan怎么会移情别恋到我身上？我不过是一块送到他嘴边的肉，他在Jane怀孕不方便做爱的时候拿我当个发泄工具而已。

妈妈还是尽量争取跟爸爸一起出去，因为妈妈怕爸爸书呆子不会说话，把事情弄糟了。每次出去之前，妈妈都要来嘱咐艾米一通："不要胡乱猜疑，什么事都要亲眼见了才算，别人说什么，都只是说有某种可能性，或者说通常情况下会发生什么，但任何事都有例外。"

虽然妈妈把话说得像格言一样地无所不包而又晦涩难懂，但艾米知道妈妈担心什么，于是直率地说："如果你是在担心我听到Allan的风流韵事要自杀，那你就多虑了。我没有那么傻。他不爱我，我为什么要爱他？"然后她开玩笑地说："我即使想死，也不会自杀，我会去救个人，做个英雄，让你们面子上有光，也让别人纪念我，树我做榜样。"

妈妈嘱咐了几次，看见艾米的确没做什么出格的事，比较放心了，舒口气说："我女儿是个聪明人，把这些事看得很透。人们都说爱情就像出麻疹，一个人一生都会出一次的，但出过了这一次，就终生免疫了。所以说爱情不爱情的，都是一阵子的事，有时觉得没了这个人，自己就再也活不下去了，但是咬紧牙关多活两天，也就把那人忘记得一干二净了。"

等到爸爸妈妈一离开家，艾米就自由自在地大哭一场。她知道自己不会自杀，因为她不想让爸爸妈妈伤心。但她看不出活着还有什么意思，充其量也就是行尸走肉般地活着而已。她不知道自己哪来的那么多眼泪，好像流也流不完一样。心里好像也没想什么，也没想到谁，就是觉得一切的一切都值得一哭。

哭过了，她又赶快用冷水洗脸，用热毛巾敷眼，好让爸爸妈妈看不出她哭过的。

有几次，她还真的到外面去转悠了一下，看有没有救人的机会，但没有碰上。她记得有个老师，为了救掉到地铁轨道上的学生牺牲了，她跑到地铁站看了一下，地铁轨道离地面很远，她不知道那位老师怎么能把学生举到地面上，可能不是那个站。再说旁边也没小孩子，其他人也不像会掉下去的样子。她也去过几个湖边，有几个小孩在湖边玩，但没人掉下去。她站在湖边，傻傻地等了一会，反而被一个大妈拉开了，可能怕她想自杀。她转了几次都是空手而归，心里怀疑那些救人的英雄可能整天在外转悠，才能碰上那么一个机会。

妈妈每次回来，照旧向艾米汇报跑来的结果，艾米爱听不听的，由着妈妈在那里讲。跑了这么久，也就打听到了有限的几点情况，零零碎碎的，艾米在她大脑里把那些情况分门别类了一通，归纳为以下几点：

置Jane于死命的凶器是"天下第一剪"的一把剃刀，理发师用的那种，很锋利的。因为这把刀，"天下第一剪"的孟老头和两个最近在那里理过发的年轻人受到了牵连，被"收审"了。这把刀，也是断定Jane不是自杀而是他杀的一个原因，因为公安局不相信Jane会从"天下第一剪"偷走别人的剃刀用来自杀，家里又不是没刀，至于去偷一把刀吗？Jane是党校老师，绝对不会偷东西。

Allan也经常到"天下第一剪"去理发，当然有机会弄走一把刀，但孟老头说那把剃刀应该是事发前两三天丢的，而在孟老头开出的最近去理过发的名单中，没有Allan。当然这不能说明什么，因为孟老头也不是时时刻刻待在店子里，到店子后面的屋子里去拿东西，做饭，捅炉子烧水，都是经常的，谁都可以溜进来拿走一把剃刀。

Jane是个左撇子，但那致命的一刀却切在左腕上，这是排除自杀可能的最强有力的证据。试想，一个人能用左手拿着刀，切在自己的左手腕上吗？

Jane的尸体是在Allan的卧室被发现的，屋子里没有扭打挣扎的迹象。Jane的父母从朋友家回来的时候，Jane的父亲用钥匙打开门，因为过道的灯坏了，他准备去开客厅的灯，结果踩到了什么很滑的东西，摔倒了。Jane的妈妈去扶他，自己也摔倒了。简父摔得很重，爬不起来，简母费了好大劲才摸到客厅开了灯，发现过道地上有很多血，两人身上也是血。

刚开始他们以为是自己摔伤了，检查了半天，才发现不是自己的血，于是顺着血迹找，找到Allan的卧室里，简母惊恐地看见Jane躺在Allan床上，盖着被子，左手伸在床外，地上都是血……

简母冲到床边，发现女儿身体已经冷了。他们叫了救护车，也报了警。Jane被送到了医院，但很快就证实已经没救了……

公安局认为现场已经受到了破坏，但他们根据地上的血迹，断定第一作案现场是过道，然后凶手将受害人放置在Allan的床上，伪造自杀现场。

桌子上有一封遗书，是以Jane的口气写的。但遗书写得条理清楚，很有文采，不像是一个准备自杀的人写出来的。经查证，笔迹跟成钢的很相似。遗书是指名道姓地写给成钢的，凶手伪造遗书，是很常见的，但伪造一封写给自己的遗书，就不大好解释。不排除凶手有自作聪明，想造成混乱的可能。

公安局根据凶器追溯到"天下第一剪"的业主孟老头，并从他那里弄到了一份最近去理过发的男顾客名单，公安局当晚就把孟老头和两个在那里理过发的青年带到公安局，收审待查。

案发当晚，公安局就已将Allan定为头号嫌疑，因为遗书是写给他的，尸体是在他卧室发现的，而他本该在周末回家的却没有回来，可以断定是畏罪潜逃。公安局让Jane的父母帮忙查找Allan的下落，Jane的妈妈在女儿的电话本上找到了几个号码，一个个打过去，终于找到了Allan。

因为Allan有四个人证明他不在现场，所以公安局没有把他当做罪犯逮捕，而是让他待在收审站。收审的原则是宁可错关三千无辜，不可放过一个真凶。一个无辜关在收审站，只是他个人暂时失去自由，但如果让一个真凶逍遥法外，那就有可能造成更多的凶案。本着这个原则，只把年老体弱的孟老头放回了家。

现在Allan仍然是头号嫌疑，所有线索都指向他，所有证据都对他不利，他唯一的辩护就是他有四个人证明他不在现场，但他可以有一个同伙帮忙作案。他被抓当天身上带着五百多美元、近五千元人民币，不排除是准备付给同案的酬金。

艾米听到这些，不知道为什么，老觉得很像某本书里的情节，特别是那个简的父母滑倒、以为是自己摔伤流血的细节，她敢肯定在什么地方看到过。真不知是生活模仿艺术，还是艺术模仿生活。

她在心里冷笑，公安局那些人，怎么就看不出Allan是绝对不会杀Jane的呢？他那么爱Jane，爱到跟她有了孩子的地步，他怎么会杀Jane呢？他们的那些推论，每条都可以轻易地被她驳倒。

在艾米看来，所有的物证都表明Jane是自杀。

首先，Jane留下了遗书，艾米没看见遗书，所以不知道里面写了什么，但肯定写了自杀的原因。遗书的笔迹跟Allan的相似，是因为Jane爱Allan，爱屋及乌，连他的字也爱，就会尽力模仿他的笔迹，也可能他们两人临过同样的帖。艾米自己临过帖，上高中的时候，她班上至少有五个人跟她的字体是差不多的。至于说遗书写得有条理，只能说Jane计划很久了，这封遗书可能已经在脑筋里千百遍地写过了，说不定早就写在纸上了。

艾米相信Jane有可能从"天下第一剪"拿走一把剃刀用来自杀。Jane家里有刀，但够锋利吗？既然Jane想自杀，她当然要make sure（保证）能达到目的。想象一下用一把钝刀在手腕上割来割去割半天，不早就把自杀的勇气割没了？当然Jane家里的刀也可能足够锋利，但Jane怎么知道呢？她又没试验过，也不可能试，但她一定知道剃刀是足够锋利的，你只要看看刀锋上的寒光，就能确定这一点。

Jane从"天下第一剪"拿走一把刀是轻而易举的事，她每天从那里过，瞅见哪天没人，就可以溜进去拿一把走。理发店肯定又不止一把剃刀，孟老头丢一把剃刀，肯定不会大惊小怪。说党校老师不会偷走一把剃刀，只是一般规律，任何事情都有例外，而一个人想自杀，本身就已经证明思考是跟常人不同的。死都不怕了，还怕偷一把剃刀？

　　Jane是左撇子，但Allan的床是右边靠墙的，她想躺在Allan的床上，躺在他睡过的地方，想象自己是躺在他怀里的，但她不想让血流在Allan的床上，所以她切左手腕，这样可以把左手伸在床外。过道里为什么有血，艾米不愿多想，可能是从Allan卧室流出去的，也可能Jane是在过道上切腕，等血流得差不多了才躺到Allan床上的。有关血的细节使她毛骨悚然，恶心想吐，决定不再想了。

　　艾米记得Jane写字是用右手的，因为她们交换过电话号码，如果Jane用左手写字，她肯定有深刻的印象。这种半左撇子在中国很普遍，就是吃饭做事用左手，但写字用右手，可能在学校里老师只教用右手写字，也可能左撇子多少被人当做异类，所以正规训练的东西多用右手。Jane的右手连写字这样复杂的事都能做，用右手切一刀不是很简单吗？她甚至想起Jane织毛衣也是右手上前的。可能所有从小形成的习惯都是左手，但所有后来学会的东西都是右手。

　　但有一点艾米无法解释，那就是Jane自杀的动机。Jane怀了Allan的孩子，即便Allan移情别恋，她至少还有一个Allan的骨血，那也可以安慰她一辈子了。况且一个即将做母亲的人，怎么会想到自杀呢？艾米记得看过不少这样的故事，就是一个怀孕的女人正准备自杀，肚子里的孩子踢了她一下，于是她泪如雨下，打消了自杀念头。

　　难道Jane不知道自己怀孕了？那就更没自杀的动机了。

　　既然没有自杀的动机，那最大的可能就是谋杀了，但凶手不可能是Allan，而是另有其人。Jane认识不少场面上的人物，也有不少追求者，会不会有人因为争风吃醋而杀害她呢？比如那个组织部的干部，如果他痴心追求Jane，却发现Jane爱着别人，而且已经有了孩子，他完全可能怒从心头起，恶向胆边生，从"天下第一剪"偷走一把剃刀，在那个星期五的晚上，甜言蜜语叫开Jane的门，然后杀害了Jane，还把现场布置得像自杀一样。或者那个刑侦科的科长，Jane跟他也很熟，是不是也对Jane追求未遂呢？

遗书也很好解释，凶手可以逼迫Jane写一封遗书，或者伪造一封遗书。艾米没有看见那封遗书，不知道内容。但她很自信，如果她读了那封遗书，她就能断定究竟是Jane写的，还是凶手写的。

艾米想到了这些，但她甚至懒得跟妈妈说她的分析，因为她知道Allan没有杀Jane，她相信公安局的人迟早会认识到这一点。即使公安局的人认识不到这一点，她也不担心了，因为Jane已经死了，她肚子里的孩子已经死了。Allan那么爱Jane，那么爱孩子，他的心肯定也死了，生命对于他还有什么意义？也许他现在最大的愿望就是只求速死。

她竭力不去想象Allan现在是怎样地哀悼着Jane和他们那未出生的孩子，但她可以清清楚楚地看见他泪流满面，为了Jane和孩子的死泪流满面。有一次她梦见Allan在为Jane和孩子哭泣，痛到极处，他那大而黑的眼睛里流出来的不再是泪水，而是血水。她自己也哭醒过来，希望自己跟Jane换个位置，那么Allan现在就不是在为Jane痛哭，而是在为她痛哭。

她知道Allan是个反对自杀的人，他在他的论文中已经阐明了这一点，因为他论文的立意就是"爱情诚可贵，生命价更高"，他谈到了爱情的不可确定性和不可把握性，认为这是文艺作品中人物为爱而死的最基本原因。但为爱而死的积极意义已经随着社会制度婚姻制度的变迁而不复存在了。在现代，像祝英台那样殉情已经没有积极的社会意义了，所以以为爱而死已经不值得提倡歌颂。人们应该珍惜生命，因为生命于我们只有一次，而这一次生命，我们可以用来做很多比为爱而死更有意义的事情。

艾米知道像Allan这样理论上竭力反对自杀的人，是不会因为爱人和孩子的死去自杀的，但不自杀不等于没有想死的冲动和理由，不自杀不等于充满了生之乐趣。他只是在为了不违背他的理论活着，那该是多么沉重无聊的人生。

说不定他现在已经对公安局承认是他杀死Jane的了，所以公安局不放他出来。那样他就可以借公安机关的手，来实现他速死的计划，去追随他心爱的女人和孩子。

27

　　这一向，艾米每天刷牙的时候，刚把牙刷放进嘴里，就忍不住要呕吐。吐又吐不出什么来，只是干呕一通，然后就觉得整个胃都被呕变了位置，堵在喉头很难受。

　　妈妈观察了几天，忍不住了，小心地问她："你是不是怀孕了？"

　　她知道妈妈想问这个问题很久了，妈妈那个星期天到公安局见过Allan后，回来就对她作了那个有关"女孩子不慎怀了孕要告诉妈妈"的长篇大报告，可能那时她就听说了Jane怀孕的事，怕她也怀了孕。后来妈妈也是如惊弓之鸟，一听到有关"孩子"的谈话就要担心地问她。

　　她索性摊开了问妈妈："你是不是早就知道Jane怀了Allan的孩子？你去公安局见Allan的那一次，他是不是就已经向你坦白了？"

　　妈妈解释说："也不是早就知道，或者说知道得不确切。那天到公安局去的时候，Allan并没说孩子的事，他自己并不知道为什么被抓到公安局去。但是那个值班的人私下告诉我，说姓简的女孩因为有了身孕自杀了，可能是Allan的孩子，因为遗书是写给Allan的。"

　　艾米问："你那天为什么不告诉我？"

　　"我——知道你很——迷他，我怎么敢告诉你？再说值班的人说一下，谁知道是不是完全正确？那天他们还没正式收审Allan，只是把他拘押在公安局，我还指望他很快就会出来，结果后来就越来越糟糕了，说简家的女孩不是自杀是谋杀。我们见不到Allan不说，连公安局的办案人员我们也见不到，只好找王书记去打听。"妈妈转而问她，"你真的跟他没那种——关系？我看你很像——怀孕的样子，morning sickness（清晨呕吐）——"

艾米断然否定："跟你说过多少遍了，我跟他没那种关系。你不用担这个心，就算有，他也不会让我怀上他的孩子，他爱我还没爱到那个地步——"她说不下去，哭着跑回自己的卧室去，关上门，用枕头捂住嘴，痛哭起来。

妈妈要去上班了，又担心她，跑来敲门，小心翼翼地说："艾米，不要胡思乱想啊，你自己也知道的，王书记又没看过验尸报告，什么都还没确定。这些事，不是亲眼见的，都不能相信——"

艾米抽泣着说："你上班去吧，我没事。"妈妈走了以后，艾米突然想，我是不是怀孕了？妈妈是过来人，她应该看得出来。她算了一下自己period（月经）的时间，又很失望，好像不太可能怀孕。她匆匆漱洗一下，就跑到外面书店去找有关怀孕的书。看了一通，觉得怀孕的可能性几乎为零。

书上说怀孕的清晨呕吐一般出现在怀孕后的第四十五天左右，她算了一下，她就算怀了孕，也没有四十五天。

然后她想到自己可怜的子宫，每个月都以为会有怀孕的可能，辛辛苦苦地让子宫壁肥沃起来，像老农一样，把土地耕得松松软软的，准备迎接一颗受精卵。结果等了又等，也没见到一颗受精卵。它等得心灰意懒，疲塌下去，子宫壁上耕耘好的那一层土地脱落下来，连累子宫的毛细血管出血，像泥石流一样，流向体外，变成了period。

她思索生命的形成，觉得真是像Allan说的那样，多奇妙啊！

她觉得Allan一定也是这样感悟生命的奇妙的，不然他就不会那样珍惜小生命。如果她现在怀了孕，她敢肯定Allan一定会爱上她。

她决定去找个医生检查一下，因为虽然从时间和技术上讲她都不可能怀孕，但她清晨呕吐是个事实，而且她这个人，事事都有悖常情，为什么怀孕的事不能有悖常情一下？

她不敢到J大校医院去，怕那里的人认出她是老艾和老秦的女儿，她也不敢到B大校医院去，怕别人认出她是艾米。其他市医院区医院她也不敢去，怕别人问她要身份证明什么的。她记得有条街上有个私人诊所，在一个小巷子里，巷子外面当街的地方挂着一个牌子，上面有"即时验孕，无痛流产"的字样。

她不知道自己以前为什么会留心到这样一个牌子，可能是那上面写着"退休女军医"，而在她心目中，军医是给军人看病的，缝缝伤口，挖挖子弹什么的，还说得过去，跟流产似乎不搭边。军医为谁流产，为那些穿大垮垮军裤的男人？

她决定去找那个退休女军医，她想私人诊所肯定不会要证明，不然谁还去？她车也不敢骑了，因为Allan说过怀孕初期骑车很容易miscarriage。她打的到了那条巷子，谢天谢地，那个诊所还在那里。她忐忑不安地走了进去，发现已经有个女人在那里了，她正想溜掉，被那个退休女军医看见，很和蔼地对她说："坐一会，我马上就过来。"

她决定等下去，一定要检查一下怀孕了没有，如果怀孕了，她相信Allan一定会爱上她，因为他那么爱孩子，一定会连孩子的妈妈一起爱。即便他不爱她，她有个小Allan天天在身边，也是很幸福的，他作为孩子的爸爸，总要经常来看孩子吧？而且她想象不出Allan怎么可以知道她有了他们俩的孩子还会不爱她，特别是在Jane和那个孩子已经不在了的情况下。

她坐在那个小诊所里等。诊所很小，可能是女军医自家的房子。隔着一个帘子，就是手术室，只遮住了病人躺着的那部分，那个女军医还露在帘子外面。她看见女军医拿了一把像钳子又不像钳子的东西，大概是放进那个躺在手术台上的人身体里去了，她听见那个女人在轻声叫唤，女军医说："不怕不怕，有点胀，但不会很久的，我要把宫口扩大一点。"然后她听见一种"滋滋"的声音，可能是在吸肚子里的小孩出来。过了一会，那个女的开始大声喊叫，痛骂一个叫"强三"的人。艾米惊恐地想：这怎么叫无痛流产？完全是剧痛流产。

最后女军医说："好了好了，就完了。"过了一会，那个女的下了手术台，躺到另一张床上去休息。女军医过来问艾米有什么事。艾米看见那个做了手术的女人还在，就不肯说。女军医很理解地笑了一下，走到病床前跟那个刚做手术的女人说话。

"三十天之内可不能让他碰你了，刚做过手术，体内有些伤口，宫口开得很大，很容易感染的。以后他不肯用套子，你就到我这里来打避孕针吧。"

那个女人抱怨说："他那人是个畜生，就知道搞搞搞，不管你的死活，搞起来又只顾自己。受了那个罪不算，现在又来受这个罪。"然后那个女人提高了声音，对着艾米这边说，"我嘛，是嫁了人，没办法，我真不懂你们这些小女孩，又没嫁人，看上去也不过二十来岁，为什么要自找罪受？你看现在搞出了事，他还露不露面？早躲起来了吧？"

艾米不知道说什么好，只把脸扭向一边，装作没听见。女军医说："其实男女房事，不光是男的享受，女的也是很享受的，只不过你丈夫不懂体贴女人，没有让你兴奋起来就强行进入，才会是活受罪。看一个男人体贴不体贴女人，性生活的时候是关键。你要多跟你丈夫谈谈这事，告诉他哪些你喜欢，哪些你不喜欢——"

"你以为我没跟他说过？"那个女人从床上坐起来，"你知道他怎么说？他说，从来没听说过女人在床上还要这要那，就你不要脸。"

女军医叹口气说："中国确实是有很多男人不懂得在性生活中给妻子带来满足，很可悲。其实这样，他们自己的性生活质量也不可能高。"

等那个女人走了，艾米才告诉女军医她想检查一下怀孕了没有。女军医问了一下她的情况，说应该是不太可能，不过什么都会有例外，然后给了艾米一个塑料杯子，说："我化验一下你的尿就知道了。"

艾米焦急地等了一会，化验结果出来了，女军医说："恭喜恭喜。"

"我怀孕了？"

"没有，"女军医说，"这下你放心了，可以安心读书了。还在读高中吧？现在高中女生也有很多怀孕的，哎，女孩子要懂得保护自己呀。"

艾米很失望，追问道："我真的没怀孕？你肯定？为什么我早上老是想吐？"

女军医把一个小盘子给她看，说："如果怀孕了，盘子里这张小纸就变成蓝色的了，你这张还是淡红色的，肯定没怀孕。你要不放心的话，我可以给你检查一下。"然后她让艾米躺手术台上去，她戴了一双薄薄的塑料手套一样的东西，伸了两个指头到艾米体内，另一只手放在艾米的腹部，像兜起一个西瓜一样地两手一兜，艾米直觉地感到是把子宫兜起来了，她叫道："你小心一点，不要把我弄得miscarriage了。"

女军医笑着说："你学外语的呀？我女儿也是学外语的，你们学外语的，动不动就冒几个外语单词出来。你是怕把你弄流产了？"艾米点点头，女军医又笑笑说："我检查过无数的未婚怀孕的女孩了，还是第一次看见一个怕把小孩弄掉的。你一定是很爱他吧？"

女军医人长得很慈祥，话也问得很温和，艾米忍不住哭起来，说不出话，只点头。女军医："那他怎么不陪你来呢？"

"他被收审了——"

"被冤枉的？"女军医说，"看你哭这么厉害，他一定是个好人，被冤枉的吧？"

艾米哭着说："他肯定是被冤枉的，他不会杀人的，他更不会杀一个怀了他孩子的女孩——"

"你把我说糊涂了，他被冤枉杀了谁？怀了他孩子的女孩？那你——"

艾米木然地说："他不爱我，他只是在那个女孩怀孕不方便的时候才跟我——"

女军医摇摇头，叹口气说："孩子，你知道这一点，为什么还这么留恋他呢？想用一个孩子挽回他的心？捆住他？那是没有什么用的。我开这个诊所不是一天两天了，这样的事见得多了，有些女孩子想用一个孩子拴住一个变了心的男人，那都是拴不住的。"

"别的男人可能拴不住，但他是拴得住的，"艾米固执地说，"他很爱孩子，他会连孩子的妈妈一起爱的。所以他非常注意，不让我有孩子。"艾米向军医讲了一些细节，说："我就是从这些事上，知道他不爱我。"

"你们为什么不用避孕套呢？又简单又保险——"

"用过，有两次偷了爸爸妈妈的来用，"艾米老老实实地说，"但我不喜欢，我感觉不到他，只感觉到橡皮，我就——没感觉，很难弄'来'——他知道了，就说，那我们想别的办法吧。他就一直——体外——"

女军医看着她，很真诚地说："孩子，听你讲的情况，他是很爱你的呢，你没有听刚才那个女的讲她的丈夫？你没有听见我刚才说的话？一个男人，在床上那么体贴你，他不可能只是发泄一下。你还不到二十吧？他其实应该等到你长大一些再开始的。"

艾米赶快替他辩护说："他是要等我长大的，我们谈恋爱半年多了，他都一直忍着没做，但我怕他是在留退路，而且我也很想知道到底是怎么回事，所以我——逼着他跟我——做的，真的。"艾米的大嘴巴又没有遮拦地讲了一些事。

女军医说："这是个难得的好男人呢，我觉得他很爱你呀。一个男人，特别又这么年轻，是很难控制自己的，不管他是忍着不跟你发生关系，还是采取体外的方法，都是要有很强的意志力的。很多男人也不愿用避孕套，所以会叫你吃避孕药，或者就不管不顾地泄在里面。他能这样体贴你，很难得啊。如果像你说的，你第一次就能有高潮，那他一定是想尽了千方百计激发你，而且把自己忍得很辛苦的了。"

艾米高兴了，口无遮拦地说："他肯定每次都是忍得很辛苦的，因为他总是想方设法让我有高潮，即使忍不到那么久，他也有别的办法的……"

女军医笑起来："你是个幸运的小丫头呢，你看刚才那个女的，可能一辈子都没有品尝过什么叫高潮，还要不断地来做流产，身体也搞坏了，这是最不幸的。有的人是享乐的同时，不小心出了差错，来做流产，那还可以说是为享乐付出的代价。像她这样的，没有享乐，只有痛苦，性生活就成了不幸的生活了。你很幸运嘛，只有享乐，没有痛苦，还说他不爱你？"

艾米问："你真的认为他很爱我？"

"我听过很多年轻女孩的故事了，也给很多女孩做过流产了，没有哪一个不是对我诉苦的，没麻烦没苦诉就不到我这里来了。你是个例外，你要珍惜他。你说他受了冤枉，那你要帮他才是呀，怎么竟然这样怀疑他呢？你看到过验尸报告了？你也没看到过嘛。公安局可能只是为了稳妥起见，暂时没放他，但他们也没抓他呀，等到都弄清楚了，就会放他的。你好好等着他吧，别胡思乱想了。"

女军医想了想，又说："你留个电话给我，把他的名字也写给我，我认识那边的一个法医，看我能不能帮你打听到什么情况。"

艾米喜出望外，立即留下了自己的电话号码和Allan的名字，又问了女军医的电话号码和名字，知道她叫金巧枝，才高高兴兴地回家去了。

28

　　艾米从金医生那里回来，就成天支着耳朵等电话。到了第三天，终于把金医生的电话等来了。金医生说帮她打听到解剖结论了，Jane死前仍是一个处女，所以不存在怀孕的可能。金医生问她："这下放心了吧？你的男朋友应该没事了，等他出来，带他上我这儿来玩啊。"

　　艾米谢了金医生，答应等Allan出来了带他去金医生家玩。挂了电话后，她沉思了一会，觉得这一切来得太突然，太不可思议，使她不敢相信。她想，如果解剖结论真是这样，那就说明公安局很早就知道Jane没有怀孕，那他们为什么还要怀疑Allan呢？这完全不合逻辑。

　　妈妈回来后，她把这件事告诉了妈妈，但她没说去金医生那里是为了检查怀孕的事，只说是一个朋友的妈妈，认识一位法医，帮忙打听的。

　　妈妈说："你听到这个消息应该很高兴呀，你这些天郁郁不乐，不吃不喝，瘦成这个样子，不都是因为你以为Allan让Jane怀孕了吗？"

　　艾米佩服妈妈的眼力和揣摩她心思的能力，她想，我什么都没对妈妈承认，妈妈都看出来了，那我对金医生什么都说了，金医生当然能看出来。现在她几乎有百分之百的把握，金医生是在骗她，是编出来安慰她的。哪里有那么巧？刚好就认识一个法医，而且这么快就打听到了？我跟金医生刚认识，非亲非故，她会为了我托熟人、找路子？

她沮丧地说："金医生肯定是在骗我，如果解剖结果真是这样，那Allan应该早就被放出来了。"

妈妈没说什么，但过了两天，妈妈带回来一份验尸报告结论部分的复印件，艾米亲眼看见了那几个字："处女膜完好无损。"她惊讶地问："你怎么搞到这个复印件的？"

妈妈说："中国是一个神奇的国家，最不可思议的事都可能发生。可怜的是简家的女儿，不仅丢了性命，死后还要被切得乱七八糟，什么隐秘都没有了。她的父母报案，也是因为对女儿的爱，不想让女儿死得不明不白。我这样违法乱纪地弄这个复印件，还是因为对女儿的爱。妈妈不忍心看你这样憔悴下去，为了救我女儿，我什么都可以做。"

艾米觉得心情奇好，开玩笑说："如果别人一定要你委身于他才肯给你这个复印件，你会不会答应？"

妈妈见她开心了，也很开心，爽快地说："为什么不？不过我一定要有把握了才会牺牲我的清白。尽管我那样做了，有朝一日你知道了，你会瞧不起我，但为了救女儿，做妈妈的不会在乎这些的。"妈妈半开玩笑地交代说："不要把这话告诉你爸爸啊，免得他疑神疑鬼，以为我做下了什么对不起他的事。"

"Allan总说母爱伟大，无与伦比，看来真是这样。无条件的爱，不求回报的爱，不求理解的爱，我不知道我做不做得到。"

"等你成了母亲，你就做得到了。根本不必费心去做，是自然而然的事。"妈妈眉飞色舞地说，"王书记说了，应该没什么大事了，L大那边调查了，没什么事，J大这边也调查了，也没什么，Allan应该很快就会出来了。他们这样调查来调查去，倒像是在帮我的忙，对Allan的人品做了一个彻底的调查，现在我就放心了，也很惭愧前段时间错怪了他。等他出来了，让他到我们家住段时间，好不好？"

艾米高兴得不知道自己姓甚名谁了，抱住妈妈，一阵乱吻：

"你是天下最好的妈妈！"

妈妈说："我们把你爸爸的书房拿来给他住吧，让你爸爸跟我合用一个书房。"

不等妈妈说完，艾米已经跑到爸爸的书房，丁零咣当地搬起东西来了。

屋子收拾好了，但Allan还没有放出来。等了几天，艾米焦急地问父母："现在又是因为什么？"

"好像是怀疑作案动机是因为钱——"妈妈说，"Allan的父母有时寄钱过来，有些是给简家的，有些是给Allan的，可能这中间有些纠纷——"

艾米颓丧地坐在沙发上："这些人到底是怎么啦？有遗书为什么一定要认定是谋杀？"

爸爸说："他们认为简惠是党校老师，本人又是党员，生活态度是积极的，乐观的，不可能自杀。而且她是一个左撇子，即使自杀也不可能切左手腕。"

艾米绝望了，看样子在证明Jane是自杀前，Allan都不会被放出来，因为公安局为了保险，一定要抓到了"真凶"才会放出嫌疑犯。妈妈安慰她说："迟早会弄清楚的，他有不在现场的证据，有四个人可以为他作证，所以不会有什么事的。他也就是在里面多待几天，但收审不是逮捕，只要他是待在收审站的，就说明他们没有把他当凶手抓起来。"

"我能不能去看他？"

爸爸说："真是异想天开，我们都不能见他，你怎么能见？除非是他的家属，看有没有希望见他。"

艾米后悔那时没跟Allan结婚，不然她就是家属了，那她说不定就能去看他了。她恳求说："妈妈说过，中国是一个神奇的国家，最不可思议的事都有可能发生，你们能不能想办法让我去看他一次呢？"

妈妈答应去想办法，跑了好几天，有一次好像很有希望了，但过了一天，又说不行了。最后妈妈说："实在是没办法了，我已经是黔驴技穷了，你就耐心地等待吧，他很快就会出来了。这么多天都等过了，还在乎这几天？"

艾米看得出父母是想尽一切办法了，她决定不再麻烦父母，她自己打听到了收审站的地址，就在一个星期六的上午，先坐公车，再坐出租，跑到那个位于J市近郊的收审站。她知道她不能进去，她只想去看看那个地方，只想离他近一点。

但当她看到那个收审站，她忍不住泪流满面。那墙真正是高墙，上面还有铁丝网，有很高的岗哨楼，有荷枪实弹的卫兵。这跟监狱有什么两样？她忘了一切，奔到收审站大门，要进去看Allan。守门的不让她进去，她赖在那里，对那几个人哭诉，还保证以后重谢他们，但那几个门卫都很公事公办，坚决不答应，还威胁说如果她再在这里胡闹，就把她也收审了。

她一路哭回家，哭着向父母描述收审站的可怕，哭着请求爸爸妈妈想办法把Allan救出来，但爸爸只是无奈地叹气，妈妈除了陪着掉泪，没有别的办法。她知道父母都尽了他们最大的努力了，请客送礼用掉了很多钱，东跑西颠也荒废了他们的科研和教学，但他们最多只能是找人打听情况，他们认识的人，还没有到影响办案进程的级别。

她觉得现在只能靠她自己了，但她不知道从何处下手，她什么当官的都不认识，如果她认识的话，她觉得自己可以付出任何代价，只要能让Allan早日从那个鬼地方出来。她经常看到有报道说某某当官的，利用职权，玩弄那些有求于他的女人，她甚至失望地想，我连这样的当官的都不认识，好像利用自己的色相都没地方利用，而且我的色相肯定还没到足以引诱别人的地步，因为收审站那几个门卫，就显然没为我的色相所动。

她想，现在最理想的就是认识一个能影响办案进程的人，如果有那么一个人，他发一句话，就可以把Allan放出来，那就好了。即使没有这样一个人，如果有一个人能把她的分析和推理告诉那些办案的，也许仍能影响他们。现在最重要的就是那封遗书和Jane是左撇子这两件事，可惜她不知道那封遗书究竟写了什

么，如果她知道的话，她一定能拿出一个合理的推理，证明Allan
不是凶手，她也希望办案的人能听听她关于"半左撇子"的理
论，以及Jane为什么要切左手腕的原因。

她把自己认识的人，包括他们的父母，他们的朋友，都拿出
来想了一遍，看看有谁可以帮得上忙，但一个也没有。

最后她想起那个小昆，她有一种直觉，觉得小昆是喜欢她
的，也许可以利用一下他的这种喜欢，让他在他父亲那里做做工
作。王书记帮爸爸妈妈的忙，只是帮一个一般朋友，但如果是他
儿子要求他帮忙，那就不一样了。她想到自己的妈妈，为了女儿
什么都可以做，如果小昆拼了命地求王书记，王书记一定会万死
不辞地去跑这事。她知道父爱可能不及母爱那么伟大，但她听说
王书记的妻子去世几年了，而王书记没有再娶，说明他是很爱他
妻子的，那他一定会兼父爱母爱于一身，疼爱他的孩子。

艾米打了个电话到王书记家，找小昆，是个女的接的，她正
要感到失望，听那个女的说："你找我弟有什么事？"

"呃——没什么事，跟他聊聊。"

小昆很快就接了电话，一听她的声音就说："噢，是上次那个
'私闯书房'的小丫头，你那次可把我害惨了。"

她以一种连自己听了都起鸡皮疙瘩的嗲声说："那你怕不怕我
再害你一次？"

"你还能怎么害？"小昆笑着说，"又要闯书房？"

她嗲不下去，还原了她自己的本色，坦率地说："不闯书房
了，想请你——帮帮忙，我想看看简家那个女孩的遗书，你爸爸
那里会有吗？"

"看遗书干什么？"

"很重要，因为那可以看出简家的女孩究竟是自杀还是他
杀——"

"听你的口气，像是你在办案一样，"小昆很干脆地说，
"行，没问题，我先问问我爸有没有遗书的复印件——"

"不要问你爸，如果你问他，他肯定不让我看了，他拿我当

小孩子的。你自己在他书房找找看。"

"好，我先找找，你给我一个电话号码，如果找到了，我跟你打电话。"

过了一会，小昆就打来一个电话，说没找到。

艾米正要失望地挂电话，又听小昆说："这种事，你找我爸爸还不如找我。"

"为什么？你是市委书记？"

"我不是市委书记，但我是《J市法制报》记者，跟公安局那帮人很熟，我想应该能弄到遗书的复印件。"

艾米一听，喜出望外："那你能不能帮我弄个复印件？"

"行，我弄到了就打电话给你。"

艾米没想到小昆是《J市法制报》的记者，看他那个老实巴交的样子，一点也不像个咄咄逼人的记者，而且还是法制报的。她想，也许可以让他把Allan的案子报道出来，那样也许就可以敦促公安局放人了。只是不知道他这个人好不好对付。

第二天，小昆就打电话来说复印件弄到了，然后有点开玩笑地说："但我不能把复印件交给你，不然你拿去到处张贴。这样吧，你今晚到我住的地方来，我把复印件给你看，但你不能带走。"

"可不可以约个别的地方？"

"外面不方便，这种事情，不管是我，还是帮忙复印的人，都担着一定的风险的，在外面不大好。你想弄到这种东西，也不能不担风险吧？"

艾米想，这句话，有点法制报记者的力度了。但她也不是省油的灯，她问："我怎么知道你的确是弄到复印件了？如果你在骗我呢？"

小昆笑了一下，说："嗯，不错，有脑筋。我念几句给你听吧：'爱，是难以确定难以把握的'，还有，'死，使爱凝固'。现在相不相信我有复印件了？"

艾米一听这两句，就相信至少小昆看见过遗书，因为这两句话，是Allan论文里的话，小昆绝不可能猜出来。这两句话，也使艾米更想看到这封遗书了，她知道Jane读过Allan的论文，还提出过修改意见，这两句，肯定是Jane从Allan的论文里学来的。她现在越发肯定遗书是证明Jane自杀的重要证据。

她毅然决然地答："好，我七点到你家来。"

"那就七点，不过不是我父亲那边，是我住的地方。你来吗？"

"你住哪里？"

小昆把自己的地址告诉了她，然后说："就你一个人来，不要带别人，也不要告诉任何人这件事。如果你带别人来，你就看不到复印件了。明白吗？"

她坚定地说："我明白。晚上见。"

29

艾米放下电话，觉得很糊涂，她自己也不知道自己在做什么。小昆的话已经明显地告诉她那是一个陷阱，遗书复印件就是一个诱饵，但她却无力拒绝那个诱饵。她不知道今晚会发生什么，他会要她用她的肉体来换这个复印件吗？他会怎样说？赤裸裸地说"你不跟我睡觉，我就不给你这个复印件"？

如果他就这样说了，那她怎么办？跟他睡觉？以后Allan知道了怎么办？她觉得她自己的良心上不会有什么污点，因为她不是为了爱情或者自己的欲望去跟他做这个事的，她只是为了拿到那个复印件。但Allan会这样想吗？他会不会认为她不干净了，就不要她了？她觉得大多数男人会这样，但Allan不会，他应该更看重她的心，而不是她的身。但她也拿不出什么证据来证明Allan是这样的人。

她几乎没有给过他吃醋的机会，她从一开始跟他接触，她就完完全全是他的。她的心，她的人，她的时间，她的思想，都是他的。她没跟任何别的男孩谈过恋爱。

她有点后悔，也许以前应该找几个机会试试Allan，看他紧张不紧张她，看他吃不吃醋。当她问他的从前时，他没有反过来问问她的从前，她不知道怎样去理解。到底是他真的不在乎她的从前，还是他有十分的把握她没有从前，或者是他自己有从前，所以聪明地不问她的从前，这样两个人可以把从前一笔勾销？她决定不管今晚发生什么，她都不要告诉Allan，免得他疑神疑鬼。

她现在唯一担心的不是小昆会让她拿她的身体来换遗书复印件，而是他会比她狡猾，要了她的肉体还不给她遗书复印件，甚至把她杀了。她给自己今晚的下场作了一下估计，不外乎三种：一、她拿到了复印件，小昆什么也没做，只是帮她的忙，这好像有点不太可能；二、她拿到了遗书复印件，也出卖了自己的肉体，这似乎还可以忍受；三、她没拿到复印件，还被小昆骗了，甚至杀了，那就真的亏了。她不知道各种可能占多少，但她决定做些防范措施。

她写了一封信，把这一切经过都写下来了，寄给她自己。这封信就会在一两天内寄到她家，如果她今天一去就没回来，她父母肯定会到处找她，找不到就会报案，然后他们会收到那封信，拆开一看，就知道谁是凶手了。她写给自己而不写给父母，因为她不能排除小昆只是帮她忙的可能性，那样的话，就没必要让爸爸妈妈看到那封信，把他们吓疯了吓傻了。

她又给她的好朋友向华打了电话，说如果今晚九点还接不到她的电话的话，就叫向华告诉她爸爸妈妈到某某地址去找她，并叫他们注意查收一封艾米寄给艾米的信。然后她自己买了一把弹簧小刀，放在自己的小包里。可惜她不知道哪里卖那种电影上看到过的专门对付色狼的芥子气，只好买了一小瓶喷发剂代替。如果喷到他眼睛里，包管他狼狈逃窜。

她给父母留了个条子，说到学校去了，周末再回来，然后就坐车去了学校，这样她就不用解释她晚上去了哪里。

她到了学校，也没去上课，因为她太激动，简直没心思上课。她自己也不知道在为什么激动，到底是因为这个事很冒险很刺激，还是因为有可能要牺牲自己的色相了，还是因为快拿到遗书的复印件了。她乘车到小昆给的那个地址去打探了一下，发现是法制报的职工宿舍，她比较放心了一点，想必法制报记者不会在自己的宿舍里杀害一个来访者。

五点多钟，她就开始打扮，为穿什么她也费了好一番脑筋。

穿得太性感，又怕小昆一见就起了歹心，复印件还没拿到就被他奸杀了。穿得太不性感，又怕小昆不感兴趣，不把复印件给她看了。她在心里感叹，看来牺牲色相也不是件容易事啊，要牺牲得恰到好处，牺牲得有收益，真还需要一点资本和技巧。

晚饭她几乎没吃什么东西，吃不下，没胃口。然后她打了一个的，到了小昆住的地方。小昆的宿舍在三楼，她走到三楼的时候，碰到一个青年男子，她很迷人地对他微笑了一下，她想，如果我遇到不测，这个青年男子就是目击我走进小昆宿舍的证人。

她敲了敲门，小昆很快就"打开了，把她让进屋里，又像上次那样，很殷勤地为她端茶倒水，让她坐在书桌前的一把椅子上，他自己坐在他的床上，两个人离着一米来远。她打量了一下她的葬身之地或者失身之地，是一个套间样的屋子，前半部分当做客厅，后半部分算是卧室。房间布置得很简单，但还比较整洁，可能是特地收拾了一下的。

小昆好像也打扮了一下，看上去比上次精神了许多，可以算得上"干净"了。她急不可耐地问："复印件在哪里？可不可以给我看看？"

小昆笑着说："慌什么？现在就给你看了，你不马上就跑了？"

她拿出久经沙场的架势，说："你想用什么做交换？"她后悔自己不会抽烟，不然现在可以抽着烟，像个鸡或者像个女杀手一样地讨价还价，说不定把小昆镇住了。

小昆问："你肯拿什么来交换？"

"这应该由你来出价了，是你在想交换，我什么都不想拿出来交换。"

小昆笑起来，说："你还蛮老实嘛。你知道我想做交易，你自己又什么都不想拿出来交换，怎么又能指望我把复印件给你看呢？"

"那你说你想要什么吧。"

小昆又笑了一下："听你这个口气，只要我要，你都会给？"

艾米咬咬牙说："从某种程度上说，是这样，当然你如果要我的命，那我是不会轻易给的。"

"如果我要你用你的人来换，你也给？"

艾米看着他，不知道他这话是真还是假，她决定不跟她玩这种文字游戏了。她说："坦率地告诉你，我是做了这个准备的，但我也寄希望于你的正直，如果你竟然就是个无耻小人，我也没办法了。"

小昆摇摇头，不解地说："我不知道这个成钢用什么迷住了你们，这个叫简惠的女孩对他表达都还没表达，就为他自杀了，现在你又为了他愿意牺牲自己的色相，他到底是个什么珍稀动物，值得你们这样？"

艾米急切地问："Jane还没对他表达？那她为什么要自杀？你能不能让先我看看复印件？我保证不会反悔我答应过的东西。"

"你答应了我什么？"小昆问，"你不怕成钢出来了会为你这样做不爱你了？"

"他会理解的，"艾米不耐烦地说，"你到底是给我看还是不给我看？我怀疑你根本没复印件，你可能只是自己看了一眼——"

"你急什么？"小昆说，"我还没提条件呢。"他见艾米急不可耐地等着他提条件，笑了一下说："如果我的条件是你必须爱我呢？"

艾米敷衍了事地说："可以可以，但我只能爱到成钢出来之前，他出来之后我是不会再爱你的。"

小昆大笑起来："爱到成钢出来之前？你那叫什么爱？顶多就是个'哄'字。"他没再说什么，从抽屉里拿出那个复印件，给了艾米。艾米接过来，一遍一遍地读，想把遗书记在脑子里，因为她知道他不会让她带走复印件。小昆想跟她说话，她做个手势："别说话，我读几遍就可以背下来了。"

小昆说："算了吧，你把这个复印件带走吧。不相信？你把复印件放你小包里吧。不过你千万不要给任何人看，不然我们都脱不了干系。"

艾米不太相信地望着他，慢慢把复印件放进小包，不知道下一步会是什么。

"小包里应该还装了一点防身的东西吧？"小昆笑嘻嘻地问。

艾米也不掩饰，拿出那把弹簧刀，给他看看，再拿出那瓶喷发剂，对他做喷洒状。

"好了，好了，知道你的厉害了。其实你弄到这个复印件也没什么用，公安局又不是不知道有遗书。"小昆说，"你不必这么着急，成钢待在收审站待了这么久没被逮捕，就说明公安局那边没什么证据。"

艾米把自己有关"半左撇子"的理论说了一下，把Jane为什么切左手腕的原因分析了一下，问："既然你认识公安局的人，你能不能把我的分析告诉他们呢？"

"据说法医的验尸报告早就证明那一刀是简家的女孩自己切的，"小昆赞许地说，"你很不简单呢，没有看到尸体就推出了这一点，只能说你太聪明了，或者是对死者太了解了。"

"他们什么都知道，为什么还不放他？"

"因为不能排除凶手从背后抱住那女孩，握着她的手切了那一刀的可能。遗书可以是那女孩在凶手胁迫下写的。不过你真的不必把这事抓到自己手里，因为你根本无法影响办案进程。"

艾米知道他说得对，自己的能力是太有限了。她问："那我现在可以走了吧？"

"还早呢，八点不到，再坐一会，我不会吃了你的，我只是被你迷住了。不过，你不要往坏处想，我只是被你这样不管不顾的爱法迷住了。爱得不计后果，不讲原则。我自己也这样爱过，我曾经以为只有男人才会这样爱，女人的爱都是讲原则的——"

艾米看到这个曾经显得老实巴交的男人，在谈到爱情的时候，整个脸都被一种光所照亮，变得非常感人，她放下手中的包，安安静静地等他讲。

小昆笑了一下说："其实故事很简单，对外人来说，甚至是不值一提的。"

"只要是真爱，都是伟大的，怎么会不值一提？我很想听呢。"

"我曾经有过一个女朋友，我们两个人非常相爱，我不喜欢那些因为我父亲的地位爱我的人。但她不是这样，我们是患难之交，可以说是一起从死人堆里爬出来的。那时我们以为我们的爱情是前无古人，后无来者的，是经得起任何考验的。

"后来她谋求出国，而且拿到了录取通知，但只有半额奖学金。我是学法律的，知道出国之后也不会有什么很伟大的前途，所以不想去，但为了跟她在一起，我也努力考托福考GRE，想出去读别的专业。但我没有拿到录取通知书。她因为服务期限不到，受到单位刁难，我营私舞弊，帮她打通关节，让她拿到了所有证明，还为她弄了银行证明，使她签了证。

"她出去后，刚开始，我们仍很相爱，一直通信打电话。我知道她缺钱用，我就在这边想办法弄钱，很坦率地说，用了很多不正当的方法，因为我的合法收入不多。我把弄来的钱换成美元给她用。她说她是那里中国学生中唯一一个开新车的人，这使我很自豪很陶醉。然后她拿到硕士学位，找到了一份工作，她不想回国来，她说要么我尽快考出去，要么我们就只好吹了。

"我不知道怎么样才能挽救我们的爱情，我也试着考了很多次，但我的英语不好，总是考得不理想……我们的爱情就这样完蛋了。"

艾米说："看来经得起大风大浪的爱情不一定经得起时间和距离的考验。那你就为了她老不结婚？你有——三十了吧？"

"三十二了，"小昆说，"也不是为了她不结婚，只是不再相信爱情了，觉得没意思，打不起精神来，人也有点放任自流。说老实话，今天本来是想占你便宜的，以物易物嘛，这种事也不是没干过。但是看你这样不管不顾地爱他，又想到自己那段爱情，决定还是放你一条生路。"

"还不如说是放你自己一条生路。"

　　"你买那么小一把刀，还放在小包里，如果我扑过来，你来得及吗？"

　　"我准备先稳住你，等你放松警惕了再去拿刀，或者咬掉——"

　　小昆笑得眼泪都出来了："你太有意思了，肯定都是书上电影上看来的。"

　　艾米不知道说什么好："其实是因为我知道你不会扑过来的，因为我这个人没什么吸引力，"她把那天去收审站的事讲给他听，笑着说："那几个门卫根本不买我的账，可见我没有勾引男人的本钱。"

　　小昆说："那是条件不允许，在那个大门那里，你以为他们会跟你提条件？你换个隐蔽地方试试，不把你撕着吃了，算我瞎说。"然后他停了一会，盯着她说："至少在我看来，你是很有勾引本钱的，应该用个更好的词，你很有吸引力，因为你很年轻，很漂亮，最重要的是，你不知道自己有吸引力，无心卖弄，所以更有吸引力，男人离这么近看你，不被吸引是不可能的——"

　　艾米看他那样子，好像起了反应一样，感到自己的吸引力被证实了。

　　他站起来，说："我送你回去吧，你太叫人——受不了了，无心挑逗，越无心越受不了。"

30

　　小昆陪艾米下了楼，对她说："你等一下，我去拿车。"过了一会，他开了一辆车过来，叫她上去，"这是我们单位的采访车，你想回学校还是回家？"

　　艾米有点不好意思地说："我现在很饿，想先找个地方吃点东西，你要是有事的话，就让我自己去坐出租吧。"

　　"我没事。你想吃什么？我开车带你去。"

　　"我——呃——，吃羊肉串吧。但是我只喜欢吃我们家附近那个店子里的羊肉串——算了，离这挺远的，你送我回学校吧，校门那里有小餐馆，随便吃点吧。"

　　小昆说："有车，怕什么远？你说那家店在哪里，我马上就把你送到。"

　　艾米那时很崇拜会开车的人，总觉得一个人能把这么大个铁家伙弄得服服帖帖，肯定是很有本事的。她无比崇敬地说："你很了不起，会开车。"

　　"会开车就是很了不起？"小昆说，"我学开车是因为受了我女朋友的刺激。几年前，我找了个机会到美国去看我女朋友，她开着我给她的钱买的车，但对我已经是一百个看不来了。她嫌我不会开车，还傻乎乎地穿西服打领带，西服样式又老土，领带打得不规范，见了人不会说英语，上餐馆不会吃西餐，还咋咋呼呼地抢着付钱，餐桌上高声大嗓地劝酒。总而言之，是样样都不入她的眼了。后来才知道，她那时已经跟一个中餐馆老板好上了。"

"她一个研究生，怎么会看上一个餐馆老板？"

"你不要把那个中餐馆老板想象成一个满身油渍的老家伙，是个很年轻的人，长得很英俊，可能没读什么书，但看外表可以说是非常书生意气的。他叫Andy（安迪），把我约出去谈判了一次，说可以代我女朋友把我给她的三万多美元一次性还给我，cash（现金），还说我在美国逗留期间，可以让我的女朋友继续陪我，但希望我回国后不要再打搅他俩。"

"你们——打起来了？"

"没有，打又有什么用？心都飞了，打也是打不回来的。我没有收Andy的钱，不想让他成为我女朋友的债权人。我当晚就要搬到旅馆去住，但我女朋友不让，她说这是我们在一起的最后几天了，为什么要搬到旅馆去住？Andy不会介意的，他是个ABC（美国出生的华人），把性和爱分得很清楚。我女朋友说她也是因为害怕寂寞，所以跟了Andy，至少他可以为她办身份，而她因为一些事情，不想回到中国来。"

艾米摇摇头，不知道说什么好。

小昆苦笑一下："说实话，我还比较放心我女朋友跟这个Andy，因为他看上去不像坏人，愿意为她还账，又能为她办身份，而这是我不能给她的，我——也没什么可担心的了。"

艾米有点感动，想起Allan曾经说过，如果她跟他在一起不开心的话，他会离开她，让她去寻找自己的幸福。莫非男人的爱真的比女人的爱大公无私？

自己开车的确方便，小昆很快就把车开到了那家卖羊肉串的店子附近，把车停在街边，两个人走了一会，到了那家店里。艾米想掏钱买羊肉串，小昆很潇洒地做了个手势，叫她别操心，自己上前买去了。艾米坐在小餐桌跟前等，仿佛又回到从前跟Allan一起来吃羊肉串的时光，不由得眼圈发红，找了张餐巾纸擦鼻子。

小昆端了一大盘羊肉串回来，还有饮料，帮她打开一罐马蹄爽，自己开了一罐啤酒。艾米惊讶地问："你怎么知道我爱喝马蹄爽？你在收审站见过成钢了？"

　　"世界上不是只有成钢知道你爱喝马蹄爽的。"小昆看着她大惑不解的样子，仿佛很开心，过了一会，他说："算了，刚才跟你开玩笑。是因为我女朋友爱喝这个，我——习习惯了。"

　　艾米吃了两串，就有点伤感，不想再吃了。小昆问："怎么？以前是不是经常跟成钢到这里来？"她点点头，他有点讥讽地说："成钢什么档次？怎么带你到这种下三烂的地方来？"

　　她顶撞道："你这么高档次，不也到这下三烂来了吗？"

　　小昆连忙赔小心："对不起，对不起，伤害了你心中的偶像。不过，等我有机会了，带你去几个高级点的地方，你就不会对这种地方感兴趣了。"

　　"高级的地方有羊肉串吗？"

　　"世界上比羊肉串好吃的东西多着呢，"小昆意味深长地说，"你还没见过世面，眼睛里只有一个——羊肉串，等你吃几次高级的东西，你就知道羊肉串不过如此了。"

　　艾米一针见血地问："你的意思是不是说我傻乎乎地喜欢成钢是因为我没见过世面？等我见多几个男人，我就不会把他当回事了？"

　　小昆有点尴尬地笑了几声："你跟成钢说话是不是也这样咄咄逼人，不留情面？"

　　艾米有点骄傲地说："比这还咄咄逼人，不留情面。"

　　"那他不恼火？男人不喜欢女孩这样咄咄逼人，他们喜欢温顺的，像小羊羔那样的。"

　　"你们男人为什么喜欢像小羊羔的女孩？好给你们骗？我不是小羊羔，我也不在乎别的男人喜欢不喜欢，只要Allan喜欢就行，他说了，要我做我自己，不用为他把我改造成别的样子。"

　　小昆点点头："嗯，品出点味来了，成钢是有些过人之处，难怪他能把你这么难讨好的女孩哄得服服帖帖。他还有什么过人之处？讲给我听听，我学会了，也好去泡你——这样的女孩。"

艾米突然想起了什么，看看表，说："完了，快九点了，我还没跟我同学打电话。如果九点以前不打，我父母就会到你那里找我去了。"

小昆掏出他的大哥大，递给她，又教了她一下怎么用，然后饶有兴味地看着她打电话。艾米告诉向华说她现在一切都好，不用跟她家打电话了。她打完电话，把自己的那些安排都告诉小昆，说："幸好你今天没轻举妄动，不然你就栽在我手里了。"

"但那样的话，你也赔进去了。"小昆摇摇头说，"你以后别这么到处乱跑了吧，很危险的，让我去帮你跑吧，你想干什么，告诉我就行了。"

艾米打量了他一会，分析说："你这样说，有三种可能：一种可能就是你是一个善良的人，想帮助一个无辜的人；另一种就是你用这种方法讨好我，想打动我；第三种可能就是你实际上是想帮倒忙，让公安局那边不放Allan，好实现你的阴谋。"

小昆无可奈何地笑了笑："我算服了你了，什么事情都是一二三地分析，成钢每天被你这样分析，肯定是活得胆战心惊，他待在里面休息几天也好。实话跟你说吧，我是第一种可能，想讨好你，所以帮你忙。你给不给机会我讨好呢？"

"我当然给，因为我要利用你嘛，"艾米问，"你能不能想办法让我到收审站去看看Allan？"

"那我又要提条件了。"小昆见艾米不做声，安慰说，"别害怕，只是要你教我英语，我还是想出国，你辅导我托福、GRE什么的，我帮你跑成钢的事。行不行？"

"可是我自己都没考过托福、GRE呢，我怎么辅导？"

"没关系，你是学英语的，你辅导我肯定是绰绰有余的。那就这样说定了，我去帮你试试看能不能让你去看成钢，你有空了就辅导我英语。"

星期六中午，小昆打了个电话给艾米，说实在抱歉，没法让你去看成钢，但我自己昨天在收审站见过成钢了。现在我在这个卖羊肉串的店子里，如果你想知道见面的情况，就告诉我你住哪里，我来带你去一家饭店，我们在那里边吃边谈。

艾米怕这是他设的圈套，而她现在来不及作任何安排，于是犹豫着说："为什么要去饭店谈？我家现在没人，你到我家来吧，就在我家谈。"

小昆问了她家的地址，很快就上来了。艾米给他倒了一杯茶，急切地问："你见到他了？"

小昆点点头。

"他怎么样？他在里面干什么？"

"他挺好的，每天看看书，看看报。"

"他瘦了吗？"

小昆笑了一下："我第一次见他，怎么知道他瘦了还是胖了？不过帅就是真的，人称'东收'一枝花。"

艾米无心听他的玩笑话，担心地问："那——他们打他没有？"

小昆斩钉截铁地说："怎么会打他？我们的执法人员怎么会知法犯法？"

"他——有没有问起我？"

"他开始没有问，因为他可能不相信我，但我讲了吃羊肉串的事，他相信我是你的朋友了，他仍然不敢提你的名字，怕连累了你，我们谈到你的时候都叫你'小丫头'。他问小丫头在上学没有，他叫小丫头天天去上学，不要荒废了学业。他还叫小丫头不要着急，不要当业余侦探，到处乱跑，要耐心等候公安局调查。"

"他就说了这些？"艾米焦急地问，"他没说——别的？"

"他说外面肯定有各种各样的流言飞语，但那都不是事实。他说他很担心你因为那些传言做出什么傻事来。"

"他——有没有说他——想我？"艾米实在忍不住，终于提出心里最想提的问题。

小昆摇摇头，然后安慰她说："可能他不好意思承认自己的感情。你别介意，男人就是这样的，他们觉得承认自己对另一个人的牵挂依恋就显示了自己的软弱，所以——就不愿意承认，更何况我对他来说完全是个陌生人。"

虽然有这番安慰，艾米还是很失望。男人不愿承认自己的感情，固然可以理解，但现在是什么情况？两个人分离了这么久，又没机会见面，还顾得上面子不面子？

小昆说："噢，他还有个话叫我转达你，我不太明白是什么意思，他说他一直在想你奶奶经常问的那个问题，他已经想好了一个答案，你肯定会喜欢，等他出来了，他亲口告诉你。"小昆不解地望着她，问："你奶奶经常问什么问题？"

艾米兴奋得连脸都发红了，跑过去，抱抱小昆，说："你不懂，就别问了。谢谢你告诉我这个！"

小昆困惑地说："提到奶奶，你就抱抱我？那以后多提几次。"

31

听小昆谈完探视Allan的事，艾米就建议说："干脆利用今天这个机会辅导一下你英语吧。"

小昆搔了搔头，说："可我没带书来呀？你有没有这方面的书？"

"我也没有，因为我根本没想过考托福什么的。那怎么办？总不能说你帮了我的忙，我不回报一下吧？"

"那这样吧，我有两张明天晚上音乐会的票子，是一个德国交响乐队的首场演出，你——陪我去听？"

"可我答应的是辅导你英语，不是辅导你音乐呀。"

"那或者我明天把GRE的书拿来，你辅导我？"小昆试探着说，"然后——我们再去听音乐会？"

"我真的没心思听音乐会，Allan还待在里面，我——"艾米伤感地说，"不知道他天天吃什么，他一个人住吗？还是跟很多人挤在一起？他——穿得暖和吗？他可不可以到外面——放风？"

"嘀，你还知道'放风'这个词，这可是'红岩'那种书里才有的呀，"小昆笑着说，"你别把收审站想象得太可怕了，我跟你说了，他就是在里面看看书，看看报。他是个做学问的，在外面也是看看书，看看报，在里面还是看看书，看看报，不同的就是不能到处跑。"

艾米想想也是，自我安慰说："真的，他在里面还好一些，至少他就不能chasing skirts了。"

小昆不失时机地说："那明天下午你辅导我英语，晚上我们去听音乐会？上你家来辅导还是上我那儿？"

她犹犹豫豫地说："还是上我家吧，去不去音乐会，我还没想好。"

"行，你慢慢想，我明天下午三点过来，行不行？"

"三点就三点吧。"

第二天下午三点，小昆如约来到艾米家，正好艾米的父母都在，见是王书记的公子，两个人都毕恭毕敬，搞得小昆很不好意思，一口一个"伯母伯父"地跟他们俩寒暄。艾米对父母说："你们俩忙去吧，我跟小昆在客厅学英语。"

艾米试了一下，发现自己对GRE题型一点也不熟悉，基本上没法辅导，虽然她相信如果自己先过几遍，一定能很快赶上和超过小昆，但今天这样突然拿起书来，真的是"摸风"。她颓丧地说："算了吧，我没法辅导你，你辅导我还差不多。"

小昆也很尴尬，好像是自己犯了什么错误一样，嗫嚅地建议说："那下次你辅导我托福听力吧，我听力差，很差，真的，肯定比你差。"

两个人很尴尬地坐了一会，小昆没说要走，艾米也不好赶他走。最后小昆提议说："反正现在没事，我带你去商场逛逛？你们女孩不是喜欢逛商场吗？"

艾米摇摇头："我——现在干什么都没心思。"她想了想，说："你开车了？那你带我去收审站行不行？"

"可你没法进去呀，我已经打听过了——"

"我不进去，就在外面看一看——就看那个地方——如果他出来——放风，说不定我能看见他——"艾米说着，就忍不住哭起来。

小昆急忙说："好好好，我带你去，快别这样——"

开了一路车，艾米话也不说，一直在伤心流泪。小昆也不敢多嘴，只时不时地看她一眼。他把车开到离收审站不远的地方，带艾米爬到一个小坡上，跟她两个人站在那里遥望收审站。但除了高墙，什么也看不见。艾米不停地哭，一直哭到自己头发晕了，坐在草地上接着哭。小昆没办法劝住她，只好任由她哭。

太阳快落山了，小昆小心地建议说："我们回去吧。"

艾米擦擦眼泪，问："你能不能写篇文章，发在你们法制报上，敦促公安局把Allan放出来？既然不能定他的罪，就没理由把他关在里面。在没有证明一个人有罪之前，我们不是应该认定他无罪吗？"

"有些国家的法律是这样的，但——中国现在还没达到这一步。收审制度存在已经有很多年了，实践也证明是行之有效的，所以——我写篇文章也是没有用的。"

艾米看着他说："你就帮我写这篇文章吧，或者你不写也可以，我写，我写了你想办法发在你们报纸上。你帮了我这个忙，我就爱你。"

"艾米，我知道你救他心切，但是也不能这样不顾一切地乱许愿，你这样很危险的，别人可以利用了你而不帮你的忙，到时候，你几边不讨好，成钢不要你了，你自己还被别人纠缠上了。"小昆苦笑一下说，"你很聪明，看得出我的心思。你看过《卡萨布兰卡》没有？我看过，别的不记得了，就记住了里面那个男人帮自己心爱的女人和女人的丈夫逃离纳粹魔掌的情节。不瞒你说，我是很佩服那个男人的，有种，那才叫男人的爱。"

艾米满怀希望地问："那你——愿意写了？"

"我已经跟你说了，写了也没用的，总编不会让发的。有时生活就是很残酷的，特别是从个人的角度来看。收审制度使很多无辜的人被关押在里面，但也防止了很多罪犯继续犯罪。一个社会要想安定，有时只好牺牲某些个人。这种现象在动物世界是很普遍的，比如蝗虫，据说就是以牺牲个体来保证群体的延续。蝗虫发现了食物的时候，会用特殊的通讯方法来告知它们的群体，大家一起拥向食物，算得上有福同享。但当食物不够的时候，它们仍然会把大家召集到一起，但这时候是一部分蝗虫吃掉另一部分蝗虫。这样，虽然有一部分蝗虫被吃掉了，但整个蝗虫物种得以延续下去——"

"可人类不是蝗虫呀！"

"我知道，只是一个比喻，也就是说，我们报社是站在政府方面的，是赞成收审制度的，可能这是中国目前能想得出的最好的办法。特别是法制这么不健全的时候，如果公安机关没有权力把那些他们认为有嫌疑的人关起来，可能就会使犯罪率攀升。"

艾米反驳道："但是个人的权利呢？个人的人身自由呢？难道每一个公民不该享受自由的权利吗？怎么可以连罪证都没有，说剥夺人身自由就剥夺了呢？"

小昆叹口气："说实话，我也不知道收审制度究竟对不对，只能说我现在碰巧站在社会这一边。成钢只能说是运气不好，碰巧成了被社会牺牲的那部分人中的一个。艾米，我——的确是很喜欢你，我很想帮你这个忙，让你对我产生感激情绪——但是我知道我没这个能力，所以我不想对你许个空愿——你只能耐心等待案子了结的那一天了。"

"你是不是因为——喜欢我，故意不帮这个忙，让Allan在里面多待几天，你好——跟我在一起？"

"是这样想过，但是我还不是那么卑鄙的。我是个自尊心很强的人，对自己的实力也很有信心，我宁可跟成钢公平竞争，也不会干这种卑鄙的事。"

他从衣兜里掏出一个小盒子，递给艾米，"你看，我还——买了这个，准备今天去音乐会之前送给你的。我相信女孩跟珠宝没仇，不被珠宝打动的女孩是没有的。"

艾米打开盒子，发现是一条珍珠项链，她对珠宝没有什么概念，看到那些珍珠一粒粒很整齐，心想大概是仿的吧。她父亲去青岛开会时，带回过很多串珍珠项链，说虽然才五块钱一串，但都是真正的珍珠，你可以拿去送给你朋友们。那些珠子上都能看到一些条纹状的东西，大小也不很一致。而这串晶莹光滑，什么条纹都没有，所以她认为是假的。但假也假得实在漂亮，每颗都很可爱。她拿在手里，翻来覆去地看。

小昆问："喜欢不喜欢？你脖子生得很漂亮，我也——接触过不少女孩，但脖子生得这么漂亮的还没见过。你戴上这个项链，肯定是高雅绝伦。我一看到这串项链，就觉得是为你的脖子定做的，克制不住就买下了。虽然我知道这样不好，但是——"

"这——要二三百块钱吧？"艾米像个体户一样把价格狠狠发泡了一下。

小昆忍不住笑了起来："你——认为呢？"

"我想——应该要那么多吧。不过我从来不戴首饰的。我有些小玩意，都是几块十几块钱的，照相的时候戴戴。"

"成钢没送过你首饰什么的？"

"他还是个学生，哪来的钱？他送我的都是音乐盒之类的，很浪漫的东西。"

"说是浪漫，其实有时是小气，他父母在加拿大，还没钱送你首饰？"小昆伸出手，对艾米说，"我给你戴上？"

艾米摇摇头："不用了。"然后又把项链拿在手里把玩。

"看样子还是很喜欢的，喜欢就收下吧，自己给自己戴上。"

"说实话，我真的是很想收下的，不过我不想付你想要的代价——"

"我想要的是什么代价？"

艾米看他一眼，说："不是以身相许，就是爱情喽。"

"你说得太夸张了，一串项链，就要你付那么多？那我也太小气了吧？你也别把自己看那么——便宜。我没那么贪心，只要你喜欢就好，戴上了，漂亮，说明我鉴赏珠宝鉴赏女性美的能力都不差，就算是回报我了。"

"真的？你这么好？"艾米不相信地看着他，说，"如果真是这么好，那我就收下了。"

"我替你戴，还是你自己戴？"

"不用戴了，我要拿去换成钱。"

小昆扬起眉毛，惊讶地问："为什么？你这个小丫头，每次都有出人意料的决策。"

"因为我没钱用了，我打的跑来跑去，把钱都用光了，我需要钱，我要经常到这里来看Allan。我爸爸妈妈这段时间请客送礼也花了不少钱，他们也没什么钱了。我们家主要靠我妈妈上课赚钱，我爸爸是书呆子，只知道做学问——"

"那你准备把这项链拿去换多少钱？"

"换二三百块？"

小昆笑起来："傻丫头，这项链两千多块呢！"他掏出一张发票，给她看，然后说："别拿去换钱了，留着你自己戴吧，我这有钱，你拿去打的。"说着就掏出一叠人民币，递给艾米。

"这——"

"算我预付你辅导我英语应得的报酬吧。你做家教一小时多少钱？"

艾米没做过多少家教，只帮爸爸系里一个老师的小孩辅导过一段时间，每小时别人付给她十五块钱。她想了想，把两个数颠倒过来，说："别人一般付我五十块一小时。"

"那行，我翻个倍，一小时付你一百块，行不行？"

艾米喜出望外，说："你付这么多？那我得好好准备一下再辅导你了。"

"这不算多，现在外面行情就是这样，说不定还让你吃亏了。你不要去跟别人比较价钱就好。"

"我不比，这已经够多了，比我以前辅导别人多多了。那我一星期多辅导你几小时，我就可以多到这里来几次了。"

小昆说："行，你想辅导多少小时都行。"

32

那天回去后，艾米发现自己小包里又是钱又是项链盒子，很发财的样子。她把钱掏出来数了数，有一千二百块，全是一百一张的。她想，哈，成了暴发户了，早知道做家教这么赚钱，三百年前就去做家教了。

她又把项链拿出来，慢慢地看，自己也不知道为什么没有很干脆地把项链还回去，到底是忘记了，还是潜意识里有点舍不得，她自己也搞不清楚。她知道自己不会戴那串项链，没机会，也没道理。但是自从看了那张发票，知道的确是两千多块钱之后，怎么就觉得那些珍珠一粒粒很真实很漂亮了呢？难道真是人不识货钱识货？

她想起那些小说里面年轻幼稚的女主人公，常常是被别人的珠宝首饰照花了眼，慢慢就上了当，忘记了自己真心爱着的贫穷情人，投到一个有钱人的怀抱去了。她想，我肯定不会的，既然我知道这么多此类故事，我就不会傻乎乎地被几串首饰打动。

但她也有点奇怪，心想，为什么Allan从来没送过我珠宝呢？他肯定有这个钱，公安局说了，他被抓的那天，身上带着五百多块美元，近五千元人民币，那些钱，买串项链不是绰绰有余吗？

老丁讲那天是深圳的张老板付的账，说"你们两个穷学生，这么大手大脚干什么？我这是公司开账，你们就别打肿脸充胖子，在这里跟我争着付钱了"。这些钱现在到哪里去了？可能被公安局收走了，还会退回来吗？如果退回来了，Allan会不会给我买这样一串项链？当然问他要就没意思了，要他自己主动买才有意思。

她现在才注意到，她跟Allan在一起的这段时间，两个人从来没说过钱的事。在外面玩的时候，要吃饭要买东西，都是Allan上去买了。有时候她看上一点什么小玩意，不用她说，他就能看出来，他会很主动地买给她，但他没主动买过衣服首饰之类的东西送她。实际上，他们也很少到外面去逛商场，都是腻在什么隐蔽地方搂搂抱抱，"唧唧我"。

艾米看着手中的项链，心想，爱情不能用金钱来衡量，但是一个人舍得花这么多钱，买东西送你，你要说完全不感动，是有点不可能的，特别是当他并没有叫你拿身体什么的来交换的时候，又特别是他长得不丑，甚至算得上"干净"的时候。

她想起小昆好像也很博学多才似的，侃起社会、个人、蝗虫、牺牲之类的，好像也头头是道呢。她听爸爸说过，小昆是J大法律系毕业的，而她知道J大法律系在全国相当有名，那说明小昆还不是个傻瓜。当然他父亲是纪委书记，可能也占了点便宜，不过看他的样子，还不是个绣花枕头，跟她心目中的干部子弟有很大不同。

从这几次接触来看，小昆似乎还挺会做人，吃羊肉串的时候，也知道买好了端到她面前，跟她爸爸妈妈讲话，总是"伯父伯母"地叫，Allan好像还从来没这样叫过，可能是因为他还在搞地下工作。特别令她感动的是小昆对待女朋友弃他而去的态度，人家背叛了他，不要他了，他还在庆幸他的女朋友找到了一个比较可靠的人。

她也看过《卡萨布兰卡》，她也挺喜欢里边那个男人，爱一个女人，爱到愿意帮她和她的丈夫逃离纳粹魔掌的地步，明知道那样帮了，就失去那个女人了。那样的男人，谁不爱？谁不想遇到一个？艾米很羡慕影片里的那个女人，又有丈夫爱她，又有另一个男人这么爱她。艾米想，如果我遇到这样两个男人就好了。

她觉得这样想，有点不大好，好像对Allan不忠实一样，但她安慰自己说，我又没说要跟另一个男人做爱，我只是希望有一个人这样爱我，我不给他回报就是了。

不过这好像有点不可能，你要他那么爱你，你又不给他回报，那他知道了，不跑掉了？她想，如果小昆知道她绝对不会爱他的话，他肯定懒得这样殷勤她了。他现在这样追着，是存着一线希望，什么时候他绝望了，肯定就不理她了。她好像有点舍不得让小昆一下子绝望一样，她有点希望他就这么追着，老这么追着，而她有Allan真心爱着她，还有小昆这样无望地爱着她，那样的生活就真是惬意啊！

她在心里对自己说：艾米，你真是一个虚荣的女孩，虚荣到自私残酷的地步。你又不想给小昆爱情，你又不早点把这说明了，好让他早点死了心去追别的女孩，你只想把她套牢了，keep在一定的距离，让他跟着你转，爱你，没有回报地爱你，满足你的虚荣心。残酷！自私！她把自己狠狠批判了一通，就跑去洗澡，等会好试试那串项链。

她洗过澡后，躲在卧室里，只穿着睡衣，让脖子露出来，把那串项链戴上，用个小镜子，对着穿衣柜上的大镜子左照右照，前照后照，越照越觉得小昆说得不错，我的脖子的确生得漂亮，怎么以前没觉得呢？看来自己的美还是要由别人来审、来发现。

她想起Allan很少这样直截了当地说她哪一块美，他说过她照侧面相时最美，那他的意思是不是说她别的角度不美呢？他也没说过她的脖子美，是他没发现，还是他没说出来？如果发现了，为什么不直接说出来？可能还是没发现。她知道他很爱吻她的脖子，那可能是因为他知道她的脖子是她最敏感的地带之一。也就是说他吻那里，是为了激发她，而不是因为他觉得那里美。

她觉得跟Allan在一起，主要是她在崇拜Allan，仰望着他。但跟小昆在一起，就有一种被人崇拜的感觉，而那种感觉真是舒服。她想，一个人最好是有一个人供自己崇拜，又有一群人崇拜自己，那样的日子就算是一个女人过的日子了。

她知道自己不爱小昆，因为当她想象小昆拥抱她的场景时，她不光没有激动憧憬的感觉，反而有点别扭甚至反感的感觉。但她知道她对Allan就不是这种感觉，她从一开始就想亲近他，想被他抱在怀里。等到真的被他抱在怀里了，她觉得那种感觉比她想象的更好。

现在小昆对她来说，已经没什么用了，因为他的报社不能发表对收审制度的抨击，他又没法把Allan救出来，她应该干脆地跟他一刀两断，免得惹出麻烦。但她好像有点舍不得把他一刀切掉一样。她对自己说，我这不是要挣点打的钱好去看Allan吗？既然他愿意付钱我辅导他英语，我也需要这些钱，那为什么不能互相利用一下呢？应该说是互相帮助一下吧。

她觉得不管小昆那方面有什么想法，关键还在自己这方面，如果我根本不爱他，他做什么都不能打动我。她不知道Allan以后会不会为这事吃醋，但她想，其实他吃点醋才好，完全没醋可吃，他还当我没人要呢。她想好了一个情节，准备等Allan出来了就试试，她要告诉Allan小昆在追她，送了她这串项链，看看Allan会有什么反应。

她想象Allan会暴跳如雷，责怪她不该收一个男人的礼物，那她就反问他："为什么你从来没想过买这么一串给我呢？你又不是没钱。我收这串项链，就是为了气气你。"然后她就把项链还给小昆，从此不理小昆了，因为她只想看看Allan因为吃醋大发雷霆的样子，那可以证明他爱她，爱到失去理智的地步。

不过她估计Allan不会大发雷霆，反而会冷冷地说："既然他这么爱你，你跟他去好了，还跟着我这个穷光蛋干什么？"她想，如果他这样说，那就麻烦了，怎么解释都解释不清了，他会把我当做一个爱慕虚荣、贪图金钱的女孩了。她想到这里，决定下次一有机会就把项链还给小昆。

后来辅导小昆英语的时候，艾米几次把项链拿出来，还给小昆，但小昆七说八说的，就把艾米说服了，没再提还项链的事。艾米想，我反正不会要他这串项链，现在只是他不肯收回去，我代他保管一下，等Allan出来，我考验Allan一下后，就还给小昆。

有个星期五的中午，小昆一个电话打到了艾米的寝室，问艾米明天有没有空，他想跟她学英语，如果她想去收审站的话，他可以开车送她去，那样就可以省下她打的的钱，而且又快又方便，还可以想待到多晚就待到多晚。艾米一口答应，说明天你一点过来，我们学两小时英语，然后就开车去收审站。小昆说这个主意不错，那就这样定了。

然后他又补充说："今晚有个舞会，是市直机关搞的，你可不可以赏个光，跟我一起去舞会？我舍命陪君子，跟你去收审站，你也舍命陪小人，跟我一起去舞会吧。"

艾米犹犹豫豫地不知道该怎么办。

小昆说："你怕什么？如果你跟我去个舞会就忘了成钢，移情别恋，那不正好说明你爱他不深？那早点移情别恋不更好？我看你对他感情很深，根本不是一两次舞会能动摇的，你对自己这点信心都没有？至少来试一下，看看自己对成钢的感情到底有多深。你可以为他牺牲一切，但你抗不抗得住灯红酒绿的诱惑？上流社会的豪华？"

这话把艾米好抬杠的心思说活了，她想，我就不信这个邪，去次舞会就动摇了？没那么厉害吧？还自称什么"上流社会"，不就是一群搜刮民脂民膏的贪官污吏吗？相信一个个也就是伪君子、伪淑女、暴发户、哈巴狗之类的，且看我怎样地出污泥而不染，万人皆醉我独醒。

"行，我去。"

"这才像艾米！"小昆欣喜地说，"我到哪里来接你？"

"上我家来吧。"

"行，那我晚上六点上你家来接你。打扮漂亮点哟，为我争光。"

那天下午，艾米回到家，晚饭也吃不下，就慌着打扮。她没去过这样的舞会，不知道是个什么大场面，但她想，怕什么，我又不想在那里出人头地，招蜂惹蝶，穿什么无所谓，了不起别人把我当乡巴佬，不跟我跳舞，我还懒得跟他们跳呢。而且既然是跟小昆去的，他总要跟我跳吧？总不能说把我带去了，就丢在一边，自己跟别人去跳吧？不过她想到他跟别人去跳舞，也不着急，不像跟Allan去舞会，生怕他跟别人跳舞去了。

她想，难怪别人说要嫁个爱你的人，不要嫁个你爱的人。嫁你爱的人，太操心太累了。嫁个爱你的人，该他操心，该他紧张你，你对他完全不在乎，那种感觉真是很潇洒，很自在，很大义凛然，很所向披靡。无所求，就无所惧嘛。

她突然想到，Allan跟我在一起，是不是就这样的感觉？根本不在乎我，我紧张不紧张他，他无所谓，我跟别人跳舞，他也无所谓，我就是跟人跑了，他可能都无所谓，他可以马上就再找一个比我更好的。她觉得这样想的时候，真是很难受，她要Allan紧张她，在乎她，生怕她跑了。她想，等他出来了，一定要试他几次，看看他到底在乎不在乎我，紧张不紧张我，有多在乎，有多紧张。

她一想到Allan，对这个舞会就有点懒心无肠，但她想去试试，看自己到底经不经得起灯红酒绿的诱惑，也想把所谓"上流社会"的那些小姐"拍熄火"。

她决定待会什么饮料都不喝，免得着了小昆的道。她本来想现在就喝很多水，但她又怕待会老上厕所，她想，还是不喝吧，如果实在太渴了，就喝点自来水，脏是脏一点，但也就是拉拉肚子而已，总比着了别人的道要好。失了清白是小事，但因为傻失去清白，那就真的叫她活不下去了。她宁可自己主动地失去清白，也不愿被人骗得失去清白。总而言之，坏可忍，傻不可忍。

她决定穿那条跟Allan去舞会时试穿过的白裙子，因为那天Allan看到她从卧室出来时，完全愣住了，说明效果不错，不知今晚会不会让舞会上那些人也为之一愣。她不会化妆，也懒得化，免得化不好，化得像只猫。她拿出那串项链，想戴上，又怕待会小昆看见在心中暗喜，觉得她终究还是可以被珠宝打动的。她决定不戴，做出一个不把这舞会当回事的姿态。打扮得再好，也说明是把这舞会当回事的，我根本不把它当回事，那不是更傲？

小昆上来的时候，艾米只穿了那条白裙子，别的没作什么打扮。但小昆还是愣了一下，说："哇，这么漂亮？这不把整个场子镇了？"

艾米看到自己的白裙子收到了预期的效果，很高兴，说："那我们走吧。"

小昆说："我还给你买了条裙子，以为可以让舞会的人开开眼界的，现在我看也不必换了，你这条裙子更优雅。自己买的？"

艾米不知为什么撒谎说："是Allan给我买的。"

"看来他还真有点审美观呢，"小昆说着，把手里一个包装精美的纸盒子放在沙发上，站起身，说，"我们走吧。"

艾米跑去跟爸爸妈妈讲一声，妈妈有点担忧，说："这种场合，你又不知道深浅，跑去干什么？"

爸爸说："那有什么？不就是个舞会吗？还是人家市直机关搞的，怕什么？我看小昆人不错，挺成熟。"

妈妈把她拉到爸爸听不见的地方，小声说："艾米，你这样搞——Allan出来知道了，会不高兴的——"

"我又没做什么对不起他的事，他为什么要不高兴？"艾米反驳说，"他不高兴一下才好，不然他以为我——没人追。"

妈妈摇摇头说："不要无事生非地弄些矛盾出来，男人没有不嫉妒不吃醋的，等他吃起醋来，你有一百张嘴都说不清，那时你哭都来不及。如果你是想跟小昆好，我没意见，因为我也觉得他不错，但你明显的不是那个意思，你这么两边都扯着，当心惹出麻烦来——"

"不用担心，"艾米宽解说，"我知道自己在干什么，我会把握分寸的。"她回到客厅，对小昆说，"我们走吧。"

小昆笑着说："把那串珍珠项链戴上吧，配你的白裙子正好。"

艾米客套了一下，就跑回卧室把项链戴上了。她在镜子里照了一下，是很相配，不是珠光宝气地配，而是纯洁高雅地配。她跑回客厅，小昆又是一通惊讶加赞美，把她搞得飘飘然，有点不知道自己姓甚名谁了。

小昆小声说："待会别人问起，就说是我女朋友，给点面子，别在人前就拆穿了我的西洋镜。"

妈妈追出来，嘱咐说："小昆，麻烦你十点以前把她送回来——"

艾米不高兴地说："十点以前就回来，路上还要半小时，那还玩什么？"

妈妈退一步说："那最迟十一点以前送她回来。"

小昆很有礼貌地说："你放心，伯母，我十一点以前一定把她送回来。她如果不肯走，我拖也要把她从舞会上拖回来。"

33

那天晚上，小昆先把艾米带到一家个体照相馆，让那里的化妆师为她化了个妆。妆化好之后，小昆打量了半天，最后说："真有点不敢带你去舞会，怕人把你抢走了。"

艾米听了，心里乐滋滋的，想起Allan好像从来没这么"赤裸裸"地赞美她。她觉得Allan看她的眼光，最多算个"欣赏"，但小昆看她的眼光，简直算得上"崇拜"。被人欣赏的感觉很好，被人崇拜的感觉也很好，既被人欣赏又被人崇拜的感觉真是好上加好。

到了舞会，艾米就执行自己把舞会"不当回事"的政策，对什么都嗤之以鼻。切，什么了不起？就是个硬件比较过硬的舞会而已。灯光还行，乐队凑合，气氛暧昧，参加舞会的人嘛——

她仔细观察了一下，发现舞客当中漂亮女人太多了，几乎没有不漂亮的，但看看那些男的，就不敢恭维了，有的又胖又矮，有的头发都快秃顶了，还有的真算得上猥琐不堪，最了不起的也就算得上个"干净"，连"顺眼"的层次都达不到，更不用说"舒服"了。她想，如果Allan来了，肯定把他们全盖了。

沿墙根有一些桌子，有穿短裙的年轻女招待挨桌子送饮料，似乎是不要钱的。小昆为她要了马蹄爽，但她不肯喝，小昆问她为什么，她支吾说怕把口红搞掉了。

她跟小昆跳了第一支。小昆舞步很熟，带人也很老练，搂在她腰上的手也保持在合法的范围内，跟他跳舞很自在，不拘束，也不紧张。但她始终觉得小昆跳舞没灵感，只能说是走舞步走得很熟。而Allan跳舞就不同了，给人一种进入了跳舞意境的感觉，有点美的享受。

有人来邀请她跳舞，小昆大方地让她去跳，他自己也跟别的女孩跳，这也使艾米觉得很开心很自由。她想起跟Allan去舞会的情况，那就完全不同了，她得时时跟着Allan，生怕他被别的女孩抢跑了，完全没有在别的男生那里检验自己魅力的机会。总而言之，跟Allan在一起，就是"紧张"二字，而跟小昆在一起，就很随意。

邀请艾米跳舞的人越来越多，常常同时有好几个走上前来，搞得她飘飘然。舞场上有那么多漂亮女孩，而自己居然能有这么多人邀请，说明自己魅力非同一般哪。长这么大，还没这么"抢手"过。

跟他跳舞的人，一上来就会问她的名字，问她父母是谁，怎么以前没见过她。她含含糊糊、神神秘秘地东扯西拉，搞得那些人更感兴趣。那些人自己介绍说他们是谁谁谁的儿子，她发现那都是些报纸上见得到的名字。

艾米倒不在乎那些当官的，不过看见当官人家的公子也来这样巴结她，她很开心，有意无意地撒个娇，卖个痴，给他们一点隐隐约约、虚无缥缈、只可意会不可言传的想头，好让他们跟得更紧一点。她觉得自己像在玩牵线木偶一样，想怎么扯就怎么扯，想要他们存一点希望，就可以让他们存一点希望；想让他们绝望，就可以让他们绝望。

现在她才认识到，灯红酒绿没什么，灯再红，红不过化了妆的脸，酒再绿，我不喝它，就不能把我怎么样。舞会上真正使人迷乱的是那种众星捧月的待遇，这在别处是享受不到的，简直就像是同时被一群人在追求一样。

唯一的遗憾就是邀舞的人长相都不怎么地，没办法，质量上不去，只好讲数量了。她竭尽全力施展自己的舞技，又把脸上的笑容整得尽可能的娇俏迷人，一心要多吸引几个邀舞的人。她把一个穿火红裙子的女孩定为自己的竞争对手，那个女孩也有大把的人邀舞。她在心里默默计数，看谁有更多的人来邀请。

艾米跳了一阵，没有看到一个帅过Allan的。跟舞会的其他人相比，小昆就算很不错的了，所以有好几个女孩爱多看他几眼，找上来搭讪几句。艾米想，真是山中无老虎，猴子称大王，一个小昆，你们就盯成这样，那如果Allan来了，你们不一口水把他吞下去了？

她突然想到，以后不能带Allan到这种舞会来，哪种舞会都不能让他去，只能把他关在家里。这样说来，收审站好像成了他最好的归宿。也许就让他待在那里，那他就不能chasing skirts，skirts（女生）也不能chase（追）他，而我可以到舞会上来颠倒众生。她现在很理解为什么州官只许自己放火，而不许百姓点灯，因为那种横行霸道的感觉真好啊。

她想，Allan待在收审站还是不大好，因为我也不能见他，最好是搞个家庭收审站，把他禁锢在家里。有舞会的时候，他在家看书，小昆带我上舞场，我又不必担心Allan跟别的女孩跑了，又可以跟大把的男生跳舞，把他们迷得晕晕乎乎，那才真叫开心呢。

她正在为自己这个"家庭收审站"的创见偷笑，一个个子不高的男生走上前来，邀她跳舞。她不太爱跟个子矮的人跳舞，她自己有一米六八左右，而这个男生有一米七二左右，她穿着高跟鞋，跟这样的男人跳舞，感觉就像是两支筷子在舞场上走动一样，分不出高低，像什么样子？她觉得男舞伴至少要比她高一两个头才行，应该像高低杠，而不是像双杠。

但这次很奇怪，身边没有第二个人邀舞，她又不想做壁花，于是勉强跟那个小矮个跳起来。

小矮个说："我小陈，我不说你也知道我是谁。"

艾米很不喜欢他这种腔调，说："你不说，我怎么会知道？我又不是算命的。"

小陈嘿嘿笑起来:"哟嗬——小嘴还挺厉害呢。你叫什么名字?"

"忘记了。"

"哟嗬,连名字也不肯告诉?我看你长得漂亮,应该是叫小美吧?"

艾米讥讽地说:"哟嗬——你还猜得很准呢。"她想,真是遇到一个老土了,人长得差不说,连说话都这么俗不可耐。

小陈不客气,将艾米搂得紧紧的,波澜壮阔地跳着。艾米嫌他动作太大,土气得要命。他又搂得太紧,使艾米不得不像打架一样地奋力把他向外推,但小陈还把脸也凑了过来,嘴里的热气喷到她脸上,她这才相信小说里面写的那些令人讨厌的男人是真实存在的,以前她一直以为是作者写顺了手,写出几个脸谱化的令人作呕的男人,来反衬英俊高雅的男主人公的,原来实有其人,不是今天亲眼见到,差点就要冤枉作者生编乱造了。

她冷冷地说:"我又不是站不稳,至于把我提来提去吗?"

小陈愣了一下,半天才反应过来:"哟嗬——你说话好不客气啊,你不喜欢被男人搂,跑来跳什么舞?"

"跳什么舞?跳文明舞。"她没好气地说了一句,甩开手走出场子去了,把小陈晾在舞场中央。

小昆不知道从哪儿冒了出来,迎上来连声问:"怎么回事?怎么回事?"

"他跳舞太不文明了,懒得跟他跳了。"

小昆问:"你知不知道他是谁?"

"是谁?难道还是陈××的儿子不成?"艾米随口说了一个报纸头条经常见到的名字。

"你说对了,那刚好就是他的儿子。"

艾米愣了一下:"他的儿子就这个样?太没风度了,我在电视里看到他爸爸不是这个样子呢。"

小昆说:"风度不风度我不知道,我只能说如果成钢在里面多关几天,你不要奇怪就是了。"

"他知道我跟成钢的关系？"

"他要打听出来，是很容易的。"

艾米怕姓陈的为难Allan，连忙问："那现在怎么办？"

"看待会能不能再跟他跳一曲，挽回一下。"

艾米很烦闷，这种场合真不是人待的地方，难怪古人说"伴君如伴虎"。如果不是怕Allan受牵连，她现在对那人破口大骂的心思都有，TMD，什么玩意，就凭你爸爸是陈××，你就一手遮天，想搂谁就搂谁了？还不要说是你，就是你爸爸这样搂我，也照样把他甩在舞场中央。

艾米没什么心思跳舞了，有点想回去，但小昆叫她再等等，等小陈回来，看可不可以挽回一下。奇怪的是，现在竟然没什么人来邀她跳舞了，让她简直怀疑是姓陈的在幕后操纵，但似乎又不可能，因为姓陈的根本不在舞场上了，就是在，他也不可能在这么短的时间内通知大家都不跟她跳了。只能说大家看见了刚才那一幕，都不想得罪姓陈的，所以不跟她跳了。她气呼呼地想，看来州官放火，是因为有很多百姓替他点火。只要不是烧自己，就总会有百姓帮着州官。

幸好小昆还一直陪在身边，不然她说不定要当壁花了。艾米怀着一腔感激之情，跟小昆跳，希望姓陈的会回到舞场，再邀她跳舞，那样她就可以挽回一下。但她现在已经没有把握姓陈的会来邀请她了，总不能说自己上前去邀请姓陈的吧？那样做，不仅不能挽回，还会被他看不起。她烦闷地想，同样是干部子弟，但小昆比姓陈的不知好了多少倍了。

跳了一会，灯光突然灭了，只有墙壁上的小灯还像鬼火一样的亮着。小昆把她的两手拿起放到自己肩上，而他的两手都放到她腰上，把脸跟她的贴在一起，说："这是贴面舞，又叫黑灯舞，跳过没有？"

艾米把脸转开一些，说："没有，怎么兴搞这一套？鬼影幢幢，群魔乱舞的。"

小昆小声说："小丫头，放松一点，不用搞得那么——紧张，这舞就是这样跳的。"艾米看了一下身边的几对舞者，也都是贴着面，搂得紧紧的，相比之下，他们这一对还算好的了，她只好随波逐流地跳着。

小昆附在她耳边，轻声说："你今天在舞会出尽风头啊，你看那些男的，都对你虎视眈眈，恨不得一口水把你吞了。今天邀请你跳舞的最多了，当得起舞会皇后的称号了。"

艾米听得很受用，故作谦虚说："你算了吧，这里漂亮女孩多着呢，我算个什么？"

"算个什么？算个艳压群芳，鹤立鸡群。这些女孩，有的是市直机关的打字员、办事员，还有些是文工团、歌舞团的舞蹈演员，都是想找个有权有势的老公的，她们经常到这里来，都没人理她们了。你这么清纯高雅，她们哪能跟你比？"

"你上粉的功夫还蛮高强呢。"艾米嗔他一句，心里怪舒服的，对小昆慢慢移到她屁股上的手也没有一掌打开。

小昆轻轻捏了一把，赞赏说："跟我想的一样，紧紧的——你浑身上下肯定都是紧紧的——我好喜欢你走路的样子，腿绷得笔直，两条腿中间一点缝都没有，夹得——紧紧的——"

艾米警告说："你这么善于联想，不要把你自己搞得——出洋相啊。"

"我已经出洋相了——你怎么样？"

小昆向她身上蹭了蹭，让她感受了一下他的"洋相"，然后说，"你——真是个害人的——小妖精，你——现在把我搞成这样，总该帮帮忙吧？我们到车里去——你上次答应过的——"

艾米觉得好像被人对着头泼了一瓢冷水一样，心里很不高兴，怎么口口声声"帮忙帮忙"？看来刚才说的那些话都是哄我帮忙的。她想，你真是一点都不了解我，如果你一直强调你的"与众不同"，我可能就迷迷糊糊地跟你到车里去了，你却说什么"帮忙"。愚蠢！勾引人都不会。

她没好气地说："帮什么忙？我答应什么了？你以为我是挤牛奶的？"说完，就甩开手，走到墙边的桌子跟前坐下了。

小昆跟上来，坐在对面，讪讪地说："真的不肯帮我？你不帮我，我只好想别的办法去了。你在这坐一会，我马上就回来。"

艾米不知道他说的想别的办法是什么意思，估计是找个地方自力更生去了，心里又好气又好笑，男人怎么这样？就像尿急了要上厕所一样，说忍不住就忍不住了，干吗不夹块尿布？她看了看表，十点多了，心想，看样子姓陈的不会回来了，回来也不一定邀我跳舞，说不定姓陈的是小昆设的局，根本不是陈××的儿子，只是用来衬托小昆一下的，我还是打的回去吧。

34

艾米走到外面，觉得口干舌燥，刚才一直忍着没喝里面的饮料，又不敢喝洗手间的自来水，早已干得冒火了。她想买支雪糕吃，才想起自己的小包是放在车里的。来的时候，小昆告诉她说里面可以存包，但她想到自己包里放着"凶器"，怕存包处的人看见，所以留在了车里。

她走到小昆停车的地方，却没看到小昆的车。她想，难道他刚才生气回去了？但她觉得应该不会，他不像是在生气的样子，而且他答应过她妈妈把她送回去的，他总不能说话不算数吧？

她找了一会，就看见了那辆新闻采访车，换了个位置，停在树影里。她想小昆肯定是在车里，他到底是在干什么？他说他去想个别的办法？别的什么办法？

她悄悄走到车跟前，从玻璃窗往里望，生平第一次看到了别人做爱的场面。艾米不由自主地转过头去，心想，看别人做爱好像不道德。记得小时候奶奶说过，看男孩拉尿的话，会长偷针眼。但她有一次无意当中看到了一个小朋友在撒尿，她看见那个小男孩的尿弯成一道弧线，射得老远，把她看迷了，她从来不知道可以这样撒尿。后来她自己也试了几次，但是撒不出那个效果。她担心了几天，怕长偷针眼，但结果并没长，所以她不大相信奶奶的那些因果预言了。

她忍不住又往车里看了一下，有点吃惊地发现小昆居然连西服都没脱，还打着领带，一手往上拉着自己的衣服，一手扶在那个白屁股上。艾米只看见他腿的上半部分，很瘦。小昆的动作也很奇怪，基本上是站得直直的，而不是趴在那个女人身上，或者抱着她。

她觉得很滑稽，不好再看，就转过头去。她记得她有几次很好奇，想看看自己做爱到底是什么样子，就伸长了脖子往穿衣柜的镜子里望，搞得Allan很尴尬，一把拉过被子把两人盖上了。然后她只能看见被子一动一动的，她不由得说："哇，曾经看见书上说什么'红被翻浪'，原来真有其事呢，好形象。"Allan很窘地翻身下去，说："算了，我休息一下，免得做无用功……"

等她再向车里望去时，她看见小昆已经穿回了裤子，那个女的也直起身来了，正在整理自己，头发有点凌乱，但看得出来很漂亮。她赶紧转过身去，想走开躲起来，但小昆已经从车窗里看见了她，而且很快就打开车门，从车里钻了出来。

"艾米，你——站这里多久了？"

艾米嘻嘻笑着说："不久不久，刚来，不好意思，不是故意的，只是因为我的小包放在车里，我——"

"你——都看见了？"小昆的声音有点焦急一样。

"什么叫'都'看见？说了是刚来，只赶上个尾声——"

那个女的也从车里出来了，完全没有被人抓了"现行"的尴尬，在一边站了一会，说声："你们慢慢聊，我进里面去了。"就施施然离去了。

艾米见小昆愣在那里，问："那是谁？"

"一个朋友，你不认识。我们——"

艾米说："我们回去吧，时间不早了，你答应过我妈十一点以前送我回去的。"

两个人上了车，小昆把车发动了，解释说："艾米，你不要瞎猜，我跟她只是——应个急。"

艾米不解："你跟我解释这些干什么？我又不是你的女朋友，你根本没必要向我解释。"

"我知道你在生气，我——你应该知道，男人把性跟爱是分得很清的，有爱可能最终都会导致性，但是——有性——不等于有爱。"

艾米笑起来："你怎么回事？我已经跟你说了，这不关我的事，我生个什么气？"

小昆没再说话，一路默默地开车。艾米觉得很奇怪，她心里好像还是有一点生气一样，当然不是像听到Allan使Jane怀了孕那样的生气，但是多多少少有点生气，应该说是有点失望。原以为小昆会像《卡萨布兰卡》一样爱她的，结果却是这么一个——乱卡。

不过她也有点庆幸，如果不是那个小陈那么恶心，如果不是小昆出这么个洋相，如果不是Allan实在是比那些人帅多了，自己可能真的被灯红酒绿、众星捧月的生活迷惑了。她打定主意今后再也不来这种地方了，为了这些人冒Allan生气的风险，不值。为了那点"众猴捧月"的虚荣，让Allan在里面多关几天，更不值。她决定要查一查，看那个姓陈的究竟是怎么回事，如果真是陈××的儿子，那她得想个办法挽回一下，不能让他去为难Allan。

到了艾米楼下，两个人都从车里出来，艾米说："我上楼去了，你早点回去休息吧，你也——累了。"

"艾米，我要你说了不生我气，我才会让你上楼去。"

艾米没好气地说："你这个人真有意思，我早就说了没生你的气，你要我说多少遍？"

"可是你说话的口气——还是很生气的——我知道这事把我在你心目中的印象全搞坏了，但你听我解释，你应该了解男人这一点——性是性，爱是爱，是可以井水不犯河水的。我跟她做那个事，只是因为——你不肯跟我做，而我不想强迫你，但是这并不影响我对你的——感情——"

艾米迁就说："好，我懂了，男人可以跟一千个人做爱，但心里只爱一个人。行了吧？现在我上去了。"她咚咚咚地几大步爬上楼去，刚进门，就听到电话铃声。她知道是小昆打来的，她抓起电话，正想发点脾气，叫他不要这么啰嗦，就听小昆说："我上来了，我想跟你谈谈成钢的事。"

"成钢怎么了？"

"是关于他跟他以前的情人的，L大那边的——"

艾米愣了："他以前的情人？你爸爸不是说他在L大那边没什么事吗？你爸爸亲口告诉我妈妈的。"

"对于判他罪来说，L大那边是没什么，但是他有过女人——"

艾米冲到门边，拉开门，把小昆抓进自己的卧室，关上了门，厉声问："到底是怎么回事？你为什么现在才想起告诉我？"

"我——我本来是不想告诉你的，作为男人，我——完全理解他。但是今天发生了这件事，我——想我还是应该告诉你，我不是要挑拨你们之间的关系，我只是想让你知道，男人——是可以把——性跟爱分开的，我是这样，成钢也是这样，所有的男人都是这样。其实很多女人也是这样——"

"好了好了，说吧！小声点，别让我爸妈听见。"

"他在L大读书的时候，跟一个叫童欣的女的有过——性关系。这次去调查的时候，那个女的写了材料——她可能到现在——都还在爱他，因为她写的材料完全是为成钢说好话的。她说她比成钢大好几岁，是她追他的，一直没有什么进展。后来她——告诉成钢，说她患了脑癌，想跟他——单独见一面。成钢去了她家，他们就——有了那种关系。"

"这事——有多久？"

"半年左右。这期间成钢要分手，那女的吃过——安眠药，量不够，没——死成。她说她后来自己想通了，给回他自由。成钢肯定没把这事告诉过你，因为他在里面被他们——追问得很厉害，都不肯说这事。一直到他们把那个女的写的材料给他看了，他才没再否认。问他为什么要抵赖，他说他答应过那个女的谁都不告诉的。"

艾米觉得头很痛，她实在没法思考，她只懒懒地说："我不明白这些陈谷子烂芝麻跟他的案子有什么关系。他以前有没有女朋友，跟他现在这事有关吗？为什么他们这么起劲地派人这里打听，那里打听？"

"我也不知道，可能人们对这些事总是比较感兴趣的，逮住一个机会就要打探，议论，纠缠不休，满足一下窥探别人隐私的欲望——"

艾米说："你告诉我成钢的事，有什么用呢？你以为只要他是把性跟爱分开的，我就能接受这种'性''爱'分开论了？我只能说天下乌鸦一般黑，天下男人一般坏，你们两个——都不是好东西。"

"但是你自己不也曾经想过用你的人来换遗书的复印件吗？"小昆不解地说，"那次是我动了恻隐之心，不然的话，你不也——"

"我——那是不同的，我是为了救他。"

小昆不甘心地问："就为这么一件事，就把我在你心目中的印象全——抹黑了？"

"你在我心目中本来就没什么印象，我只不过是因为虚荣心——才跟你——来往，我想让Allan吃醋，想让他知道有人追我，有人爱我，有人欣赏我。其实，这都没用，都没意思。他不会在乎的，他有无数的人追他爱他，你不是说了吗？那个姓童的女的肯定到现在还在爱他，简惠为他死了，肯定还有别人也想过为他去死。我算个什么？就算我牺牲了自己的色相，也比不上那些牺牲了生命的人。"

"你知道这一点，又何必为他——对他这么忠心？我是真正地喜欢你，欣赏你，你不要为了今天——"

"又提今天？不是因为今天这事，你怎么会告诉我Allan的事？你不告诉我，我什么都不知道，我就是个幸福的人，谁叫你告诉我这个的？我恨你这个报丧的乌鸦，"艾米恶狠狠地说，"现在你又把我打回到痛苦里去了。"

"我今天不告诉你，你迟早是会知道的。这只是那个姓童的傻，被人一诈就诈出来了，肯定还有很多像你这样聪明狡猾的女孩，绝对不会写出来——"

艾米觉得头更痛了，她把小昆给她的那些钱拿出来，塞到小昆手里："我不想听了。这个你拿回去吧，我不会再到收审站去了，我不需要这些钱了。"

"明天不去收审站，我们还继续——学英语吧？"

艾米冷冷地一笑："你怎么不明白呢？我跟你来往，都是为了他。现在我连他都恨透了，我——怎么还会跟你来往呢？"

小昆盯着她看了一会，把那些钱撕成两半，扔在地上，说："我送人的东西从来不收回的，"他见艾米正心急地打开那条项链，做了个手势，说："别急，别把自己弄伤了，你把它扔了吧，最好扔厕所里，放水冲掉——"

说完，就推开门，扬长而去。

35

　　艾米走出卧室，想去关大门，看见妈妈正在关门。她立即闪回卧室，但妈妈已经跟了进来，小声问："我看见小昆气冲冲地出去，怎么回事？你们——吵架了？"

　　艾米无奈，只好把今天发生的事简单说了一下，然后说："算了，你睡觉去吧，我也要睡觉了。"

　　妈妈说："小昆说的话，未必就是事实。即使是，也是Allan认识你之前的事，况且还是在那个女孩说她有脑癌的情况下，你又何必计较呢？"妈妈叹了口气："我也希望你能遇到一个人，在你之前从来没爱过，从来没有过女朋友，那当然很好，但是——这种人也不多见。他出来读书六七年了，又有很多女孩爱慕，要说没有过女朋友，更不大可能。只要他以后再没有——别的女孩，就行了。不能太苛刻了，特别是对以前的事——"

　　"我也知道这一点，就是想着气难平，他是我的第一个，我却不是他的第一个。"

　　"如果气不平，就干脆不要他了，一刀两断，也就不气了。以后找个从来没——爱过的，干干净净，少许多烦恼。"

　　艾米说："我要能做到这么干脆就没痛苦了，我是——既不想跟他一刀两断，又不想他——有过从前——"

　　妈妈笑了笑说："你小时候对妈妈就是这个脾气，算旧账，不原谅，不管妈妈怎么赔礼道歉，都不原谅。有时你在外面跟小朋友玩得很起劲，而我需要出去一下，买点东西，不想打扰你，就自己偷偷去了。等你知道了，你就不高兴了，问我为什么不带你去，我说今天对不起，下次一定带你去，但你纠住今天不放，老是问："你今天为什么不带我去呢？"我说今天的事已经过去了，我也跟你赔礼道歉了，又答应下次带你去了，你还这样纠缠不放，有什么用呢？你不管，总是说，"你今天为什么不带我去？""

艾米想想也是，说："算了吧，不跟他计较了，不过他出来了，我要好好审审他，看他爱过那个女孩没有。没爱过，是被逼的，就算了。如果不是——"

"我看你还是别审他了吧。过去的事，越说麻烦越多。过都过去了，还提它干什么呢？如果他承认他爱过那个女孩，你怎么办？真的能做到跟他一刀两断？你讲不起这个狠，又何必审呢？"

"但是他这样不说实话，太让人无法相信他这个人了。"

"那不是因为他向那个女孩保证过不说出去的吗？"妈妈宽解说，"他能信守诺言，应该算是一个好的品质。如果他对那个女孩不信守诺言，那他对你也可以不信守诺言。所以我对这事就一个建议：你能跟他一刀两断，就一刀两断。不能，就干脆不去计较他以前的事，免得把自己搞得痛苦不堪。"

艾米问："爸爸在你之前，有没有——过——女朋友？"

"谁知道？他说没有，我也不去打听。以前提倡晚婚晚育，青年人太早谈恋爱，就会被认为是不正派的。再说，那时的人，思想也不像现在这样开放，一个人谈几次恋爱，就会被认为品质不好，所以有过女朋友的可能性小一些，即使有过，也不一定有过——性关系。我那时候就从来没想过再谈第二次恋爱，行不行，就是你爸爸了，成败在此一举。"

"我很羡慕你们那个时候，"艾米说，"多么单纯！不像现在这么复杂，这么——难弄。"

"单纯有单纯的坏处，复杂有复杂的坏处。那个时代谈恋爱，有很多到后来发现不合适，但迫于社会压力，不敢分手，凑凑合合结婚的也很多。像你们现在这个时代的年轻人，分分合合太随便，也——有很多不顺心的地方。爱情有时候就是个运气问题，碰巧就爱错了人，那——就免不了痛苦。"

"我是不是爱错了人？"

"爱对爱错都只能是你自己决定了。妈妈说什么，都不起作用，你现在还在反叛的年龄，可能我越说你爱错了，你越认为你爱对了。所以我只能说，要么你就干脆不爱他了，要不然就别为以前的事让自己烦恼。"

艾米决定不为这事烦恼了。等妈妈去睡觉了，艾米把钱用透明胶粘好，不知道还有没有用。她决定跟小昆打个电话，说声对不起。她觉得刚才对小昆太凶了点，怕惹恼了他，他去为难Allan。

她拨了小昆的号码，听见小昆有点沙哑的声音："找谁？"

"找你，我是艾米，你——还没睡？"

"我——还在你楼下。艾米，我也正想跟你打电话，告诉你——我刚才——对你撒了谎，成钢的那事——是我编出来的，只想挽回我在你心目中的印象——"

艾米笑了笑说："我现在搞不清你哪句是真，哪句是假了。反正我也不去管那么多了。成钢以前做了什么，跟现在不相关。那些钱——我都粘起来了，不知道还有没有用——"

"别管那些钱了吧。我不该撕那些钱，那是你辅导我英语的报酬，是你的钱，明天我再付给你吧。明天还是你辅导我英语，我带你去收审站？"

"好啊。你现在快回去睡觉吧。"

"好，我回去了。明天见。"

艾米放下电话，走到窗前，看见那辆新闻采访车刚刚开动，她忍不住想，他就一直守在这里？准备守到什么时候？守到我关灯？还是忍不住打电话上来？她现在搞不懂小昆了，说他一半是天使，一半是恶魔也不过分，也许男人就是半人半兽？

第二天，小昆按时来到艾米家，两个人学了一会英语，小昆就开车带她去收审站。两个人还是爬上那个小坡，坐在那里，默默地看那个收审站。艾米总觉得心里的感觉跟以前有些不同了，她也不知道是不是因为昨晚小昆说的那些话起了作用。

　　"你说Allan和那个姓童的事——是你编出来的？"她忍不住问。

　　小昆点点头，有点尴尬地说："有点太——小人了吧？"

　　艾米笑了笑，没说话。

　　小昆也笑了笑："其实我昨天说那个话的目的并不是想把他在你心目中的印象搞坏，我只是想让你知道——男人——没有爱也可以有性的，真的，这一点，不管你相信不相信，喜欢不喜欢，都是个事实。我其实是很敬佩成钢的，如果我跟他换个位置，可能我——早就垮了，但是他——没垮，他想得更多的是——别人，比如你，他的父母，还有你的父母，姓简的一家，还有他的室友朋友等，他——怕这些人受到连累，他怕他们为他担心。"

　　艾米怔怔地听他讲，不知道他现在说这些又是什么目的。

　　小昆看了她一眼，字斟句酌地说："昨晚那件事让我发现你——并不了解他，你喜欢他的——帅，可能还有些别的——外在的东西，但他的——深层的东西，你并不了解，或者说不欣赏。所以你会为一两件——小事，或者别人的——一两句话，就决定爱他还是不爱他。像我昨天说的那件事，你甚至都没去核查一下，就——决定不爱他了，那是我没想到的。"

　　"你了解他吗？"艾米好奇地问，"听你的口气，好像你比我更了解他一样。你也就跟他见过一面。"

　　"我只跟他见过一面，但我看过他所有的材料。即便是那一面，也是在一个特殊的情况下见的，一个人在那种情况下的表现比平时情况下的表现更能说明问题。实际上，我也不是第一次见收审关押的人了，不管是有罪的还是没罪的，在——那种地方关上一段时间——很难不——受到影响，精神失常的——大有人在。但是他很清醒，很——理智，他不怨天尤人，而是——担心外面的亲人朋友，所以——我很——敬佩他。"

"为什么我不能去看他？"

小昆没有回答她的问题，而是把话头转到了别的地方："我想告诉你，我——决定到加拿大去了，我已经办好了移民，要在八月份体检过期之前去landing。"

"你要到加拿大去？"艾米惊讶地问，"去那里干什么？"

"怎么说呢？我父亲——还有我自己——弄了一些钱，存在加拿大'皇家银行'里。我和我姐姐都办了加拿大移民，我们——想离开这里。中国的事情是很难说的，你今天是宠臣，你明天就可以是阶下囚。我父亲已经老了，他不想再折腾了，但是他不想我们待在这个地方。很多当官的——都为他们的孩子作了这个准备，"小昆提了几个如雷贯耳的名字，"他们的孩子有的出国去了，有的准备出去，都在海外——存了很多钱。"

"可是你父亲——我爸爸认为他很清廉呢。"

"清廉不清廉，看怎样说了，"小昆说，"对你父母这样的人，我父亲是很清廉的，因为他知道他们的钱来得不容易。但是对那些——贪污受贿的人，他就没那么清廉了。也可以说他为他自己是一点也不腐化的，他一生过的都是很清贫的生活。这些年，他做纪委书记，实在是看到了太多的腐败，而且是无法根治的腐败，所以他想让我们离开这个地方。既然我自费留学没办成，那离开这个腐败地方的唯一方法就是通过腐败了。"

艾米开玩笑地说："你告诉我这些，不怕我——去揭发你？"

"我告诉你这些，是因为我不希望你是出于害怕才——跟我——交往，那对我来说就没什么意思了。你可能一直觉得成钢的命捏在我手里，你这么想也不算过分，因为如果我想害他，也的确做得到。但我不会那样做。现在我把我的命甚至我父亲的命都放到你手里了，你就知道我不会做伤害他的事了。如果我做了伤害他的事，你可以去告发我跟我父亲。小陈那里我也打过电话了，说你是我的女朋友，所以他不会想到成钢头上去。"

"为什么你这么帮他？"

"因为他也会这么帮我，如果我遇到危险，即使他知道我在挖他的墙角，在追他的女朋友，他也会帮我。"

　　"为什么？"

　　"他就是那样的人，就是人们所说的人文主义者，爱的是人类，是生命本身，只要是人，他就会去救，他不会先问了是谁再去救。我很欣赏他这种人，但你不一定，因为他也会这样为别的女孩挡枪弹，而那是你最痛恨、最不能容忍的。"

　　"我——就这么坏？"

　　小昆笑了笑说："你不这么坏？那为什么你昨晚发那么大脾气？我不明明说了他是因为那个女孩说她得了脑癌才——上当的吗？"

　　艾米嘟囔说："那——跟这——不同——"

　　"当然，我很喜欢你这份坏。就因为你这样，我才觉得我能竞争得过成钢，因为他的爱法不是你所希望的，我的爱法才是你所欣赏的。我可以为了爱情不择手段，撒谎诬陷，贪污受贿，杀人放火，打家劫舍，我都干得出来，但他不会，他那样的人，连吃醋都不会的。不信你等着看吧，等他出来了，如果我挑明了追你，他不会为你跟我打架的，他最多只会叫你自己选择，说不定他就不要你了。你一定看过《飘》这本书，如果说你是里面的郝思佳，那他就是里面的那个什么卫希礼，而我才是白瑞德——"

　　艾米觉得他说的好像有道理，又好像没道理，她有几分疑惑地说："你把自己说得太可爱了吧？"

36

有一天，妈妈打电话给艾米，说Allan本科时的老师静秋到J市来了，今天晚上会上我们家来，她特别问到了你。如果你今晚有空，就回家来一趟。

艾米听说了，马上就打的跑回家去了。她对这位静老师一直都很感兴趣，因为她有一种感觉，Allan很崇拜他这位老师，他说他选择英语专业，就是因为这位静老师那时在L大教英语。

Allan的父亲是医生，母亲是教师，但他们都不想让Allan选择他们的职业，因为两个人都觉得医生和教师的职业对他人的生活影响太大，责任心太重。所以Allan选择英语专业的时候，他们都没反对，希望他以后做翻译，在两种文字之间做搬运工，不加入自己的意见，应该是最不干涉他人生活的了。Allan报的是静秋任教的L大，她教过他翻译课和英美文学课。

艾米觉得Allan谈起静秋的时候，都是很欣赏的口气。他不叫她静老师，说她不喜欢别人那样叫她。静秋的英语名字也叫Jane，但静秋初高中都是学的俄语，有个俄语名字，叫"喀秋莎"。因为简惠也叫Jane，所以Allan跟艾米谈起静秋的时候，就叫她"静秋"，或者叫她"喀秋莎"。

艾米怀疑Allan以前爱过他的这位老师，虽然静秋比Allan大十多岁，但很多男孩子爱上的第一个人都是比他们大的女性。

七点钟的时候，静秋准时来到艾米家。艾米一见到静秋就很喜欢她。静秋人很漂亮，是一种沉静的美，大将风度的美，好像世界上什么事都不会吓得她花容失色一样，只有经历过生活的沉沉浮浮的人，才会有这种美。

艾米的妈妈把知道的情况跟静秋讲了一下，担心地说："不知道这事会拖到什么时候，听说有不少人在收审站一关好几年。我看他们不抓到'真凶'，是不会让Allan出来的了。这孩子真可怜，碰到这么个冤枉事。"

静秋说："我正在帮简惠的父母清理她的遗物，希望找到她的日记什么的，我相信像简惠这样善于掩饰自己感情的女孩，一定会有日记之类的东西，说不定她的日记会证明她是自杀。"

艾米的爸爸说："你这个想法很好，看来你对简家的女孩很了解。"

静秋说："简惠家以前也住在K市，我还教过她。她很健谈，但不轻易向人吐露自己的心事，所以她实际上是很内向的人。有些内向的人，为了掩饰自己的内向，会故意显得很外向。问题是显得外向和真正的外向是不同的，真正外向的人，往往是把内心的东西毫无保留地展示出来了，而竭力显得外向的人，却会言不由衷，把真话当做玩笑讲出来，在玩笑中外向一下，暴露一点内心秘密，过一会又后悔，又想法掩饰回去。简惠的作文写得很好，属于比较喜爱书面表达的人，她应该会有日记之类的东西。"

艾米的妈妈说："希望你们能找到Jane的日记，找到了就告诉我们。"

"我会的。"静秋对艾米的父母说，"如果你们不介意的话，我想跟艾米单独聊两句。"

爸爸妈妈都说："你们聊，你们聊，我们备课去了。

艾米把静秋带到她的卧室，静秋告诉她："我今天到收审站看过Allan了。"

"为什么你能见他，而我不能？"

"可能因为你是个小丫头吧，也可能是这段时间对他看得不那么紧了。我的感觉是现在公安局那边已经认为他无罪了，只是没有确切的证据证明Jane是自杀，所以他们还在等抓到'真凶'后再放他。"

"如果Jane没有日记，或者日记里没写她是自杀呢？"

"那就只有另想办法了。"静秋安慰说，"最坏的可能就是他们老不放他出来，但他们要逮捕他判他罪是不可能的，因为他有不在现场的证据。"

"你见到他的时候，他——问到过我吗？"

静秋笑着说："他不问到你，我怎么会知道你？他很担心你，他说你是个想象力太丰富的小丫头，没有的事都可以想象得有鼻子有眼的，现在有那么一些流言飞语，你还不给他臆造出一千条罪状来？他怕你因为相信那些流言飞语做出什么傻事，伤害你自己，所以他叫我来看看小丫头。"

艾米听得心里热乎乎的，关心地问："他好吗？"

"他——很好。他说他看的那些小说，现在都派上用场了。《基督山恩仇记》里的水手邓蒂斯被人陷害，在伊夫堡坐了十三年冤狱；《悲惨世界》里的冉阿让因为偷一块面包，在监狱里被关了十九年，他说他跟这些人相比，关得还不够长，还要关久些，以后才好写故事。"

"他还有心思开玩笑？那他——瘦了没有？"

"比以前肯定是瘦了很多。其实关在里面，最难受的是精神上的折磨，失去了人身自由终究是件很可怕的事——也许等他出来的时候，你会——认不出他来。但我知道，只要他爱你，其他事情你都能承受。"

艾米自己也不知道为什么，就把那个她以为永远不会告诉别人的秘密告诉了静秋："你说得对，我最关心的就是他——爱不爱我。当我想到他杀了Jane的时候，我只为他担心，但当我想到他爱Jane的时候，我就痛不欲生。我是不是个很残酷的人？宁可他杀人，而不愿意他爱别人。"

静秋摇摇头，微笑着说："不是残酷，对你来说，生命诚可贵，爱情价更高。这个生命，包括你自己的生命，也包括Allan的生命和Jane的生命。不管是谁的生命，跟Allan的爱情相比，你都是可以牺牲的。如果在他的生命和他的爱情中，你只能选择一样，你会选择爱情。你宁可他死，也不愿意他爱别人。"

艾米听到这话，吓了一跳，很想反驳一下，但找不到什么话来反驳，可能潜意识里就是这样想的。她瞪大眼睛，说不出话来，被自己的残酷镇住了。

静秋安慰说，"你不用自责，你不是个残酷的人，你会这样想，只是因为你把爱情看得太重了，是个完完全全的'爱情至上主义者'。小丫头，把爱情看得太重，会——活得很累的，因为爱情这东西，不是你说了算的，哪怕你十全十美，也不一定就能得到你想要的爱；得到了，也不一定就能保持；保持了，也不一定就是按你希望的那样发展。其实生活并不仅仅是爱情，你要学会享受生活中其他的乐趣。不然，你的爱情会成为你生活的一个沉重负担，也会成为他生活的沉重负担。"

艾米一时想不出为什么爱情会成为负担，也不想跟静秋抬杠，只小心地问："他们——打他了吗？"

静秋叹了口气说："不知道，即使是打了，他也不会告诉我的，他是个报喜不报忧的人，他最担心的就是怕他父母知道了。他连你父母都不想告诉的，但他没办法，为了不让你这个小丫头胡思乱想，只好告诉了他们。"

"那你是怎么知道的？Jane的父母告诉你的？"

"不是。是L大毕业的一个女孩告诉我的，J市公安局找她调查过。"

艾米装作很随意地问："那女孩——跟Allan有——什么吗？"

静秋笑起来："有什么？难怪Allan说你想象力丰富，还真没说错。"

"随便问问。"艾米有点窘，赶快掉转话头，"执法的人应该是不会知法犯法打Allan的吧？"

静秋说："只能希望如此了。不过有些人总以为自己是正义的化身，疾恶如仇，可惜的是，一个人如果没有足够的智慧去辨别什么是恶，疾恶如仇就会是个很可怕的品质。中国这些年来，只讲阶级性，不讲人性，是很可悲的。我们从小就被教导'对敌人要像严冬一样残酷'，问题是怎么样判别谁是敌人呢？所以人们对他人残酷的时候感觉不到自己的残酷，以为自己是在对敌人残酷。"

第二天，静秋就打电话来说Jane的妈妈找到了Jane的日记。第三天，静秋又来到艾米家，说有东西给艾米看。

静秋告诉艾米，Jane的日记本来是放在Allan卧室的书架上的，大概是Jane放在那里，让Allan可以看到的。但公安局把那间屋子里的很多东西都当做物证拿走了，屋子也被封了一段时间。Jane的父母后来把Allan卧室里的东西收拾了一下，搬到他们的房间里去了，把Allan和Jane的卧室都锁上了，就再也没进去过。他们自己从出事后就没在那个地方住，而是搬到Jane的妈妈单位上照顾他们分的房子里去了。

静秋在Allan和Jane的卧室没有找到日记，就问Jane的妈妈有没有把那两间卧室的东西搬到别的地方去。Jane的妈妈想起有些东西是在她自己的卧室里的，就回去清理了一下那些东西，找到了Jane的日记，总共有五本，还有一本诗集，里面有Jane自己写的诗和她摘抄的诗。

日记和诗歌都是写在党校的备课本上的，Jane曾拿了很多备课本给Allan做笔记，她自己备课也是写在备课本上，所以那样的备课本有一大堆。Jane的妈妈开始没有想到日记会在那一堆备课本当中，翻过几本，见都是Allan的笔记，就没有再看剩下的。这次Jane的妈妈把那些备课本从头到尾查看了一遍，终于找到了Jane的日记。

静秋告诉艾米，Jane的日记完全可以证明Jane是自杀，她已经说服Jane的父母把日记交到公安局去了，希望这一次能使公安局相信Jane的确是自杀，那样Allan就会被放出来了。

艾米担心地问:"日记交出去了,万一公安局办案的人把日记——'弄丢'了怎么办呢?那不是失去了唯一的证据?"

静秋说:"你真有点侦探的头脑呢。不过你不用担心,我在Jane的父母把日记交上去之前已经复印一份。任何事情都是不怕一万,只怕万一。害人之心不可有,防人之心不可无。"

艾米急迫地说:"你复印了日记了?我可不可以看看?"

"我今天来就是给你送复印件来的,不过我只带来了一部分,是跟你相关的,其他的我不好给你看。日记毕竟是个人隐私,如果不是为了救Allan,我也不会读Jane的日记,更不会建议Jane的妈妈把日记交出去。现在除此之外,没有别的办法,相信Jane如果在天有灵,也不会反对。"

艾米看了一下跟她相关的那部分,主要记叙Jane跟她的几次会面的情况。艾米第一次去简家的时候,Jane开始没想到艾米是成钢的女朋友,因为以前也有女孩找上门来,大多是坐一会,成钢就把她们打发走了。但艾米显然跟那些女孩不同,Jane看见他们俩关在屋子里几个小时,又看见成钢那样宠艾米,感到自己多年的担心猜测得到了证实:成钢的确是喜欢年龄比他小的女孩。

Jane曾怀疑成钢跟艾米在一起,只是因为艾米的父亲是他的导师,所以她认为这事长不了。但成钢答辩了,毕业了,马上就要到南面去工作了,似乎跟艾米的事还没断掉,Jane知道成钢是当真的了。

然后Jane写了很多她对几个人今后生活的设想,她认为如果成钢跟艾米结婚,一定是不会幸福的,因为成钢宠艾米宠到没道理的地步,这只会使艾米更加任性骄横。而艾米太年轻,根本不可能真正了解成钢,也不懂应该怎样爱成钢。Jane认为成钢现在并不是没认识到这一点,只是他这个人心太软,拿不下情面跟艾米分手,但他迟早会离开艾米的。

Jane也设想了如果是她自己跟成钢结婚,情况又会是什么样。但她也不看好这桩婚姻,她认为即便成钢跟她结了婚,最终也会因为她年老色衰离开她的,所以她对此不存什么希望,只怪她匆匆忙忙地早临人世，或者怪他拖拖拉拉地晚到人间。

艾米就看到了这么多，她不好向静秋要剩下的日记，只好要求静秋把大概的情况告诉她。

静秋说："Jane这五本日记是从五年前开始的，一年一本，估计还有更早的，不过这五本已经足以说明问题了。可能谁都没有想到，Jane爱上Allan已经有六七年了。"

"六七年？那时Allan才十六七岁呢！"

37

　　静秋点点头："对，当时Allan年龄是不大，但Jane已经快二十一岁了，比你现在还大了，正是'少女情怀总是诗'的年代。

　　Jane很早就认识Allan，他们两家在K市是邻居。Allan的父亲那方有外族血统，长得高鼻凹眼，头发卷曲，身材高大，所以他父亲在那一方很有名气，大家都叫他'外国人'。Allan很像他父亲，鼻子高高的，头发卷卷的，眼睛又大又黑，大家叫他'小外国人'。

　　"Jane和Allan在一个学校读过书。Jane是个才女，以K市文科状元的身份被J大哲学系录取，一个人来到J市读书，只在寒暑假的时候回到K市看她父母。有一年她回家过暑假的时候遇见了Allan，那时虽然Allan年龄不大，但已经考上了L大，长得很帅，已经不再是'小外国人'，而是一个'大外国人'了，Jane对Allan很早就有的朦朦胧胧的爱意变成了强烈的爱情。

　　"后来Jane的父母调到J市，Jane不用每个寒暑假往K市跑了，但她仍然在每个暑假的时候，想办法回到K市，在她奶奶家住一段时间，就为了能见到Allan。当然她一直没让他知道她的那份情，因为他们之间相差近五年。五年时间，对十多岁二十多岁的人来说，就是一个很大的距离了。

　　"Jane就这样年年暑假回到K市，看看Allan。那时候，Allan

每天傍晚都会到门前的小河里游泳，Jane也在那个时候去游泳，可以碰见他，跟他说几句话。Jane有时也到Allan家玩，主要是看望Allan的父母和奶奶，有时被Allan的父母留下来吃顿饭。这样的情况一直维持到Allan考进J大读研究生，而那时Jane已经从J大研究生毕业了。她在一首诗里说，她就像一班早发的火车，或者Allan像一个晚到的乘客，每次等Allan赶到车站的时候，她那班车就驶出车站了。

Jane毕业后就留在了J市，她经常找机会到J大去看Allan，做好了菜给他送过去，把他的衣服拿回家去洗。她见到Allan在打麻将，就总是叫他不要荒废学业。他的那些'麻友'戏谑地叫她'成钢的姐姐'。有几次，她走出成钢的寝室，但没有立即离开，还听到他们说她是'成钢的老妈'。也许别人那样说，是因为Jane像个大姐姐一样，关心照顾Allan，管着Allan，不让他打麻将，但在Jane听来，就是别人在说她太老，看上去像Allan的姐姐或者妈妈。她从来不让成钢叫她姐姐，但她怀疑Allan在背后也像他的那些'麻友'一样叫她'姐姐'或者'老妈'。

"Allan的寝室是个麻将窝，Jane把这事告诉了Allan的父母，建议由Allan的父母出面，说服Allan住到她家去，那样就可以断绝他跟那些'麻友'的来往，伙食也可以开得好一些。

"Allan的父母到J大来了一趟，发现Allan的寝室的确是像Jane描绘的那样，他们怕Allan荒废了学业，就叫Allan搬到Jane家里去住。

Allan不愿意搬过去，说他现在已经会打麻将了，所以热情已经退下去了，而且他那些'麻友'说他打牌太厉害，赌钱赢钱，赌牌赢牌，早已不让他上桌子了。

"他父母相信他说的话，知道他这个人不管学什么，都是在要会不会的时候，劲头最大，一旦学会了，热情就下去了。而且他父母也怕太麻烦简家，所以没有强迫他搬到简家去。

"Jane知道后，又写信给Allan的父母，说也许成钢自己是不打麻将了，但他那个人，很讲义气，朋友们要到他寝室打麻将，他也不会把人赶走。那样的话，虽然他自己没打，但也没法学习，你们一定要说服他搬到我家来，不然他的学业肯定要荒废了。

"Allan的父母就让他搬到简家去，Allan是个孝子，不好一再扫父母的兴，就搬到简家去住，但那时他要修课，J大离简家骑车得一小时左右，所以他只在周末回到简家去。

"然后Allan的父母移民加拿大了，Allan不愿跟去，留在了国内，那时他除了周末，寒暑假也住在Jane家，不过寒假他往往回了加拿大，而暑假则到南面去讲课。

"Allan住在了简家，Jane有很多机会接触他，但她发现Allan根本没注意到她。Allan那时又迷上了吉他，请了个挺有名的吉他手做老师，成天沾在吉他上，废寝忘食地弹。剩下的时间，Allan不是跟朋友出去唱卡拉OK，到市舞校学跳舞，就是去市体校打乒乓球。Allan曾经是K市少年男单冠军，到J大后就进了J大的乒乓球队，有时会有比赛，他就到J市体校去练球，被那里的教练看上，邀请他做少年队的教练兼陪练，所以大多数时间他都不在家。

"Jane一直不敢对Allan表白，因为她怕Allan嫌她比他大。她用了很多方法来试探Allan对年龄差异的态度，有时她编个故事，说她的某个朋友或熟人是女大男小的，问Allan认为这样好不好，婚姻会不会成功。大多数时候，Allan都是泛泛而谈，因为他不知道Jane是在探听他的态度，所以只认为是件跟他不相关的事，也就从一般状况来回答。

"Jane在日记里写道，Allan说过'有些男人不喜欢自己的妻子比自己大'。其实这可能是引用别人的意见，但在Jane听来，就成了他自己的意见了。

"Jane曾经反驳说，'马克思比他的妻子燕妮还小三岁呢'，而Allan说'马克思和燕妮，有谁能比得上？'这可能也是一般说说，但对Jane的打击不小，她认为Allan是不会喜欢一个比他大的女孩的。

"Jane经常给Allan介绍女朋友，其实也是一种试探，因为她一般都介绍她自己的同学和朋友，所以年龄都是跟她相仿的。有时她并没有对女方讲是在介绍朋友，只是大家在一起玩一玩，吃吃饭，听听音乐会。但事后，她会问Allan对某个女孩印象如何，好像是有意为他介绍女朋友一样。她的计划是，如果Allan真的喜欢上某个女孩了，她就说那个女孩不同意，那样就不可能成功。

　　"Allan可能根本没注意那些人，所以多半都说没什么印象。这使Jane很高兴也很难受，高兴的是Allan对那些女孩不感兴趣，难受的是他不感兴趣的原因可能是她们比他大。

　　"Jane'撮合'的那些女孩当中，有的真的对Allan一见钟情，请求Jane为她们搭桥引线，这使Jane很矛盾。她一方面感到自己的爱是有道理的，因为别的跟她一样年纪的女孩也爱上了比她们小的Allan。另一方面，她又很担心，觉得Allan这么'抢手'，他一辈子都会生活在诱惑之中。她总是对那些女孩撒谎，说她跟Allan提过她们了，但Allan嫌她们太大了。那些女孩虽然不痛快，但似乎也接受了'年龄太大'这个事实，这使Jane更加绝望。

　　"除了这些方法，剩下的就是半真半假地诉说自己的感情了，但她又怕遭到Allan拒绝，所以说完了，又挽回，说刚才是开玩笑的。

　　"五年的年龄差异，就像一块沉重的石头，压在Jane的心上，压了这么多年，她曾经写了一首诗，意思是说当我已经在扳着指头学数数的时候，你才呱呱落地；当我背着书包上学的时候，你才牙牙学语。这样，我们之间就隔着了整整五年，而这五年，就像整整一个世纪，隔开了我和你。隔着这一个世纪，我们就成了姐弟，阿哥阿妹的恋情，就成了一种奢侈……"

　　艾米忍不住说："其实并不是每个男生都一定要男大女小的——"

　　"是啊，可惜Jane很害怕Allan会这样要求。不过也不奇怪，我年轻的时候，也是绝对不会爱一个比我小的男生的。我曾经很喜欢一个男生，我们排演样板戏的时候，他演'白毛女'里面的大春，而我演喜儿，根据剧情，我们是一对恋人，后来他也的确来追我，希望从戏里演到戏外来。我们交往了一段时间，本来是处得很好的，结果我发现他比我小三个月，我就再也没法进入角色了，不知不觉地就扮演起姐姐来了，后来自然是分了手。"

"可是真正的爱情不是应该能冲破这些障碍的吗？"

"也许从小男这方面，的确能冲破，可能他们根本不在乎，但在大女这方面，就不能不顾虑重重了。你想象一下，你现在爱上了一个小你五岁的男生，你会不会有一些顾虑？"

艾米想象了一下，小她五岁的男生现在应该在读初中，觉得不可思议，没法想象。她笑了笑，说："想象不出来，可能我要么就根本不爱，如果爱了，我肯定是不顾一切了。"

"也许这就是Jane的悲剧所在，她既不能不爱，又不能不顾一切，那种煎熬，可能像你我这样性格的人很难体会。如果换了我，肯定会直截了当地告诉Allan，行就行，不行就不行，了结一桩心事，省却一腔烦恼。"

艾米突然想到一个问题："如果当初Jane直截了当地把她的心事告诉了Allan，他会怎么样？"

静秋说："不知道，这个问题没法回答了，因为历史不可改写。事实是，Jane没有提出这个问题。而感情就是这样，无法表达的时候，就像一团烈火，闷着燃烧，找不到出口，那种炙人的热量，远比放开了让它烧的时候强烈。没法表达，爱情就像憋着不能喷发的火山一样，能量越积蓄越大，如果不能向上喷出，烧红天空，就只好向下喷到地底或者海洋里去了。

"Jane在日记里多次提到死，甚至把切腕之后的场景用极为艺术的手法描写过多次，这种描写说明Jane在现实生活中没有亲眼目睹过死亡，她把死亡想象得很浪漫很美妙，而绝对没有想到那个场面对她的亲人朋友来说，是多么触目惊心，难以忘却。

"她拿走'天下第一剪'的那把剃刀也在日记中记载了，她选择剃刀的原因可能幼稚得让人无法理解，她说她妈妈很喜欢家里那把菜刀，用了很多年了，所以她不想把那把刀弄脏了。也许在她看来，家里发生了这样的事后，还能照旧住在那里，用从前的菜刀切菜做饭。如果她知道事情发生后会是什么样子，也许就不会走那条路了。

"其实Jane也一直在想从这种无望的爱情中跳出来。她也试过跟别的人接触，甚至谈过一两次恋爱，但终究都没有成功，因为她心中有个模子，总是拿Allan去衡量别的人。不幸的是，衡量的结果总是那些人败下阵去，最后就成了一个死胡同：看得上的就那一个，而那一个又因为年龄差异基本上不可能。

"Jane最后一篇日记是出事当晚写的，她打了很多电话找Allan，还坐出租到很多地方去找他，但没有找到。她没有说她为什么要找他，但她最后说，'也许命运就是这样注定了吧。成钢，希望你下一生不要这么拖拖拉拉地晚到这个世界。'"

两个人沉默了很久，艾米问："如果Allan看到Jane的日记，会怎么样？"

静秋说："但愿他不要看到。我估计Allan现在并不知道Jane是自杀，因为办案的人一直不相信Jane是自杀，他们为了让Allan招供自己的杀人经过，不会告诉他Jane是自杀的，可能连遗书内容都没告诉过他。我希望他永远不知道这一点。"

"为什么？如果Jane是自杀，他不是被洗刷了吗？"艾米不解地问。

"艾米，世界上有两种人，一种人能够勇敢地面对命运的悲剧，却不能忍受由于自己的过失造成的悲剧。有的人则刚好相反，对自己造成的悲剧能找到一千个理由来开脱，但对命运的悲剧却永远唠唠叨叨，怨声载道，一经打击，便委靡不振，变得憎恨人类，憎恨生活。

Allan刚好是那种过于自责的人，或者说是自尊心很强的人，永远希望自己带给别人的是幸福与欢乐。如果他觉得自己不能给人带来幸福，那他会躲开，至少不给人带来麻烦和痛苦。他从小就是这样，有时在我家玩的时候，我打个哈欠，他就会主动告辞。

"他被冤枉关在里面这么久，他不会像一般人那样精神失常，他出来后仍能正常地生活，因为那是命运的悲剧，不是他造成的，他可以坦然面对。但如果他知道Jane是自杀，而且是为他自杀，他可能会陷入过分的自责当中，不能自拔。"

　　艾米说："我们可以瞒着Allan，不让他知道Jane是为他自杀的。Jane的日记和遗书都在公安局，日记复印件在你手上，遗书复印件在我手上，只要我们不把这些复印件给Allan看，他就是知道Jane是自杀的，也不可能知道得太详细。"

　　"希望事情就是你说的这么简单。"

38

静秋回L市之前，又到艾米家来了一趟。静秋说："我只请了一个星期的假，所以我得回去了。我已经找过了一个在《光明日报》当记者的朋友，把Allan的情况跟他讲了，他对这件事很感兴趣。但我不想他现在就把这事捅出去，怕把J市公安局的人得罪了，反而坏事。我只想让他侧面吹一下风，让办案的人知道，有了Jane的日记还不放人，新闻界就要干预了。"

艾米问："新闻干预能起作用吗？"

"新闻干预还是很能起作用的，关键是这个事要有新闻价值。如果没有很大的新闻价值，报社是不会冒这个险去得罪公安局的。大家都说记者是'无冕之王'，但有冕无冕的王都要吃饭，都要活命，所以有点小小的私心，也是可以理解的。

Allan这件事本身可能不具备他们所要的新闻价值，一个无罪的人，被收审一两个月，对整个社会来说，不是什么大不了的事。但针对'收审'制度，早已有很多争论，有的认为中国的收审制度灵活多变，有利于不放过一个坏人。有的则认为这是对人权的践踏，是违反宪法精神的。所以如果记者认为冒这个风险值得，他们会抓住这件事做文章的。J市公安机关不会甘心做收审制度的替罪羊，他们会放了Allan。

如果《光明日报》的记者最终不愿惹这个麻烦，或者他们出了面还是不能奏效，我准备找海外的报纸。但这是一个很敏感的问题，搞不好，可以把Allan整个赔进去，说不定把你们这些帮忙的人也牵连上了，所以我也不敢轻举妄动，现在就寄希望于Jane的日记了，希望他们看到日记，就能释放Allan。"

艾米由衷地说："你真聪明。"

"不是我聪明，而是我经历过，我是新闻干预的直接受惠者，我当年考研究生的时候，正在一家大专进修，我考上了L大的研究生，我们市的教委却不让我去，说大专应届毕业生不能考研究生，必须工作过才能考，但我上大专之前已经工作很多年了，他们不管这一点，只死扣着报考研究生的条例卡我。最后我没有办法了，跑到报社去，把我考研的故事捅给了报社。然后教委让步了，我才进了L大读研究生。"

"想不到读个研究生都这么难。"

"我每一个读书机会都来之不易，所以特别珍惜，"静秋开玩笑说，"我是真的活到老，学到老，不到老绝不学。我三十岁才开始读硕士，现在四十了，才想到读博士。"

"是到我们B大读博士吗？"艾米满怀希望地问。

"不是，是到美国。"

"你要到美国去了？哪个学校？"

"到B州的C大。那边给了全额奖学金，比较好签证，所以先去那里试试。"

"你是去读英语吗？"

"不是，是读比较文学。其实我这几年已经在做比较文学了，曾经还准备考你父亲的博士。但我要养家糊口，如果在中国读博士，那点津贴只怕是连自己都活不出来。"

艾米好奇地问："你这几年在做比较文学？Allan读比较文学研究生，是不是受你的影响？"

"应该说他是受你父亲的影响，他很崇拜你父亲。"

"他很崇拜你呢，"艾米试探地说，"他——说他当初选英语专业就是因为你，他讲到你的时候，都是很——崇拜的，所以我想他——可能——"

"是不是想说他可能爱过我？"静秋笑起来，"还不好意思问？"

艾米有点怕静秋，不光是因为她好像看得透你的心思，还因为她看透了会直截了当说出来。既然静秋已经直说了，艾米就问："他是不是爱过你？"

"怎么会呢？我年龄大得可以做他妈妈了，而且他知道我以前爱过他父亲的。"

"是吗？你——爱过他父亲？而且——他也——知道？"

"他妈妈也知道，"静秋笑着说，"没什么嘛，只是年轻女孩一时的狂热。

"那是我还很年轻，刚高中毕业。我妈妈听了很多女知青遭遇不幸的故事，很怕让我下农村，刚好那年有'顶职'的政策，所以我妈妈就提前退了休，我顶了她的职，在她工作过的那个小学当老师。

"我看了不少闲书，属于在爱情方面开窍比较早的人。但我那时理解的爱情，是只限于爱与情的，跟性不沾边，跟婚姻也不沾边，是个纯精神的东西，所谓柏拉图式的爱情。那样爱，很纯洁，很天真，但爱的对象也就很没有限制，只要一个人值得我爱，他是老是小，是美是丑，都无关紧要，甚至他是男是女都无关紧要，他已婚未婚，是远在天边，还是近在眼前，当然就更不成其为问题了。以你现在的思想观点，是很难理解那时的女孩的。其实按现在的说法，称那种感情为'崇拜'可能更合适一些。

"我对男性美的概念，完全来自于我喜欢看的书，而我那时看的书，以苏俄的为主，像《钢铁是怎样炼成的》、《安娜·卡列妮娜》、《战争与和平》等等。所以我认为只有高鼻子、凹眼睛、身材高大、头发卷曲的男人才称得上美男子。在当时的中国，是不可能经常遇到这样的人的，所以我的爱情理想基本上是一场空。

"后来Allan一家搬到我家附近来了，他父亲一下子就引起了我的注意，因为他父亲完全符合我当时对美男子的定义。那时候的K市，还不太经常见到真正的外国人，所以大家把他父亲当个稀奇看。

"Allan的父亲是'文化革命'前毕业的大学生，医术很高，在那一方有口皆碑，有很多人去医院看病都点着名要找'成大夫'看。可以肯定地说，那些找他看病的人当中一定有不少只是为了见见他，跟他说几句话，因为成大夫身上既有医生的干练冷静，又有游牧民族的粗犷彪悍，用现在的话来说，就是很帅，很性感，给人生命力很强、富于活力的感觉。

"Allan的妈妈是汉族人，也很漂亮，但你知道的，这个世界上漂亮的女人很多，英俊潇洒的男人却很少，而且女人一旦有了固定的男朋友，特别是结婚之后，追求她的男人就很少了。

"但男人不同，即便他结了婚，还会有女孩子爱慕追逐，加上Allan的父亲有外族血统，长相非同一般，所以相对而言，Allan的父亲就很惹人注目，一直都有女孩子爱他追求他。

"可以想象得到，他母亲是会担很多心的。有一个人见人爱的男人做丈夫，既是一种幸运，也是一种不幸，因为他会面对比一般人多得多的诱惑，而他的妻子就有比一般人多得多的担心。所以Allan的母亲最爱说的一句话就是'被人爱是一种幸福，爱人也是一种幸福，也许是更大的幸福'。

"可能这是她多年来的心得，也可能是安慰自己的一种方法。在这个世界上，可能你无法把握别人对你的爱，但你可以把握你自己对别人的爱。如果你把爱一个人当做幸福，你差不多一定能获得这种幸福，除非是你一生都没有遇到一个值得你爱的人。

"Allan的父母搬到K市来的时候就已经有一个儿子，有七八岁了，是他们收养的。他们调到K市，就是为了这个孩子，因为他们不想让人家知道那孩子不是他们的亲生儿子，怕旁人的议论会让小孩子不开心。

"Allan是在K市出生的，他长得很可爱，很像他父亲，大家都叫他'小外国人'。我经常到他家去玩，抱他，哄他，他也很喜欢我。

"Allan的父亲经常跟他母亲一起，带着他们的两个儿子，在傍晚的时候，到河边来游泳乘凉。他父亲陪大儿子在河里游泳，他母亲就抱着他坐在河边看。那时常常会有很多人跑来看这两个'外国人'，特别是那个'小外国人'，很多人都会抢着抱抱他。

"后来Allan长大一点了，他父母也让他下河游泳。他父亲用布带把一个小游泳圈拴在他身上，布带拴在腰间，游泳圈刚好挂在小屁股上，看上去就像芭蕾舞'天鹅湖'里的小天鹅穿的小短裙一样。小Allan下水之前、上岸之后都会穿着他那天鹅湖'小短裙'走来走去，逗得很多人来围观。

"Allan的妈妈会拉手风琴，而他父亲嗓子很好，很会唱歌，有时他们在家你拉我唱，令人羡慕不已。在很多人心目中，他们一家可以说是幸福的楷模。他妈妈是我的手风琴老师，我最开始到他家去，就是去向他妈妈学拉手风琴。

"有的人说'苍蝇不叮无缝的鸡蛋'，意思是说第三者插足的，往往是那些夫妻有矛盾的家庭。也许年龄比较大一点的女孩、已经开始思考婚姻的女孩是如此，但实际上很多女孩爱上有妇之夫，不是因为这些丈夫跟他们的妻子有矛盾，使人想见缝插针，刚好相反，是因为他们很爱自己的妻子。也许女孩子的想法是，既然他那么爱自己的妻子，如果他爱上我，也一定会这样珍爱的。

"不管别的女孩子是什么想法，总之，我爱上他父亲，除了因为他实在是英俊潇洒、很符合我当时的审美观之外，还因为他对妻儿非常温柔。一个英俊潇洒的男人，温柔忠贞地爱他的妻儿，光这一点就可以迷到很多女孩子。

"他父亲成了我的创作灵感，我为他父亲写过很多诗，还写了很多信，不过我从来没有把那些信给他父亲看过，只把一些诗给他父亲看了。他父亲看了我的诗，就找个机会退还给我，说

'小女孩，你很有文采，你会成为一个大诗人的，你也会遇到你诗里面的'他'的，留着吧，留给他'。

那时候，一个未婚的女孩追求一个已婚男人，如果被人知道了，那可就不得了了，肯定每个人都要骂这个女孩下流无耻。但Allan的父亲嘴很紧，谁都没告诉，也没告诉他母亲，所以这事没人知道。是当一切都过去之后，连我自己也为自己的狂热好笑的时候，我才告诉了他妈妈，他妈妈很理解，说她自己很幸运，也相信我一定会遇到一个我诗里面的'他'。我跟他妈妈一直是好朋友。"

艾米听痴了，不断地催她快讲，但静秋不肯讲了，只说："Allan的妈妈是一个幸运的女人，也是一个勇敢的女人，她一定担了很多的心，怕他父亲会被那些飞蛾扑火一样的女孩打动，但她没有让这些担心毁掉她的婚姻和爱情。"

"那你后来遇到你的'他'没有呢？"

"我在这个故事里的角色并不重要，我只是想让你知道，你爱Allan，不光需要勇气，也需要智慧。他从小就有很多女孩喜欢，在K市上学的时候，经常有成群的女孩把他围在中间，逗他这个'小外国人'。刚开始可能只是因为他长相跟一般人不同，出于好奇，逗他一下。长大一些了，有的女孩其实是暗生爱意了，可能连自己都不一定知道，她们常常有意无意地想碰碰他。她们会拍他一下，拧他一下，把他从这个女孩怀里推到那个女孩怀里，看他脸红。

"有时那些逗他的女孩为他闹矛盾，老师不知就里，就批评他，但不管老师怎么冤枉他，他都不会告发那些女生，所以老师就告状告到他父母那里去。他父母问到他，他会如实讲出来，但他不让他父母去跟老师说。他当时还很小，所以只能说他天生就有那种保护女人的骑士风度。不过受到骑士保护的女孩因此就更爱逗弄骑士了。

"他上大学的时候还很小，所以他父母没让他去B大，而让他上了L大，因为我在那里，可以帮忙照顾他。其实他是个成熟很早、很独立的人，他在大学的几年，基本不用我过问操心。但我知道有很多女孩喜欢他，有的知道我跟他是老乡，是朋友，也跑来找我，希望我能从中起一点作用。但你知道的，爱情的事，别人是不能帮忙的。

"他这一生，可能会像他父亲一样，总会有很多女孩喜欢他的，他躲也好，不躲也好，有女朋友也好，没有女朋友也好，结婚也好，没结婚也好，都可能会有女孩喜欢他，追他。你做他的女朋友，会很担心的。我想，他会像他父亲那样，尽力打消你的疑虑和担心，但他毕竟不是你，不能代替你思考和感受，所以一切全看你自己了。如果担心太多，就会得不偿失，跟他在一起就变成痛苦了。

"像你这样心思复杂的女孩很爱探索自己心爱的人为什么爱自己，可能在别的人面前，你会很骄傲地相信自己的魅力，相信别人爱自己是天经地义的事。但在他面前，你可能会变得异乎寻常的不自信，也就无法说服自己他是真心爱你的。"

艾米不解地说："你——好像钻到我心里去看过了一样——"

"其实你的心思都写在你脸上。你是个爱思考、爱分析、爱推理的小丫头，不过对爱情，别想太多，Take love for granted（把爱当做天经地义的事）、Enjoy it（享受爱）、But don't dissect it（但别解剖爱）。"

39

终于等到了Allan出来的那一天！那是六月初的一个星期五，妈妈告诉艾米，说："一切都弄好了，我跟你爸爸星期五下午三点去接他，你晚上回来就会见到他了。

但艾米等不到晚上了，她中午就离开了学校。回家的路上，她买了很多吃的东西，还有一些报纸，还买了一束花，想跟父母一起去接Allan。她想象当他从收审站走出来的时候，一定会对外面耀眼的阳光不适应，他会用手遮在眼睛上，然后他会看见她，她要飞跑过去，扑到他怀里，不管爸爸妈妈会怎样吃惊。

她来到家门前，把东西放在地上，开了门锁。当她推开门，正准备弯腰去拿地上的东西的时候，她一眼看见客厅的沙发上坐着一个人。那个人也看见了她，站了起来，艾米奇怪地看着那个人，他在对她微笑，但他看上去那么陌生。

"我——是不是很可怕？"他微笑着问。

他的声音没变，他的微笑没有变，但她总觉得什么地方不对头，可能是他瘦削的脸和头上的帽子，使她不敢肯定那真是他。她愣愣地站在那里，仿佛生了根一样。他慢慢走到门边，帮她把地上的东西拿进屋子，放在客厅的茶几上。她一直站在门外，盯着他，说不出话来。

"也许我应该等一段时间再来……"他抱歉地说。

"不不不，为什么要等？"她走进屋子，很慌乱地说，

"我——把东西放厨房里去吧。"

他站在客厅，没有跟进厨房。艾米把东西放到厨房，站在里面，深深吸了一口气，走回客厅。他还站在那里，有点手足无措的样子。艾米站在他对面，问："为什么戴——帽子？"

他笑了笑："没头发，怕——吓着了你。"

"把——帽子取了吧，我——会习惯的。"

他顺从地取了帽子，她胆怯地打量他。她听静秋说"可能你会认不出他来"的时候，心里想象的是像以前电影里面那些被捕的政治犯一样的，头发老长，胡子也是老长，两眼深陷，炯炯有神。她能接受那个形象，甚至很——欣赏——那个形象，因为那个形象虽然苍凉，但苍凉中含着一种悲剧美。

她绝没有想到他会是这样，他的脸色很苍白，白中带青的感觉。他的头虽然不完全是光的，但几乎是，胡子也不见了，使他看上去完全变了个样。如果不是他的眼神仍然是温柔的、善良的，她几乎不敢看他了。

她有点怀疑那些有关政治犯的电影是在美化那些监狱，那时的政治犯真的是那样的吗？看来收审站才知道怎样丑化一个人，从而让社会对他另眼相待，连他最亲近的人都对他产生畏惧感。

他仍像从前那样，爱把手放在裤兜里，但他的背不再像从前那样笔直，而是微微地向左倾斜，好像一边的重量比另一边的重量更让他不堪负荷一样。他穿了一件她从来没见过的开胸毛背心，中年男人穿的那种，使他看上去老了很多。

他也在仔仔细细地打量她，然后笑了一下，说："你瘦了，在减肥？"

"没有，你坐呀，站着干吗？"她指指沙发。

他很顺从地坐了下去，搓着两手："你——下午没课？"

"有，逃课了，想——跟他们一起去接你，哪知道你已经——回来了。"

"不速之客——一般是——不受欢迎的——"

"哪里。"她觉得很尴尬，刚才一路上想的都是待会在收审站门口一见到他就扑到他怀里去，却在客厅见到了他，刚才没扑，现在好像就没有一个合适的时机扑过去了一样。他也没有主动走上前来把她拥进怀里，两个人像被人介绍相亲的男女一样，很尴尬地坐在客厅里讲话。

她想了想，走到沙发跟前，坐在他身边，拉起他的一只手。她发现他的手变得很粗糙，手掌心有了很多硬趼。"你——在里面——要劳动？"

"嗯，"他说着，像从前那样，伸出一只手去抚摸她的头发，但居然因为不光滑，不断地挂住了她的头发。他很快缩回手去，解嘲地说，"难怪焦大不敢爱林妹妹——手——太粗糙了。"

"小昆对我说你在里面就是看看书、看看报……"

"有时也看看书，看看报的，主要是看《邓小平文选》，有时可以看到《人民日报》。"

"你看那玩意？那有什么好看的？你看得进去？"

"比没书看强。看不进去，就在心里把一个个句子翻译成英语、俄语和日语，没有词典，瞎译……"

她笑了一下，问："干活累不累？"

"不累，宁愿干活，因为他们审起人来，都是车轮战术，一个一个轮换着上来审，让你成天成夜睡不成觉，那种感觉，比干活还累，老觉得没睡好。刚才坐沙发上就睡着了，你开门我才醒过来。"他转了话头，问她："你——快考试了吧？"

"快了。"她看着他，坦率地说，"我以为见面的时候，我会不顾一切地扑到你怀里去的，结果却搞得像陌生人一样。"

"可能是我的样子太——可怕了吧。"

"瞎说，有什么可怕的？"她走到他面前，站在他两腿中间，搂着他的脖子，他把头埋在她胸前，很长时间没动。然后他站起来，搂住她，松松的。她再也忍不住了，紧紧地挤到他怀里，仰起脸，等他来吻她。她看见他好像咧了一下嘴，然后俯下来，紧紧地吻住了她。很久，她松开嘴，喘口气，却闻到一股药水味。她有一种不祥的感觉。她问："你身上有伤？"

"谁说的？"他松开她，走到一边，"Wow，你还买花了？我们找个花瓶养起来吧。"

她追过去："让我看看。你不可能永远躲着我的。"

他走到她卧室里去，说："要看上这里来看吧，不要在客厅剥我的衣服，让人看见，以为你在非礼我——"

她不理他的玩笑，跟过去，小心翼翼地解开他毛背心的纽扣，然后是他衬衣的纽扣。她看见他的前胸上有五六道伤口，有的痊愈了，有两道还包着纱布。她觉得她的心好痛，她一直担心的事终于还是发生过了。她流着泪，哽咽地问："他们打你了？"

他开始往回扣纽扣："好了，检查过了。你饿不饿，我去做点东西你吃吧。"

"他们用什么打你？"

"用什么重要吗？别问这些了，我不会告诉你的——"

"是因为你——说了什么吗？"

"是因为我不说什么。"

"其他地方有没有？让我看看——"她轻轻脱掉他的衬衣，转到背后，背上更多，她忍不住大声叫道："怎么背上也有？"

"可能是为了对称吧。"

"你还有心思开玩笑。"她气愤地冲出卧室，拿来一个照象机，开始拍照，边拍边恨恨地说，"我一定要告他们，我一定要告他们。"

他没有阻拦她拍照，只是静静地站在那里，说："还是算了吧，你不知道他们的底细，冒冒失失行事，可能不仅起不到作用，还把自己给贴进去了。这些人，都是牵一发而动全身的，谁都不知道他们背后有些什么人。他们已经'建议'我到他们指定的医院就诊，说在那里就诊换药是免费的，到别的医院去，不仅要花钱，而且诊出问题来他们不负责任——"

"那你的意思是就这么算了？"

"我没有这样说——"他望着她，没有说完。

"疼不疼？"

"不疼。"

"你在骗我。"

"我没有骗你，你知道的，人的皮肤只有最外面的一层有痛感，下面的就不知道痛了。而且这是很久以前的事了，只是没及时处理，有的地方——有点溃疡，老没好——"

她仔细看他的脸："他们没打你的脸？"

"嗯，怕破了我的相，你不要我了。"

"不对，是怕暴露了他们的野蛮。他们有没有——踢你的致命点？"

"没有，如果踢了，我哪里还会在这里？"他笑笑，说，"不过有好几次，他们都想踢的，说'把他废了，看他还怎么害人'。你听了——那些——流言飞语，有没有想过把我废了？"

艾米老老实实地说："没有想废你，但是很伤心，恨不得死掉。"

"有时候，被他们的车轮战术审烦了，就想随口承认下来算了，至少他们会让我睡一会，你不知道几天几夜不能睡觉、老被很强的灯照着、老被人问那些问题，是多么——烦人。但一想到如果承认了，你该会——多么痛苦，我就迫切希望一切都能水落石出，还我一个清白。在里面的时候，最担心的就是你听信了那些谣言，做出什么傻事——不过事实证明你是一个聪明的小丫头，不会相信那些东西的。"

艾米想到自己曾经有过的那些怀疑，觉得很羞愧，急忙把话题转到别处去："他们也踢了老丁几脚。"

"这件事连累了很多人。你见过老丁了？"

"我去找过他。"艾米把找老丁的经过讲给他听。

"哇，你可以做个女侦探了。不过你胆子太大，太爱冒险，叫人不放心。"他说，"老丁他们为我做了很多事。你爸爸妈妈为我做得更多，还有静秋跟L大那边的一些人——那个小昆，他也帮了很多忙。"

"小昆说你在里面经常想我奶奶常问的问题，你还说你已经想好了一个答案了，等你出来会亲口告诉我，为什么你现在不告诉我答案？"

"因为你没问我那个问题。"

不知为什么，她没法像从前那样调皮地问他，好像那几个字很难很难出口一样。磨蹭了很久，她低声问：

"Did you miss me（你想我吗）？"

"Yes（想）。"

"Which papt——of you（哪里想）？"

"Every part of me，every inch of me…（哪里都想，宝贝，到处都想）"

40

吃过晚饭，艾米的爸爸很得意地宣布："我今天早上去接成钢之前就给他父母打过电话了，他们说马上过来看他。"

Allan一听就急了，担心地说："其实不用告诉他们的……"

艾米的爸爸说："你以前叫我不告诉，我就没告诉。这段时间，我绞尽脑汁瞒着他们，又要跟你寝室的人对好口径，又要着人从乡下以你的名义寄信收信，说你在那里收集资料，我还要通知简家不要露馅，连深圳那边都要关照到。我不光是精神上紧张，良心上也过不去。现在这事过去了，为什么不早日让他们知道？"

艾米责怪父亲说："你要打电话可以先问问Allan呀？现在怎么办？他父母过来看到他身上的伤，还不心疼死？"

"什么伤？"艾米的爸爸惊讶地问Allan，"你身上有伤？怎么不早告诉我？"

艾米的爸爸看到那些伤，比艾米还激愤，当即就要写控告信。艾米把Allan那番话拿出来劝了爸爸一通，才让他安静下去。

Allan马上给他父母打电话，耍起小孩子脾气，"威胁"他们说："我叫你们不过来的，如果你们不听，我跑外面躲起来。"

他跟父母讨价还价了一阵，他父母答应暂时不过来，但坚决要赶在他生日之前过来，说："你这样死命地不让我们过来看你，肯定有什么瞒着我们。你这样，我们怎么能安心呢？Allan没办法，只好答应他们十二号过来。

离他父母到来的那天还不到一星期了，他心急如焚地希望他的伤赶快痊愈，不时地对艾米说："你帮我看看背上的伤好点了没有，再帮我搽点药。"

艾米摇摇头："你老叫我看，我看一次，就要把纱布扯下来一次，反而影响伤口痊愈。你不要太着急了，等你父母来的时候，肯定好得差不多了。我跟我爸爸妈妈都说了，叫他们保密，只要我们大家都不说，你父母可能根本不会想到这上头去。你这两天吃好睡好，把人养胖点，把脸色养好点，比什么都强。"

他点点头，半开玩笑地说："要讲糊弄人，没谁比得上你。"

星期六晚上，Allan说他想到寝室去看看老丁他们，顺便也去把这些天的信件拿回来，艾米当仁不让地跟着去了。

虽然是周末，又是晚上，结果还是惊动了不少人，问的问，嚷的嚷，拍肩的拍肩，拥抱的拥抱，吓得艾米大声叫唤，叫他们不要乱拍乱抱。然后大家七嘴八舌地问情况，啧啧啧地查看Allan前胸上的伤，骂骂咧咧地申讨法制的不健全，有的还扬言要把那些打人的一家老小扔下水道去。

艾米让Allan休息，自己代答问题，她不敢乱说，只敢把能说的含含糊糊地说说，俨然中宣部发言人一般。

闹腾了一阵，又约好Allan生日那天到"小洞天"聚会，人才慢慢散去。老丁把Allan这段时间的信都用塑料袋子装着，装了好几袋。艾米惊讶地问Allan："你哪来那么多信件？"

"我也不知道，以前没什么信件。"

回到家，他们把信都放在他住的那间屋子，他开始一封封拆开看。艾米问："我能不能看这些信？"

Allan有点为难："你——就别看了吧，都是写给我的。"

"我知道是写给你的，但是——这么多，你看得多累呀？我可以帮你看一些。如果你不放心，我——可以只看男的写的，好不好？"

Allan笑了笑："算了，你要看就看吧，不让你看，你肯定是寝食不安。看了不要到处乱讲就行了。"

"我不乱讲。"艾米许个诺，就光挑那些字迹看上去像是女的信看。很多都是听说了他的事，询问案情的，良好祝愿的，打抱不平的，说自己有熟人可以帮忙的。也有说他太傻，为了个女人赔上自已不值的，骂他太冷血的，说他这样的人应该千刀万剐的，等等。有些是J大的，有些是L大那边的，还有些竟是从一些很远的地方写来的，也不知道那里的人又是怎么知道他的事的。

有些信是向Allan表达爱意的，奇怪的是，有些人以前并不认识Allan，不知在哪儿听说了他的事，就爱上了他，有的竟然是因为他杀人爱上他的。如果不是亲眼看到这些信，艾米真不敢相信世界上竟有这样离奇的爱法。

看了一会，没发现什么值得吃醋的。想想也不奇怪，他既然敢让她看，当然是"心里无冷病，不怕吃西瓜"了。

她想起小昆说过的那个童欣，虽然小昆后来改了口，说那是他编出来的，但她怀疑小昆是因为想跟她继续交往才改口的。那件事总在心里疙疙瘩瘩的，很想听Allan自己断然否定一下。他已经说了，外面流传的都是"流言飞语"，他希望"水落石出""还我一个清白"，那说明他是清白的，问一下应该没什么吧？

她想了想，装作是在看一封信，有点惊讶地问："怎么回事？这个姓童的说公安局还在找她麻烦——"

她看见Allan放下手中正在看的一封信，急切地说："给我看看——"

她想，原来真有个姓童的。她把信藏到身后："这个童欣是谁？你怎么这么关心？你不告诉我你跟她是怎么回事，我就不给你看。"

他说："过去的事——"

艾米不让他说完，就抢着说："最好是不要刨根问底，对吧？"她现在越发觉得其中有故事了，"但是你不让我刨根问底，我还可以从别的渠道知道你的过去。与其让我从别人嘴里听到这些事，还不如你自己告诉我。"

他似乎很为难，一直怔怔地看着她不说话，然后问："她信里真的说公安局还在找她麻烦？什么时候的信？我的事——连累了太多的人。你把信给我看一下，我好想办法——"

"你还在爱她？"

"这跟爱有什么关系？"

艾米生气地说："如果你不爱她，为什么你会这么着急呢？"

"她是个无辜的人，因为我的事，公安局几次三番地去找她，影响她的正常生活，我怎么能不着急呢——"

"她是你以前的女朋友吧？"

他看了她一会，点点头，想说什么，又吞了回去。

"是她——强迫你——跟她——那个的？"艾米满怀希望地问。

"这种事，你知道的——"他很为难地开了个头，没有接着说下去，看到艾米又要开口，才说，"女的是不能强迫男人的，男人有不可推卸的——责任。"

艾米把手中的信扔过去，气愤地说："那就是说你是爱她的？对吧？你——"她控制不住自己的眼泪，委屈地哭起来。他走过来，想搂住她，被她一掌推开，她忘了他身上的伤，刚好推在他胸前。她看见他抽了口冷气，吓坏了，赶快跑过去，解开他的衬衣，看有没有出血。

他抱住她，说："别管了，没事。如果打两下，能解你的恨，就——打两下吧。"

她从来没看见过他这样理屈词穷，她心软了，忍不住嗔他："你狡猾，知道我——舍不得打你——"她仰起头，看着他，"为什么你要有——过去？为什么你不等着我——就随随便便——爱了别人呢？"她希望他说"可我并没有爱她呀，我只是同情她"，但令她失望的是，他只说"I'm sorry（对不起）"。

"听小昆说，是她骗你，说她得了脑癌，你是因为同情她，对吧？"

他皱了皱眉："小昆告诉你这些的？他从哪里——知道的？"

他沉默了一会，说："希望他不要跟别人讲，你也不要对人讲这些，我答应过她，不告诉任何人的。她——现在已经结了婚，如果她丈夫知道——会影响他们的——感情的。"

她想到小昆说过"他们——追问他很厉害，他都没说"，她现在明白小昆说的"追问"其实是"拷问"，他不肯说，他们就打他，他为了保护那个姓童的，宁可被打成那样。她觉得心痛难忍，但她不知道是因为他被打心痛，还是因为他拼死保护那个姓童的让她心痛。

她爱恨交加地看了他一眼，说："你不讲，又有什么用？人家公安局还是知道了。"

"所以我很——内疚，如果不是因为我这件事，公安局怎么会去麻烦她呢——"

"你——这么心疼她——是还在——爱她吧？"

他摇摇头："我们别谈这事了吧，谈得越多，你——越不开心——"

她固执地说："不谈就不存在了？越是不愿意谈，越说明你——心里有鬼！如果你不再爱她了，她就相当于一个陌生人了，拿出来谈谈有什么不行？"

他无可奈何地说："你想谈就谈吧，不要把自己弄得不开心就行。"

她生气地甩开他的手："我怎么会不开心呢？我爱的人在我之前爱过别的人，充分实践了一番，到我这里不是经验充足吗？我应该开心才是呀——"她见他不吭声，又说："你还有过——别的——女人吧？"

"还有两个——"

她瞪圆了眼："还有两个？"

他坦率地说："我应该早就告诉你的——但是我——不想谈——那些事。现在——我不想通过别人的嘴——传到你耳朵里，那样你——更不舒服——"

"那两个又是怎么回事？"

"都是——现在人们所说的——一夜情,那时还很——年轻,很好奇,也——没有什么责任心——有过一两次,就——没再来往了……"

"是她们——对你投怀送抱?"

他又不吭声。她一见他不吭声,就很生气,感觉他在保护她们,生怕伤害了她们一样。她哼了一声,说:"既然是没——什么责任心,那怎么会只有两个?肯定还有——"

他摇摇头:"没有了。第二个——说了些——过激的话,我——后来就——很注意了。"

这简直像传说中的割瘤子一样,本来只看见一个,结果一挖,竟然挖出三个!听说做医生的遇到这样的情况,都是赶紧关上刀口,因为知道是挖不尽的了。她也不敢再问了,恐怕越问越多。她含着泪,说不出话来,只觉得手脚发凉。

他把她拉到怀里:"艾米,别这样,你——别生气,都是过去的事了,你——"

"这不公平!不公平!"艾米哭泣着,"你是我的第一个,为什么我不是——你的——第一个——"

"I' m sorry, Baby, I' m sorry(对不起,宝贝,对不起)"他搂紧她,喃喃地说,"I' m sorry(对不起)……"

她第一次看见他像一个做错事的孩子,失去了往日侃侃而谈的雄风,只是心虚地望着她,她觉得他好像很可怜一样,但她心里的气愤仍然难以平息。她止住了眼泪,嘟囔着:"我要扯平——"

他看了她一会,问:"How(怎么扯平)?"

"我不知道,也许我也去——找个男人,找——三个——"

他皱了皱眉,没有说话。

"如果我去——爱别人,去跟别的人——那个,你——嫉妒吗?"

他不吭声。

她又追问:"你嫉妒吗?你心里难过不难过?"

他不说话，她拉着他的手，摇晃着："你说话，你说话，你说话呀！"

　　他被她摇晃了一阵才说："怎么会不难过呢？但是——如果你只有这样才觉得——扯平了，那我——也没办法。"

41

　　艾米很后悔在Allan出来后的第二天，就跟他闹了这么一出。早就想好不去追问过去的事的，像妈妈说的那样，如果你能跟他一刀两断，就一刀两断；如果不能，就干脆别去刨根问底，不然，徒然惹自己烦恼，也惹他烦恼。

　　她自己也觉得这事简直到了荒唐滑稽的地步，不由得想起一个故事里的情节，好像是一个爱尔兰作家写的：一个地下组织的人被捕了，敌人追问他的头目躲在哪里，他被拷问了很久，就胡乱撒了个谎，说头目躲在一个公墓里。敌人信以为真，扑到那个公墓，结果刚巧那个头目那天就躲在那里，于是手到擒来……

　　她觉得自己这次就很像那个倒霉蛋，本来是信口开河乱问的，哪知歪打正着，查到了自己最不想查到的"过去"。

　　现在一下追问出三个"过去"来了，难道真的去找三个男人，"扯平"一下？她还想不出谁值得她去"找"，谁又能"扯"得平。小昆？肯定有过更多的女人，而且他在车里"另想办法"的镜头令她觉得十分恶心。

　　艾米从前是不相信"性""爱"分家论的，她认为一个人如果不爱另一个人，是无论如何不会跟他/她发生那种关系的。但现在她很希望Allan在跟那些女的做那事的时候，是"性""爱"分家的。

　　她在心里替他辩护说，他大学毕业的时候才二十岁，所以那些事都发生在他二十岁之前。一个二十岁不到的男生，被一群爱慕他的女生围着，又都是年龄比他大的"姐姐"，他又很怕伤她们的心，如果有人投怀送抱，那还能有什么别的结果吗？如此说来，应该感谢那个"说了些过激的话"的女孩，一定是那个女孩说了些要死要活的话，吓得他不敢再有一夜情了。

他跟那个童欣的一段，可以说是因为童欣骗了他，说她得了癌症，他只是因为同情她。也许后来他自己也认识到同情不是爱情，所以他要分手，但童欣又用吃安眠药来吓他，所以才会保持半年之久。

可是他为什么不肯说他那都不是因为爱情呢？如果他说那都不是爱情，她就原谅他了。但一问到他爱不爱她们，他就支吾其词，不肯说话，使她恨之入骨。

以前她经常指控他，审问他，其实只是想被他说服，被他驳倒。他能为他自己平反昭雪，她心里比他还高兴。有些道理，她不是不知道，但她不确信，要反着说出来，再被他驳倒，被他说服，那才真正相信了。但现在他的雄辩之风好像不那么强劲了，他好像很容易就认罪了，不知道是不是在收审站关了近两个月的缘故。

她想起他刚才那样向她赔礼道歉，一点都不像那个侃爱情可以把她侃晕的爱情专家了，跟其他男人其实没有什么不同，都是害怕女朋友吃醋发脾气的。她想他今后肯定不会再碰其他女人了，前边几个人已经用"过激的话"和吞食安眠药把他整服了，整怕了。她真不知道是应该恨那几个女孩还是应该感谢她们。

她想了这么一通，觉得心情好了一些，从他怀里挣脱出来："我们接着看信吧。"

"不生气了？"

"生气有什么用？"她怨恨地瞪他一眼，"又不能把你枪毙掉。其实你刚才说一声'我那时怎么知道世界上有个艾米呢'，我早就不生气了。"

他如释重负地笑了一下，说："正准备说的——被你吓糊涂了。"

她觉得他现在的样子比她爸爸挨她妈妈训的时候还窝囊，忍不住笑起来："你别把自己说得那么可怜，好像你很怕我一样。"

他好像缓过气来，有心思说笑两句了："你要是看到你自己的样子也会吓糊涂的，脸色铁青，嘴唇发白，我差点就要掐你的人中了。"

"那还不如搞个人工呼吸。"她说完，就凑上去跟他狠狠地"人工呼吸"一下。

两人看了一会信，Allan突然说："你看看这个！"他把手里的一封信递给他，又急忙到信堆里翻检起来。

艾米看看手中的信，是一个叫"宫平"的人写的，红墨水，字很大，看上去红彤彤一片。她读了一下那封信，愣住了。那是一封威胁信，大意是说"成钢，我知道你有个'小*婊*子'，如果你不把她甩了，我就叫她白刀子进，红刀子出"。

两个人翻检了一通，一共找到四封"宫平"的信。艾米把另外几封都拿来看了一下，字句大同小异，都是这一个主题。

两个人有很长时间没说话，都盯着那几封信看。最后，Allan说："也许我不应该住在这里，我还是搬出去吧，我可以住在寝室里，或者——"

艾米立即抗议："这肯定是谁在恶作剧，就是想把我们拆散，我不让你搬出去。你住这里，还可以保护我——"她分析说，"这几封信，寄出很久了，如果真有这心，我早不在人世了。我敢说，这是个恶作剧。"

"但可能只是因为以前不知道你究竟是谁，现在我住这里，很快就会传开。你——还要去上学，这——叫人怎么放心。我们——报警吧。"

"公安局能干什么？又随便抓几个人进去？"艾米把几封信又看了一遍，特别看了一下邮戳，是从本市四个不同的地方寄出的，但都是Allan被抓进去之后的那个星期一寄的，"这都快两个月了，这么久了，写信的可能早忘记自己的恶作剧了。"她见他还是很担心的样子，说："我们再等几天，如果又有这样的信，我们就报警，不然的话，就是没事了。"

Allan又把那几封信看了一遍，皱着眉头说："谁会搞这种恶作剧呢？写信的人好像对我的情况很熟悉——"

"是不是你的哪个同学写的？研二栋的什么人？"

"如果是研二栋的，应该知道我那时被收审了，怎么会往我寝室寄信呢？难道是已经毕业了的人？"

艾米脱口问道："会不会是——Jane写的？她出事那天是星期五，如果她很晚才把信丢到信筒里，就会在下个星期一才寄出，那就正好是这个日期。"

他惊讶地看了她一眼："Jane写这个干什么？"

艾米听他的口气，知道他还没听说Jane自杀的原因，马上把话头扯别处去了："那今晚还去不去金医生家？我们跟她约好了的。"

"约好了，当然要去。我跟着你，应该没什么问题。'宫平'一定是个女的，我对付得了，我是怕你一个人在学校里或者路上遇到她——"

晚上，他们两人到金医生家去，Allan有点窘："你把床上的事都告诉她了，叫我怎么好去见她？"

"那有什么？"艾米不在乎地说，"我又没说你的坏话，都是说手段高明之类，你怕什么？"

他无奈地摇头："真服了你了，什么都对人讲。有没有画图别人看呀？"

金医生很热情地接待他们，把Allan左看右看了一番，说"艾米好眼光"，又把家里人叫出来跟他们两人见面。金医生的女儿抱着个孩子走过来，看了Allan几眼，脱口说："哎呀，是长得帅，难怪那个姓简的女孩为你自杀呢。如果我没结婚，保不定也会。"

Allan紧张地问："你为什么说她是为我自杀？"

艾米急了，不停地对金医生的女儿使眼色。

但金医生的女儿没注意，接着说："那女孩自己在遗书里说的嘛，不信你问我妈。你现在好有名噢，有人为你自杀，这种事现在可不多见呢——"

Allan问金医生："您看见过遗书？"

金医生说："我也没看见过，是听公安局那边一个法医说的。"

回到家，Allan坐在他自己房里发愣，艾米走过去，坐在他身边，问："你——在想什么？"

"其实我在里面就猜到Jane是自杀的，他们一直说凶手不可能是外来的，只能是我干的。但既然我没干，我想不出——还有谁有钥匙——只能是——自杀——但我想不出她为什么要——"

艾米不敢吭声，这真叫防不胜防，她跟父母交代过，跟老丁他们那一伙也交代过，连隔壁邻舍都交代过，叫她们不要对Allan说Jane是为他自杀的，但她没想到会在金医生那里露馅。

Allan说："在里面的时候，他们一直说Jane是被我谋杀的，或者是我雇的人——他们逼我交代作案经过，还让我抄写一些东西，大概是想对笔迹。他们让我抄的东西当中有我自己论文里的话，所以我估计是Jane的遗书或者什么留下的东西当中有这些话，但我没想到她是在——"

他茫然地看着她，说："他们放我出来的时候，给我看的结论只说我跟Jane的死无关，感谢我协助调查，但他们没说究竟Jane是自杀还是他杀。"

然后他陷入了沉思，很久没再说话。艾米害怕了，摇摇他，问："你在想什么？"

"我在想他们让我抄的那些话，看看哪些句子可能是Jane的遗书里的话，他们一定把她的遗书的话拆散了，插在一些别的句子当中叫我抄。但是我想不起到底抄了些什么……"他无助地看着艾米，问，"Jane是为我自杀的？为什么？"

"我不知道，也许不是，也许是为了别人，真的，我不知道，你不要为这事自责。就算她是为你，你也没有责任，因为你根本不知道。"

"但是她那天说过'小女婿，我要走了，我方法都想好了'，我以为她在开玩笑，还对她说'你前脚走，我后脚跟'，她是不是把我的话听真了？"

"你别乱想了，她是个大人，连一句玩笑都听不出来？"她好奇地问，"Jane怎么叫你'小女婿'？"

"是那些高中同学乱叫出来的诨名，"他仿佛想到了什么，说，"简阿姨他们肯定看见过遗书，我要去他们那里一下，看看遗书究竟写了些什么。我本来想等到伤好了再去的——"说着，他就要去打电话。

"我听说他们已经不住那里了，你打电话也找不到他们的，"艾米怕Jane的父母告诉他更多的东西，急切地说，"你不要去他们那里了，我就有遗书复印件，我给你看吧。"

"你有复印件？"Allan不相信地看着她，"你怎么会有遗书复印件？"

艾米只好把弄到遗书复印件的经过讲了一下。

"那你为什么不早给我看？"

她支支吾吾地说："我——怕你把Jane的事怪到你自己头上，你——"

"快给我看吧。"

艾米把遗书复印件给了他，他一声不吭地看了很多遍，脸上是一片茫然，好像个不识字的人一样。艾米劝他："时间不早了，你今天也太累了，早点休息吧。"她从他手里把遗书复印件拿走，折好了，放进他床边的抽屉里，说："以后再看，现在睡吧。"

她帮他把床整理一下，让他躺下。他的前胸后背都有伤，右边腰上也被踢伤了，只能侧身朝左边睡。艾米在床边站了一会，悄悄离开了他的房间。

42

令艾米不解的是，Allan没再提遗书的事，表现好像也跟前几天没什么两样。她搞不清到底是静秋的担心是多余的，还是他太善于掩饰自己了。她觉得后一种可能性更大一些，所以决定打起十二分精神，察言观色，一发现他内疚自责就大力宽解他一下。

星期天，Allan带艾米去找了他的一个朋友的朋友老赵，据说是某年的武术比赛散打冠军，也不知是全市的冠军还是全国的冠军，反正是个冠军就是了。Allan把"宫平"的恐吓给老赵讲了一下，请老赵教艾米一些防身术。

老赵"哧"地一笑，说："怎么把散打跟防身扯到一起去了？你们知道什么是散打吗？"老赵把散打的博大精深猛侃了一通，最后对艾米说："你们女的打起架来，是最没有章法的，都是一上来就抱紧了，扯住头发，指甲乱刨，牙齿乱咬。我能教你的就是把头发剪短，把指甲留长。"

两个人就学了这两招，灰溜溜地告辞走了。艾米觉得"宫平"就是Jane，所以不太在乎，但她不好这样说，怕Allan不高兴，所以她只说："你不用太担心，我现在走到哪都是眼观六路，耳听八方，而且我比很多女孩高，身大力不亏，我肯定打得过'宫平'。"

Allan只是担心地摇头："'宫平'不是来找你打架的，她是准备动刀子的——"

"我也有刀，怕什么？"

晚上，艾米要到学校去了，Allan说："是不是还是让你爸爸送你？如果'宫平'看见我们在一起——"

艾米坚决不干："不行不行，我就要你送。不能为了'宫平'这几句破话，就把我们分开了。"她开玩笑说："这下我知道怎么整你了，如果你以后找了别的女孩，我就专门等到你们做爱的时候打恐吓电话，把你吓出病来。"

他苦笑了一下："这种事也只有你才想得出来。"

他把她送到学校，啰啰唆唆地交代了半天，才打的回去了。接下来的几天，艾米连上课都带着"凶器"，还特别交代同寝室的人不要从后面挨近她，免得她打红了眼睛误伤了她们。Allan会不时地打电话来，看她是否OK。她为了让他紧张她，有时就故意说些"今天好像有个人在跟踪我"之类的话，搞得他跑到学校来，远远地跟着她，结果什么也没发现。

他叫她好好待在学校读书，中途不要一个人跑回家，他说如果她不听，他就不敢在她家住了。星期五下午，Allan到学校来她接回家。他怕"宫平"认出他，戴着墨镜，把艾米笑弯了腰，说你这个样子在B大走动，没等你抓到"宫平"，校公安处已经把你当黑社会抓起来了。

Allan的父母已经在星期四晚上飞抵J市，他们原想住在饭店，但艾米的父母一定要他们住到家里来，最后他们只好客随主便，住在了艾米家。

艾米那天回到家，就看见了Allan的父母。Allan的父亲像静秋说的那样，很英俊潇洒，很像个外国人，使艾米怀疑他是"哥萨克"而不是"哈萨克"。Allan的妈妈年轻时一定是很漂亮的，因为即使是现在，也仍然很出众，人没有发胖，很有风度很有修养的样子。

艾米有时看见Allan的父亲站在他母亲身后，很温柔地把两手放在他母亲肩上，而他母亲就扭过头，仰脸看着他父亲。不知为什么，这一幕留给艾米很深的印象，使她羡慕不已。

但是Allan当着几个父母的面，碰都不敢碰她一下。不过艾米不管什么当面不当面，想碰他就碰他一下，她发现Allan每次都很不自在，搞得面红耳赤的，像学生谈恋爱被老师发现了一样。他越脸红，她就越来劲，故意当着父母的面，搂他抱他。他不好把她推开，只好红着脸，由她放肆，最后都是做父母的知趣地避开了。

为谁住哪间房的问题，两家人谦让了好久，最后终于说服Allan的父母住艾米的卧室，艾米在父母书房里摆了一张小床。

艾米家除了客厅，还有三大一小四个房间，她不明白为什么没人想到让她跟Allan住一间屋，可能两边的父母都不知道他们已经有了那种关系，或者他们认为没结婚就不能住在一起。总而言之，几个父母都没那意思，考虑谁住哪里的时候，都是把她跟Allan分开来考虑的。妈妈甚至想到过"合并同类项"，爸爸跟Allan住一屋，妈妈跟艾米住一屋，也没想过让她跟Allan住一屋。

Allan生日那天，正好是个星期六。Allan的父母中午请大家到一家餐馆吃了饭，因为晚上Allan和艾米要到"小洞天"去参加他的同学为他搞的生日聚会。

艾米还是第一次跟Allan去参加他的同学聚会，想打扮得漂亮一点，免得丢了他的人。不过挑来挑去，没什么看得上的衣服，只好又穿上那条白裙子。她想了想，把那条珍珠项链拿出来戴上，然后她叫Allan进书房来。他问："打扮好了？"

"看看这项链漂亮不漂亮。"

"挺漂亮的。不早了，我们走吧。"

艾米觉得他没看出项链的价值，特别提醒说："这项链两千多块钱呢，你没看出来？"

他建议说："你写个条子贴上头：'此项链价值两千元'。"

艾米见他老不问是谁买的，忍不住说："你不问问这项链是谁给我买的？"

"如果你愿意，你会告诉我的；如果你不告诉我，我就不问了。"他看她嘟着嘴，便笑了笑，说，"你要我问？好，那我就问了，问了不要发脾气啊。"他问，"是——小昆送给你的？"

"你怎么知道？"艾米吃惊地问。

他微笑着说："猜对了？他在追你？是不是很开心？"

"你知道他在追我，你也不生气？你真是让小昆说中了，他说即使他公开追我，你也不会为我跟他打架的。"艾米不开心地说。

"为什么不打？你现在就叫他来试试。"

艾米听他这样说，有点开心，笑着瞟了他一眼："你现在——这样，打得过他？"

"打不打得过是水平问题，打不打是态度问题嘛，到时候你搬个凳子坐高处看，可以帮我们两边加加油——"

她忍不住哈哈笑起来："你完全没有打架的诚意，是不是觉得我很虚荣？"

他很理解地说："也不算虚荣，很实在的荣誉感。小女孩嘛，如果没几个男人为她打架，那活得多没劲。"

其实她不舍得Allan去跟人打架，她只是要他有个态度就行了，但他这个态度，完全不像吃醋的样子。她问："小昆追我，你——吃不吃醋？"

"我吃醋不吃醋都是死路一条。"

"为什么？"

他帮她把领口后面的商标翻进去，说："我不吃醋，你说我不在乎你；我吃醋，你说我心胸狭窄。"

她嘻嘻笑着，问："那你怎么办？"

"我吃适量的醋吧。这条项链，今天就不戴了吧。明天我们去买一条，然后你把项链还给小昆。我明天陪你们三个女的去逛商场买衣服，好不好？"

她心疼地说："算了吧，你现在这种样子，还有力气陪我们逛街？"

"我一进商场，就找个地方坐下等你们。你们慢慢逛，我帮你们提东西。"

她被他这一招整得服服帖帖，取下项链，开玩笑说："你对付女人很有一套呢，到底是老手。"

　　他赶快说："不要胡思乱想，都是听别人说的。我们走吧。"在路上的时候，他建议说："还是不要公开我们的关系吧。"

　　她不肯："我要公开，不公开，别的女孩都来打你主意。我不怕那个'宫平'，跟她打架也比让别人把你抢跑了强。"

　　他无奈地说："我看我带给你的都是麻烦。"

　　生日聚会很热闹，来了很多人，女孩子尤其多，老丁说很多都是不邀自来的，搞得座位紧缺。老丁是主持人，窜来窜去地忙活了一通，加桌子加椅子的，总算把大家都安顿下来。

　　吃完饭后，大家到餐馆里面一间较大的卡拉OK厅唱歌。唱了一会，几个女孩异口同声地叫Allan唱一首，Allan推脱了半天，说自己很久没唱了，就免了吧，但大家都不放过他，他只好唱了一首El CondorPasa（雄鹰之歌）：

　　I' d rather be asparrow than a snail?（我宁愿做只麻雀，也不愿做只蜗牛）

　　Yes，I would，if I could，I surely would.（没错，如果能，我一定会这样）

　　Away，I' d rather sail away（我要远走高飞，乘风破浪）

　　Like as wan，that' s here and gone（飘然而去，像天鹅一样）

　　A man gets tied up to the ground（一个人如果失去自由）

　　He gives the world its saddest sound?（他会把最悲哀的声音留在这世上）

　　Its saddest sound（把最悲哀的声音留在这世上）

　　那是艾米第一次听他在卡拉OK厅唱歌，她知道他身上的伤还没好全，可能不能尽情地唱，但即便那样，他唱得也实在好，听上去像那种在空旷无人的草原上自由自在唱惯了的嗓子一样。

　　她听着他的歌声，眼前浮现出一个令她心痛的画面：他被关在收审站的小屋子里，透过铁窗，他思慕外面的天空，渴望着自由，他的心底，一定是在唱着这首歌，他的灵魂，一定是自由自在地在草原上驰骋。她不知道他怎么熬过那些日子的，她听着，想着，忍不住流下泪来。

他唱完了，回到她身边，握住她的手，小声说："别想太多了，只是一首歌……"

他刚坐下，就有人提议让"金童玉女"合唱《心雨》，艾米看见有人把一个留披肩发的女孩往麦克风那里推，还有两个女孩就来拖Allan。他推脱了一阵，越推就有越多的女孩上来拉他拖他，他只好跟艾米说声："May I（我可以去唱吗）？"

艾米见不唱是下不来台的，只好点点头。Allan走到麦克风前，拿起一只，那个留披肩发的女孩拿起另一只，然后女孩用遥控点了歌。艾米听见放出来的不是《心雨》，而是《迟来的爱》。

不知道为什么，艾米觉得他们俩都唱得很投入，好像在倾吐他们的肺腑之言一样。那些歌词在她听来，非常刺耳，"不愿放弃你的爱，那是我长久的期待"，难道这首歌描述了Allan的矛盾心情？他是不是爱上了这个女孩？当Allan唱到"不能保留你的爱，那是对她无言的伤害"时，她觉得他向她这边望了一下，仿佛在说"我不想伤害的是你"。

她心里一阵恐慌，别人都说他们是"金童玉女"，可见他们是大家公认的天作之合。这里没人把她当回事，刚才在洗手间还无意中听到两个女孩在说"成钢怎么看得上她"，"还不是因为她爸爸是他导师"。

她越想越不舒服，这些女孩子都当她透明一样，现在又这样明目张胆地让他们这一对"金童玉女"一起唱这样的歌，这不是在向她挑战吗？

Allan唱完了，带着点歌本走回艾米身边，提议说："我们俩唱一个吧。"说着，就把点歌本给她，让她找歌。她觉得他一定是因为跟他那个"迟来的爱"唱过了，不想无言地伤害她，来弥补一下。

她推开点歌本，不快地说："我不会唱，你还是跟你的'迟来的爱'去唱吧。"

他看着她，笑了一下："真是草木皆兵，唱个歌而已，又分析出什么来了？"他找了找，说："不跟我唱，自己唱一个吧，这个歌你唱肯定好。"他把点歌本伸到她眼前，艾米看了一眼，是《外来妹》里面的插曲《我不想说》。

"你怎么知道这个歌我唱肯定好？我连歌词都不太熟。"

"没什么，唱卡拉OK嘛，电视上有歌词。我听你平时哼歌，知道你的音域唱这首正好。不信可以试一下，至少可以证明我错了。"

他拉着她走到麦克风前，用遥控帮她点了歌。艾米没办法，只好大着胆子唱起来。唱到"一样的天，一样的脸"时，她感到自己有点唱不上去了，她看见Allan对她做了个换气的手势，她吸了口气，果然唱上去了。

唱完了，大家都在鼓掌，她自己也觉得唱得不错，很高兴，想看看Allan是不是很赞赏，一转头，却看见一个女孩坐在她刚才坐的位置上，在跟Allan说话。她想，好啊，你叫我唱歌，原来是为了跟这个女孩讲话。她放下麦克风，快步走过去，对那女孩说："这是我的位置。"

Allan赶快站起来，把自己的座位让给艾米："我来给你们介绍一下——"但那女孩不等他介绍，就站起来，抓起他的手，把什么东西塞到他手里，对他很甜地一笑，跑开了。

43

　　艾米连珠炮一般地发问："她是谁？她把什么塞你手里？她为什么抓你手呢？她是不是经常这样抓？"

　　"她叫刘辉，她塞到我手里的是几把钥匙，我不知道她为什么抓我手，她以前从来没抓过。"他看着她笑，"我答题的顺序没搞错吧？"

　　她知道他在笑她一口气提这么多问题，也不好意思地笑了一下，跟着又担心地问："她给钥匙你干什么？"

　　"她家有一套房子空着没住人，她让我和我父母去那套房子住。"

　　艾米紧张地问："你答应了？"

　　"没有，我到那房子里去住，你不蘸着酱油把我生吃了？"

　　听他说没答应，她放了心，但他说的原因使她有点不痛快，听上去好像他不去住的原因是因为怕她，而不是因为舍不得她。她小声嘟囔说："你别把我说得像只母老虎一样，好像我限制了你的自由似的。如果你想去那里住，我能把你怎么样？"

　　他笑着说："你是母老虎不好吗？我正好是公老虎呢。"他伸出一条胳膊揽住她，"我哪里都不去，除非你赶我走。"他说完，到处找那个刘辉，终于看见她站在门边，他对艾米说："我过去把钥匙还给她——"

　　艾米一把抓过钥匙，说："我替你去还。"她穿过人群，来到刘辉跟前，把钥匙塞到刘辉手里，说："谢谢你了，成钢不需要你的房子——"

刘辉有点尴尬地看着她，不快地说："成钢需要不需要房子，关你什么事？我是把钥匙给他的，又不是给你的，要还他自己来还，你多什么事？你是谁，我认都不认识你——"

Allan已经赶了过来，对刘辉抱歉说："对不起，这是艾米，我女朋友。钥匙你收着吧，我——真的用不着，谢谢你了。"

艾米看见刘辉仿佛要哭了一样，怨恨地瞪他一眼，转身跑掉了。艾米紧紧抓着Allan，生怕他追上去。

回家的路上，Allan有点沉默不语，艾米不知道他是不是为钥匙的事在生她的气，她忍不住问："你是不是觉得我对刘辉太——生硬了？"

"不是，"他低声说，"只是觉得她看上去很不——开心，有点担心她——"

"担心她什么？"艾米不解地问，"你不需要她的房子，把钥匙退给她，她为什么要不开心？真是庸人自扰。"她见他仍然是不怎么说话，又解释说："我不是说你庸人自扰，我是说她——"

"我知道。不过我现在真是怕——你们女孩——一不小心——就伤害了——我刚才应该跟她解释一下的——"

"你解释什么？你越解释越麻烦。你已经说了不需要她的房子了，她凭什么要被伤害？女孩子就是这样，你越怕伤害她们，她们越要做个被伤害的样子。如果你以伤害她们为乐趣，她们肯定躲着你。你总是怕伤害这个，怕伤害那个，结果怎么样呢？结果是大家都知道你这个毛病，都拿伤害自己来伤害你，你这不是鼓励她们伤害自己吗？"

他好像被她打哑了一样，没再说话。

星期四的下午，Allan打了个电话到学校，说："简阿姨打电话来让我今晚过去一下。"

她有点惊讶，脱口说："他们还好意思叫你去他们那里？他们害你还没害够？"

"他们没害我。"

"没害你？不是他们报案，你怎么会在收审站蹲这么久？"

"他们报案时也没想到事情会弄成那样——"

艾米不知道简阿姨叫他过去干什么，她怕他们告诉他日记的事，或者什么连她都不知道的事。她担心地问："他们叫你过去干什么？"

"今天是——她的生日。"

"她的生日就要叫你过去？你又不是他们家的女婿。"她劝他，"你——别去吧，见到他们，你——不难受？"

"简阿姨打电话来了，我不去一下——说得过去吗？"

"那——我这就回来，跟你一块去。"

"你别去了吧，"他犹豫着说，"她父母看到我们在一起——可能会——很难受——"

"为什么？因为我——得到了你——而他们的女儿没有？"她不快地说，"谁叫她闷在心里不敢说出来的呢？她要早说出来，你早就是他们家女婿了。你是不是后悔没早看出她的心思？"

"别瞎猜了，只是不想——太刺激他们——"

"我们在一起就会刺激他们？你这样说——好像我是个罪人一样。"这是艾米一直避免去想的问题，但此时此刻，这个念头一下子就蹦到脑海里来了，"他们是不是觉得是我害死了Jane？是不是觉得如果你不跟我在一起，她就不会——走那条路？你是不是也这样想？"

"我没有这样想，我只想尽力避免伤害任何一个人——"

"但是你好像并不怕伤害我呢——"

他沉默了一阵："艾米，我谁都不想伤害，最不想伤害的就是你。但是你不用为这事受伤害，我只是把她当做一个朋友——"他叹了口气："我今晚会去一下的，我在她家住了这么久，她现在已经不在了——"他没再说下去，艾米不知道他是不是在流泪。她第一次见到他这么固执，她觉得很害怕，他现在已经这样对Jane念念不忘了，如果再去听简阿姨他们说Jane爱了他六七年了，那他不悔之莫及？

她恳求说："如果我求你别去呢？"

"我——希望你不要这样求我——"

"如果我——如果我说你今晚去——那里，我就去——小昆那里——你还去不去？"

她说了这句话，就有点后悔，但她希望他会说"那我就不去了吧"，如果他这样说，那她一定让他去。她只是要他一个态度，她觉得自己是个通情达理的人，只要他愿意为了她不到Jane家去，她一定会主动让他去。

但她听他说："这是两件完全不同的事，你怎么会扯在一起呢？你只要设身处地想一想，就不会生这种气了。如果是你的一个——同学去世了，你会不会在他生日的时候去他家探望一下他父母？"

"我——可能会去，但是如果你叫我不去，我就不会去——"

他沉默了片刻："我希望今晚你不要到小昆那里去——不要赌这种气，气头上做的事——等到后悔的时候，可能已经晚了——"

她觉得他好像在威胁她一样，听那意思是说如果她今晚去了小昆那里，他就会不要她了，到那时她后悔就晚了。她反问："那你这么固执地要去Jane家里，不算赌气？你不怕等到后悔的时候，已经晚了？"

"这是两件不同的事——"

她绝望地放下电话，觉得自己好像被Jane打败了一样，他宁可她到小昆那里去，也不肯妥协，她不知道自己在他心目中还有什么位置。

她呆呆地坐了一会，打了个电话回去，找Allan的妈妈听电话，她恳求说："江阿姨，你叫Allan今晚别到简家去吧——"

Allan的妈妈为难地说："我是叫他别去，但他这个人固执起来也是——劝不回的。"

艾米放下电话，沮丧至极，他为了Jane，连他妈妈的话都不听了。

她想起Allan不管是什么事，都是把她放在前面的，但他为了Jane，不惜得罪她，甚至在她说了要去找小昆的时候都不肯让步。她觉得他正在一步一步地离开她，向Jane走去。

看来Jane真是太了解他了，Jane在遗书里说过，"也许只有这样，我才能真正拥有你的爱"。她现在在比较理解这个"真正拥有"了，像自己现在这样，看上去似乎拥有了Allan，但那不是真正拥有，自己随时都有失去Allan的可能，因为会有那么多的女孩来跟她竞争。只有像Jane这样，才会牢牢抓住Allan的心，不用担心失去他了。

她不甘心，难道一个活着的人还竞争不过一个死去了的人？她相信Allan还是紧张她的，只不过对她太有把握了，知道她不会做出什么出格的事来。他知道他即便是固执地去了Jane家，她也只能是生一通气而已，等他回来七劝八劝，就把她劝好了。

如果是这样的话，那今后他不是更加固执，想怎么样就怎么样？如果他知道她只是一只纸老虎，看上去气势汹汹，其实什么也不敢做，那他今后就更不把她当回事了。

她转手就给小昆打了个电话。当小昆的声音从电话里响起的时候，她又不知道自己为什么打这个电话了。

"喂？谁？"

"是我，艾米，"艾米胆怯地说，"我——你今晚有没有空？"

"跟成钢吵架了？"小昆笑嘻嘻地问，"他出来才几天？就吵架了？"

"没吵架——"

"没吵架会想到我？"

小昆见艾米好长时间不回答，好像意识到事情的严重性，停止了笑："怎么啦？怎么回事？"

艾米把事情经过简单说了一下，问："你今晚会在家吗？"

小昆说："在家我也不敢接待你呀，你这不是在开国际玩笑吗？你气头上做的事，气一过，就后悔了，你们两个人和好了，只放着我在中间不是人。我可是个讲义气的人，朋友妻，不可欺，我是把成钢当朋友的，你虽然不是他老婆，我也是要尊重的。我看你就别跟他赌气了吧，简家的女孩怎么说也是他的朋友，既然今天是她生日，他去她家看一下，也没什么不对的吧？"

"算了，你不懂，"艾米懒得跟他多说，"我只是想晚上到你那里待一会，因为我说出去的话，不能不实行，我根本没什么别的意思，你不用说什么'欺'不'欺'的了，你要'欺'，我也不会让你'欺'。"她砰地挂了电话。

艾米晚上没地方去，只好待在学校，但她告诉寝室的人，如果有人打电话找我，你们就说我到一个叫王小昆的人那里去了。她希望Allan会打电话过来，那他就会以为她去了小昆家，她希望他会风驰电掣地赶到小昆那里去"救"她，那多少可以证明他是很紧张她的。

七点多钟的时候，小昆找到她的自习教室来了。她跟着他来到教室外面，问："你怎么找到这儿来了？"

"打电话到你寝室里，几次她们都说你到我那里去了，不知道你在搞什么鬼。算了，到我那里去吧。反正我已经背这个名了，你今晚去不去我那里，成钢都会以为你在我那里。"

艾米想了想，说："你把大哥大借我用一下。"她打了个电话到寝室，问有没有一个叫Allan的人打电话找她，寝室的人说没有。她不放心，又问一遍，寝室的人说："说了没有，你还不相信，你男朋友这段时间每天打几个电话过来，我们谁没帮你传呼过？他的声音，我们还听不出来吗？"

艾米横下一条心，对小昆说："走吧，到你那里去。"

44

　　艾米跟着小昆来到他的住处，觉得屋子里似乎比上次凌乱许多，她一眼就看见枕头下面探出一只女人的长筒丝袜，她想小昆一定是刚跟什么女人鬼混过了。不过她不觉得有什么生气的，反而觉得安全多了。

　　小昆问："要不要做点东西你吃？或者去你那宝贝店子里吃羊肉串？"

　　艾米不肯出去："我不去，不然Allan来找我的时候，就找不到我了。"

　　小昆笑着说："噢，你到这里来是来等他找你的？那还不简单？我马上给他打个电话——"

　　她急忙说："别打，别打，你打电话叫他来找我就没意思了。他现在可能在简家了，你不知道那里的电话号码。"

　　"我这个包打听，谁的电话号码我不知道？"小昆笑嘻嘻地说，"我料到你们要吵架的，只是没料到这么快。"

　　"你怎么料到我们会——闹矛盾？"

　　"人之常情嘛，两个人住在一个屋檐下，抬头不见低头见，嘴唇跟牙齿都还有个磕磕碰碰的呢，你们能不——闹矛盾？啧啧啧，成钢这么温吞水的人，都可以被你搞得发毛，你说你厉害不厉害？"

　　她觉得他这是在指责她不对，便不快地说："你不懂就不要乱发言，根本不是我的问题，而是他——现在——爱上Jane了。你们男的就是这样，一个女的为你们——死了，你们就爱上她了。"

小昆摇摇头："看来你完全不懂男人，不要说已经——死了的女人，就是活着的，离远了够不着，我们都觉得她没——实用价值了——男人嘛，是很注重实际的，你没听说过男人都是'只见新人笑，哪闻旧人哭'的？男人死了老婆，十个有九个都是尸骨未寒就慌着再娶了。你们女的才会念着个死去的男人，如果不为他守寡，也是拿后面的男人当替身。俗话说，'男人爱新妇，女人恋旧夫'，所以找老婆呀，千万不能找那种死了丈夫的或者被丈夫甩了的。女的主动离婚的可以，因为她不对前夫恨之入骨也不会离婚，但死了丈夫的或者被前夫甩了的不行，除非你想当替身。"

艾米觉得他说的是"十个有九个"，而Allan刚好就是那"一个"。Allan即使不爱上Jane，也会因为内疚想弥补。她觉得Allan在这一点上，更像死了丈夫的女人，今后肯定是对Jane念念不忘。她一想到这些就很担忧很伤心，但又不知道怎么办。

小昆开导说："别老吃醋了，吃一回两回，男人觉得你可爱，宠你一下；吃三回四回，男人觉得你把他当回事，迁就你一下；醋吃多了，就把他吃烦了，他一翻脸跑了，该你吃望门醋。你要变被动为主动，多给些醋他吃，那样他就只顾紧张你，而没有时间让你紧张了。"

"可惜的是，他这个人不吃醋。"

"哪有不吃醋的男人？男人的占有欲是很强的，自己的女人，生怕别人碰一下。就算是分了手的女朋友，看到她跟别的男人在一起，心里都还要不舒服，更何况是现任女朋友？你说他不吃醋，他怎么叫你把项链还给我？"

她想起那天来还小昆项链的时候，Allan不肯上来，说不想让小昆难堪，也叫她别说难听的话。她一个人上楼来还项链，什么也没说，就说了声"Allan给我买了一条，把这还你"。她以为小昆会生气地把项链扔厕所里去的，结果她大失所望，因为小昆把项链放抽屉里去了。

她问小昆："你说等他出来了，就挑明了来追我的，怎么没见你来追？"

小昆瞟她一眼："你真的以为我那么小人？你没听人说，'兄弟如手足，女人如衣服'？对我们男人来说，为一个女人坏了兄弟情谊，是不值得的。我跟成钢，虽然不是拜把兄弟，精神上也是很兄弟的——"

这句"女人如衣服"让艾米非常反感，如果把女人当做衣服，那不是想穿就穿，想脱就脱？简直是不把女人当回事。她觉得这句话充分暴露了小昆对女人的轻蔑，他的"性""爱"分家论，肯定就是建立在这种轻蔑之上的，因为女人对他来说，不过是件衣服，穿哪件，脱哪件，都没什么区别。

她想，Allan肯定不会说这种话，也不会这样想，他对女性是很尊重的。但Allan好像对女性又太尊重了，老怕伤害了任何女性。这两个人真是两个极端，一个把所有女人不当回事，一个把所有女人全当回事，难道就没有一个男人，只把某一个女人当回事？

说来说去，女人想要的，只不过是这样一个男人：他眼里只有一个女人，他只为这一个女人喜怒哀乐。他不怕伤害任何女人，但他怕伤害这一个女人。他对任何女人都没有兴趣，他只对这一个女人有兴趣。他不关心任何女人，他只关心这一个女人。难道这个要求很过分吗？

古往今来，所有女人，不论高低贵贱，心心念念的就是"专宠"。皇后们跟妃子斗，平民女子跟情敌斗，甚至跟小姑子斗，跟婆母斗，不都是为了专宠吗？这是艾米从她看的那些书中得出的结论，但她以前非常瞧不起那些终生致力于专宠的女人。天下男人多着呢，生活的乐趣多着呢，犯得上为了一个男人的爱那么呕心沥血、心胸狭窄、大打出手、斩尽杀绝吗？想不到一旦掉进情网，自己专起宠来，也是有过之而无不及。

小昆见她不吭声，很老到地分析说："其实你们女的生气——很多时候是因为——床上得不到满足，就在别的事情上找岔子——"他见艾米想要反驳的样子，做个手势说："你不要慌着反驳，有时你们并不知道自己生气的原因，嘿嘿，这是潜意识的东西，不是我说的，是书上说的。这段时间是不是他——雄风不再？"

她绝对不同意小昆关于"女人生气是因为床上得不到满足"的说法。床上怎么样，只是爱情生活里的一部分。她觉得她跟Allan之间的矛盾，根本不是性不性的问题，而是个感情问题。她要的只是他爱她，爱她一个人，他残不残废，都没关系。

她闷闷地说："'招之即来，挥之即去'还叫爱情？你根本不懂爱情，不懂女人——至少你不懂我这样的，因为你不是把女性放在一个平等的位置上来看待的。对你来说，女人只是衣服，那还谈什么爱情？对我来说，如果两情长久，就算永远不在一起，都不会有影响。"

"我不跟你争，"小昆做个举手投降的姿势，"可能我不懂女人，但是爱女人用不着懂女人的。爱情是盲目的，是没有什么道理可言的，爱了就爱了，说不出所以然来，懂得的越多，越不知道该怎么爱——"

这句话又似乎有些道理，艾米还在咀嚼这句话，小昆又推心置腹地说："我知道你不喜欢我刚才说的'女人如衣服'的话，我也只是随便说说，引用一下别人的话，并不代表我自己的意思。实际上，我不去追你，是不想做替身。你现在心里只有他，我追你也是白费力。反正你跟成钢迟早要散的，还不如等你们散了再追。"

"为什么我跟他迟早要散？"艾米吃惊地问，小昆已经不是第一个有这种预见的人了，Jane在她的日记中也这样预言过。

小昆笑了笑说："不为什么，就因为我这样预言，如果我每天向你这样预言，如果大家都这样预言，你们迟早就会散。人就是这样，很多时候是不知不觉地按照别人的意愿在生活的。别人都说你应该出国，慢慢地，你就觉得自己应该出国了。别人都说你们两个不般配，你迟早会觉得你们两个不般配。别人说他不爱你，你迟早会认为他不爱你。再说，预言两个人会散，绝对灵验，天下没有不散的宴席，不管是哪两个人，迟早会散。可能形式上没散，但精神上会散。就算活着没散，死了总要散吧？"

小昆见艾米不说话，又嘻嘻笑着说："你们慢慢散，我不急。这就是'性''爱'分家的好处。如果我'性''爱'不分家，我就会因为'性'而急着找个老婆，那时候，我就惨了，自己把自己捆住了，也把别人捆住了——为什么世界上伟大的情人都是男人呢？就是因为他们'性''爱'是分家的。远的不说，就说白瑞德——"

艾米打断他的话："别提白瑞德了，你比他差远了——"她瞟了一眼枕头下的长筒袜，没明说。

小昆顺着她的视线看了那半只长筒丝袜一眼，问："我怎么差远了？白瑞德不也跟妓女鬼混的吗？我这还不是妓女，只是个朋友，干净多了。说实话，男人跟别的女人做做，没什么，常常只是应个急，你就当他是上了趟——厕所。真正要担心的是他心飞了。如果心飞了，就很难挽回了，就算他人跟你在一起，心里想的却是别人，你就变成——厕所了。"

艾米听得心乱如麻，恶心至极，连连摆手："别说了，什么乱七八糟的东西，亏你说得出口——"

两个人干坐了一会，小昆说："这么傻乎乎地坐着，太闷了。不如你在这睡一会，我去那边活动室看电视。"

小昆出去之后，艾米想躺一会，但她觉得那床好像很脏一样，而且她也怕着了小昆的道。她趴在桌上想心思，但一会就睡着了。

睡梦当中，她听到Allan在叫她，开始她以为是在做梦，等她睁开眼，发现真的是Allan站在旁边，她的眼泪一下就流了出来，好像受了很大委屈一样，躲在他怀里呜呜，突然听到小昆的声音："哈哈，盼星星，盼月亮，盼来了救星共产党。快别哭啊，不然他以为我欺负了你呢。"

她抬起头，才看见小昆站在Allan身后。她不好意思地笑了一下，问小昆："是你打电话叫他来的？"

小昆说："不是我叫他，是他叫我。他叫我把你接到这里来的——"

艾米搞不懂了，看看Allan。Allan不说话，只看着她笑，然后牵着她的手往外走。她糊里糊涂地跟着他坐进小昆的车，不知道自己是不是在做梦。到了B大，小昆把车停下，三个人都从车里出来。Allan对小昆说："谢谢你了，你早点回去休息吧，我送艾米回寝室，待会我自己打的回去。"

小昆说声"也好"，又对艾米说声"骂他不解恨，就朝他伤口上打"，就钻进驾驶室，把车开走了。艾米不解地问："是你叫他到学校来接我的？"

"你要去他那里，我有什么办法？不如叫他来接你过去，也好过万一你找不到他，在外面随便找个替身。"

艾米知道他还是紧张她的，开心地说："你好大的胆子，不怕他乘机占便宜？"

"既然我这么信任他，他怎么会呢？他不是那种人，我这点知人之智还是有的。"他嗔她，"还不都是你逼的，不然也不会出此下策。"

她一高兴，就扎到他怀里，一叠声地叫："Love you love you love you（爱你爱你爱你）——"然后又往外挣脱，"对不起，对不起，又忘了你的伤了。"

他不让她挣脱："你老人家的love都是空口说白话，你要真的love，以后就少用这些歪点子整我——"

她笑着说："你这么狡猾的人，我哪能整得到你？都是你整我，你把我的心都整碎了。"

"要讲整人，谁都不是你的对手。到你宿舍了，早点上去休息吧，明天还要上课。"

她不想上去，想跟他多待一会。"你——今天在那边——他们对你说了些什么？"

"没说什么，讲了一些——Jane小时候的事，"他黯然说，"他们——老多了，真不知道以后他们——怎么——过——我——在想，我是不是——不去——南面了，就留在J市，也好照顾他们……"

艾米希望他不去南面，但她不希望他是为了Jane的父母才不去的。她隐忍着，不想又闹别扭。

他指指肩上挂的一个书包样的东西，说："他们把Jane的日记也给我了——"

艾米紧张地问："日记不是交给公安局了吗？"

"公安局把日记还回来了，"他奇怪地问，"你——怎么知道日记交公安局了？"

艾米只好把日记的事简单说了一下，然后说："静秋肯定嘱咐过简阿姨他们不要把日记给你的，所以他们把日记给你一定是别有用心的。"

"别把人家往坏处想，他们只是完成女儿的遗愿。静秋为什么不让他们把日记给我？"

艾米把静秋的担心说了一下，劝他："你别看这些日记吧——"

"你别瞎担心了，我跟静秋是一个级别的，她懂的道理我也懂。人死不能复生，我自责又有什么用呢？还不如好好照顾她的父母，也算有点积极意义。"

45

当Allan的伤逐渐好起来的时候，伤口旁边的皮肤都一块块地脱落，伤口也痒得难受，他就用手扯掉那些皮，撕掉伤口上的痂，借以止痒。他够不着背上，艾米就叫他躺在床上，她来帮他。他总是叫她用劲扯，说不扯不解痒。但她一扯就会见到下面嫩红的新肉，所以她不敢扯，只能轻轻地抚摸。他就闭上眼，很enjoy（享受）的样子。有时她这样抚摸着，他就睡着了。

他睡着的时候，常常会侧着身，蜷着腿，两手合拢，放在两膝间。艾米在哪本书上读到过，说有这个睡姿的人，是因为内心深处惧怕黑暗，惧怕孤独，所以还原成婴儿的姿势，仿佛躲在母亲温暖安全的怀抱里。

她猜他这种睡姿，是在收审站形成的。他白天一定是很刚强的，但到了那些夜晚，他一定是像这样蜷缩在他的又硬又冷的床上，在梦中寻求温暖和关怀。那是一些多么可怕的夜晚啊，他失去了自由，不知道自己会坐多久的冤狱，也不知道自己会不会含冤死去，孤独和绝望，一定是噬咬着他的心。

想到这些，她就忍不住流泪，心里就涌起一种母性的关爱。她有时斜坐在床头，把他的头放在她腿上，看他熟睡。有时她躺在他对面，让他像小孩子一样钻到她怀里酣睡。

刚从里面出来那段时间，他好像特别爱睡。她不知道是因为他在里面没睡好，还是他贫血或者是被打得脑震荡了。问他，他说肯定是因为在里面没睡好，他们总是让他白天干活，晚上受审。即使睡，也睡得不安稳不踏实。现在出来了，可以自由自在、放心大胆地睡了，所以一沾枕头就睡着了。

她知道那些可怕的记忆还在缠绕他，因为有时他会突然从梦中醒来，头上都是汗，两眼迷茫，好像不知道自己身在何处。但等她问他做了什么梦，他却总是说"没什么"，看她不相信，他就说梦见了小时候的事，跟人打架。她知道他在骗她，他肯定是不想讲那些可怕的细节，怕她也做噩梦梦。

她有时希望他就永远这样睡在她怀里，因为当他睡着的时候，他就像个孩子，他有惧怕，有疲乏，有不堪一击的地方，他需要她的保护，她的关心，她的爱，她就觉得自己在他生活中是很重要的。但等他醒了，她就觉得他无比刚强，刀枪不入，不再像小孩子那样需要她了。

她问他是不是在收审站养成的那个睡姿，他说不是，他说很多人都喜欢侧身睡。他奶奶说了，一个人要"站如松，坐如钟，睡如弓，行如风"，他这就是"睡如弓"。他怕她不信，又告诉她说Jane也知道他是这个睡姿，那说明他被收审之前就是这样睡的。

她好奇地问："她怎么知道你是什么睡姿？"

他不肯说，看上去很后悔说了刚才那句话。架不住她再三再四地追问，他只好说："她在日记里说她从窗子里看见我是这样睡觉的——"

艾米听了很害怕，半夜醒来，总是不敢看窗口，怕一看会看见Jane站在那里，所以她总是关上窗子，拉上窗帘。

她以前是不相信鬼魂的，但自从Jane的事后，她开始相信这些东西了，老觉得Jane就在附近转悠。活着的人，谁也没死过，又怎么能肯定人死之后灵魂不会在这个世界飘荡呢？等到死了，发现真的有灵魂了，又没办法告诉活着的人了。可能阴阳两个世界，只有少数人可以沟通，只有少数人能看到鬼魂，但那些少数人说的话，大家都当做迷信否定了。

她觉得Jane有一千个理由恨她。Jane爱Allan这么多年，虽然也想到过自杀，但也只是在日记里写写而已。可是一旦发现了她跟Allan的关系，两个月后就采取行动了，肯定是因为她使Jane彻底失望了。幸好她不是个爱自责的人，甚至可以说是个爱"他责"的人，出了问题，即使不怪罪别人，也能为自己找几个理由开脱一下，不然真不知道会多么难受了。

　　她发现Allan的房间总是开着窗，窗帘总是拉开的。她猜他是为Jane拉开窗帘的，好让Jane能从窗子里看见他，那样Jane就可以安心地回去睡觉。但如果问到他，他却说是因为天热，打开窗子让凉风吹进来。她不想戳穿他的谎言，但她心里很难受，感觉Jane现在已经有了超人的力量，想到哪里就可以到哪里，可能Jane只在Allan面前才会现形，别人都看不见，像那些人鬼相恋的故事情节一样。

　　艾米除了上学，总是寸步不离地跟着Allan。这段时间因为他有伤，大多数时间都待在家里。有时他俩也出去散散步，但常常有人上来关心关心"那件事"，Allan不得不回答一些问题。有时出去一趟，要把他的故事重复很多遍，所以他再也不愿到外面散步了，说再讲就要变成"祥林嫂"了。

　　他从校图书馆和市图书馆借了很多书回来，有些是关于自杀者的心理或怎样防止自杀的。艾米也有很多书要看，所以常常是一个人抱一本书看。但艾米一定要跟他挤在一个地方看书，他坐沙发上，她也坐沙发上；他躺床上看书，她也挤在一个床上看。

　　Allan的父母总是笑眯眯地看她像小孩子"跟腿"一样地跟着他，有时还热心地告诉她"他在阳台上"。但艾米的妈妈私下就教训她："女孩子，要注意一点，不要这样——这会让人瞧不起。"

　　即便是这样脚跟脚，腿跟腿，两个人也总会有不腻在一起的时候。艾米发现Allan很爱站在阳台上，他站在那里，望很远的地方，望天空。她一看到他站在阳台上，就觉得他一定是在想Jane，说不定正在冥冥之中跟Jane交流。

她问他："你——想Jane吗？"

"有时想到。不过你不要误解，这个想是'想到'的意思，不是——'想念'的意思。"

"你——想到——她什么呢？"

"大多数时间是在想Right the wrong（改正错误），想用几个IF改写历史，想到她自己切自己的手腕——，该是多么——疼痛，因为她知道——刀锋会在什么时候——切开自己。"他摇摇头，好像要摆脱什么思绪一样，"她看着自己的血——流出来，一定是——很害怕的，一定充满了——生之留恋——"

"别想这些了，"艾米胆怯地说，"你老想这些——"

"也不是老想这些，"他仰脸望着天空，"就是——觉得世界上的事——真是——太多的巧合——我每次出去都会告诉他们——我到哪里去了，刚好那天——没有说去——哪里——她——到处找我——说明她——对自己的决定——有了怀疑——她想——有个人能——说服她——让她——放弃——如果那天我告诉了她我会去哪里，她就不会——"

"你自己说过的，历史不能用几个IF来改写——"

"我知道，但是——如果能改写就好了——有时做梦都梦见那件事并没发生，只是一个梦——"他探询地望着她，"为什么她有这份——心思——这么久，我一点也不知道呢？"

艾米不安地问："你——知道了又能怎么样？就——放弃了我去——爱她？"

他摇摇头："不是，其实我一直觉得——我跟她——是——两种不同的人，她很——上进，结交的——也都是——也算是上流社会的人吧——"

"既然你们是两种不同的人，那你知道不知道她爱你又有什么——区别呢？"

"如果我知道，我就可以——开解她，说服她放弃。想自杀的人——有绝大部分最终——是会放弃自杀的——念头的，只要有人能——劝说他们——放弃，他们大多数都会放弃，而且——"

是永远的放弃。既然她——爱我，那她不是会听我的劝告吗？"

"但是她把这些隐藏得那么深，你怎么会知道？。"

他盯着她问："她在日记里不止一次地写到她有——那种想法，但都没有——付诸——实施，就这次——是不是因为我说了'你前脚走，我后脚跟'？"

艾米急了："你说你不会过分自责，你这不是又自责上了吗？你那是开玩笑，她还听不出来？她的遗书里说到过那句话了吗？她的日记里写了她是因为那句话——自杀的吗？都没有，你为什么要把责任往自己身上拉呢？"

他赶快安慰她说："你别太激动，我不过是问一下，你觉得不是就算了——"

后来他就不怎么说这些了，但他仍然经常站在阳台上，望很远的地方，望天空。

"你——现在为什么老爱站在阳台上？"她试探着问。

"我一直就喜欢站在阳台上，可能是因为从小我妈就叫我看一会书就望望远的地方，看看绿色的东西，免得把视力搞坏了——"

"可是你在——这件事之前不是这样的呢。"她从不记得他以前这样站在阳台上望远方。

他想了想，说："以前不都是在搞地下工作吗？那时成天躲躲藏藏的，怎么有可能站阳台上呢？我在寝室里也经常站阳台上的。"他说了这句，笑了一下："这句话又要被你拿去大做文章了。"

艾米这次刚好没发现这句话有什么可以大做文章的。她问："这句话——有什么文章做？"

"没有最好。"

她好奇地问："到底是有什么文章做？"

"我以为你会说我站在寝室的阳台上是为了看研二栋的女生，"他笑着摇摇头，"现在你可以说我做贼心虚了。"

她不以为然地笑了一下："我根本没这样想。我只希望你有什么——心思，就说出来，不要闷在心里——"

他拉起她的手说："我会的，如果我有心思，我会说出来的。但你不要老想着我会有心思。静秋说的话可能给你留下了很深的印象，所以你觉得我现在一定是在过分自责，但是我没有，我知道人死——不能复生——自责——于事无补——"

从那以后，他似乎不太经常到阳台上去了，但艾米觉得他只是在对她曲意逢迎，他自己还是想到阳台上去的，但他怕她不高兴，所以他不去了。她现在不敢对他说"你想到阳台上去就去吧"，她觉得如果她那样说，他又会对她曲意逢迎，到阳台上去。她怕把他搞得无所适从，还是由他自己吧。

她注意到他时常哼那首ELCONDOR PASA（雄鹰之歌），有时他一边做饭一边小声唱那首歌，有时他一边看报纸也一边用口哨吹那首歌，常常是反复那一小节：

Away，I' d rather sail away（我要远走高飞，乘风破浪）

Like as wan，that' s here and gone（飘然而去，像天鹅一样）

A man gets tied up to the ground（一个人如果失去自由）

He gives the world its saddest sound（他会把最悲哀的声音留在这世上）

Its saddest sound（把最悲哀的声音留在这世上）

她感觉他像是在借这首歌表达他自己的心思，似乎他被禁锢在尘世里，给这个世界的声音，非常非常伤感。她不知道他想逃离什么，逃到哪里去。也许他住在这里觉得很憋闷？也许他厌倦了跟她在一起？也许他想追随Jane离开这个世界？

有一天，他又在哼这首歌，她忍不住问："为什么你觉得自己被拴牢了——你——想要飞到什么地方去呢？"

他狐疑地看着她："为什么你这样说？"

"你——总是唱这首歌——"

他好像恍然大悟，说："你想太多了，我唱的时候，根本没去想歌词的意思，我只是喜欢它的旋律，这几句很高亢，唱的时候，很——过瘾，没别的。"他看她不相信地看着他，又补充说：

"其实很多人都是这样，常常会无意识地哼唱一首歌，或者仅仅是一首歌的某几句，反复地唱，反复地哼，至于哼哪首，有时完全是偶然的，没有什么特殊的意图。"

　　"可是——口误——"

　　"口误是潜意识的一种反应？"他摇摇头，"我不知道弗洛伊德说的对不对，我这也不是口误。"他搂住她，仿佛开玩笑地说："你太爱分析象征意义了，完全像是把我放在显微镜下面解剖一样，我怎么经得起你这样分析？"

　　"我——只是怕你——"

　　"我知道你怕我沉浸在痛苦之中，可是我不会的。你这样事无巨细地把我往痛苦方向分析，反倒把我分析怕了。我现在做什么都要想一下，你会从中看到什么象征意义——"

46

Allan的父母在J市待了不到两星期，就被Allan"打发"回加拿大去了。他说他父母很忙，他也不是三岁两岁的小孩子了，不用父母天天跟着。

他妈妈开玩笑说："这就叫一物降一物，儿女降父母，我们家是儿子说了算。只要他开心，我们怎么都好。"

他父母走了，他就开始跟艾米商量，看要不要在J市找工作。

艾米问："你不到南面去了？人家张老板还给你留着那个位置呢。"

"我知道，以后可能很难遇到这么好的老板了，他不仅为我出具了不在现场的证明，还想了很多办法帮我。不过——我留在J市，又可以跟你在一起，又可以照顾到简阿姨他们，不是两全其美吗？"

她有点不高兴："如果你是为我留在J市，当初你就会留下来了。"

他辩解说："当初想到你毕业了可以到深圳去，你喜欢那边的气候，可以一年四季穿裙子，而且那边工资也比较高——"

"难道现在这些东西都变了吗？"她有点讥讽地说，"你这么聪明的人，怎么就不知道撒个像样点的谎？比如说'我爱你，舍不得你呀'。"

他自嘲地说："本来就是这个意思，但不敢说，说了怕你说

'那说明你当初不爱我'。"

她抢白说："你别骗我了，你是为Jane留在J市的，你当我不知道？"她煞有介事地建议说："我听说有这样一种风俗，可以跟死去的人举行冥婚，你要不要跟Jane举行一个冥婚？那样你就成了她的'小女婿'了，你就可以名正言顺地赡养岳父母了。"

他说："这跟——女婿不女婿没什么关系——只是觉得——他们很——孤独的——"

"世界上有很多孤独的老人，你怎么没去照顾呢？偏偏要照顾Jane的父母？你对你自己的父母都没有你对Jane的父母好。"

他笑了一下："为什么你这样说？是因为我叫他们回去吗？他们很忙，都是丢下工作跑过来的——"

"你对我的父母也没有对Jane的父母好。"

他仿佛很惊讶："我对你的父母不好吗？"

"你到现在还叫他们'艾老师''秦老师'。"

他脸红了："叫惯了，好像——一下子——改不过来一样——"

"可是你叫'简阿姨''简伯伯'叫得很顺口呢。"

"你又在瞎比较——而且总是往坏处想。你没有想想正好是因为我跟他们没有特殊的关系才会叫得——顺口的？"他好像下了个决心一样，说，"算了，既然你不喜欢，我还是去深圳那边吧。"

她恨的就是他这种态度，他做什么，都是说"如果你喜欢"或者"如果你不喜欢"，这让她没办法知道他自己内心想做什么。他这种曲意逢迎，从一开始就很明显。他跟她在一起，不是因为他自己没有她的爱就活不下去，而是怕她哭，怕她不开心。他第一次跟她做爱，不是因为他自己冲动到不能控制的地步了，而是怕她误以为他在留退路。

他每次说话，基本上都是这个口气，"你这样想？那不是把你自己弄得很不开心？"所以给她的感觉就是无论她怎样想，都只是她开心不开心的问题，他无所谓。

她不能不说他这个人是很为他人着想的，如果她是他的一般朋友，她会像小昆那样，把他当做一个刎颈之交，但是作为他的女朋友，她感到这很不够，完全没法让她感到他在爱，他只是在尽责任，尽义务。

这种看法存在心里很久了，今天再也忍不住了："你这一生当中，到底有没有真正爱过一个人？"

他诧异地看着她，好像拿不准该怎样回答一样，老半天才说："你觉得我——不是真正爱你？如果你这样想——"

"那不是把我自己弄得很不开心？"她抢着说，"现在先不谈我，谈你。如果我这样想，你开心不开心呢？"

"你不开心，我怎么会开心呢？"

"你开心不开心都是看我的？你自己没有自己的——主见的？"

他笑了笑："这跟主见有什么关系？你开心我就开心，你不开心我就不开心，难道这有什么——不对吗？"

她叹了口气："没什么不对的，就是让人感觉不到你在爱，你想我开心，只是为了你的自尊心，因为你不想给别人带来痛苦和麻烦。你把自己当一味药，是用来救人的，看谁需要就给谁——"

"我哪里有这样？"

"我的意思是说，你可能从来没有自发地爱上一个人，你从来没有为了得到一个人，就朝思暮想，寝食不安。都是别人来追你，而你只是看谁可怜——看谁最需要你，你就把自己给那个人。你那两个'露水姻缘'，我敢肯定是因为她们对你投怀送抱，哭哭啼啼，你同情她们了，就把自己给了她们。那个童欣，更是这样，别人一说有脑癌，你就把自己献出去了，脑癌是做几次爱治得好的吗？

"然后是我，我对你——哭，给你看安眠药，你就同情我，把你自己给了我。你这样很大公无私，很令人感动，但是也很危险。因为谁能担保以后没有别的人值得你同情拯救？现在——就有了一个更可怜的人，一个——连命都搭上了的人，所以你——后悔了，后悔你当时没看出她那么需要你，后悔没有把你自己给这个更——需要你的人。如果给了，就可以救人一命了。现在既然救不了，那就只好孝顺她的父母了。"

"你完全是瞎分析。"

"那你爱上过什么人吗？真正的爱，不顾一切的爱，疯狂的爱，失去理智的爱，不见到她就活不下去的爱，不得到她就要杀人的爱。你爱过吗？"

"爱情不一定要失去理智的。"

"不失去理智还叫爱吗？"

"这不还是个定义问题吗？"他想了好一会，说，"你完全不用为我没失去理智难过，我就是这样一个人，我从小就是这样，不会因为得不到什么就失去理智，要不到的东西，我就不要了。你不信可以问我父母，他们会告诉你，我从小就是这样。"

"你为什么会这样呢？"

"心理学家会分析说那是因为我父母对我太压抑了，但事实完全相反，他们很爱我，对我很——民主，不像一般家长那样——霸道。但是我——好像天性就是如此，从来没有像别的小孩那样，因为想要一个玩具，就赖在商店不肯走，就打滚放赖地要父母去买，或者像你一样，唱歌别人听。我想要什么，我会告诉父母，他们给我买就买，如果他们不买，我也就算了。

"我对什么都是这样，要得到，很好，要不到，就不要了。可能有人会说这是因为我的AB血型，也可能有人会说这是因为我的祖先是游牧民族。社会学家分析说，农耕民族改天换地，游牧民族随遇而安。农耕民族与天斗，与地斗，要在没庄稼的地方种出庄稼来。但游牧民族不同，他们享受大自然的施与，哪里有水草，他们就把牲口赶到哪里去。那个地方的草吃完了，他们就迁徙到别处去了。

"我不知道为什么我的性格会是这样，我也不想分析我性格的成因，因为分析性格成因的目的，无非是想改进自己的性格，或者让别的人引以为戒。但我相信人世间很多事，最好是'顺其自然'，特别是性格这种事，改变是很难的。

"所以我说我是个loser（失败者），不是说我已经lose（失败）了多少，而是说我这样的人，在逆境中比一般人少些痛苦，适合做loser（失败者）。而且没什么追求的人，也就谈不上有多少挫折。我中小学的语文老师都说我是个胸无大志的人，因为我写作文的时候，只要是写长大了想干什么，我都是写：

"'我长大了，只想什么都不用干，看看自己想看的书，做做自己想做的事，去去自己想去的地方，就行了。'

"每次老师都会向我父母投诉，说你要跟你这个儿子好好谈谈了，他这样下去会一事无成的。"

她觉得他说这些都是为了安慰她，他绝对不是这样的人，她反驳说："可是你——也很成功啊，你读了研究生，发表了那么多东西，你——能歌善舞，几乎什么都会，你不努力，怎么会——"

"可能是因为我做成的这些事，都是我力所能及范围内的，真正需要我努力争取的，我可能就放弃了。所以我高考就没逼着自己一定要上北大清华；拉提琴弹吉他，只弄到一般水平就算了。我学很多东西，但我从来没想过要把一样东西学精学透，我觉得这些东西用来丰富生活，学到一般程度就够了。一心一意要学到专家的水平，就失去了学它们的乐趣了。

"我奶奶笑我有'拆袜线之才'，就是说我的才能像袜子破了之后拆出的线头一样，很多很多条，但都是短短的，派不上大用场。我父母也不干涉我，他们也没为我定下什么大目标，只希望我一生平平安安。

"据说按照人对生活的态度，可以把人分成'驾驭派'和'体验派'两种，有人要驾驭生活，有人只是体验生活，大概有点像农耕民族和游牧民族。我可能就是人们通常说的'体验派'。记得有部电影，好像是卓别林的《舞台生涯》，里面有这么一段对话：

"'人为什么要活着？'

"'不为什么，生下来了，就活下去。'

"这句话给我印象很深，可能很多人会说这很颓废，但对我来说，生活好像就是这么回事，没想过生活要有个什么终极大目的，需要终生去追求。生命就是一种体验，酸甜苦辣，都是体验——"

"那你是不是想把各种女人都体验一下？"

"他无可奈何地摇头：'你总是把什么都扯到这上头去——你这样横七竖八地乱扯，我都不敢说话了。'

"你说，你说，我不扯了。"

"刚才说什么来着？你都把我扯糊涂了。噢，如果你要我改我的性格，我也愿意改，我也可以做出些疯狂的举动，但那是'改'出来的，你还是会认为不是自发的。所以不如你把爱情的定义改改，就不会为此难过了。"

她摇摇头：“你没有失去理智，只是因为你还没遇到一个使你失去理智的女孩，等你遇到了，你一定会失去理智地爱一次。”她很伤感地说：“我不怪你，只怪自己不是那个使你神魂颠倒、失去理智的女孩。”

他搂住她，像抱着个小孩一样轻轻摇晃她，半开玩笑地说：“可能又要对失去理智下个定义了。怎么样才叫失去理智？一定要杀了人才算失去理智？看来我是非杀几个人不可了。说，你想我去把谁杀了，我这就去。”

她忍不住笑起来：“你完全没有杀人的诚意。”

"我觉得我已经很没有理智了，被你一个小丫头牵着鼻子转，你不喜欢的事，不管我自己觉得对不对，我都不做了，这还不算失去理智？"

她想他说的可能是去深圳的事，她不安地说：“你现在去了深圳，心里肯定也是放不下简阿姨他们的，肯定怪我不讲道理，不通人情——”

"我没有怪你，我知道你不是个不通情理的人，你只是——

爱得太多，爱糊涂了，忘了生活中还有别的东西。"他摸摸她的头，"小丫头，你的心思我懂了，你不是不关心简阿姨他们，你只是不希望我关心，免得我抢了头功。等我去了深圳，你会去照顾她父母的。我就不过问了，一切交给你了。"

47

艾米和Allan一直分住在两间屋里，虽然白天多半是腻在一起，但到了晚上就寝的时候，两人就装模作样地回到自己卧室里去了。等到大家都睡了，艾米才偷偷溜到Allan房间去。谁也不知道这个模式是怎么形成的，或者为什么要走这个过场，但好像从一开始就弄成这样了，就不大好改变了。

他房间的床虽然比艾米在书房睡的沙发床大一些，但也只是个不规范的单人床，睡两个人仍然是很挤的。Allan刚出来的那几天，因为前胸后背都有伤，再加上腰伤，基本上没法做爱。他对她说："我成了一个废人了，你还是把我休了吧。"她说："你瞎说，你以为我爱你就是为了那事？那事谁不会？为什么要爱你？"

她说这话，绝对不是为了安抚他，这是她的真实感受和想法。哪怕他从今以后永远都不能亲热了，她仍然是爱他的。只是她爱上他有了一个意外收获。如果这个意外收获因为什么原因没有了，也不影响她的爱。

她知道很多人不会相信这一点，但她相信。她甚至觉得他废掉了是件好事，那别的女孩就不会爱他了，但她仍然会一如既往地爱他，她会向他证明这一点。

她把这些告诉他，问他相信不相信。他说他相信，他相信她做得到，但他自己会有很大压力，成天背着个心理包袱，疑神疑鬼，最终会把她搞得不胜其烦。到那时候，她甩他，良心上又过不去；不甩他，生活又不幸福。所以生活中有些事，就是个dilemma，没有什么好的解决办法，唯一希望的就是不要遇到，遇到了只好两害之中求其次，选那个伤害小一些的解决办法。

她问："伤害小的解决办法是什么？"

"当然是我自己知趣地离开你喽。"

她大声嚷起来："这是伤害小的解决办法？"他赶紧捂住她的嘴，她拉开他的手，压低了声音说："你废掉了也不许离开我，听见没有？"

"说话像打雷一样，还能听不见？"他拉着她的手，放到他那个地方，他的伤使他不能随心所欲，他开玩笑说现在一切传统姿势都不管用了，需要自己创造发明了。他们就"发明"了一种姿势，命名为"伤兵老爷"式。

后来他前胸后背上的伤好了很多，他经常问她："皇上今晚会不会来宠幸贱妾？"

她总是嬉笑着说："爱妃这么春心荡漾，朕当然是万死不辞了。"

有一个夜晚，她到他房间去，快十二点了，他还在看书，看见她进来，就合上书，放到桌上，向她伸出两臂："皇上大驾光临，贱妾有失远迎，该打该打。"

她拿腔拿调地说一声"爱妃平身"，突然发现他刚才看的是他自己的论文，觉得很奇怪，也不打皇上的官腔了，很平民百姓地问："你早就答辩了，还看论文干什么？"

"有点怀疑Jane是误读了我的论文才——走那条路的，她的遗书中引用了几段我论文里的话，日记中也提到过，但那都是我引用的别人的话——"

"现在想这事还有什么用？"

"可能人就是有这个毛病，明知道不能挽回，还是要追根究底，想知道一个why，也许是为了今后不重蹈覆辙吧。"他抱住她，"不谈这些。春宵一刻值千金——"

他从她睡衣下摆伸进一只手，摸索着来到她胸前，发现她没戴乳罩，就握住一个："原来早有准备——"

"省掉你的繁重劳动。"

"怎么是繁重劳动呢？应该是愉快的劳动，不过你这件睡衣也够我劳动一阵了。"她的睡衣是前面开口的，有很多扣子。睡衣很宽大，解两粒扣子就可以从头上脱掉。但他从不那样脱，而是一粒一粒地解纽扣，边解边说，"设计这件睡衣的人，一定知道我喜欢这种愉快的劳动——有时做梦都在解这些纽扣——"

解完纽扣，他把睡衣向两边一拉，一手握住一个："不过常常是还没梦到这一步就呜乎哀哉了——"他突然停了下来，好像想起了什么，"等一下，我去把窗帘拉下来。"

艾米拉住他不放："不用了，四楼，谁看得见？"

他盯着窗口看了一会，固执地说："我还是去把窗帘拉下来吧，不费事。"说罢，就走到窗口，向窗外张望了一下，拉下了窗帘。

艾米觉得他一定是想起了Jane，以为Jane正在从窗子里看他，而他怕Jane看见这一幕会伤心。她不明白他为什么偏偏在这种时候想到Jane，也许他并不仅仅是在这种时候想到Jane，也许他一直都在想Jane。他刚才正在看论文，在想Jane为什么自杀的事，说明他这一番激情，都是为Jane而发。可能人鬼恋终究不能解决实际问题，所以被Jane激发起来的热情只有发泄在她身上。

她觉得很扫兴，很伤心，她想起小昆说过的话，最怕的是男人的心飞了，他的心飞了，你就变成——厕所了。那话很恶心，却固执地沾在她脑海里，抹都抹不掉。

她从床上坐了起来，默默地注视他。等他回到床上，她问："你是不是觉得她在窗口看我们？"

他愕然："谁？"

艾米觉得他在装假："你知道我在说谁。"

他好像刚刚悟过来："Jane？你想哪里去了——"

她固执地问："你是不是怕她看见我们make love，会伤害她？"

他摇摇头。

"你爱她吗？"

他又摇摇头。

她觉得他连个"不"字都不敢说，肯定是怕Jane听见了不开心。她气恼地说："你说话，不要光是摇头。"

"No。"

"那你为什么会在跟我make love的时候想起她来？你为什么老觉得她在窗口看你？"

"我没有想起她，只是——想拉上窗帘，觉得保险一些——"

"你在撒谎，你一定是想到她了——这是四楼，对面又没有楼房，怎么会有人看见？"

"可是我刚才并不知道这一点——"

"我不是告诉你了吗？"

"你只说了这是四楼，并没说对面没楼房——"

"你骗我，你在这屋里住了这么久，不知道对面没楼房？而且前几次——你并没去关窗——"

他想了一下，说："我以前真的没注意对面没楼房，前几次都是关着灯的，所以也没在意窗子——"

"你在撒谎，前几次没关是因为你那时还没读她的日记——你刚才在窗前看过了，知道对面没楼房了，为什么还是把窗关了呢？"

"已经走到窗口去了，当然就关上了——"

"你骗我，你肯定是觉得她在窗口，而你怕她看见了会伤心——"

他叹了口气："我没有这样想，你这样胡思乱想——把我搞得很不开心。对于Jane，我只有内疚，没别的——"

"内疚就说明你还是没忘掉她——"

"你想我忘记她，就不要老提她，尤其不要在这种时候提。"

她觉得他这句话实际上是承认他忘不掉Jane，她尖刻地说："提她就怎么啦？就使你忘不掉她了？你自己忘不掉，还怪在我头上。我看得出来，你其实是爱她的。即使以前不爱，现在也开始爱上她了。她为你丢掉了生命，在这样的爱情面前，谁能不感动？"

她希望他反驳一下，至少说声"感动不等于爱"，但他什么也没说。他的不反驳使她觉得他默认了，她说："如果你感动了，爱上她了，我也不会怪你，只求你坦白地告诉我，我会走开，我不要做别人的替身，做别人的——厕所——"

他惊诧地望着她："你这个疯狂的小脑袋里在想些什么呀！连这么难听的话——都想得出来——"

她的眼泪不停地流下来："我知道，Jane是对的，她说了，只有死，才能真正拥有你的爱，她死了，所以她真正拥有你的爱了。你永远也不会忘记她了，我们之间永远隔着一个人了。"

他搂着她，跟她贴得紧紧的："我们之间没有任何人——"

"我说的是精神上的——"她感觉到他身体的平静，不甘心地向下摸了摸他的那个地方，真的是平平静静的，刚才的冲动烟消云散了，她绝望地说，"不论你嘴里说什么，你的身体背叛了你，你刚才那一番热情都是为她而发的，你对我——没有兴趣了。"

他拉过她的手，放到他那个地方，说："来，你来Perk him up……"

她抽开手："你要是有兴趣还用得着我这样？"

他把手伸到她的小妹妹那里，被她一把拉开："别搞这些歪门邪道，你知道我要的不是——性，而是爱——"

他讪讪地收回手，不再说什么，只是默默地躺在那里。

她见他不理她，觉得他现在根本不在乎她伤心不伤心了，不由得悲愤地说："是不是只有死才能得到你的爱呢？我也做得到的，我也可以死给你看的——"

她还没有说完，发现他坐了起来，把她也拉了起来。他让她在他面前坐直了，两手紧紧握着她的肩，一字一顿地说："你听好了，我不许你再说到死，或者想到死。你现在就向我保证，永远都不要做出那样的傻事！"

　　她看到他脸上不知是焦急，是生气，或者是什么别的，总之是足以使她清醒过来的表情，她胆怯地说："I promise（我保证）。你也要promise。"

　　"I promise。我们都不要做那样的傻事，死亡不能解决任何问题——，只有活着，才有希望——"

48

正当艾米几乎忘掉了"宫平"这个人的时候,"宫平"不甘寂寞似的给艾米寄来一封信,直接寄到了她系里。她从系里的信箱里拿到那封信,看了一下,内容跟前四封信差不多,说如果你不离开成钢,就叫你"白刀子进,红刀子出"。

她现在不能确定"宫平"就是Jane了,虽然Jane可以写了信,请别人在指定的时间发出,但那样想好像太牵强附会了。她猜不透是谁,但她决定不告诉Allan,免得他担心。

结果Allan找到学校来了,带了一封"宫平"写给她的信,是寄到家里的,他没有拆开看,但他猜得到信的内容。她拆开一看,跟她收到的那封差不多,她只好把自己收到的那封也拿了出来。

这次无论艾米怎样反对,Allan执意要报案,还特意叫上了小昆,想利用一下他的那些关系。公安局把那几封信要去了,研究了一阵,又像审犯人一样地叫Allan把他认识的女生名字一一报上来。他有点犹豫,问他们要这些名字干什么。公安局的人说:"这种信,明摆着只能是喜欢你的女孩写的,不在你认识的女生当中找,到哪里去找?"

Allan不肯说名字,艾米知道他怕公安局的人拿到名字会胡乱收审几个。公安局的人不耐烦了:"你不说名字,我们能干什么?"

艾米说："说了名字，你们又能干什么？你们先把你们的计划讲一下，我们再决定要不要告诉你们名字。"

公安局的人显然是被她气昏了，但碍着小昆的面子不好大发雷霆，只把小昆叫出去嘀咕了一会，就遁形了。小昆叫上他们俩，离开了公安局，他开车送他们俩回去。

小昆有点为难地说："你们不肯告诉他们那些女生的名字，他们确实是不好着手——"

艾米说："算了吧，告诉他们几个名字，好让他们把别人收审了？还是三天两头地去查问别人？我看他们也查不出个所以然来，干脆别靠他们了。"

小昆点点头说："你说的也是。比这严重的案子多了去了，公安局不是看我的面子，问都懒得问你。这个'宫平'也没有过任何行动，可能只是某个爱慕成钢的小女孩搞的恶作剧，能把你吓跑，最好；吓不跑，也只能干望着。"

艾米说："就是，如果真想杀我，还这么费心地给我打报告？怕我不警惕她？都是些小孩子把戏，让我干，肯定干得比这漂亮。"

小昆说："嘿嘿，我怀疑就是你干的，好让成钢紧张你。"

艾米也不示弱："我倒觉得是你干的，你有作案的动机和时机。"

小昆笑着说："我要干，肯定也比这干得漂亮。算了，我们两个不用互相指控，其实成钢才是罪魁祸首。帅也要有个限度，像我这样就够了。太帅了，就丧尽天良，祸国殃民了。女人太漂亮，就是'红颜祸水'。男人太帅，该叫个什么祸水？'黄颜祸水'吧？成钢根本就不该有女朋友，没有女朋友，就没人会心理不平衡，天下就太平了。"

艾米怕Allan也这样想，不再接碴，免得小昆越说越走板。回到家，她问Allan："你怎么一路上都不说话？"

"我在想到底谁有可能是'宫平'。肯定是个很熟悉的人，因为她知道家里的地址，又知道学校的地址，而她以前是不知道的，所以——很可能就是上次生日聚会上的谁。"

生日聚会那天负责照相的是老杨，Allan从老杨那里要来底片，加快冲洗放大了全套照片，然后让艾米看那些照片，他认识的，就把名字一个一个告诉她，不认识的，也让艾米记住那些女孩的长相，这样，以后看见就可以防范。最后他交代她："这只是我能想得到的，但不等于说'宫平'就只能是在这些人当中，你自己一定要当心。"

艾米笑着说："这回不是我草木皆兵，是你草木皆兵了。"

他自嘲地说："没办法，只好这样。现在有点理解公安局收审我的良苦用心了。既然不知道谁是真凶，只好把一切人都当疑犯。"

"就像我一样，既然不知道谁是真正的情敌，只好把所有女人都当情敌。"

"你一扯就扯那上头去了。"他内疚地说，"我看我带给你的——都是麻烦。你跟着我，好像没过一天安生日子，不是为我担惊受怕，就是为自己担惊受怕——"

"可是我心甘情愿呀，就算'宫平'把我杀了，我也不后悔。"

他搂紧了她："到底我有什么地方值得你——这样？"

"不知道，就是心里想——这样。"

那天晚上她没回学校去，他说等明天一早他送她去学校，以后他就整天待在学校陪她，不然他不放心。

夜晚，她又例行公事地先回到自己的房间，躺在床上，想等父母都睡下了再到他房间去。Allan父母走后，她已经搬回了自己的卧室，她以前的小床换成了一个大床，但她去他卧室的习惯似乎没改。看来任何事，一旦形成了习惯，就没人问这个习惯有没有道理了。

她躺了一会，正想起床到他那边去，他已经到她房间来了。他一进来就关上门，闩上了，来到她床边，不由分说地搂住她。她喜欢他这种急不可耐的样子，因为这多少有点接近失去理智。

但他不管多么急不可耐，都爱一粒一粒地解她睡衣的纽扣，说那种期待的乐趣是别的什么都不能替代的。

他解着纽扣，而她则憧憬即将到来的一幕。他每次开头的时候，都是"文火烤之"，动作很轻，频率也不快，每一下都使她有时间体会。他说那时的慢是因为他"两头忙"。然后他就"旺火烧之"，他的强有力的冲击使她有体不暇接的感觉，只能跟着他一起燃烧。到了最后，就是"大火收之"，她常常需要在前边"省着点"，才有力气跟他一起做最后的冲刺。

他解完了纽扣，把她的睡衣从她身下拉出来，扔到一边，然后脱了自己的衣服，关掉灯，开始用"文火"烤她。她在黑暗中体会他的温柔，但她发现他"两头忙"了一会，就改用两手撑着，使上半身离开了她的身体，而且一声不吭，不像以往那样，会不时地吻她，说点甜言蜜语。

她觉得很奇怪，又看不清他脸上的表情，于是伸出手去，拧亮了床头的灯。她吃惊地发现他眼里有泪，脸上也有泪。突然亮起来的灯光使他吃了一惊，说了声"你——"就停下动作，把脸埋在枕头上。

她问："你——为什么——流泪？"

他抬手关了灯，按住她的手，不让她再去开灯。她挣扎了一会，动弹不了，只好算了。刚才他没去管窗帘的事，她还挺高兴，以为他忘了Jane，结果今天比拉窗帘还糟糕，连眼泪都流下来了。她问："今天又怎么啦？"

他用嘴去堵她的嘴，她扭头躲开了，提高声音又问一遍："到底是怎么啦？你又想到她了？"

他松开她，翻身躺到她身边，沉沉地说："No（没有）。"

"那你想到谁了？"

很久，他才沙哑地说："You（你）。"

她想这谎是越撒越高级了，居然撒到我头上来了，大概以为我不会吃自己的醋。

她转过身，面朝着他："想到我什么了？我有什么——值得你流泪的？"

她问了好几遍，他才说："Your first time（你的第一次）。"

"我的第一次怎么啦？"

他好一会才说："You——opened yourself up to me，completely trusted yourself to me——（你——向我敞开自己，彻底把自己交给我了——）"

她不相信这个理由，他在她的初夜并没有流泪，怎么到了现在反而会为她毫无保留地给了他而流泪呢？"你在骗我。"

"的确是想到你了，我——并没有'处女情结'，但是想到你——那样信任我，把你自己——全部交给了我，不感动是——不可能的。"

"但那不是——以前的事了吗？怎么会在今天想起呢？"她不相信地说。

"我不知道，人不是每时每刻都能解释自己的思想行动的，有时就是没来由地想了。"他想了一会，"也许是今天你说了——宁可被'官平'杀死，也要——"

"你在撒谎。如果我说一下，你就会这么感动，那Jane真的把生命都——给你了——你不是更感动？"

他长叹一声，不再说话。

她知道他在生气，但她觉得很委屈，为什么你能流泪而我不能问呢？你不流泪，我会无缘无故问你吗？做爱的时候流泪，叫谁都要问几句吧？令她最伤心的就是他不肯说真话，不管他心里有什么伤痛，只要他肯对她说出来，他们就可以共同努力，战胜那些伤痛。但他这样不说实话，她不知道他们的爱情该怎样继续、怎样发展。

她很怕他这样不说话，于是不停地摇他："你在想什么？你为什么不说话？"

他沙哑地说："我不知道说什么好，我说什么，做什么，你都要往你自己最不喜欢的地方解释。你现在就像是开着一个家庭收审站——"

这话使她觉得很难受，她这样地爱他，疼他，恨不得把命都交给他，时时处处用心体会他的心思、他的想法，结果他反而把她比作收审站。她问："难道我——限制你自由了吗？"

"你没限制我的自由，但你现在说话跟收审站那些人是一个口气，开口闭口就是'你在撒谎''你骗不了我'。"

她惊讶地问："我这样说了吗？"

"这已经成了你的定向思维，所以不觉得了。"

"可是如果你——不撒谎，我怎么会那样想呢？"

他无奈地摇摇头："收审站的人也是这样，不问问自己是不是犯了判断错误，而是把所有不同意见都当做撒谎，你们都是在彻底证明一个人是无罪之前，先认定他是有罪的。

她从来没听过他用这种腔调对她说话，好像她真是收审站那帮人一样。她不敢再说什么，怕他会说出更叫她受不了的话来。

两个人就那样默默地躺着，过了一会，他说："睡吧，不早了，你明天还要上学。"他让她把头枕在他胳膊上，但她很久都睡不着。她希望他会来跟她重温鸳梦，不是因为她自己现在有什么肉体的欲望，而是那样可以说明他没有生气了。

但他没有再做任何尝试。

她使劲忍着，才没有哭出来。她睡在他怀里，而他却毫不激动，她不知道除了他不再爱她，还能有什么别的解释。

她赌气地从床上爬起，希望他会拉住她，挽留她，但他没有。她只好回到自己的卧室里，躺在床上，仍然希望他来找她。她想，只要他这次来找她，她就永远永远都不在做爱的时候烦他了，但他没来找她。

她觉得他这次是真的生气了，他平时从不生气，使她忘了他也是会生气、能生气的。她一而再、再而三地指责他，一方面是因为她心里有那些想法，另一方面也只是想听他解释反驳。他自己也知道陷入爱情的女孩是爱审判恋人的，他为什么不能谅解她、配合她一下呢？

她很恐慌，觉得他现在离她越来越远，而他离Jane越来越近。他一定是把Jane当做救星，因为Jane的日记洗刷了他，而他把她则比作收审站的人，总是在冤枉他。但她觉得这不是她的错，他不在做爱的时候去拉窗帘、不躲在黑暗中流泪，她会这样爆发吗？而他做这两件事，只能是因为他爱Jane。

她觉得他生气，是因为她猜中了他的心思，使他恼羞成怒了。难怪男人喜欢又美又傻的女孩，美可以激起他们的冲动，而傻则能使他们想撒什么谎就撒什么谎。

他自己论文里说，死只能使已有的爱凝固，不会在没有爱的地方生出爱来，但实际上，死亡正在原先没有爱的地方生出爱来。一个生前无望地爱了他六七年的女孩，最终用死赢得了他的爱。

49

星期五晚上吃过晚饭后，Allan问艾米想不想出去走走。她欣然答应，跟他一起散了一会步，来到一个湖边，他建议坐一会。于是两个人在一个长椅子上坐下，看夕阳映照下的湖水，听不知名的小虫在草丛中鸣叫。

不知为什么，艾米突然想到她跟Allan老年的情景。两人白发苍苍，老态龙钟，相互搀扶着到湖边来散步，看那些小孩在湖里游泳，看那些年轻人在湖边谈恋爱，两个老家伙则坐在旁边回忆自己的青春岁月，感叹世界长青，人生易老。

她正想把刚才想到的那个场景讲给Allan听，把他感动一家伙，就听他低声说："我买了星期天早上的火车票，到——深圳的——"

她很吃惊，他这两天一直待在她学校保护她，怎么会突然就买了票？"你——什么时候买的票？怎么我一点也不知道？"

"我请小昆帮忙买的。"

她有点生气，这两个家伙，多少算是情敌吧？什么时候穿起一条裤子来了？她不快地问："你——你不等我放假——一起过去了？"

他低着头，不敢望她，只嗫嚅地说："我——想——一个人——过去——"

她意识到事情不对："你什么意思？你——不要我了？你

要——dump me（甩掉我）？"

他声明说："不是什么——dump（甩掉），只是想separate（分开）——"

她问刚才那句话的时候，以为他会说："你这个小脑袋又在瞎想些什么呀！"她瞎想，他解释，这基本上成了他们对话的模式，结果这次却大大出乎意外。她一下就蒙了，不知道发生了什么。

她听见自己以平时最瞧不起的方式哀求说："为什么？是我做错了什么吗？如果你觉得我有什么地方做得不对，你说出来，我会——改的——"从前她看到电视里或者小说里有人分手时说这种话，都是嗤之以鼻，觉得那人又没骨气又愚蠢。她没想到临到自己，简直是不假思索地就说出来了，而且是绝对真心的。

他看着她，眼睛里的神情很哀伤，仿佛是她在dump他一样："艾米，你不要这样，你没做错什么。不是一定要做错了什么事才会分手的，世界上有无过失离婚，也有——无过失分手。"

她想，很有可能是小昆对Allan说了什么，使他怀疑她的清白了。她现在甚至怀疑是小昆指使收审站的人踢Allan的腰的，因为小昆知道男人的腰最重要，而且相信女人床上得不到满足就会找男人闹。小昆肯定是在暗中捣鬼，好让Allan离开她，难怪他那么有把握地预言他们会分手。

她气愤地说："一定是小昆在捣鬼。"然后连珠炮一般地把小昆那些话告诉了Allan。

他听完了，摇摇头："小昆没捣什么鬼，你不要乱怀疑人。你应该相信我不是个随便被人左右的人。"

"那你——为什么要——分手？"

"因为分手对——所有的人都有好处，我们在一起，所有的人——都不开心——"

"所有的人？比如说谁？"

"比如'宫平'，肯定是不开心的，所以她会威胁你。如果我们分开了，她就不会威胁你了，你也就没危险了。"

"还有谁？"

"还有——几个女孩，有的我不认识，估计她们是所谓copycats（模仿者），觉得Jane的故事——很浪漫很——刺激，所以也follow suit（有样学样），说了一些——比较过激的话——。

上个星期三，她们当中有一个留下一个条子给她父母，就失踪了。她父母看了那个条子，找到我，因为那个条子上说只有我才能使她打消自杀的念头。我跟她父母一起找了大半天，才在她一个朋友那里找到了她。"

"可是——这跟我们分手有什么关系呢？"

"她们只是不希望我有女朋友，一旦我们分手了，她们就不会——有那些过激的想法了——"

"她们这都是瞎胡闹，你——怕什么呢？"

"可惜的是我没办法确定谁是真的要自杀，谁是假的要自杀，人命关天的事，只能是宁可信其有，不可信其无。当然像这样先报个信的，还不是我最担心的，只要我知道时间地点，总有办法——制止。我最怕的是像——Jane那样的，表面上什么也看不出来，暗中却在计划一切，叫你防不胜防。"

她不甘心地说："你为了她们的安全——就舍得——让我难过？"

"只要你开心，我愿意冒这些风险。但现在的问题是，我们在一起，你并不开心。"

"谁说我不开心？"她着急地说，"我跟你在一起——很开心的呀，你难道看不出来吗？"

"当然不是每时每刻都不开心，只是不开心的时间越来越多，有点——得不偿失。我怕我们这样下去，你会——越来越难受，我也会越来越——难受，最后搞得两败俱伤。

"我在收审站待了这段时间，老是被他们怀疑、老是被他们追问那几个问题，感觉好像留下了后遗症一样，现在一被人怀疑、追问，就很反感，很烦躁。我知道我把你比作收审站的人，你很难过。但我说那话的时候，好像不能控制自己一样。我怕这样下去，我会——把你伤得更——深。我想到一个没人认识我、我也不认识任何人的地方去，彻底忘掉那一段。"

她想了一阵，仍然不是很懂他的话，她咕噜说："你这个人——怎么这样？平时什么都不生气，一生气就生个大气，你是个算总账的？"

他苦笑了一下："我没有生气，我只是很——累，觉得自己很——没用，没办法让你开心让你幸福。我告诉过你，我就是这样一个人，我一发现自己办不好什么事了，我——就——放弃了，逃跑了。

"我曾经以为自己一定能使你开心，我看过那么多爱情书籍，写过那么长的爱情论文，别人的经验教训——我知道几箩筐，而我又是那么希望你开心，只要我按你的意愿捧着你的心，就总有办法让你幸福。你要松，我就松；你要紧，我就紧，就不信捧不好一颗心。但实际上无论我怎样捧，你的心都会感到疼痛。不是因为我捧的姿势不对，而是因为你的心是赤裸裸毫无防护的，而我的手上长满了荆棘，怎么样捧，都会刺伤你的心。"

她不解地问："你说到的这些——荆棘——是什么？你不要用——这些——比喻，我听不懂你在说什么。"

他想了一会："你爱得很——投入，很专注，爱情就是你的一切。一旦太投入，就会把什么事情都跟爱情挂上钩，就难免——片面，因为一个人不把自己抽离出来，就不能看到问题的方方面面，就不能站在别人的立场想问题。但那不是你的错，那是你的爱法。你要么不爱，要爱就是投入地爱。只要你在爱，你就没法不care（在乎）。只要你care，你就没法不感到痛苦。

"所以你会时时刻刻担心我在爱别的人，我怎么样声明你都难以相信，不是因为你不相信我的人格，而是你觉得我说的话不合逻辑——不合你的逻辑，因为你在心里已经有个逻辑，就是我有一千个理由爱别人，而没有一个理由——爱你。

"以前我能轻易地说服你，其实也只是你选择相信我罢了。现在你的指控升级了，罪名越来越向思想意识方面发展，我也就越来越难驳倒你。因为一个Jane，我已经黔驴技穷，没法说服你了。

"在你看来，如果Jane是因为我死的，我就必然会被感动，会爱她。你心里有了这个大前提，就会觉得我一举一动都在证实你的这个前提。Jane的——离去——使这件事变成了——一个死无对证的案子，永远只能是Allan VS. Amy（艾伦对艾米），是我的供词VS.（对）你的——分析。

"就像关窗子这种事，除非你无条件地相信我，否则没办法证明我说的是真话。但你看了很多推理小说，养成了一种不相信供词，而相信自己的推理的习惯。这——应该说是个很好的习惯，但是思想意识上的东西，是没有人证物证来确定其真实性的。

"对于Jane的死，我很内疚，很遗憾，但我也知道我——没办法让她幸福。她在很多方面像你一样，很敏感，很自尊，很相信自己的判断。她爱了这么多年，却从来不让我知道，说明她是非常害怕被拒绝的。如果她说出来，一旦被拒绝，我想，她可能——仍然会走那条路——

"但如果她当时说出来，我多半会拒绝，因为童欣的事——使我很害怕跟比我大的女孩在一起。小昆可能告诉过你，说我提出分手，童欣曾经——吃过安眠药，但事实上并不是我要分手，而是她自己一直担心我在嫌弃她——年纪大，在恨她刚开始时骗了我，我怎么样声明都没有用，一直到她写材料的时候，她仍然以为我——嫌弃她——

"即使我没有拒绝Jane，她还是会痛苦的，因为她的心里一直有个固定的观点，就是女比男大，一定是好景不长的，所以她就会时时处处'发现'这方面的证据，那时，无论我怎样声明，她都不会相信，只会认为我在撒谎。

"所以不管我怎么说怎么做，Jane都会担惊受怕，如果再加上外界的干涉议论，她肯定是如惊弓之鸟，惶惶不可终日，她感受到的痛苦会比幸福更多，最终会不会以自杀告终我也不知道。

"我曾经以为像你这样年轻、外向、开朗的女孩，是不会受这种苦的。我以为只要你把担心说出来，我就能解释给你听，就能说服你，但现在我完全——丧失了这种信心。也许敏感、自尊而又爱得很投入的女孩，注定要受很多苦，这是我没法改变的，我真的不知道如何使这样的女孩幸福开心。"

他拉住她的手："我可能比你想象的还要糟糕，我不仅是没有失去理智，我甚至算不上——投入。可能我在生活中，就是一个旁观者。也许这是因为我的天性，也许是因为我做比较文学，习惯于把事物放到一个很大的背景下去考虑，从不同的角度去考虑，老是看到古往今来、五湖四海，这样看问题，自己的生命和生活就只是人类长河中很小、很微不足道的一滴水了。

"有很多时候，我就像一个旁观者一样，很清醒地审视我们之间的爱情，像看一本书一样看我们的今生，不仅看到我们现在的如胶似漆，也看到我们今后的平淡无奇。这样看，我们的分与合就只是个综合考虑的问题了。既然我们在一起谁都不开心，那还不如分开。"

她觉得他说这么多，只是为了侃晕她，只是用来掩饰真正的原因的，而真正的原因，只能是因为他爱上了Jane。不过她不敢再这样说，因为他说了，他现在很反感被人怀疑。她绝望地问："你就不怕我——自杀？"

"你不会的，你保证过的。而且你跟那些小女孩一样，只要我没有跟别的女孩在一起，你们——不会太难受——我就像你们看中的一个洋娃娃一样，别人都想要，你们也想要，哄抢一番，真正抢到手了，玩两天，也就丢到那一大堆玩厌了的玩具中去了。小昆说得对，只要我没女朋友，你们就不会心理不平衡，就皆大欢喜——"

"难道你永远不找女朋友？"

"我不敢乱用'永远'这个词，但是你也不会永远在乎我，要不了多久你就会忘了这些的。你会遇到一个能用你喜欢的方式爱你的人，你会生活得——很幸福的。"

她说："那——我要你promise——你不会——在我结婚之前就结婚。"

他一口答应："I promise。"

她想了想，觉得不对，他答应得这样爽快，肯定有问题，他完全可以有个女朋友，只是不结婚。她附加一条："我要你promise你不会在我有男朋友之前有女朋友。"

"I promise。"他又爽快地说。

她冲动地说："我也向你发誓，我今生只爱你一个人。"

他摇摇头："别发这种誓，感情的事，誓言是约束不了的，如果感情被誓言约束了，只能是痛苦。"

"那你为什么发誓？难道都是不准备兑现的？"

"我发的誓不同，都是很客观的东西，是我知道我能做到的。你发这么大个誓，又是关于感情的，要么就会因为做不到而受良心谴责，要么就是为了做到只好放弃感情，何必呢？"

50

　　柳子修把艾米从机场接回C城，就把她交给英文系的另一个"硕果"了，是香港来的聂华明，英文名叫Eric。艾米的住处是他帮忙找的，他还帮艾米买了一点厨房用品和小件家具，现在他可以连人带东西，一车送到她的住处去。

　　C大英文系现在就这么三个中国人，却代表了中港台三家。港方代表Eric，说一口很带粤语腔的普通话，软软的，款款的(可惜，艾米不会粤语，所以无法再现其风采)："我们系以前也有过大陆来的哟，但是后来都转到别的系去了。你会不会马上就转走哇？"

　　艾米是准备尽快读完了博士回国去的，所以很坚定地说："我不会转的。"

　　Eric很欣喜地说："我跟子修都不想你转走，你说话要算数哟，不要过两天就变卦。"他打开冰箱，问艾米喝什么。

　　"什么都不用喝了，我想到我的住处去看看——"

　　Eric看看表，说："噢，你的roommate还有半个钟才到，她在B城做INTERN，说好今天赶回来，现在可能正在路上。你先休息一下，过半个钟我开车送你过去。"

　　两个人闲聊了几句，Eric见艾米老是坐不住的样子，提议说："我们把东西都装上车，先开车到到系里去转转，再去你的APT，可能时间刚好。今天是周末，可以在学校停车，很方便。"

Eric边开车边向艾米介绍沿途的情况。开到几栋红房子附近时，Eric告诉她这是学校的MARRIED HOUSING（已婚者住宅区），住了很多大陆来的学生，旁边有个网球场，她以后可以到这里来打网球。

艾米扫了一眼网球场，猛然发现有个打球人的背影很像Allan，但她还没看清楚，Eric（埃里克）的车就开过去了。

"怎么样？"Eric问。

艾米已经发现他总是把"怎么啦"说成"怎么样"，也许是香港人的特点吧："噢，好像看到一个熟人。"

"要不要转回去看看？"Eric很体贴地问。

"算了吧，不可能是他，一定是我看花了眼。"

艾米的住处在Holywood Drive（哈利伍德路）1137号，刚开始她还以为是Hollywood（好莱坞），后来才看清只有一个L。她想起别人经常把Allan的英文名字少拼一个L，因为英美人名一般只有一个L，有两个L的就应该是Allen（"艾伦"的另一种拼法）了。

Allan的英文名字是他外语学校的老师为他选的，出自美国作家AllanPoe（艾伦坡，美国诗人，小说家）。他的老师为什么给他起这个名字，已经无从知道了。但这个名字使艾米对Allan Poe（艾伦坡）的作品也感兴趣了一阵，发现有人把Allan Poe称为美国侦探小说的鼻祖。她因此看了一些Allan Poe的作品和生平介绍，不过看过就忘了，只记住了Allan Poe的妻子是个小新娘，可能十多岁就结婚了，但是死得很早，是个悲剧故事。

艾米的英文名本来是叫Amy（艾米）的，但她现在决定改成Emmey（艾米自造的名字）了，她不管英美人名中有没有这个拼法，她要跟Allan的名字遥相呼应。鲁迅说："世上本没有路，走的人多了，也便成了路。"艾米想：世上本没有Emmey，我偏要这样拼，你便拿我无法。

Eric开着车，沿着Holywood Drive走，边走边找1137号。结果一直走到头了，也没找到，只好回头再找。这次艾米也瞪大眼睛寻找1137，她发现街道两边的房子都很漂亮，两三层楼的居多，红砖白窗，很多房子正面都有一个门廊，挺拔的圆形白柱子撑着，很气派，门廊上方常常有几个非英语的字母。她想到自己就要住在这样美丽的房子里了，真觉得心旷神怡，已经在心里想着怎样摆pose照相寄回家了。

这次终于找到了1137号，刚才错过的原因很简单，因为门牌号很不显眼，而且房子很旧，完全不像这条街上的其他房子，差不多就是万新丛中一点旧，万美丛中一点丑，艾米好不失望！

Eric开车绕到房子后面，停了车。艾米未来的roommate（室友）叫甄滔，是个二十多岁的上海女孩，长得挺秀气，美中不足的是牙有点黑。甄滔很热情地迎出来，自我介绍说："我叫甄滔，是罪恶滔天的滔，不是波涛的涛。"

三个人把艾米的东西搬进屋去，谈了一会，Eric就告辞了。他临走的时候说："你们两个都是刚回来，大概什么菜都没买，我晚上请你们吃饭吧。"

艾米正要谢绝，甄滔已经爽快地接受了，然后就跟Eric热烈讨论吃谁。吃上海？吃湖南？还是吃四川？算了，这次不吃中国了吧，吃别的国家。吃意大利？吃希腊？还是吃印度？最后两人决定吃泰国，甄滔问艾米："吃泰国行不行？"

艾米忍住笑说："我没吃过泰国，就吃泰国吧。"

Eric走了之后，甄滔把房间的情况给艾米讲了一下："这是个一室一厅，我已经住在房里了，就还是住房里，你住厅，少付\$30。这个沙发拉出来就是一个床，你可以用，房东不让两个人share（分享，合住）一个APT（公寓套间），所以你白天要把这个沙发床放还原位，免得房东突然到来看出破绽。如果有人来，你就说是我的朋友，马上就走的。你先试住几天，如果你不喜欢这里，还可以搬出去。"

艾米有这么个地方住，已经是感激不尽了，哪里还想搬出去，连忙说："这儿挺好的，不用试住了，就这么定了吧。"

甄滔刚从B城做完intern回来，正在收拾房间，于是两个人边收拾东西边聊天。不到半个时辰，已经成了好朋友。甄滔比艾米大几岁，以前在国内学医的，读了不到两年就办出国来改读营养学，读了三年本科，现在在读硕士。

看看离约好的时间只有一个多小时了，甄滔说："我们开始打扮吧。"

艾米不解地问："怎么，出去吃饭一定要打扮的吗？"

"也不是一定要打扮。你对这个Eric有没有兴趣？"

艾米完全没往这上面想过，她还在想着刚才在网球场看到的那个背影。现在甄滔问起，才很快地在脑子里对Eric作了一番回忆总结，可能有一米七四的样子，白白净净的，书生气很浓，对人似乎还不错，就这了，没什么别的印象。她回答说："我对他没兴趣，怎么啦？"

"你没兴趣老甄就来兴趣一下了，"甄滔嘻嘻笑着说，"他长得有点像香港的"莫-KAY-娃(吴启华)，如果是从前，他就只能演演花心大少，不过现在都是这样的人演情圣，让老甄来看看这位香港的情圣是不是比大陆的情盲好玩一点。"

艾米总算遇到一个比她更离经叛道的女孩，顿时来了精神，在一旁积极地为甄滔参谋起来，眉毛要不要画浓点？嘴唇要不要夸张一下？折腾了半个多小时，甄滔的妆终于画好了。她换上一条有点袒胸露背的连衣裙，对着镜子搔首弄姿一番，一撇嘴说："哼，像只鸡！"然后把妆全部洗掉重来。

艾米不知道自己应该穿什么，她怕不打扮太跟不上趟，也想打扮打扮，但检查了一下自己带来的衣服，都是些休闲类的。来之前别人告诉她，在美国大家都穿得很休闲，T恤牛仔是最常穿的了，你不用带什么太正规的衣服去。哪里知道，到美国的第一天就遇到了一个要打扮的场合。

甄滔见艾米没怎么行动，就拉开自己衣橱的门，说："你随便挑。你比我高，但比我瘦，我的衣服你应该能穿。今天坚决不让你搞这么清纯，不然别人说你天生丽质，我不成了丑人多作怪了？衣服换好了，让老甄也给你画个吃人生番的血盆大口。"

艾米看见甄滔衣橱里挂了很多连衣裙、套裙、西服什么的，惊叹道："哇，你这么多衣服？"

"在医院做intern（实习生），每天都得换衣服，最好总不重样，所以买了不少。不过这些衣服都不贵，很多是sales（打折）的时候买的。我是用信用卡的，买东西手松，拿着卡乱划，也不管付不付得出，美国化了。听说美国的大学生毕业时有三大收获：一个学位，一个异性朋友，再就是一屁股账。我现在没欠一屁股账，也欠了半屁股了。"

甄滔为艾米挑了一条碎花的连衣裙，花色有点老气，样式有点土气。甄滔嘻嘻笑着说："故意挑这条给你的，今天你就当老甄的陪衬人吧。"然后又在艾米的脸上涂抹了一通，终于把两个人都弄得像吃人生番了，才兴冲冲地赴宴去了。

开车走在路上的时候，艾米说："你们都帮了我的忙，今天我来请客吧。"

"今天你不要抢着付账，我们来测试Eric一下，如果他主动付帐，老甄就泡他。如果他不付，就再也不理他了。"

艾米觉得跟甄滔在一起，一切都变得很简单很透明，没什么需要猜测揣摩的。她很诚恳地说："很喜欢你这种性格，不做作，想什么就说什么。"

甄滔嘻嘻笑着说："老甄不做伪淑女，不充假清高，色就正大光明地色，泡就直截了当地泡。时代不同了，男女都一样，男生能泡女生，女生也能泡男生。"然后又推心置腹地说，"只想过得轻松一点，人活得累，一大半原因是因为有很多事要瞒着别人，怕人看出自己的私心，怕人觉得自己不正派，如果你不怕别人知道这些，就无所谓了。"

他们选中的这家泰国餐厅叫"金象园"，气氛不错，幽幽的灯光，神秘的壁画，餐厅里还飘逸着一种独特的熏香味，有点迷死人不偿命的意思。女客们都穿得有点袒胸露背，男宾则西服领带居多。Eric也打扮了一下，头发梳得很通顺，穿了一件米色的衬衣，暗条子的领带，配着他白皙的脸，够得上艾米奶奶说的"顺眼"了。最难得的是他就座前知道很绅士地为两位女士把椅子拉出来，可以加两分。

席间，多半是甄滔在跟Eric讲话，他们讲的东西大多是C大的事，艾米都不知道，所以插不上嘴。后来他们谈到了即将到来的中秋晚会，说台湾学生会决定跟大陆学生会同时举办中秋晚会，好像打擂台一样。香港学生会人不多，成不了气候。

甄滔对Eric说："到时候到大陆会场为我们捧场啊。"

Eric说："一定，一定。听说台湾学生会这次要搞民族服装表演，还请了B城华人联合会的人来舞狮子，看来是要把你们大陆的晚会压下去啦。"

甄滔不以为然地说："再请多少人都没用，他们总共就那么几个人，只要我们大陆的不叛逃到台湾去，我们就肯定压倒他们。我们大陆学生会今年也有拿手好戏，到时会拍卖一些俊男靓女，肯定吸引人。现在正在提名拍卖对象呢。"她开玩笑地对Eric说，"你这么帅，我nominate（提名）你吧。"

"唉，不行，不行，"Eric连连摆手，"我这个样子，哪里称得上帅？再说，我不是大陆的，不够资格。"

"那怕什么？你们香港已经回归我们大陆了。"甄滔说"香港回归"的口气完全像是一个有钱的老头子在谈把某个丫头收房的事一样，艾米忍不住想笑。

甄滔看Eric万分紧张的样子，就笑着说："看把你吓的，我不会nominate你的，每人只能nominate一个，我已经nominate了我们C大的一号帅哥Jason。"甄滔很快对Eric申明道，"我是说大陆的啊，不包括你们香港的，香港的当中，你是一号帅哥。"

Eric提醒她："已经回归了，回归了。"见甄滔有点尴尬，他提议说，"我来nominate你们两位美女吧。"

艾米和甄滔吓得大声反对："别nominate我们啊，到时候拍卖不出去，丢了脸，我们还活不活？"

那天是Eric主动付账，说既然是他请客，当然是他付账。

回家的路上，甄滔说："嗯，这个Eric还不错，通过了老甄的考验，可以泡一泡。不过他真的只能算是香港仔里面的Number One（第一名），跟我们大陆的Number One比，那是太差远了。"

"大陆的Number One到底帅到什么程度？"艾米好奇地问。

"等你中秋晚会上见到他就知道了。"

"那你还把时间花在这个香港仔身上干什么？怎么不直接就追一号帅哥？"

甄滔嘻嘻笑着说："怎么不追？像警察追小偷一样，穷追不舍。"

51

第二天早上，艾米醒来时已经八点多钟了。她好像一点也没感觉到时差，可能早就全盘西化了。她本来还想睡一会，但记起甄滔说过白天要把沙发床收起来，于是赶快起床，想把沙发床收起来，结果左推右推，怎么都推不回去了。

甄滔跟导师有meeting（会议，会面），已经到学校去了。艾米急得要命，跟子修打个电话，子修不在，只好跟Eric打电话。Eric问了一下，说："我马上过来。"

艾米生怕在Eric到来之前，房东就闯来了。有这么个沙发床摆在这里，可能怎么说房东都不会相信她只是个串门的朋友。她想，要是被房东发现，把她们两人都赶出去，就害了甄滔了。正在焦急中，Eric来了。艾米像见到了救星共产党一样，激动不已，觉得他形象也高大多了，人也漂亮多了。看来"感情"就是感激生情哪！

Eric轻轻一推，就把沙发床收起来了。他又把沙发床拉出来，告诉艾米怎么收，他讲了要领，让艾米实习了几次，估计没问题了，他问："今天准备干什么？要不要我带你去办事？我今天很空。"

艾米说："不用了吧，我roommate答应下午带我去的，你帮我收了沙发床，我已经感激不尽。"

Eric说："等你roommate下午回来，可能办不了什么事了，还是我带你去吧。"

艾米一想也是，就给甄滔留了个条子，然后让Eric带她去办事。下午Eric把艾米送回家的时候，甄滔已经回来了，见了Eric，就"帅哥帅哥"地开了一通玩笑，Eric也是"美女美女"地回应一通。Eric告辞离开后，甄滔对艾米说："我相机里还剩几张胶卷，想尽快照完了好拿去冲洗，给你几张吧。"

艾米很高兴："好啊，我正想照了相寄回家去呢。"

甄涛就在屋子里给艾米照了几张，然后建议说："到外面去照几张吧。"

两个人到了外面，甄滔却不让艾米在自家门前照，说："别照我们这破屋子，免得你老妈看见了伤心。这是C大一个华人教授的房子，多少年了，也没翻新一下，住的都是我们大陆穷学生。我们到这条街上随便找个房子照照，都比这房子气派，照了寄回去也好让你老妈拿出去吹吹。"

甄滔指指正对面的一幢楼房："我们就照对面那栋吧，那栋有名气，拍过电视片的。让老甄去跟那几个黄毛妞说说，让你在她们草坪上照几张。她们很nice的，肯定没问题。"

艾米也是个照相有瘾的人，见那栋楼房着实漂亮，门前的草坪也葱绿可爱，就老实不客气地在上面摸爬滚打地照了一通。照完了，她问甄滔："要不要我帮你照几张？"

甄滔说："不用了，这栋楼我老早就照过了。这么有名的地方，老甄舍得放过？"

艾米好奇地问："到底这栋楼为什么有名？"

"死过人的。"

艾米吃了一惊，不安地问："死过人的？那你住对面——不怕？"

"怕什么？死的又不是我。"接着，甄滔把那件事讲给艾米听。原来那些很漂亮的红砖白窗的房子，大多是兄弟会(Fraternity)、姐妹会(Sorority)的人住的。只有隶属于同一个兄弟会、姐妹会的人才能住在同一幢房子里面。

门楼上的那些字母是希腊字母，是那些兄弟会、姐妹会的名字。年轻的美国学生都以属于某个兄弟会、姐妹会为荣。要想加入兄弟会、姐妹会还挺难呢，听说都要进行一番考验才能入会。考验的方式五花八门，有的是让你把头发染成某个颜色，有的是让你拉多少赞助，更多的是稀奇古怪的考验法，叫你吃虫子呀，叫你喝脏水呀，等等，总而言之，就是看你加入兄弟会、姐妹会的决心大不大。

对面那栋房子住的是一个很有名的姐妹会的会员们，前年这个姐妹会因为考验准会员，出了人命，轰动一时。她们考验准会员的方式是叫准会员站在屋顶，闭着眼往外倒，看你信不信任别的会员会在关键时刻拉住你。结果有个准会员有恐高症，心脏又不大好，受测试的时候，因惊吓过度送了命。

甄滔唯恐不乱地说："那段时间，这里可真热闹啊，采访的呀、拍电视的呀，络绎不绝，校车都没法开，后来这事还拍成了电视片，可惜没把我们这栋楼拍进去。"

晚上，甄滔去学校了，艾米一个人在家，想着对面那栋房子的故事，心里有点惶惶然。她觉得美国人真是一些奇怪的人，那些女孩住在那里不怕？出过人命的房子，在中国就被当做"凶宅"了，肯定没人敢住了。

她记得Jane住过的那栋楼后来就被推倒了，旁边的几栋也都推倒了，在那里修了一个商场。她不知道那几栋房子被推倒重修是不是因为Jane的原因，但出事之后简家和对面的一家都不愿再住那里，绝对是事实。

那几栋房子被推倒的情景，艾米是在电视上看到的，说是用的定向爆破技术，声音没有摄进画面，只看见那几栋楼一栋接一栋地向着同一个方向慢慢倾倒，先是出现一些裂缝，然后墙壁折叠一样地弯曲垮落，仿佛一个站立太久的巨人，精疲力竭地跪倒在地。

不知道是为什么，电视上还放了一组反转的镜头。艾米惊讶地看见那几栋楼又慢慢从地上爬起来，像睡醒了的巨人，耸耸身，好像把全身的疲劳一甩而去，又精神抖擞地站了起来，恢复了原状。那个反转镜头使她生出满腔的感慨，为什么人的生命不能反转播放呢？如果能，Jane就能从血泊中站起来，洗去身上的血污，又变回到从前那个大眼睛的女孩。

如果能那样的话，她自己的生活也能反转回去，回到她刚刚认识Allan的那一天，可能有很多细节她会重复，但那些使她跟Allan疏离的细节，她一定会尽力避免。

那天，艾米看完那个电视报道，就打了个的赶到那个地方去了，她觉得Allan一定会在那里，但那天她没有看到Allan。她夹杂在看热闹的人群中，看到那个她曾经跟Allan"唧唧喳喳"的地方变成了一堆残砖碎瓦，眼前浮现出这样一个画面：白发苍苍的Allan和白发苍苍的艾米，两个人在若干年后，回到这个地方，凭吊他们年轻时的古战场，凭吊那个为了爱匆匆离开人世的女孩。两个人一定是相顾无言，唯有泪千行。

她记得那天她写了一首小诗，题目叫《爱的废墟》，意思是说再过几天，这堆残砖碎瓦就会被运走了，这栋楼就不留痕迹地从这个地球上被清除掉了。但是有谁成功地清除过爱的废墟呢？也许只是用浮土把它掩盖起来了，也许只是在上面建造了一栋华丽的大楼，但下面那片废墟，却永远没法真正清除掉。

现在她一个人待在家里，老觉得屋子里有点森森然，不知道这间屋子有没有死过人？她想，甄滔是学医的，肯定不怕，就是这屋子死过人，她也敢住，但艾米自己怕得不行。正惊慌着，听到电话铃声，她吓得捂住耳朵，过了一会，才拿起听筒。

电话是Eric打来的，说今天见她没烧饭的锅子，刚好他有两个，想给她送一个过来，问方便不方便。艾米马上说："方便，方便，你快送过来吧。"

Eric很快就开车过来了，见艾米神色不对，一个劲地问怎么了。艾米忍不住说了对面那栋楼的事，Eric狠狠地抱歉了一通，说找房子的时候怎么把这事给忘了呢？当时只想着这房子在校车线上，又符合你说的价格范围，就定下了。

艾米很不好意思，解释了半天，说不是你的错，只怪我自己太胆小了。Eric留下来陪她，说等你roommate回来了我再走，明天我就帮你重新找个地方。

快十一点的时候，甄滔回来了，看见Eric，有点吃惊。艾米连忙把事情的原委讲了一下，甄滔说："不用怕，别人住在那栋楼里的都不怕，你怕什么？"

Eric离去后，甄滔开玩笑说："老艾好身手啊！一下就把Eric泡到手了。也难怪，男生就是喜欢胆小如鼠的女孩，好显得他们胆大如虎。"

艾米觉得真是冤枉，急忙申明说："我对他一点兴趣都没有，真的。"

甄滔哈哈大笑："你怕什么？你以为老甄真的把这个香港仔当回事？你没听说'姐妹如手足，男人如衣服'？你要喜欢这件衣服，你尽管穿，我再找别的衣服。"

艾米坚持说："我是真的对Eric没兴趣，我以前有过一个——男朋友，他是我的初恋，在我彻底忘掉他之前，我肯定不会跟任何男生有——"

甄滔打断她："愚昧，愚昧，典型的本末倒置，正确的方法应该是先找个人，再忘记他。你不找个别的人，怎么可能忘记他呢？我向来是让B帮我忘记A，让C帮我忘记B——我现在可能忘到E或者F了。Gosh（我的天），再过几天，我会把英文字母全忘光了。不过我告诉你，这是最好的疗伤办法，不然你永远走不出过去的阴影。"

"我跟你不同，你是个——很洒脱的人——"

"嘿嘿，你不要看老甄现在这样洒脱，以前还不是跟你一样？以为只有等到情伤痊愈才有可能爱上别的人。初恋难忘，那是不假，但如果你尽快找个第二恋，也就马上忘掉了。

我的初恋叫王波，长得像刘德华，但比刘德华高，很帅，很多女孩都很喜欢他。我也暗恋他，但我不敢告诉他，知道他看不上我。后来他硕士毕业了，很久没找到工作。那时他没有奖学金，没有工作，算得上穷困潦倒。我从来没想过像他那样帅的男生会青睐我，但他居然来追我了，所以我们俩很快就同居了，就在这个APT里。

我有奖学金，所以他的生活费用我都包了，每个月把我的奖学金花得精光，还欠了信用卡不少的钱。那段日子我们还是过得很快乐的，但后来他终于在纽约找到了一个工作，欢天喜地地过去了。春节的时候，我回了趟上海，按他说的，去了他家，帮他带了很多东西过来，还帮他把吉他背了过来。回来后，就听我一个在纽约的女友讲，可能王波有女朋友了，她碰见过他们好几次了。

我打电话问他，他承认了，他说很抱歉，但他对我总是找不到那种感觉。我问他，我跟你带过来的东西怎么办？他说你寄过来吧，我会付邮费给你。我把东西寄了过去，他连邮费都没付我。"

"这样的人，不要也罢。"

"我也是这样想，吃一堑，长一智。旧的不去，新的不来。不过感情上还是很难放下，毕竟是初恋，感情上身体上都是自己的第一次。初恋遇人不淑，很容易使人破罐子破摔，对爱情失去信心。不过很幸运，我很快就从这个打击中恢复过来了，因为我遇到了一个非常优秀的男生，不仅比王波更帅，而且很nice。"

"就是那个Jason？"

"对了，你一下就猜出来了，"甄滔说，"那时我在北京楼打工，有一天，来了一个接order（点餐）的。以前老板雇的接order的都是美国人，他嫌我们中国人口语听力不好，怕影响他生意，但这次是个中国人，而且是个男生，长得很帅，大家都叫他Jason。

我第一眼看见他，就爱上了他，因为他不仅帅，也很有气质，非常聪明。我特别喜欢他的眼神，很温柔，很——怎么说呢？我们餐馆有人说他的眼神像耶稣的眼神。我不去教堂，不知道耶稣是什么眼神，但我觉得他是一个值得信赖的人，是一个——为朋友两肋插刀的人，而且是插了刀不求回报的人。

北京楼的老板是挑剔出名了的，但他挑不出Jason的毛病，因为他接order从不出错，跟顾客的关系也处得很好。我们端盘子的忙不过来的时候，他就来帮我们，但是客人给了小费他从来都不要，我们要分给他，他也不要。他说他有奖学金，只是想体验一下打工的滋味。

我一有机会就找他说话，大多数都是讲我和王波的事，向他诉苦。他懂得的人生大道理真多，特别是爱情方面，他三言两语就能开解我，让我笑出来。

后来，来了个新大厨，因为不熟悉，炒菜很慢，盘子放在灶台上烤，再加上菜的温度，每只菜盘都是又热又烫，我只好在十个指头上都贴了胶布，不然没法端盘子。老板看见了，就骂我，说我娇生惯养，叫我当场滚蛋，把我气哭了。Jason出来打抱不平，老板说，你管闲事，我连你一起炒掉。Jason就辞职不干了，老板只好又把我们俩都hireback（雇回来）。

那段时间，我爱他真是爱疯了，可惜的是，他早已有女朋友了。"

艾米好奇地问："他女朋友什么样？一定很漂亮吧？"

"嗯，很漂亮，是个ABC，混血儿，棕红的头发——"

"那你——就这样算了？"

"不算了还能怎样？"甄滔说，"人家ABC又漂亮又能帮Jason办身份，我算老几？趁着还没造成重大伤亡，伙计们，撤呀！"

52

艾米觉得甄婳能那么快忘掉初恋，实在是因为王波配合得好。王波花了甄婳那么多钱，最后连许诺的邮费都舍不得付给甄婳。如果Allan也这么缺德，艾米早把他忘掉了。

再说甄婳也很幸运，很快就遇到一个比王波更帅的优秀男生，艾米历数自己遇到过的男人，不管是男生还是男熟，没有一个优秀得过Allan，单方面都没有比Allan优秀的，更不用说综合指数了。

当然艾米死也不会承认那是因为自己没见过几个男人。她强词夺理地想，我认识的人是不多，但我总看过电影吧？总看过小说吧？电影上、小说里我也没见谁比Allan还强的了。

她知道别人会说她是"情人眼里出西施"，这句话，她只喜欢"情人"二字，"情人"有点eachother的意思，如果是单相思，就算不上情人。既然她看Allan百般好，说明他俩是情人。但她知道还有别的女孩也是看Allan百般好，难道她们也是他的情人？还是英语的说法比较中肯：Beauty is in the eyes of the beholder（情人眼里出西施）。她刚好就behold（看到）到Allan的beauty（美）了，有什么办法？

甄婳极力怂恿艾米去泡Eric，说Eric矮是矮了点，但胜在面相不错，人品不赖，以后多跟他坐着谈心，躺着做爱，少在外面走动。即便是不得已走出去的时候，莫穿高跟鞋，莫走在一条horizontal（横线）的线上，记得一前一后走成个sequence（序列），肯定没人会觉得Eric太矮。

艾米不知道甄滔是不是存心毁掉Eric在她心目中的形象，不管是不是，效果是一样的。等她见到Eric的时候，她就老是想到甄滔有关"sequence"的说法，就免不了想笑。一旦你见到某个男生的第一感觉是滑稽想笑的话，那就很难产生爱情了。

Eric想帮艾米找新住处，但她谢绝了，她已经有点舍不得甄滔了，再说那条街住的年轻人多，用奶奶的话说，就是"阳气"很旺，艾米也不觉得害怕了。

甄滔自己也没去泡Eric，艾米问她为什么，甄滔说"全瞎了，全瞎了"。见艾米不懂，就说"太盲(忙)了——如果你有三个assignment（作业）、两个report（报告）、一个test（考试）、外加半个project要due（交），你还有时间泡仔？'饱暖思淫欲，闲暇思爱情'，当你忙得昏头转向的时候，你哪里还知道爱情是个"十马弯意儿"？

很快，艾米就忙到了不知道爱情是个"十马弯意儿"的地步，因为C大英文系有个规定，所有的博士研究生，凡是硕士学位不是在C大获得的，都必须在入学后半年内通过一个entrance exam（入学考试），通不过的就卷铺盖走人了。

艾米到系里拿了一份考试必读书目，看了一眼，就dizzy（发晕）：一百多本书！再看一下要求，就dizzier（更发晕）：考试是口试，答问题需要旁征博引，纵横交错，深入浅出，侃得一众考官翻白眼。

那就是说你光看这一百多本书还不行，你还得对每本书至少读几本评论性的著作。老天，那就是几百本呀！她一想就口干舌燥，好像已经蘸着口水翻了几百本书一样。

中华民族到了最危险的时候了！也许不念这个博士，也没什么大不了的，有多少人没念博士，不也活得好好的？但如果没通过考试，被学校赶走，那就没法活下去了，而且自杀也不能改变你没通过考试的事实，只有买把枪，制造一个轰动事件，才能让人们忘了轰动事件背后的那个原因，所以应该说是美国民族到了最危险的时候了。

艾米决定一定要考过，考过了不读都可以，绝不能考不过。对咱中国人来说，还有什么比面子更重要？

几乎每过几天，艾米都要从图书馆提回一大袋子的书，过几天，又吭哧吭哧地还回去。她床边的小桌子上，永远都放着无数本书。每天都是睁开眼睛就看书，一直看到眼睛睁不开了为止，连做梦的时候，眼前都是一个一个英语单词在飘动。

中秋晚会的前几天，甄滔就在问艾米去不去参加，说你不去看看C大的一号帅哥？这次是拍卖呀，你不光可以瞻仰他一下，还可以多带点钱，把他拍来陪你跳舞，或者拍来陪你共进晚餐。可惜，不能拍来上床，不然，老甄卖身也要攒足了钱把他拍来玩玩。

艾米建议说："你卖身不如就卖给帅哥。"

甄滔哈哈大笑："老艾，你这一招高，实在是高。我卖给他，他跟我做了爱，还得付我钱。我又用他付我的钱来拍他，拍到了他，他又得陪我亲热。哇呀呀，无本生意，好赚呀！"

艾米知道甄滔绝大部分时间是图个嘴巴快活，敢说那些淑女们不敢说的话，说得山响，其实什么也不敢做。

甄滔问："中秋晚会你去不去？"

艾米愁眉苦脸地说："我现在哪有时间参加晚会？我这么多书，就是天天不睡觉都看不完，中秋晚会我就不去了吧。"

"你这么个破专业，读完又找不到工作，还读得这么麻烦，干脆转了吧。就转电脑，我有两个读电脑的朋友，都是硕士还没读完，就找到工作了，现在边工作边写硕士论文。"

艾米问："从英语转电脑，是不是有点想入非非？"

"为什么？现在谁不转电脑呀？学音乐的都转了电脑了，你学英语的为什么不能转？再怎么说，电脑程序总是用英语写的，不是用音符写的吧？唉，想起来了，Jason也是从你们文学转到电脑的，你可以向他打听打听转电脑的事。你要不要他的电话号码？"

艾米还惦记着国内的Allan，没心思转电脑，于是敷衍说："好的，我以后向他打听。"

甄滔把电话号码写给了她，一个是Jason家里的，一个是他办公室的。她看了一眼，忍不住想笑。帅哥的电话号码真"帅"，尤其是最后四位数，一个是"7714"，"齐齐要死"，另一个是"0414"，"宁死要死"。她把号码随手一放，很快就不知道弄哪里去了。

中秋晚会那天，甄滔去参加了，走的时候嘱咐艾米一定要等着她回来传达会议精神，结果艾米看书看得太累，甄滔还没回来，她就倒在床上睡着了。

一直忙到2001年2月初，艾米考过了entrance exam，才舒了一口气。情人节前夕，甄滔跟艾米商量，说她想请个人来家里吃饭，看艾米能不能掌勺。艾米问请谁，甄滔说是个"新疆帅哥"。

艾米一听"新疆帅哥"，就想起Allan有哈萨克血统，哈萨克不就是新疆的吗？她试探地问："这个新疆帅哥姓什么？"

"他的名字很长一串，没人耐得烦去记，大家都叫他'买买提'，汉姓好像是成。"

艾米惊讶地问："那他叫什么？"

"不是'成功'就是'成才'之类的，他读书时自己起的名字嘛，当然是拣好听的起。"

艾米急忙说："你请他来，请他来，我来掌勺。"

甄滔嘻嘻地笑："请他来，你就得做鸡了。"

"为什么？"

"因为他不吃猪肉，你不做鸡，就得做牛做马。"

过了一天，甄滔就告诉艾米，说把"新疆帅哥"请动了，情人节晚上七点过来吃饭。

艾米很激动，心想这个"新疆帅哥"有可能是Allan，又帅，又姓成，莫非Allan到美国来了？但是甄滔说他不吃猪肉，这点又不像了，因为Allan是吃猪肉的。会不会是Allan到了美国，皈依了，所以不吃猪肉了？

甄滔请艾米掌勺，主要是她对艾米的厨艺佩服得一塌糊涂。艾米到美国后，自己做饭，练就了一身好手艺。复习应考那样忙，各种娱乐活动都取消了，但做饭是雷打不动的。她就刚来的那两天吃了几顿面包香肠，吃得她意志消沉，对美国极端仇视，为增进中美关系，遂决定自己做饭。

那段时间，她为了节约时间，一个星期只做一次菜，这一次就把一星期的菜全做好，平时就用微波炉热一下吃。到了周末的时候，艾米就抽出半天的时间做菜，她只做那些蒸蒸煮煮烧烧烤烤的菜，因为在蒸煮烧烤的过程中，她还可以看书。她经常是同时开着四个炉头，一个在煮茶叶蛋，一个在煲海带骨头汤，另一个在红烧牛筋，最后一个在蒸米粉肉。

炉子下面的烤箱也没空着，不是烤蛋糕就是考鸡翅、烤玉米、烤红薯。在国内的时候，她从来没烤过蛋糕，到了美国，发现蛋糕粉便宜得惊人，就买了回来，瞎烤，反正烤坏了就几毛钱。结果美国的东西都是fool proof（傻瓜都会用）的，再傻的人，只要follow directions（按照指示做），都能成功，所以她第一次烤，就烤成功了。

艾米住进来之前，甄滔是不做饭的，早中晚都是吃面包，菜都是吃生的，几乎每天都是那几样：生菜、蘑菇、西红柿、青椒，有时连土豆都是生吃。但她说这样吃也是没办法，一个星期吃五天下来，也是吃得要死要活，只好在周末的时候跑到中餐馆去大吃大喝一顿，而且总是吃自助餐，而且总怕付的几块钱吃不回来，于是猛吃，于是每次吃完都要难受几天，于是把人也吃胖了。

因为甄滔不会做饭，艾米做什么她都觉得好吃，把艾米的自信心大大加强了。有人去B城，艾米就叫他们带多多的葱姜蒜胡椒辣椒等乱七八糟的佐料回来，艾米就往菜里乱放，反正她胆子大，不怕吃死人，也从没吃死过人。甄滔爱吃她做的菜，总是说，艾米啊，我好喜欢吃你的排骨和蹄子啊。

艾米刚开始还给她纠正一下，说不是我的排骨，是我烧的排骨。后来也习惯了，都是"我的，我的"，结果有一天做了茶叶蛋，看甄滔吃得津津有味，顺口就问："我的egg好不好吃？"

甄滔笑得满嘴蛋黄都喷出来了，说："你的egg，还是等那些sperm（精子）去吃吧。"

情人节那天，艾米做了一大桌菜，她知道Allan喜欢吃鱼，所以特别做了一条烧全鱼。晚上七点，甄滔带着"新疆帅哥"来了，艾米一看，就顿失兴趣：不是Allan。小伙子长得不错，但是没Allan帅，没Allan高，更没有Allan的那份风度和气质。

"新疆帅哥"鼻子贼尖，吃了一筷子烧全鱼，就不吃了，说有猪肉味，甄滔和艾米都说鱼里怎么会有猪肉味？帅哥坚持说有猪肉味，肯定是你们做鱼的锅炒过猪肉的。艾米仔细想了一下，还是前天炒过一个京酱肉丝的，但锅已经洗过多次了，他居然还闻得到猪肉味，真是绝了。结果帅哥就只吃一些没经过那个锅的菜，搞得艾米很惭愧。

"新疆帅哥"很健谈，而且是用汉语健谈，席间基本上是他在讲自己的故事。他是维吾尔族人，从小在新疆长大，后来考到上海读大学，是他们学校有名的美男子，爱他的女孩不计其数。后来他认识了一个汉族女孩，家里是高干，那女孩爱上了他，两人结了婚。但"新疆帅哥"说他家乡有个风俗，丈夫不打妻子，就是不爱她，所以他也时不时地"爱"一"爱"他的妻子。人家高干子女哪里受得了这个？当然是经常闹矛盾。

后来他妻子来到了美国，很快就跟一个美国人好上了。不过她还是把"新疆帅哥"给办出来了，自然又是经常打闹。他妻子考虑到离婚了他就没身份了，一直隐忍着，后来他被一个社区大学录取了，解决了身份问题，两个人才离了婚。他妻子跟那个美国人结了婚，他在那个社区大学挂个名，交学费，不读书，在餐馆打工。

正吃着饭，有个电话打进来，甄滔接了，就马上给艾米，说你情人打电话恭贺情人节来了。艾米以为是Allan，连忙拿起电话，结果是小昆打来的，祝她情人节愉快。

小昆笑着问："我听到男人说话的声音了，是不是Allan？"

艾米沮丧地说："不是，是——roommate的一个朋友。"

那天晚上，艾米躺在床上，怎么也睡不着。她想起97年的情人节，想起她的第一次，想起Allan问她后不后悔。不知道为什么，她脑子里老是盘旋着一句歌词：这漫长夜里，谁人是你所爱？

53

艾米很感谢小昆在情人节的时候，给她打一个电话来，这样，在甄滔他们眼里，她就是个有人惦记的人，情人节就不显得太孤独。小昆这个电话来得并不突兀，因为他这些年来，每逢节日生日，都会给她打电话。

可以说是小昆帮她度过了那个"黑色的暑假"。Allan走后，小昆给她找了个暑期工，是在一家旅游公司当导游，接待欧美游客，工作很忙，也很有意思。她负责的那条旅游线就是本市的一些景点，早去晚归，每次都是小昆来接送她上下班。刚开始她不愿意他这样，因为她老觉得Allan在什么地方看着她，只要她一有了男朋友，他就要马上找一个女朋友，所以她不想让Allan误会。

但小昆说是Allan托付他保护她的，怕"宫平"消息不灵通，不知道他们已经分手了，仍然要来伤害她。艾米觉得小昆这话多半是真的，因为Allan肯定希望大家都看见她跟小昆在一起，那样的话，就等于是在向大家宣告Allan跟艾米两个人吹了。这可以说是一箭三雕：要杀她的人不会杀她了，要自杀的人也不会自杀了。说不定接触时间长了，她会爱上小昆，那就证明了他当初的决定是对的。

艾米觉得Allan这一招真的很厉害，至少"宫平"就没再骚扰她了，也没听说有人为Allan自杀，说明"哄抢洋娃娃"的女孩都没事。可惜的是艾米没爱上小昆，她跟小昆在一起，除了谈

Allan，对其他话题都没兴趣。

小昆也很识趣，总是跟她谈Allan。不过小昆跟她谈Allan的方式，几乎就是跟她抬杠。当她说Allan抛弃了她，不会再来找她时，小昆就说Allan肯定会回来找她。当她坚信Allan还在等她时，小昆就说Allan肯定把她忘记了。

艾米搞烦了，问他："你怎么回事？老是跟我唱反调，你到底是哪种观点？怎么一会这样，一会那样？"

小昆只是笑："你自己不也是一会这样，一会那样吗？"

"我是当事人，我是'迷'的嘛。你是个旁观者，你怎么也不'清'呢？"

"我也是当事人嘛。我一会希望他回来找你，一会希望他不回来找你。你能六神无主，我不能二心不定吗？"

他这样说，艾米想生他气也生不起来，只好说："算了吧，我们别说这事了。"

小昆后来去了加拿大。他和他姐姐在温哥华那边买了房子，他自己又在多伦多这边买了房子。他把多伦多这边的房子租给别人住，他自己中国加拿大两边跑，做生意。加拿大的皮毛价格低，他贩到中国去卖，然后又把国内产的衣服鞋帽什么的弄到加拿大来卖。他不做零售，只大批地买进卖出，好像赚了不少钱。

艾米在B大这些年，也不是没有人对她有意思，但她生怕跟那些男生牵连上了，都是早早就躲开了，因为她老是有一种感觉，就是Allan已经物色好了一个女朋友，只是碍于自己的誓言，还不好意思动作，就等她这边一有男朋友，他那边就要下手了。她千万不能给他这样一个借口。

从前跟Allan在一起的时候，她时时刻刻觉得他在爱别人。跟他分开后，她却坚信只要她没有男朋友，他就不会有女朋友。她也不知道自己这份信念是从哪里来的。如果说是因为Allan就是一个信守诺言的人，那她又没必要在跟他朝夕相处的时候怀疑他。如果说Allan是个值得怀疑的人，那她就不该相信他现在会信守诺言。她自己的逻辑把她自己绕糊涂了，没法自圆其说，但就是坚信不移。

也许这是因为以前朝夕相处，可以afford（负担得起）一点怀疑，而现在他已经不在她身边了，除了坚信他会信守诺言，还有什么别的东西可以让她觉得仍然抓着他呢？

Allan到南面去后，就没跟她联系过。刚开始她以为他会把电话号码和地址给她的父母，但她父母说没有。她不相信Allan会这样做，毕竟她的父母在他收审期间为他做了很多事。他父母来后，一定要留一些钱给她父母，双方争执了很久，最后Allan的父母硬性把钱留在了艾米家。但她父母对他的关心与帮助，不是钱能衡量的，也不是钱能报答的，他无论如何总该留给他们一个联系方式吧？

她觉得她父母似乎没有怪罪Allan的意思，她不知道Allan是怎样向她父母解释的，问他们，他们说的理由跟Allan告诉她的理由是一样的，但她不明白为什么父母看不出那只是Allan的借口呢？

艾米自己查到了Allan那家公司的号码，打了很多次电话过去，那边说没有叫"成钢"的，也没有叫"Allan"的，公司的董秘是个女的，也不是新来的。电话打多了，别人一听是她就不耐烦地挂了。

她慢慢也就不去打听这些了，真的跟Allan说的那样，只要她知道他没有女朋友，她其实可以过得很平静，觉得他就像是关在收审站一样，不过是个不用挨打的收审站，他在那里工作，学习，吃饭，睡觉，但没有女朋友。而她则在这里工作，学习，吃饭，睡觉，但没有男朋友。他仍然是她的，她也仍然是他的，只是不见面而已。

她希望Allan最终会慢慢淡忘Jane。一个男人，总不能靠对一个女人的回忆过日子吧？如果小昆说得不错，男人都是很实际的，那Allan迟早会忘掉Jane。如果她妈妈说得不错，男人都是爱那个得不到的女人的，那她现在不去找他，他一定会对她感起兴趣来，也许到那时候，他就会来找她了。

她就怀着这样的希望等待着，不敢有男朋友，怕一有男朋友，就让Allan钻了空子，趁机就有了女朋友。

艾米到C大来后，小昆来看过她两次，说要为她买辆车，她坚决不要，她觉得一买车，两个人的关系就变了。小昆又要留些钱给她，她也不要，小昆就偷偷把钱放在她抽屉里。等小昆走后，艾米发现了那些钱，都是现金，没法还给小昆，她就存在银行里，然后寄了张支票给小昆，但小昆一直没去转存那张支票。

有次小昆来的时候，正好甄滔也在，三个人一起出去吃了饭。小昆走后，甄滔说，我觉得小昆挺不错的，为什么你不让他做你男朋友？难道你那个初恋比小昆还强？

艾米说，肯定比小昆强。

甄滔劝她："就算你那个初恋外在条件比小昆强，但他现在已经跟你分手了，感情上就比不过小昆了。"

艾米把小昆的"性""爱"分家论讲给甄滔听，甄滔笑着说："只怪他太老实了，'性''爱'分家就分家，何必要说出来呢？说出来不是找死？"

"你相信'性''爱'分家吗？"

甄滔说："我不相信，但是男人可能都相信，也许很多女人也相信。你我可能还太年轻了，爱要求比性要求强，所以不能理解一个人为什么没有爱的时候还会想要性。听说女的是三十如狼，四十如虎，说不定等我们到了三十、四十的时候，性要求就比爱要求强了，那时可能即便没有爱，也能有性了。我不知道别的女孩怎样，我自己是很少主动有性要求的，只有被男生爱抚一通了，才会激动。对我喜欢的人，我也会主动要跟他亲热，但那不是因为我生理上有什么冲动，而是告诉他我喜欢他。"

2001年的端午节，学生会搞了一个聚餐活动，艾米跟着甄滔去参加，结果扫兴而归。聚餐会不搞帅哥拍卖，只吃饭。学生会让大家排成长长的队，走到一个个食物摊跟前去打饭。学生会的干部和义务服务人员拿着勺子，为每个捧着盘子走到他们跟前的人打上一勺子饭，几勺子菜。

艾米看见众多的中国留学生，以及留学生的父母儿女，老老小小的，排成长队，捧着盘子，慢慢往打饭打菜的人跟前走。打好以后，又捧着盘子到一边去吃。她突然觉得很可悲，眼泪都快出来了。怎么整得像领救济餐一样？不能摆几个大桌子，把饭菜端上来，大家像开庆功宴一样开怀大吃吗？偏要搞这么一种软不拉叽的纸盘子，使人不得不两手捧着，又要排这么长的队，这要是叫那些爱制造负面新闻的记者拍张照去，岂不丢了我们中国人的脸？

艾米决定再也不参加学生会的晚会了，没意思。如果她坚守这个决定，这个故事就到此为止了，因为她就不会在2001年的中秋晚会上遇到Allan了。但她没有坚守这个决定，不是她自己突然对学生会搞的晚会感起兴趣来，而是她那个"日本鬼子"把她说动了。

艾米不知道应该把这个"日本鬼子"称做自己的什么，说是同学，又比同学走得密；说是男朋友吧，两个人既没挑明过，又没有亲密的关系。

"日本鬼子"名叫Yoshi（日本人名，音译为"耀西"，汉字是"吉"），在比较文学系读硕士，三十岁了，以前在日本时是中学英语老师。按照艾米心中对日本"倭寇"的标准来衡量，Yoshi就算倭中之寇了，有一米七五左右，皮肤黑黑的，五官算得上端正，难得的是脸部轮廓还比较清晰，不是通常那种"融化的蜡"的感觉。Yoshi的头发总是理得短短的，爱把衬衣扎在长裤里，很精神，有点SamURAI（日本武士）的意思。

但一经接触，艾米就发现Yoshi完全是SamURAI的反义词，说话办事都是拖泥带水、模棱两可的。很可能是因为语言方面的障碍，再加上文化差异，她经常觉得弄不懂Yoshi在说什么，至于他在想什么，那她就更不知道了，好在她也不在乎他究竟在想什么。

艾米和Yoshi是在修英文系开的literary criticism（文学批评）时认识的。比较文学系要求学生修三门外系的课，必须是用其他语言授课的。如果是美国人，就必须到法语、西班牙语之类的系里去上课才算数，但因为Yoshi是日本人，所以修英文系的课也行。

第一次课下了之后，Yoshi就来找艾米，要她以后多帮助他，因为他口语听力不大好，很怕上课讨论，有时连老师要求什么也搞不太清楚。去问美国人吧，又不好意思，因为美国人没法体会语言不通的痛苦，他见她是中国人，所以想请她帮忙。

艾米觉得他这样说，蛮可怜的，而且他把她当做个救命恩人一样来请求，大大地满足了她的虚荣心。这点虚荣心在美国是很难感受到的，因为这里的人都是一生下来就说英语的，不比你半路出家的强？你还虚荣个甚？

艾米一得意，就满口答应下来了。于是两个人就有了很多交往，刚开始是纯学术交往，多半是Yoshi问她作业要求啊，对某段文章的理解啊，下次上课要讨论的问题啊，等等。后来也谈谈学习以外的话题，都是些鸡毛蒜皮的事。

每次上完课，就是中午十二点了，正是吃午饭的时候。艾米每天带饭到学校去，在系里的微波炉上热一热再吃。后来有人抱怨说不知道是谁的午餐散发一股难闻的味道，系里就贴了个告示，说不能用那个微波炉热午餐，只能热热咖啡什么的。

艾米大大的不快，不知道那些人说的是不是咱中国的午餐，如果是说咱中国的午餐，那就有点人在福中不知福了，这么鲜美的气味free让你闻了，你还有怨言？告你一个"菜系歧视"。不过系里又没明说是谁的午餐气味大，你怎么好自己跳出来大吵大闹？艾米只好到Yoshi的办公室去用微波炉，那里全是亚洲人，不管谁把午餐放进微波炉去热，其他人都是用鼻子深深地一吸气，然后说"Mm——smells good（嗯，气味很好闻）"。

比较文学系分管全校的东亚语和非洲语言教学，Yoshi在那里教日语课。一起教日语的还有好几个日本学生。很快，跟Yoshi一起教日语的那几个人开始把他们当男女朋友来看待了，时不时地打趣一下。Yoshi从来不辩驳，只笑嘻嘻地听别人打趣起哄，好像很唯恐天下不乱一样。艾米单枪匹马地解释了几次，越解释大家笑得越欢，越解释大家越觉得是那么回事，她也就懒得解释了。

好在Yoshi自己一点也不push（勉强推进），他跟艾米不过是一起讨论讨论问题，有时一起吃吃饭，看看电影，听过几次音乐会，如此而已。

不知道为什么，艾米跟Yoshi交往的时候，很少担心被Allan误会。可能是因为Yoshi不算是在追求她，只是同学之间的来往。也可能因为这是在美国，而身在中国的Allan是看不到这么远的。她老是对自己说，如果Yoshi说出那句话，或者如果他做出什么过于亲密的事，我就再也不理他了。但Yoshi好像听见了她的心声一样，既没说出那句话，也没做出什么亲热的举动。

Yoshi听说中国学生会要举办中秋晚会的时候，就来劝艾米参加。艾米说参加过一次中国学生会搞的晚会，没意思。Yoshi说这次不同，听说要bidforprince，肯定好玩。于是艾米决定参加那年的中秋晚会。

那一年，是学生会将拍卖俊男靓女改为王子竞投的第一年，当几位舞会王子被请上台去，主持人开始一位一位地介绍的时候，艾米一下子惊呆了，因为那位被主持人介绍为Jason Jiang（杰森·江）的，不是别人，正是Allan。

54

  艾米挤到更近的地方，仔细打量那个被称为Jason的男生，认定他就是Allan。她不知道他是什么时候到C大来的，她也不知道他什么时候改的名，但现在这些都不重要，重要的是她要赶快弄一点钱来竞投他，不然的话，今晚她可能根本没机会跟他说话。

  她想起她没带现金，她的入场券都是Yoshi事先就买好了的，她也根本没准备参加竞投。她小包里带着一张银行卡，可以到外面的ATM（自动取款机）上取出一点现金，但她忘了这张卡每天取现金的限额是多少。她怕不够，于是问Yoshi带没带现金。Yoshi也没带现金，但他说他有信用卡，信用卡也是可以取现金的。

  艾米不管三七二十一，拉着Yoshi就跑到活动中心外面的ATM上去取钱。她的银行卡取出了$200块，她想应该够了，就没叫Yoshi用他的信用卡取钱，她听说信用卡取现金是要加利息和手续费的，而且她觉得用Yoshi的钱去竞投Jason也好像有点"那个"。

  当她返回活动中心的时候，竞投才刚刚开始。那年的竞投还没给王子分类，每个王子都是什么舞都可以陪跳。竞投的时候只要写上王子的名字和自己的名字就行了。每张竞投表上有一小部分是可以撕下来的，上面有号码，待会投中的人凭号码"认领"自己的王子。

  艾米投了$200块，就投到了跟Jason跳一支舞的机会。她的号码排在第九。

她等待她的turn（顺序），紧张万分，很多很多的事都没有头绪地涌上心头。她想起甄滔讲过的故事，他的那个ABC混血儿女朋友，她四处张望，想看看他的女朋友在不在场。她看见了几个可以算得上混血儿的女孩，但没有一个是棕红色头发的。

她估计他不会把女朋友带到这种场合来，怕女朋友吃醋。她不知道ABC们吃不吃醋，但她觉得天下女人是一家，不管是哪个国家的女人，不吃醋的恐怕是没有的。有的吃得多一点，有的吃得少一点，有的吃得公开一点，有的吃得隐蔽一点，有的吃得文一点，有的吃得武一点，但不吃醋是万万不可能的，除非她根本不爱。

她觉得自己现在心里就酸得厉害，而且自卑得厉害，她怎么能跟一个棕红头发的ABC混血儿比？不管是长相还是前途，都比不上人家。看来他已经把Jane忘掉了，她觉得那也很自然，Jane又怎么能跟一个棕红头发的混血儿比？他自己就算是个混血儿，混血爱混血，天经地义，那他们的孩子岂不是混得一塌糊涂了？

她忘了问甄滔那个ABC究竟是哪国跟哪国的混血，当然肯定有一方是中国，不然不叫ABC了。但另一方呢？是爸爸中国人，还是妈妈中国人？她现在恨不得把舞会叫停了，让Jason把他的ABC交出来给她看看，尽管她不知道看了又能怎样。

她现在有点搞不懂自己为什么那么急切地想跟他跳这个舞了，跳了又有什么用？他还记得她吗？应该是不记得了。他已经转到CS（电脑系，计算机系）去读书了，说明他早已没有回中国去找她的打算了。他改了名字，不光把英文名字改了，连中文名字也改了，说明他不想让任何人认出他来。她不知道待会他见到她，会是什么心情，也许会怪她把他认出来了，也许他会再度逃跑。

这样想的时候，她有点委屈，心想，我又不是故意来找你的，是命运让我们撞上了，我有什么办法？她想把那张票撕掉，然后离开这个舞会，成全他想要躲起来的愿望，但她又舍不得。

她想起他发过的那些誓言，不免有些愤然，原来誓言就是这样的不值一分钱。她想到自己这些年就是靠那些誓言在活着，以为他真的会等到她有了男朋友才找女朋友。如果他知道她这些年那样小心谨慎地躲避着那些男生，他一定要笑昏死了，一定会说："你把我的话当真了？"

学生会在舞台附近为每位王子画了个圈，有点画地为牢的意思，王子们跳完一支舞就回到那个"牢"里去，等下一位来"认领"他们。王子自己也有一张表，上面有投中了他的人的号码，他们跳完一曲，就划掉一个。

轮到艾米的时候，她站在Jason的"牢"附近，但她没有立即走上去"认领"他。她有点激动，也有点紧张，不知道待会自己会不会做出什么傻事。他就在眼前，伸手就可以触摸到，但他好像又隔得很远，因为他们毕竟有好几年没见面了，而且他还那个ABC女朋友。

可能他等了一会，老没见0747号来认领他，就开始叫号了，先用英文，再用中文："Number 0747（0747号），谁是0747号？"然后他四处张望，看0747号在哪里。艾米又等了一下，怕他要叫下一个了，才走上前去，站在他侧面，轻声说："Here（这里）！"

她看见他很快向她转过身来，她眼前浮现出在电影上看到的镜头，慢动作一样的，没有声音，男女主人公先是呆住了，然后慢慢地向对方飘过去。她看见他的确是愣住了，看了她好一会，但没有慢动作飘过来，而是像生了根一样地站在那里，最后才说："是你？"

她说不出话，只点点头，公事公办地把手里的字条递给他。他接过去，也公事公办地用笔在纸条上划了一道斜线，在自己手里的表格上划掉了0747，然后把字条还给她，把表格和笔放进自己上衣口袋里，向她伸出双臂。

她不知道他这个姿势是什么意思，觉得很模棱两可，可以是一个拥抱恋人的姿势，也可以是个邀舞的姿势。她很后悔刚才没注意看他向别人邀舞的时候是个什么姿势，不然她就知道他这个姿势是什么意思了。她费了好大的劲才遏制住投到他怀里去的冲动，平静地走上去，把一只手搭在他肩上。她感到他的一只手握住了她的手，另一只手搂住了她的腰，很有力地向他那边勾过去，使她不得不把头向后仰着，不然就可能会靠在他胸前。

她完全没注意到那是什么曲子，只是昏头昏脑地试图回忆起很久以前，他第一次跟她跳舞的时候，他的手是不是这样搂着她的。如果那次不是，那么这次就是有点特殊意义的。但她想不起来了，因为那时不管他搂多紧，可能她都会觉得不够紧，就会留下一个松松的印象，就会反衬出今天搂得紧。

分别这些年了，她仍然像当初那样，强烈地感受他身体的吸引力。她一直弄不懂这究竟是怎么回事，到底是精神变物质，还是物质变精神。到底是他的身体能放射出一种什么射线或者什么其他东西，像磁铁一样，把她向他那里吸，还是因为她爱他，才想要贴近他，拥抱他，挤紧他。

她一跟他在一起就有这种感觉，就一定要挨着他的人，碰着他的手，贴着他的脸，不然就难受。一旦挨着他了，她又会得寸进尺，想被他拥在怀里，紧紧的，紧到把骨头捏碎的那种。

她抬头看看他的脸，自我感觉他好像也有点激动，眼神似乎有点火辣辣的。她很快把头垂下，知道自己在想入非非了，再想下去就要以为他快来吻她了，自己肯定会傻呼呼地仰起脸，半张着嘴，做出一个"邀吻"的姿势。如果他没那意思，那就丢人丢大了。

他问："你什么时候来的？"

"零零年。你呢？"

"比你早两年。"他突然笑了一下，"真是冤家路窄啊——"

她有点不快，针锋相对地说："是祸躲不脱，躲脱不是祸。"

他笑了一下："你爸爸妈妈他们都好吗？"

"他们都挺好的。你爸爸妈妈好吗？"她鹦鹉学舌地问。

"他们也挺好的。"他鹦鹉学舌地答。

她觉得她说不上是在跳舞，叫走路更合适一些，因为心思都用在想问题和说话上。她跟着他默默地走了一阵，他说："你长大了。"

"你也长大了。"她无意识地看了一眼他的胸。

他声明说："我是说你人长大了，就是——成熟了的意思，我是说——阅历上的成熟——不是——"

他不解释还好，一解释反而使艾米想起了这个"长大"曾经有过的含义，她看他有点发窘，不由得笑了起来。

他似乎知道她在笑什么，突然在搂着她腰的那条手臂上加了一点力，带着她转了几圈，把那个尴尬的话题转飞了。

"你转computer science（电脑，计算机）去了？"她问，觉得自己在没话找话说，而且找那些离自己想问的话最远的话说。

"嗯，不过我还挂着比较文学系那边的博士，因为我还在那边做TA，可能做完这学期就不做了。"

"那就是说你经常到'野鸡楼'去给学生上课？"

他忍不住笑起来："你把Pheasant（山鸡）Hall（厅，楼）叫'野鸡楼'？还从来没听人这样叫过比较文学系那幢楼呢，不过挺传神的翻译。你在哪？"

艾米觉得难以置信，她笑了笑，说："我就在你隔壁的'乌鸦楼'。奇怪，我们怎么从来没碰见过。"

"你在Raven（渡鸦）Hall？"他也难以置信地笑了笑，"你在英文系？真是怪，隔这么近从来没遇到过。"

"我还经常到你们'野鸡楼'去——"艾米说了这句，突然想起自己去"野鸡楼"的原因，想起了Yoshi，觉得好像偷情被丈夫抓住了一样，心里很慌乱，不觉脸也红了。她不知道他发现她脸红没有，她想让脸上的红晕尽快退下去，结果却感到脸越来越发烧。

他似乎没有觉察到她的不自在，转了个话题："你很不简单，出来读英语的中国人很少呢。读博士吧？读完还打算回去吗？"

这个问题在一小时之前还是很容易答复的，但现在变得复杂了。他在这里，而且已经转了系了，说明他是不准备回去的了。

那她还会那么坚定地回国去吗？如果不回去，那她是不是也该转专业了。她想起甄滔早就跟她说过，叫她转电脑专业，叫她给一号帅哥打电话问他转专业的事。她真的有点感叹造化弄人，她当时怎么就一点没想到Jason就是Allan呢？

她说："你——们都不回去了，我也不回去了。我——也转电脑吧。"

"你不用转系，转系不容易拿到奖学金。你可以在做博士的同时再到别的系去修个硕士学位。别修电脑了，修电脑的太多，以后不好找工作。可能统计或者会计要好一些。"

一曲终了，跳舞的人纷纷向场子边上走去。他停下舞步，问她："你带舞伴了吗？"

"怎么啦？"

"如果带了舞伴，我就应该把你送回到舞伴那去——他在哪里？"

艾米觉得"舞伴"并不等于男朋友，就犹犹豫豫地指了指Yoshi站的地方，那一块站着很多人，她也没具体指着谁，只随手指了一下。但他朝那个方向望了望，就很有把握地问："日本鬼子？"

她不知道他哪来的这么灵敏的嗅觉，觉得什么都瞒不过他，只好哼哈了一声。

他轻声笑起来，她想向他声明，日本鬼子不是我的男朋友，但她想起了他的ABC，就没有说出口。

他仍旧笑着说："早听说小日本有个年轻漂亮的中国女朋友，原来是你？"

他牵着她的手，向日本鬼子走过去，艾米仿佛失去了自己的思维能力，只知道傻乎乎地跟他走。走到日本鬼子跟前，他把她的手交到日本鬼子手里，用日语跟Yoshi打了个招呼，就用英语跟他交谈了起来。原来他们认识，还在一起修过课。

艾米很不自在地站在那里，看他们攀谈，但她的感觉像是在看一部无声片，只看见他们两个人嘴巴一张一合的，但听不见他们在讲什么。

然后Jason匆匆忙忙地跟他们两个人告个别，就跑回他的"牢房"去了。

Yoshi还在问她什么，她一句也听不见了，她的目光追循着Jason的踪影，她看见他在跟另一个人跳舞，但他再也没向她这边望过来。

55

舞会还没结束，艾米就找不到Jason了，她想他一定是提前走了。她觉得这好像有点无礼一样，好歹大家还是朋友吧？走的时候招呼都不打一个？她也待不下去了，坚持要回家，Yoshi就开车把她送了回去。

回到家里，她用冷水洗把脸，让头脑清醒一下，不然没法思考。她回想今天在舞会上的一点一滴，有点搞不懂Jason那些举动到底有些什么symbolic meaning（象征意义）。

她想起他那样向她伸出两臂，那到底是个什么意思？如果她当时就扑到他怀里去了，会有什么结果？还有那有力的一勾，差点把她拉到他怀里去了，她很后悔当时没有就势一倒，钻到他怀里去。如果他责怪她，她可以说"谁叫你拉那么大劲的"。唉，一个大好的机会就这么错过了。

一分钟后她就推翻了自己刚才的判断。girl（姑娘，女孩），别自作多情了！Jason那一勾，有力吗？只是你自己的感觉而已。两个人的身体位置有点像个X，如果是像个Y，或者像个I，那就算紧了。

Jason连说个"长大"都怕她"想歪了"，声明了又声明，只能是她自己太爱"想歪了"，什么词她都可以把它"想歪"。

艾米惯于这样左想想，右想想。本来是为了全面地看问题，结果却是全面地看不见问题了，因为每种想法都很有道理，最后就不知道哪种想法更有道理了。

她想烦了，手一挥，把刚才那一个段落删掉，另起一段来想。其实Jason刚才在舞会上的举动究竟意味着什么并不重要，重要的是要弄清他跟那个ABC究竟是怎么回事。如果他仍然跟ABC在一起，那么，即使他在舞会上对她有点意思，也只是调戏她一下。如果他跟那个ABC没在一起了，那么，即使舞会上他对她没那意思，也可以发展出一个"意思"来。

这两个"即使……那么……"，就像两列火车，向两个不同方向开去，现在就看她上哪辆了。

今天在舞会没看见他跟什么混血儿在一起，可能吹掉了。想到这个可能，她发现自己欣喜万分，不禁感叹：此一时，彼一时啊！以前听说他有女朋友，哪怕已经吹了，肺仍然是要气炸的，恨不得能将那个女朋友从他生活中、历史中、印象中连根拔出，扔到爪哇国去。

而现在想到他可能跟ABC吹了，却是一种恨不得跳上去填那个坑的感觉。她不禁痛骂自己没有骨气。骂虽骂，她仍然愿意跳进去补ABC留下的那个缺。她想，也许爱情跟骨气和自尊就是势不两立的，你爱了，你就顾不上骨气和自尊了。你还有心思考虑骨气和自尊，那你就不是真爱，而是在跟他较量，看是你求他还是他求你。也许只有爱到没有骨气没有自尊的地步了，才叫爱。

她决定问问甄滔，甄滔一定知道更多有关ABC的事，艾米那时没仔细打听，是因为她没想到Jason就是Allan，不然肯定把甄滔吊起来拷问。

甄滔已经在2001年暑假里就毕业了，在B城一家儿童医院工作，她给艾米留过一个电话号码，前一段还打电话来侃过她和现任男朋友Jack的故事。艾米慌忙火气地找出甄滔的电话，打了过去。甄滔刚跟Jack闹了点小矛盾，一个人在家。艾米不得不先听甄滔大骂Jack（杰克）一通，轮到她时，她仿佛不经意地提到Jason，说今天在舞会上跟他跳了一个舞，然后说："不过很遗憾，今天没见他那个混血儿女朋友。"

甄滔笑着说："怎么？搂着帅哥，却在想他的女朋友？你赶潮流赶得好快呀，现在正在流行bisexual（双性恋）。"

"哪里，只是有点好奇。"

"我也挺喜欢混血儿的，杂种优势嘛，混血儿都漂亮。听说Jason也是混血呢，不过是汉族跟哪个少数民族混的，混得还不错。我也想跟买买提混一个，然后栽倒Jack身上，就怕小孩子一生出来就喊'我不吃猪肉'，那就惨了。"

艾米问："Jason那个ABC女朋友——到底是哪国跟哪国的混血？"

"不知道，我也没问，肯定不是跟非洲人的混血，说不定是混血的混血，搞不清楚。我也只看过一张照片，哪里搞得清是谁跟谁的混血？"

"你没见过——ABC？"艾米惊讶地问。

"谁说我没见过ABC？我见过的ABC多着呢。"甄滔嘻笑了一阵，认真地说，"逗你呢。我没见过Jason的ABC，只看见过一张照片，侧面的，侧得很厉害，差不多是从后面照的。"

艾米诧异地问："一张侧面像，你就认为是他女朋友了？"

"是不是女朋友其实也不重要，既然他当做女朋友拿给大家看，说明是想让大家那样认为，那不就是变相地拒绝我们这些暗恋他的人吗？难道还要在床上把他们捉住才算是他女朋友？老甄这点自尊还是有的，猛打猛冲的追可以，但死乞白赖的缠不行。追，只是占个主动，炮火侦察一下，看看人家有没有那意思，真的发现没那意思了，老甄就主动撤了。"

"他那个ABC的——后颈上有没有一粒很大的痣？"

甄滔想了半天："应该是没有，因为如果有的话，我肯定会注意到，没有痣。怎么啦？你认识那个ABC？"

艾米哼哈了一下，没细说。她其实是有点怀疑甄滔看到的那张照片是以前Allan为她照的照片中的某一张，因为甄滔说了，是侧面像，后侧面，他以前为她照过很多这样的相。但既然没有后颈上的痣，又是棕红头发，高鼻子，长睫毛，那就肯定不是她了。很可能照这个角度的像就是Jason的特殊爱好，不管他女朋友是谁，他都会给人家照这样的相。

她想，与其这样转弯抹角地问甄滔，还不如直接去问Jason。她问甄滔还有没有Jason的电话号码，甄滔说有是有，不过这么久了，谁知道还有没有用？

艾米从甄滔那里拿到电话号码，马上就给Jason打了个电话，结果却发现已经disconnected（断线，停止使用）了。

接下来的几天，艾米就经常跑到"野鸡楼"去，想碰见Jason。但她发现他上课的时间正是她在英文系上课的时间，难怪从来没碰见过他。她跑到比较文学系的mail room（邮件室）里去，看到他有个信箱在那里，于是就写了个条子放在他信箱里，把自己的电话号码和住址给了他，说想跟他谈谈。

过了一个多星期，他既没打电话也没来找她，她有点生气，这么大架子？太过分了吧？她又跑到mail room去，看见那个条子还躺在那里。她想，他现在是CS（电脑，计算机）的人，大多数时间都在那边，可能根本不去看他在比较文学系的信箱，上完课就跑掉了。

现在她唯一知道的就是他会在"野鸡楼"给人上中文课。她挖空心思，想到一个办法：到他班上去做跟班辅导，虽然那样她就要逃掉自己的课，但她不怕，现在她读不读完这个博士都无所谓了。以前是想读了回中国的，英美文学博士在中国还能派上用场。现在Jason已经没准备回国了，她也不想回国了，所以就算把课耽误了，也没什么。

她跟比较文学系负责汉语教学的王教授讲了自己想做跟班辅导的意思，说只有在某天的某时间才有空。王教授查了一下课表，说那你跟Jason的班吧，只有他的课才是这个时间。艾米连忙说："好，那我就跟他的班。"

上课那天，艾米提前几分钟就坐在了Jason的教室里，心情激动地等他来上课。然后她看见他走进了教室，衬衣领带的，很正规。她还很少看见他穿这么正规，觉得他比以前更帅了，既帅得摧枯拉朽，气势磅礴，又帅得一夫当关，万夫莫开。她自己今天也狠狠打扮了一番，不知道他注意到没有。

学生似乎都很喜欢他上课，课堂气氛很活跃。下课之后，她挤到他跟前，想跟他说话，但有不少学生围着他问问题，她插不上嘴，只好站在旁边。

Jason看见她，就对学生说，这位艾小姐中文比我好，专门研究汉语的，你们有问题尽管问她。这一下，学生都上来问艾小姐问题，Jason就笑嘻嘻地走出教室去了。

如此这般地搞了好几次，终于有一天，被艾米逮到一个机会，摆脱了学生的"围攻"，在楼房外面抓住了Jason。他正在那里吞云吐雾，见艾米走过来，马上灭掉了烟。

"你——什么时候开始抽烟的？"她惊讶地问。

"很久了。怎么，你把那些学生撂那里了？"他笑着问。

"他们都走了。"艾米心痛地想，他一定是因为太思念Jane了，所以只好以烟烧愁。她看见他右手的二、三指都有点黄黄的了，真是说不出的又恨又疼。他其实还是有失去理智的时候的，只不过不是为她。为了Jane，他就失去理智了，染上这么个坏习惯。

她很为他担心，忘了自己此行的目的，略带责备地说："别抽太多了，烟抽多了，当心得——"

"肺癌？"他笑吟吟地说，"没事，我舅舅一天抽一包，抽了几十年了，到现在拍片仍然两肺清晰。"

她一箭双雕地问："你——那个ABC看见你抽烟——不反对？"

"怎么不反对，大力反对。"

有了他这句话，她觉得自己下面的问题好像提不提都没意义一样了，不就是想知道他现在跟ABC还在不在一起吗？他这句话，不是说明他们仍然在一起吗？

但她傻傻地问："听说你——女朋友是个——混血儿？"

他有点吃惊地扬起眉毛："混血儿？你听谁说的？"

"甄滔，她以前是我roommate。"

"噢，"他好像恍然大悟，"听甄滔说的？那是她搞错了，不是混血儿。"

"是ABC？"

"嗯。你听到的还不少呢。"

艾米抱怨说："什么都是从别人那里听来的，你自己——什么都不告诉我。"

"我告诉你的东西，你不一定相信。你宁可相信你打听出来的东西。反正你们女孩有girl' sinternet（女生互联网），什么都能查到。"

艾米惊讶地问："你把你跟ABC的事post（贴出）到网上去了？"

他笑得前仰后合："girl，你这么聪明的人，怎么被我绕进去了？我是说你们女孩之间什么都share（分享）的嘛，就像有个女孩互联网一样，有什么事，不愁传不到你那里去。"

她有点羞愧刚才没听出他的幽默，红着脸说："我从来没把我们的事跟别人share。"她见他一直笑，就大着胆子问，"你怎么躲我像躲鬼一样？"

"我哪里有躲你？只是比较忙而已。"

"那——今天一起吃顿饭？"

"今天没时间，改日吧。"

"星期六？星期天？"她一连给了几个日子，都被他摇头拒绝了。

艾米很生气，觉得他很不给面子，气恼地说："你这是什么意思？怎么老觉得别人在——纠缠你呢？我只不过觉得大家朋友一场，多少有点旧可以叙叙。现在你也是有主的人，我也是有主的人，你到底是怕个什么？"

"怕引起——另一半的误会。"

艾米见他这样体贴他的那一半，心里很不开心，怨恨地说："只怪我太把誓言当回事了——"

他看了她一会，说："誓是用来发的，不是用来守的，你没听人总是说'发誓，发誓'，你听谁说过'守誓，守誓'？为了几句誓言，就压抑自己的感情，实在是不人道的，也是很愚蠢的。Let by gones be by gones（过去的，就让它过去吧）。你别跟我的课了吧，别把自己的学业耽误了，王教授那里，我去跟他说一下就行了。"

56

从第二天起，艾米就没再去跟Jason的班了，他已经把话说到这个地步了，还有什么脸面去跟他的班？她心灰意冷，感觉比Allan刚去深圳的那段时间还难受。那时只是因为见不到他难受，但心里还是有希望的，以为他会守住他的誓言，现在是彻底绝望了。

十一月底的时候，艾米意外地接到Jason打来的电话，说想请她和Yoshi吃顿饭，算是给她过生日，也算是向他们两个辞行。

"你要到哪里去？"艾米吃惊地问。

"我硕士毕业了，在D州找到一份工作，明年一开年就去上班了。"

这简直像是晴天霹雳一样，他毕业了，找了工作，要走了，什么都弄好了，才想起告诉她。她几乎要骂他几句了，但她控制住了，反而在心里骂自己，你以为你是谁？你凭什么骂他？为什么他去哪里要跟你商量？

她强作镇定地说："噢？找到工作了？恭喜恭喜，那应该是我——们为你饯行，怎么好要你请我们？"

"别那么客气，你们现在是穷学生，而我马上去赚大钱了，还是我请你们吧。"

她试探地问："这次聚会，你——带不带——女朋友去？"

"带。好，那就这样说定了，星期天晚上七点，我们在'湖南'见。那家有酒牌，可以卖酒，我知道Yoshi也能喝几口，到时候我们喝个一醉方休。"

艾米有种预感，Jason这一走，肯定是石沉大海，她就永远也找不到他了，一个人一生中绝不可能有两次C大巧遇这样的机会，有一次就已经是很难得的了。

自从那次谈话之后，她就不再指望跟他旧情复萌了，只是想跟他待在同一个地方，能偶尔见到他。如果连这点也做不到的话，那至少让她知道他在哪里，她就能想象他的生活，就觉得心里好受一些。连他在哪里也不知道了，那就彻底失去他了。她一想到"永远也见不到他了"，就觉得比死还可怕。

她去赴宴的时候，心情就像是去赴一个世界末日的狂欢，不知道到底是去狂欢的，还是去死的。她刻意打扮了一下，也不知道这有什么用，难道能凭这个把Jason的心挽回来？六点多钟，Yoshi开车来接她，她还抓紧时间给自己一些final touch（最后的润饰），才上了Yoshi的车。两个人来到"湖南"时，见Jason已经在那里了，旁边坐着一个十来岁的华人小女孩。

Jason给她介绍说那个小女孩是Sara（萨拉），静秋的女儿，刚说着，就见静秋走过来了，很热情地说："艾米，还是那么漂亮，一点没变。"

艾米也很高兴看见静秋，她说："你才漂亮，Jason不说，我简直不相信这是你女儿，看上去像你妹妹一样。怎么我在C大和C城的电话本上找不到你的名字？"

静秋笑嘻嘻地说："我隐姓埋名了。听Jason说你来了一年多了？这地方有点老死不相往来，串门的少，所以一点也不知道你在C大。"

Yoshi虽然听不懂，也很礼貌地看着大家，谁讲话就看着谁。几个人赶快改口讲英语。

Jason给Yoshi和他自己倒了酒，也问艾米和静秋要不要来一点。艾米连声推辞，静秋也说待会还有事，不能喝，三个女的就饮料对付了。吃了个把小时，静秋看看表，说现在得带Sara回去了，明天要上学，今天得早点睡。

静秋和Sara走了之后，Jason和Yoshi还在开怀畅饮，艾米觉得他们两个都喝多了一点。她从来没见过Jason这个样子，可能是因为要去赚大钱了，特别兴奋。她乘Yoshi上洗手间的时候问Jason："你说你带女朋友的呢？"

"我带了，你没看见？"

"静秋是你的女朋友？还是Sara是你的女朋友？"

"都是。静秋不是女的？Sara不是女的？"

她笑了一下，问："你今天怎么这么开心？把Yoshi都灌醉了——"

"心疼了？"他笑着说，"没事，他能喝，再喝二两不成问题。"

"你怎么想到去D州工作，是不是你——那个——ABC女朋友在那边？"

他笑起来，说："你太聪明了，什么都能推理出来。你真的应该去做私家侦探，就专门替那些怀疑丈夫有外遇的女人服务，生意肯定好。"

她原本是希望听到个否定的，哪知歪打正着，一下子就问出了她最不想听的答案，原来他真是到D州跟他女朋友团聚去的。她情绪更低落了，勉强熬了一会，就提议说："我看今天就到这吧，你们两个都喝多了，再不能喝了。"

Jason帮她把Yoshi扶进车里，对她说："他现在不能开车了，你开吧，小心一点。"

艾米担心地说："那你怎么办？我待会来载你回去吧。"

"我没事，我先天性不醉酒。你来载我，我也得把我的车开回去。"

艾米把车开到Yoshi的宿舍后面停下，看看Yoshi，已经醉得像摊烂泥了。她摇他，他也不醒，拖他又拖不动，真是恨不得哭，在心里把这两个男人狠狠骂了一通。最后碰上一个住在那宿舍的男生，才一起跌跌撞撞地扶着Yoshi上了楼。

Yoshi的醉态实在难看，脸色通红，几乎成了猪肝色，嘴里不住地叽哩咕噜，不知道说的是日语还是英语，满嘴酒气，艾米几乎要扔下他不管了。但她强忍着，怕他吐，想找个什么东西可以接一下，找来找去找不到脸盆之类的东西，最后只好把Yoshi的不粘锅拿来放在他床边。

几乎是刚刚放好，Yoshi就开始吐起来，艾米捏着鼻子，扶着他的头，免得他掉进不粘锅里去，或者弄在床上。折腾了好一阵，Yoshi才算安静下来，沉沉睡去。艾米把现场打扫了一下，估计不会有什么问题了，准备回家去。

她很担心Jason，不知道他是不是也醉成这样了，不知道他现在有没有人照顾，也不知道他刚才开车有没有出问题。他刚才的样子好像没醉，但她仍然很担心。

上次Jason打电话来时，她电话上的callerid（来电显示）显示了他的电话号码，她看了一眼就记住了，这时派上了用场。她拨了他的电话号码，听到他似乎很清醒的声音"Hello（喂）"。

她说："Jason？我是艾米，你——没事吧？"

"我没事，你们怎么样？"

艾米有点责怪地说："Yoshi醉得很厉害，吐得一塌糊涂，下次可别劝他喝那么多的。"

"Sorry（对不起），"他抱歉说，"我不知道他——这么不经喝，不过你放心，不会有下次了。"

她听他这样说，更加肯定他此一去是会石沉大海的了。她问："你——现在能不能来——载我回去？我不想把Yoshi的车开回去，免得我明天又要来接他去我那里拿车。"

他好像不是很情愿现在来接她，商量说："这么晚了，你——还回去干吗？"

艾米见他不肯来接她，只好无奈地说："你不方便就算了吧，我自己开车回去。"

"你等着，我马上过来。"他问了一下地址，对她说，"我从他们宿舍大门那条路过来，你在lobby（门厅）那里等着，很冷，不要到外面来，看到我的车再出来。"

她把电话放在Yoshi床边，怕他有急事要用。然后她关上门，下楼到了lobby那里，站在玻璃门后等Jason。过了一会，她看见他的车过来了，她拉开玻璃门，跑到外面去，他把车停在宿舍门口，从车里出来了。她看见他的脸色好像很苍白，可能还是喝多了一点。她抱歉地说："对不起，这么晚把你叫出来——"

"没事，你来开车吧，我现在血液中的酒精浓度肯定是经不起检查的——而且即便没醉，警察如果要我拼'密西西比'，我也肯定拼不出来。"

艾米坐进驾驶室，Jason给指点了一下，她就把车开动了。他坐在前排，把座椅拉得很后，放得很低，几乎是躺在上面。艾米开了一会，就到了她的住处，但她不想现在就跟他告别，她想跟他多待一会。她很快地溜了他一眼，发现他闭着眼，于是她没停车，一直向前开去。

他好像没发觉，由着她乱开。她瞟了一眼油箱的指示灯，几乎是满的，她放心了，反正C城不大，只要不上高速公路，怎么转也就在C城。她自己也不知道上了什么路，反正是漫无目的地乱开，一会左转，一会右转。她想，只要这样开着，Jason就不能离开他。她希望今生就这样开下去，她就可以永远跟他在一起。

车里放着一首中文歌曲，歌词一下攫住了她的心：

过了这一夜，你的爱也不会多一些？

你又何必流泪，管我明天心里又爱谁？

我的爱情有个缺，谁能让我停歇？

痴心若有罪，情愿自己背

不让我挽回，是你的另一种不妥协？

你的永不后悔，深深刻刻痛彻我心扉？

可知心痛的感觉，总是我在体会？

看我心碎，你远走高飞

一生热爱，回头太难，苦往心里藏？

情若不断，谁能帮我将你忘？

一生热爱，回头太难，
情路更漫长？
从此迷乱，注定逃不过纠缠

她听得泪眼蒙眬，觉得每一句歌词都是为她写的。她让这首歌放了一遍又一遍，Jason一声不吭地躺在那里，不知道是不是睡着了。听了无数遍了，她问："这——这是什么歌？"

"张学友的《回头太难》。"

看来他没睡着。

"你——可不可以——给我翻录一盘，这歌词——写得太——好了。"

"你就把这张CD拿去吧，我回加拿大那边再买一张。"他伸手一按，把那张CD弹了出来，在车里四处找寻能用来包装的东西，最后找到一个黄色的大信封，他把里面的东西倒出来，把CD装了进去。

她问："你要回——加拿大去？什么时候走？"

"就这两天，过完圣诞就要赶回来move（搬家）到D州去，一开年就上班了。"

"你在国内就有硕士学位，现在拿的还是——硕士，不觉得有点——"

"本来是想读博士的，但是——"

"因为——女朋友，就放弃了？"她有点酸溜溜地问。

"嗯，"他问，"这算不算失去理智？"

她强忍着心痛，笑着说："对别人来说，可能不算。对你来说，也就算是失去理智了。你——很宠她吧？"

"嗯，一切看她的意志行事，她说向东，我不敢向西。"

她想象得出他宠女朋友的情景，他现在把以前宠她的劲头都加倍用到那个ABC身上去了。她更加心酸，但仍然像个"过来人"一样建议："那——你到D州去了就早点把婚结了，也好——早点生几个小Jason。"

他很憧憬地说："嗯，我奶奶早就急了，她说趁她现在还抱得动，赶快生几个，不然她就抱不动了。"

艾米觉得眼泪浮上了眼眶，已经有点影响开车了，她不敢用手去擦，只好使劲眨眼。但她自己也不知道为什么，越让自己难受的话越想说出来，好像是在玩一个残酷的游戏，专门把自己的心拿在手里捏，不捏出血来不罢休。她说："那以后——我跟你——还可以做亲家——"

"儿女的事，还是由儿女自己做主。"

他说话的口气，像个开明的父亲，好像他已经抚养大了一群儿女一样。她想到许多年后的情景，两个人都有了各自的家庭，各自的儿女，她的儿女会叫他"伯伯"，而他的儿女会叫她"阿姨"，她觉得心里好痛，痛得不想活到那一天了，恨不得把方向盘向旁边一打，让车翻到路外面去，两个人同归于尽。

她故作轻松地交代他："婚礼的时候别忘了告诉我，我也好——来向你们祝贺。"

他笑了起来："我还有誓言约束的，还是你赶快结婚吧，免得老拖着我。"

她看他这样急不可耐的，心里很不开心，抢白他："现在这种年代，结婚不结婚也没什么，你们肯定早就——同居了。"

"谁不是早早就同居了？如果两个人相爱，其实也不必过分拘泥于形式。"他指着左前方说，"前边有个加油站，开去加点油。"

她这才发现油已经用光了。

57

第二天，艾米把CD拿出来听的时候，发现装CD的信封上有Jason家的地址，她不由得一阵狂喜，马上有了一个计划：寒假到Jason家里去！

她没有把这个计划告诉他，如果告诉他了，他肯定叫她不要去，说不定就躲起来了。她要出其不意地上他家去，就说是去渥太华姑姑家，顺道来看看他。到了他家，再看他的态度行事。如果他很热情，就在他家多待几天；如果他很冷淡，就少待几天。

她决定开车去，因为坐飞机的话，就谈不上什么顺道不顺道了。她按照信封上的地址，查了一下行车线路图，觉得很简单。在美加旅行就是这点好，路线很简单，都是走高速公路，顶多转个四、五条高速就到了。

她还查了从多伦多到渥太华的开车线路图，以防到时候发现Jason的女朋友也在他家，那她就可以马上开车到渥太华她姑姑家去。她跟姑姑打了电话，说了个很活的话，说寒假"可能"会来看你们，不过你们不用等我，我开车，来了就来了，不来就算了。

她虽然刚拿驾照不久，连B城都没去过，但她相信自己能开到加拿大去，因为她很会认路。别人都说女人方向感不强，但她觉得自己方向感很强。她走在路上的时候，脑筋里就有一种飞在半空，看见自己像只小蚂蚁一样在地图上爬的感觉。蚂蚁在哪个方位，在往哪个方向爬，前后左右是什么路，都很清楚。

她曾经跟朋友们一起去旅行，男男女女的一大帮，通常都是男的开车，女的唧唧喳喳。但艾米每次都有个重任，就是看地图，指示开车的往哪开。跟她出去过的朋友都知道这一点，说只要艾米拿着地图坐旁边，你就不用操心了，只管照她说的开就行了。如果有Map Quest（一个查路线的网站）给的driving directions（行车路线），那就更简单了，连地图都不用看。

她走的那天，路上有些地方在下雪。越往北开，雪就越大，路上不时有撒盐车、铲雪车开过，她的车上已经溅满了地上的融雪，脏乎乎的。最糟糕的是她车里装的洗玻璃水不是防冻的，快到美加边境的时候，她的车已经洒不出水来了。玻璃被别的车溅起的泥水雪水弄得像毛玻璃一样，什么也看不清。

她不敢再开了，因为看不见路，寸步难行。她只好开到路边，摇下车窗，从车窗往外望着，慢慢开下高速公路，去找旅馆。下高速的时候，要拐一个弯，她拐得太急，车轮突然打滑，差点翻掉，她吓得心怦怦乱跳。好不容易开到一家motel（汽车旅馆）门口，她停了车，踩着很深的积雪，提着自己的小旅行箱，狼狈地逃进那家motel。

晚上，她一个人躺在陌生的床上，想到自己就为了见Jason一面，吃这么大的苦，受这么大的罪，而且还不知道到了那里受不受欢迎，忍不住哭了起来。哭辛苦了，才慢慢睡去。

半夜，她做了一个梦，梦见Jason和一个女孩在骑自行车，Jason把那个女孩放在自行车前边的横杆上，很亲昵地搂着那个女孩。她很生气，冲上前去抓住自行车的龙头，要那个女孩下来。Jason用两脚叉在地上，很不客气地对她说："以前要你坐你不坐，现在别人坐了你又不高兴——"

她辩解说："什么时候你要我坐我没坐了？你又在撒谎。"

她醒来后，把这个梦分析了半天，不知道是个什么预兆。但她记得别人都说梦是反的，所以应该算个好兆头，说明Jason不会骑车带别的女孩，也说明她不会跟Jason吵架。

第二天，她在一个加油站把窗玻璃洗干净了，又叫加油站的人帮忙换了洗玻璃的水，才重新开上高速公路。下午三点多钟，她终于开到了Jason家门前，她腰酸背疼，一路的紧张使她神经几乎处于崩溃状态。她觉得待会Jason一开门，她肯定是什么都顾不上，要扑到他怀里大哭一场了，但为她开门的是个老奶奶，说Jason不在家，出去看朋友去了。

艾米一听就晕了，胆战心惊地问："奶奶，Jason是不是到他女朋友那里去了？"

"我不知道呀，"Jason的奶奶眼不花，耳不聋，很精神的样子，"他只说去一个朋友家，我不知道是男的还是女的。"

"那他今天回来不回来？"

"会回来的，会回来的，"奶奶邀请说，"要不要进来坐坐？"

艾米也不讲客气了，跟着奶奶进了门。奶奶问她从哪里来，听说是从美国来的，奶奶就给Jason的妈妈打电话，说从美国来了客人，你今天早点回来做饭。

艾米吃了点东西，就说："奶奶，我可不可以在这个沙发上睡一会？我没开过长途，这是第一次，开得很累——"

奶奶就把她带到一间屋子里，里面有张单人床，奶奶说这是客房，你在这睡一会吧。艾米躺在床上，很快就睡着了。

等她醒来的时候，窗外已经黑了，她觉得楼下已经忙碌起来了，听得出有好几个人，还有炒菜的声音。她想，可能Jason回来了，看见她在睡觉，就没叫醒她。她下到一楼去，没看见Jason，只看见Jason的父母都回来了。看到她，Jason的父母都很高兴，问了她父母的情况，又问她读书的情况。

寒暄了一会，他们就招呼她吃饭，说不等弟弟了，不知道他什么时候回来，我们先吃吧。艾米很感谢他们都没问她来干什么，没问她为什么没跟Jason一起来，也没问她跟Jason这几年的情况，好像她到这里来是天经地义的一样。她自己也觉得好像是回到了自己家里。

吃完饭，大家在客厅聊了一会，艾米借口开车太累，就上楼到客房里去了。她躺在那里，张着耳朵等Jason回来。快十点了，她才听到有车开到门前的声音，她跑到楼梯边等着，看见Jason用钥匙开了门，走了进来，站在门边，好像准备脱鞋，但又停住了，仰头望了一下二楼，看见了她。他好像一点也不惊讶，只对她说："把你车钥匙给我一下。"

她不知道他要车钥匙干什么，但她很快就把钥匙拿来，送到了楼下。她看见他走到屋子外面，把她的车往旁边开了一些，然后把两辆车开进车库里去了，再把他自己的车停在了她的车后面。他进了门，对她说："一看车的停法，就知道是你。"

"为什么？"

他笑着说："因为谁能把车停这么漂亮？一点不差地停在对角线上。"

她不好意思地笑起来，C城大多数地方都是斜停的停车场，所以她斜停惯了。刚才来的时候，他家门外一辆车都没有，她就老实不客气地斜停了。

他招呼她："我买了荔枝，还有糖炒板栗，到饭厅来吃东西。"

她跟着他，兴高采烈地到饭厅去吃东西，他父母和奶奶都在那里，几个人吃荔枝，吃栗子，看电视，很有点一家人其乐融融的味道。

他把那些开了口的、好剥皮的栗子找出来，说："吃这个吧，这个好剥。"有时就剥好了递给她，说，"不嫌脏就吃这颗。"她就接过来，一口吃掉，觉得他还是像从前那样，看见她吃得开心，他就很心满意足的样子。

坐了一会，几个家长都道了晚安，上楼到自己房间去了。Jason的妈妈对艾米说："我给你把房间收拾好了，你看看被子够不够暖和，如果不够的话，就告诉我。"又对Jason说，"弟弟，你待会带艾米去她的房间。"

Jason应声："好，我会的，你去睡吧。"

艾米好奇地问："你妈妈为什么叫你'弟弟'？"

他有点不好意思："我的小名，小时候，他们都是按我哥哥的口气叫的，现在只在家里叫叫。这下被你知道了，你又要乱叫了。"

艾米真的就叫起来："弟弟，带我去我的房间吧。"

他把她带到她刚才睡过的那个房间，Jason的妈妈已经为她换了床单和被子，上面有些小鸭子图案，她很喜欢。但她想到她现在只是一个客人，只能住在客房里，又觉得很伤心。她很想Jason能上来拥住她，哪怕只是——"露水姻缘"那种都可以。她住在他家，却不能亲近他，她觉得好难受好难受。她想扑到他怀里去，但又怕他一掌推开她，呵斥她："你明明知道我有女朋友，为什么还做这种事？"

他告诉她灯开关在哪里，洗手间在哪里，要喝水到哪里去拿，要吃东西到哪里去拿，说了很多很多，就是没上来拥住她，甚至连碰都没碰她一下。她厚着脸皮："你——住哪里？"

他指了指斜对面的一间房："我住那间。你开车累了，早点休息吧。"

她舍不得让他走，央求说："坐一会，我今天下午睡了很多，现在没瞌睡。"

他不坐，站在那里，艾米觉得他好像在催促她有话快说一样。她有点不快，也有点尴尬，生怕他责问她到这里来干什么，连忙主动说："我是到我渥太华姑姑家去，顺道来看看——江阿姨、成伯伯他们的，我爸爸妈妈一直都叫我有空来看看他们——"

他问："你什么时候拿的驾照？"

"十月份。"

他惊讶地问："今年十月？"见她点头，他有点生气地说，"你真是疯了，拿驾照才两个月，就开车跑——渥太华，你——你怎么不早告诉我呢？至少我可以跟你的车，路上看着点。"

"我早告诉你？你不躲得八丈远？"

他摇摇头："你真是——"他缓和了一下口气，问，"路上很难走吧？哭了没有？"

艾米把一路上的情况讲给他听，说车窗玻璃像毛玻璃，说差点翻了车，说自己在旅馆住的时候哭了，但没讲那个梦。她看看他，觉得他的眼神很柔和，充满了怜爱，好像要把她搂到怀里一样。但跟她目光一对，那种眼神就不见了，艾米不知道是不是自己看花了眼。她试探地问："你——那个ABC——现在在加拿大？"

"嗯。"他好像不愿跟她谈ABC的事，告辞说，"今天有点累，我要睡觉去了。你去过CN TOWER（多伦多电视塔）没有？听说是全世界最高的，正好我明天要带我奶奶去，要是没去过，明天一起去吧。"

艾米见他不但没赶她走，还邀请她明天出去玩，高兴死了，赶快说："我没去过，明天你带我去。这里还有什么好玩的？都带我去玩玩。"

"好玩的地方有一些，明天再谈吧，今天早点睡觉。Night（晚安）。"他告了辞，回到他自己房间去了。

艾米洗了澡，特意穿上那件扣子很多的睡衣。这件睡衣她一直保存着，因为当年的Allan喜欢解那些扣子。这些年，她舍不得穿这件睡衣，想留着，等到跟Allan重修旧好的时候再穿。今晚应该是这样一个时刻了。她想待会他看见她穿这件睡衣，肯定要冲动起来。

她躺在床上，却怎么也睡不着，等着Jason到她房间来。他们从前有过那样热烈美妙的时光，她现在想起都会心旌摇荡，难道他跟她住这么近，就一点也不想那个事？她现在顾不上什么道德不道德，也不想问如果他来找她，那究竟算是"性"还是"爱"，她只想亲近他，是性也好，是爱也好，只要他愿意亲近她就好。

等到半夜十二点了，Jason还没到她房间来，她很失望，决定去找他。她是个急性子，最怕等待。等待一个结果的时候，就像有把刀悬在她头上一样，让她惶惶不可终日。她宁可自己跳上去，撞在刀上，被刀砍死，也好过时刻担心那把刀砍下来。

她从床上爬起来，悄悄走到他房间门口，轻轻推了推门，推不开。她再试一下，的确推不开。她握住门把手，转来转去，都打不开，只好绝望地逃回了自己的房间。

她又恨又气，心里骂道，你这是干什么？为了你那个ABC守身如玉？只听说女人防男人的，还没听说过男人防女人的。早知道你这么绝情，我这么大老远的跑来干吗？她恨不得现在就开车去渥太华，但又觉得那样反而显得自己心里有鬼，而且怎么向Jason的爸爸妈妈奶奶解释？

她心痛欲裂地躺在床上，想哭还不敢哭，怕明天让大家看见眼红红的。她就那样大睁着眼躺了半夜，快天亮时，才昏昏地睡去。然后她做了一个梦，梦见Jason终于到她房间来了，坐在床边，一粒一粒解她的睡衣扣子，她因为期待而激动得浑身颤栗，在心里叫着：Come on，baby，just take it off！Rip it open（快点，宝贝，脱下来就行了，撕开吧）！但他仍然坚持不懈地一粒一粒解扣子。她着急地说："你再解，就要呜乎哀哉了！"

他瞟她一眼，又看看自己那地方，抱怨地说："你看你说得好吧，真的把我说得呜乎哀哉了。"然后他一字一顿地说，"祸，从，口，出。"

58

第二天，艾米睡到快十点才醒，她去漱洗的时候，发现Jason卧室的门开着，人却不在里面。她以为他等不及，已经跟他奶奶出去了，她慌忙跑到一楼去，看见他坐在跟厨房连着的那个厅里看电视，见她下来就说："起来了？我煮捞糟汤圆你吃吧，还有油条，当早餐可不可以？"

"非常可以，太可以了，都是我的最爱。我洗脸去了。"

等她漱洗完了下来，他已经煮好了捞糟汤圆，给她装了一碗，把油条也从烤箱拿出来，都放在餐桌上，说："汤圆是有馅子的，咬的时候慢点，当心烫了嘴。"

她见他还记着她早餐最喜欢吃什么，心里很高兴，就在餐桌前坐下，问："你不吃了？江阿姨他们都上班去了？"

"我吃过了，他们都上班去了。"

她想了想，说："昨天做了一个怪梦——，梦见你——扣子没解完就呜乎哀哉了。"她看见他似乎脸红了，扭头去看电视。她想，是不是他昨晚也做了这样一个梦？或者我那不是梦，是他真的到我房间来过？她一字一顿地说："祸，从，口，出。"

但他似乎没反应，只说："快吃吧，吃了我们好出去玩。"

她边吃边想，如果每天都能像这样就好了，就这么平平静静，安安逸逸地过一辈子，该是多么甜蜜。她不知道为什么以前老想着要轰轰烈烈，其实只要跟他在一起，无论是轰轰烈烈，还是平平淡淡，都是那么美好。但她想到眼前这一切美好的东西，对她来说，都像偷来的一样，只能是暂时的，而那个ABC才会永远地享受这种美好，她心里很不平，到底那个ABC有什么好的地方？为什么他会选择ABC？难道就为了一个美国身份？Damn（该死的）美国身份！

吃过早饭，Jason就带艾米和奶奶到外面去玩，先去看了CN TOWER（多伦多电视塔），还买票上了顶端。后来奶奶说累了，Jason就把奶奶送回家，带艾米去"太古广场"玩。那是个华人购物中心，有很多华人开的店子。在里面逛的也多是华人，艾米到美国后还没见过这么多华人，简直觉得像回到了中国一样，分外亲切。

Jason在"太古广场"给她买了些牛肉干、鱿鱼丝、花生糖之类的东西，说："磨磨你的老鼠牙。"

这几样都是她最爱吃的。他以前问过她为什么喜欢吃chewy的东西，她说她有一口老鼠牙，不经常磨磨就难受。她见他连她爱吃的零食都记得那么清楚，就很开心，不停地对他讲这讲那，讲得手舞足蹈。他帮她提着装零食的塑料袋，她就不时地跑过去抓几块出来吃。

艾米在Jason家待了三天，他带她去了很多地方玩，也带她去吃了很多在C城吃不到的中国食物。艾米很喜欢吃"太古广场"楼上一家餐馆卖的牛腩面和一种白白的像发糕一样的东西，也喜欢吃一家上海餐馆的小笼包子，最喜欢的是"片皮鸭"，其实就是北京烤鸭。他见她很喜欢吃，就连着三天，每天买一只回来吃。

Jason把她的车洗干净了，又帮她换机油，他用两个有斜面的墩子把车的前部顶起来，就钻到车下面去鼓捣。她就蹲在旁边看，帮他递东西。她看他为她忙忙碌碌，觉得很亲切，很感动，老是想流泪，想对他说，"我们就这样过一辈子，好不好？"

但她不敢说，因为她觉得他跟她之间好像有一道不可逾越的鸿沟。他从来不碰她一下，连手都不肯牵一下。换机油的时候，他脸上沾了一点油污，她想用tissue（餐巾纸，纸巾）帮他擦掉，他也赶快闪到一边去了。到了晚上，他更是躲避着她，既不在她房间多坐一会，也不邀请她去他房间。睡觉的时候，总是"闩"得紧紧的。有了这些东西做反衬，他白天的表现就只是像个一般朋友一样了，搞得她很郁闷。

第三天晚上，她怕他嫌她待得太久，就装模作样地说："我要到我姑姑家去了，我明天一定要走了。"

她指望他挽留一下，或者显出一点不舍的样子，但他没有，只说："我明天送你一下吧，你——刚拿驾照，开车又毛毛躁躁，你有点什么事，我负不起责。"

他说送她，本来是令她很高兴的，但他又补那么一句，就完全是出于怕负责了。她赌气说："你是我什么人？我的事为什么要你负责？"

"好大的脾气，听说日本男人是很大男子主义的，你这么大脾气，怎么跟Yoshi处得好？"

"Yoshi又不是我的男朋友，我跟他处不处得好，有什么关系？你那个ABC脾气不大？"

他说："大哟，大得很，是个气枪，不过我是个棉花包，没事。"

她以为说了Yoshi不是她男朋友，他会对她热情一点，结果他好像没什么反应，还在谈他的女朋友。他有女朋友而她没男朋友，她觉得自己吃了亏，很没面子，好像他已经move on（放下过去前进了），而她还在死缠着他一样。她改口说："刚才跟你开玩笑，Yoshi也很棉花包的，他什么事都让着我。本来Yoshi叫我这个寒假跟他一起去日本，看看我未来的公公婆婆，但我怕回美国签证不方便，就没去。"

她想看他吃醋，如果他吃醋，她就赶快告诉他事实真相。结果他很热心地说："那你其实应该去的，你现在博士没读完，肯定能签回来。听说日本很不错，有很多地方玩。我准备等我的加拿大公民办好了，就去日本欧洲玩一玩。"

她马上问："你是不是——想到日本欧洲去——度蜜月？"

"又被你推理出来了，你真厉害。"

她满腔醋意地说："你们——真浪漫，我也好想到这些地方去，可是我的加拿大身份不知道哪年哪月才能办下来。"

"日本公民出国也很方便，你结了婚就是日本公民了。"

她哼一声："日本母民还差不多。为了一个身份结婚？你以为我像你吧——"

他不以为然地笑了一下："不为了一个身份结婚，但也不至于因为别人有身份反而不要别人吧？"

她更不开心了，她宁可他是为了身份才跟那个ABC搞在一起的。

第二天，Jason和艾米各开一辆车，到渥太华去，她在前，他在后。他说他跟她的车比较好，如果她跟他，她一定会为了跟车，乱闯红灯乱换道。两个人相跟着开到了渥太华，Jason不肯多停留，马上又往回开了。他叫她回美国的时候，先到他家，然后他跟她的车开回美国。

艾米住在姑姑家，老是坐立不安，虽然姑姑一家都对她很热情，但她一心盼望回美国的那一天尽快到来。临走的那天，她跟姑姑他们告了别，就沿着来时的路开到Jason家。

已经是下午了，但她建议当天就出发。她酝酿着：待会开不了几小时，就天黑了，就得住下。她跟朋友们出去旅游，大家都是尽可能少开房间，能挤就挤一屋，两男两女住一屋的都不罕见。现在就他们俩，住一间房就更是天经地义。等到她跟Jason住在一间房里了，英雌就有用武之地了，如果她穿上那件很多扣子的睡衣，在他面前晃来晃去，不愁他不动情。

两个人当天就起程开往美国，Jason跟她的车。她一路开，一路从反光镜里往后望，见他的车稳稳地跟在后面，就觉得心里很踏实。两辆车一路上不时地talk（对谈）一下。要换道了，她就提前打打灯，意思是说"弟弟，我要换道了"。Jason看见了，也会打打同一个方向的灯，好像在说："妹妹，我知道了，跟着你呢。"她得意扬扬，在心里说，这才是现代的"夫妻双双把家还"。

开到傍晚，两个人在一个小镇停了下来。Jason说："我开夜车没问题，我经常是连夜开的，但你开夜车不行，我夜晚跟车也不好跟，还是住一晚，明天再接着开。"

她心中暗笑：弟弟，我把你卖了你还在帮我数钱。

他们找了一家旅馆，Jason说："你在这里坐一会，我去开房间。"

她经常听说什么"到旅馆去开房间"，哇，这回总算可以亲身实践一下了。她记起他以前住她家的时候，在家长面前也是很害羞的，看来这些年过去了，他还是没变，像小孩子，一定要离开大人了，胆子才会大起来。她在心里说，弟弟，早知道一定要到了旅馆你才肯放下架子，早就把你骗到旅馆来了。

她想，今晚要是弄出人命来，那就好了。她在心里计算自己的周期，发现那天应该是危险期，她兴奋得要命，心跳加速，仿佛已经怀了Jason的孩子一样。她想象自己现在大着个肚子，坐在这里等老公订房间，待会还要撒撒娇，说开了一天车，腰酸背疼，要他为她按摩一下，而他肯定会贴在她肚子上听孩子的心跳。那一幕把她的眼泪都要感动出来了。

过了一会，Jason从旅馆前台那里走过来了，递给她一个开门的卡，说："这是你的，308，我在309。"

她惊呆了，站在那里，觉得他好像猜透了她的心思，故意躲她一样。她麻木地跟在他后面上了楼，在她房间门前停下，却不去开门。Jason拿过她手里的卡，帮她开了门，把她的小行李箱也拿了进去，说："嗯，还不错，进去休息一下，过一会我们下去吃晚饭。"

艾米看见房间里有两张queen size的床，忍不住跑到隔壁的309，气愤愤地问他："你不知道一间房有两个床？"

"知道，他们没有一个床的房间了，只有两个床的。将就点，两个床就两个床，你只睡一个就行了。"他见她仍然是耿耿于怀的样子，又说，"实在不行的话，你上半夜睡一个床，下半夜睡另一个床。"

她生气地问："一间房有两个床，你还要——两个房间干什么呢？你这样严密地——防范我，究竟是什么意思？难道我就一定会来——侵犯你吗？你不要总是以为别人都在打你的主意，好像你多么有吸引力似的。切，大家都是有——主的人了——"

他棉花包一样地看着她，解释说："你又想多了，根本没那个意思，要不，你就当我防范我自己吧，这样想是不是好一点？"

她见他这样说，又想到其实也有这种可能，他也许只是在防范他自己，那说明他仍然是能感到她的吸引力的，但因为双方都是有"主"的了，所以才严加防范。她低声说："其实——Yoshi并不是我的男朋友，我跟他——什么也没有——，我说他是我男朋友，只是想搞得你吃醋——"

他看了她一会，说："Yoshi是不是你的男朋友我不知道，但ABC是我的女朋友，我们还是——注意点比较好。"

她幽幽地说："你以为你那个ABC会为你守身如玉？"

"她肯定不会，ABC，你还不知道？很开放的啦。"

"那你为什么要为她守身如玉？"

他笑了一下："我这也谈不上为谁守身如玉，只是——觉得——没那个必要，何必弄出些麻烦来？"

她见他这样坚决，知道这次是遇到柳下废了，赶快给自己找个台阶下来。她莞尔一笑："刚才跟你开玩笑，考验你一下。"

"考验我干什么？我又没申请入党。"

"是你那ABC是叫我考验你的，我跟她是好朋友，你不知道吧？"

"我想到这一点了，她是个疑神疑鬼的人，肯定是她叫你来考验我的。"

他这话把她说糊涂了，她想，难道ABC真是我认识的什么人？会不会就是甄滔。她建议说："那你把ABC的电话号码给我，我好向她汇报一下你的忠贞不二。"

"我就算个忠贞不二？我觉得我算得上忠贞不一点五了。"

　　她哈哈大笑："好好好，我就汇报你对她忠贞不一点五。把电话号码告诉我吧。"

　　他也呵呵地笑："girl，你又在考验我，她不让我把电话号码给任何人的。你们这些小女孩呀，吃着碗里，护着锅里，霸着盆里，都是属州官的，自己忙着放火，还要时时提防百姓点灯。"

　　回到C大后，Jason把艾米送到她那栋楼前，停了车，从车里出来，对艾米说："下次不要这样一个人乱闯了，太危险了。如果你以后这样不打招呼跑去找我，我会躲起来的。像你说的一样，我们都是有主的人了，这样一脚踏在过去，一脚踏在现在，是不会有什么——结果的。忘了过去吧。"

　　她愣在那里，原来他心如明镜。既然他知道她的心思，还这样劝她，那还有什么可说的？她生气地叫道："Get lost（滚开，消失）！"

　　他钻进汽车，一溜烟地get lost了。

59

Jason真是"执行政策不走样"，说get lost就get lost了。他在2002年初去了D州，一去就没了踪影，他没留电话给艾米，也没告诉她地址。艾米厚着脸皮去问静秋，静秋也说不知道。她知道静秋跟Jason结成了"撒谎统一阵线"，但她也没办法。静秋是属"江姐"的，估计就是灌辣椒水，也拷问不出什么来。

艾米本来还想打电话到Jason家去问他爸爸妈妈，但她实在丢不起这个脸了。Jason既然打定主意要get lost，肯定跟他父母交代过了，叫他们不要把电话号码给她。如果她打电话去问，除了再丢一次脸以外，不会有任何结果。

现在她也不觉得难受了，只是觉得生活没什么意思，自己对生活没什么热望。对她来说，生活就是生而活之，生下来了，就活下去。That's it（就么回事）。

Yoshi一如既往地含糊着他的含糊，模棱着他的模棱，既没说出那句话，也没做出什么亲热的举动，但也没断绝跟艾米的来往。现在他没跟艾米一起修课了，所以半学术、四分之一学术的来往少了一些，但他仍然时不时地邀她去餐馆吃饭，看电影，听音乐会。艾米想，可能日本的"同学文化"就是这样的吧。

八月，Yoshi拿到硕士学位，还被E州一个很不错的大学录取读比较文学博士。他请艾米上一家日本餐馆吃了一顿饭，然后又邀请艾米到他寝室里坐坐，说有重要话对她说。

到了寝室，Yoshi拿出提琴，卖力地演奏起来。不知道为什么，艾米听Yoshi拉琴的时候，总觉得他只是比较熟练而已，听不出什么令人感动的东西。但她听Jason拉琴的时候就不同，她常常会有一种心变得很软，人很想流泪的感觉。她觉得Jason的琴声里有天分，有激情，有音乐细胞，而Yoshi只有技巧。

拉完一曲，Yoshi拿出一个天鹅绒小盒子，打开了放到她手中。盒子里是一个钻戒，但Yoshi没有单膝跪下，也没问"Will you marry me（你愿意嫁给我吗）"，只是微笑着看她，好像在等她回答一样。

艾米很惊讶，Yoshi跟她认识一年多了，从头到尾都没有说过一句"I love you（我爱你）"，他们也没拥抱过，没有接过吻，他曾经有一次在看电影的时候，用一条手臂搂住她的肩，她把他的手摘掉了，他也就没再试过。她不知道他怎么突然一下就跳到送戒指这一步上去了，莫非日本就是这个风俗？

她搞不懂该怎么办，如果对他说"我不能跟你结婚"，他会不会说"我这不是在向你求婚，我是让你看看这枚戒指漂亮不漂亮"；说他不是求婚，他又的确把这枚带钻石的戒指放在她手里。她有点恼火了，他连这种事都是弄得这么模棱两可，这么难懂，她只能把这又归咎于文化差异。

她把戒指拿起来看了看，放回盒子里，模棱两可地说了句"That's agood one（戒指不错）"，就还给了Yoshi。Yoshi收起戒指，仍然是笑容满面。

八月底，Yoshi来向艾米告辞，说他要去E州了，他们互相说了take care（保重），Yoshi就去了E州。他从那边写过几个email（电邮）过来，谈谈那边学校的事，但好像双方都没什么话说，不知不觉地，就停了下来。

转眼到了十月底，有一天，艾米回家的时候，看见门外楼梯上坐着一个人，她正在纳闷是谁家的老土亲戚，怎么坐在交通要道上，就听那人说："总算把你给等回来了，快饿死了。"

她定睛一看，原来是小昆，头发长长的，人也很疲乏的样子。他身边放着个旅行袋，身后走廊上还有个旅行箱。他对艾米说："走投无路了，投奔你来了，先行行好，给口水喝吧。"

艾米把他让进屋里，问他："怎么回事？好像很潦倒一样。"

"不是好像，是真的潦倒了。"小昆在沙发上坐下，艾米给他煮了一碗面，炒了些肉末放上面。小昆边吃边讲他的遭遇。原来他父亲在国内因贪污受贿被抓起来了，已经关了一段时间。他姑姑带信给他，说如果能把贪污受贿的赃款赔出来，可以免他父亲一死。他就把所有的东西都变卖了，把钱汇了回去。他父亲知道后，气得捶胸顿足，说我一把年纪了，死了就死了，你现在搞得两手空空，以后怎么生活？

艾米担心地问："你没事吧？"

"我没事，我姐姐也没事。我父亲把什么责任都承担了，他——"小昆眼圈有点发红，说不下去了。

艾米很同情他，说："你别急，我可以养活你。这里吃的东西不贵，我的奖学金足够我们两个人活了。"

"我想到这里找个餐馆工打打，加拿大那边找labor（体力劳动）工都很难，华人老板招工常常要懂粤语才行，鬼佬的工厂，又要英语，而且像我这样一把年纪的，更难找工作。"

"听说餐馆工很累的，你——受得了？"

"受不了也得受。没什么，男子汉，大丈夫，能曲能伸。我跟一个哥们合开的一家厂还在，只是现在还没开始赚钱，说不定哪天就赚起钱来，我就又发了。"

艾米住的是一个一室一厅，她住在卧室里，厅里住了个访问学者。小昆来了，实在是不好住。她准备为他找个住处，跟别人合住。但因为是学期中间，没有什么人找roommate，好不容易有个找roommate的，别人一听说小昆不是学生，就觉得太复杂，不大愿意跟他合住。后来那个访问学者自己找了个地方跟人合住，艾米和小昆帮她把家搬了过去，小昆就在艾米客厅住下了。

小昆一天也不愿闲着，马上就嚷嚷着要找工。两个人从电话本上找了几家餐馆的号码，就开始一家家打电话，问人家有没有工打。C城本来就不大，中餐馆也就那么几家，但中国学生和家属倒不少，所以愿意打工的多过愿意招工的，餐馆老板都挑剔得很。好不容易找到一家餐馆需要一个厨房帮工，工钱很低，但小昆也不愿放过，要去试试。

餐馆离得不算远，开车二十分钟就到，但小昆没车，又没SSN（社会安全号），不能考美国驾照，C城公车又少，而且只到晚上六点，小昆打工的交通就成了一个大问题。最后总算摸出一点规律，早上小昆自己坐公车去餐馆，晚上下班了，艾米就开车去接他回来。

小昆在厨房帮工，很累，也很受气。他干活有点毛手毛脚，刚开始又不熟，被大厨或者老板催促，就老是出问题。一下是炸鸡翅膀的时候被滚油烫了手，一下又在切肉的时候把自己的手喂到切肉机里去了，切菜切到手指的事情经常发生，差不多每天回来都有新的伤痕。

艾米为他清洗包扎，总是忍不住流泪，想小昆也是堂堂的J大法律系高才生，以前也是吃香的、喝辣的、开宝马、住洋房的，现在落到这步田地，受伤受罪不说，还受气。她劝他别打工了，说我养活你吧，你再打工，连个囫囵手脚都落不下了。

小昆总是嘻嘻地笑，说："就是为了看你流这几滴泪才受这个伤的，来，抱我一下，切多少刀也值。"艾米就松松地抱他一下，他说："嗯，你心里还是——疼我的，你只是还惦记着你那个成钢，什么时候你忘了他了，我就熬到头了。"

艾米每晚都去餐馆接小昆，餐馆的人总是开玩笑说："小昆，你老婆来了，快回去空油瓶吧。"有的就喊："不是空油瓶，是炸春卷。"

她问他这是什么意思，小昆不怀好意地笑笑，说："这还不懂？想想我哪部分像油瓶、像春卷就行了。"

她知道他们在说什么了，不过她也没办法，餐馆的那帮家伙，多数是光棍，有的是偷渡出来的，有的是旅游出来就黑在美国了的，都是长年累月没女人的，只好在嘴头子上快活一把。她不跟他们计较，只当没听见的。

小昆从来不声明说"这不是我老婆"，他总是对艾米说："别当众揭穿我，就让我享受一下虚幻的幸福吧，那些家伙对我羡慕得不得了，以为我夜夜都是搂着这么漂亮的老婆睡觉，而他们连女人味都没得尝。他们不知道我夜夜都是活受罪——"

小昆说这些话的时候，艾米总是不搭腔。她想，他现在正处于不得意阶段，我不接受他就行了，用不着伤他的面子。小昆倒是挺注意，即便是晚上洗了澡，也穿得恭之敬之的。他一来就在客厅和厨房之间加了个活动墙，像屏风一样，一拉上，客厅就成了一间卧室。他还把她把卧室的门锁修好了，叫她晚上闩了门睡觉，免得某些人图谋不轨。

后来小昆总算从厨房跳出来，做了waiter（侍者），工作轻松多了，工钱加上小费差不多有以前的两倍。艾米问他怎么脱离苦海的，他说是靠出卖色相。她开始还不相信，但过了几天，就相信了。

有天小昆休息，晚上的时候，来了一个女孩找他。小昆介绍说这是他老板的女儿，叫Linda（琳达），高中毕业了就在父母的餐馆里帮忙。Linda长得挺甜的，身上的baby fat（孩童时期的胖肉）还没褪尽，胖乎乎的挺可爱。

那晚，Linda就跟小昆在他房间里"开工"，小女孩咿咿呜呜乱唱无字之歌，搞得艾米心神不定，声音太大了一点，外面过路的肯定能听见，艾米生怕别人以为是她在开"个唱"，恨不得跑外面走廊上站着，告诉大家里面唱歌的另有其人。

Linda总是在晚上跑来，快半夜了，又开车离开。艾米问小昆："你也不去送人家小女孩一下？"

"有什么好送的？"小昆不以为然地说，"她自己有车。"

"人家还是个小女孩，你——要有点责任心。"

小昆笑起来："艾米呀，你还是个老脑筋，总觉得男女干这事，就是女的在吃亏。这些ABC们，哪里像你那样？把上个床当成是重大的牺牲？对她们来说，这不过就是大家happy（享乐）一下，你以为她在指望我娶她？我一个打工的，要娶她，她都不会答应。对她来说，我只是个电动玩具，供她享乐的。"

艾米不同意："你这是为自己开脱，Linda肯定还是爱你的，不然她也不会——"

"你这个人真是无法造就，教育你这么多年了，你就是不信。对所有男人和大多数女人来说，'性'就是happy一下，生理上有那个需求了，就找个人做一下，就像肚子饿了要吃饭一样。还是我那句话，有爱肯定会希望有性，但是有性不等于都是出于爱。"

看艾米深不以为然的样子，小昆又说："不过说实话，这样的女孩也只能拿来happy一下，代替不了爱情的。你知道我这些年来，爱的只有你——"

艾米打个暂停的手势："好了好了，拜托不要亵渎'爱情'二字了。你干什么我不管，只记得别搞得太大声，当心邻居报警。"

小昆说："大声怕什么？邻居羡慕还来不及呢。其实这本来是你应该享受的快乐，可是你偏要抱着那个幻影不放。女人没男人，就像花朵没有雨露滋润一样，会枯萎的。成钢现在肯定是夜夜抱着他的ABC快活，说不定人都淘空了，被那ABC折磨得不成人形了，你还在这里傻乎乎地为他守身如玉——"

"你根本不懂我，我不是在为他守身如玉，我早就get over（忘记，不在乎）他了。"

"我知道，你想get over他，你知不知道那姿势在你们英语中叫什么？我也是刚从餐馆学来的，叫cowgirl（女上位）。现在的女孩，都想get over我们男人嘛，自己掌握，想快就快，想慢就慢——"

艾米打断他说："你只会黄腔黄调，我是说我已经不挂着他了，只不过还没遇到一个我——爱得上的人而已。你——人很好，但是你——这种'性''爱'分家的做法，完全跟我的——爱法——是两码事。有你这样的丈夫，我恐怕——天天都得戴绿帽子。"

"原来你一直是这样看我的？"小昆委屈得不得了，"我根本不是那种搞婚外恋的人，没有爱，我根本就不会结婚，我怎么会婚外恋？

小昆本来就油嘴滑舌，现在又在餐馆打了一段时间工，更是句句都像是黄段子，艾米只有给他一个不吭声，不然他越说越来劲。

小昆见她不吭声，又说："你以为男人不懂得有爱的性比无爱的性更能让人飘飘欲仙？在这个问题上，我们两个其实有一半是相同的，那就是希望'性''爱'合一，我们不同的地方就在于：如果不能'性''爱'同时得到的话，我可以只要性，或者只要爱，而你不肯只要一样。唉，可怜我一张做律师的嘴，说不服你一个小丫头。"

后来就没见Linda来了，小昆也丢了他在那家餐馆的工作，而且连续被几家餐馆炒掉。艾米不解，问发生了什么，小昆开玩笑说："女人惹不起。男人被你们女人抛弃了，屁事没有。女人如果被男人甩了，肯定要使出浑身解数来报复。Linda已经发了誓，我到哪家打工，她就要让那家老板炒掉我，一直要炒到我自己送到她们上去为止。"

艾米说："你看，我说了你不信，她还是爱你的吧？"

小昆哧地一笑："这也叫爱？她爱的是我那根春卷，可以让她开'个唱'——"

最后小昆总算在一家餐馆落下脚，不过是做busboy（餐厅打杂的），工钱很低。他时常开玩笑地对艾米说："你看，我为了你，放弃我的'性''爱'分家学说，结果弄得既无性，又无爱，连工作也丢了，你也不可怜可怜我。"

每逢他说这些，艾米就不吭声，说多了，就抢白他一句："是我叫你放弃的？"

这一句就把小昆噎回去了，咕咕哝哝地说："算你狠，无情者无畏啊。"

60

2003年5月的一天，快半夜了，艾米听见小昆在敲她的门。她怕小昆禁了这么久，熬不住了要找她麻烦，就说："有什么事明天再说吧。"

小昆在外面嘻嘻笑着说："就怕我等得到明天，你等不到。"见她仍然是不开门，小昆就说，"我今天在餐馆遇见成钢了。"

艾米从床上跳起来，打开门，急切地问："是真的吗？你见到——Jason了？他怎么会在C城？是来开会的吗？他说没说他待多久？"

小昆笑昏了："成钢二字简直比'芝麻开门'还灵，你就不怕我在诓你开门？"

艾米以为自己上了当，转手就要关门，被小昆用手顶住门，说："别关别关，不是诓你的，是真的。"他见艾米万分期待地看着他，就卖个关子，说，"这么好的消息，你不抱我一下，我是不会告诉你的。"艾米无奈，只好走上前去，敷衍了事地抱了他一下，小昆虽然不满意，但还是告诉了她，"他回来——读博士了，今年初就回来了。"

艾米真是悲喜交集，Jason回到C大了，那她又能见到他了，但是他回来快半年了，都没来跟她联系，说明他是彻底地把她摒弃到他生活之外去了。她问："你——问他拿了电话号码没有？"

"没有，不过他说他有你的电话号码。"

她气死了："你怎么连他电话号码也不要一个呢？他早就有我的号码，但他不会给我打电话的——"

小昆心疼地说："艾米，你这是为什么？他有你的电话号码却不给你打电话，这还不能——说明问题吗？你还这样——我真的替你难过。你什么时候才能清醒过来？"

她听不进他的话，只急切地追问："他跟谁到你们餐馆去？是男的还是女的？"

小昆叹口气："男的也有，女的也有，好像是一起做一个project的，中午去的，可能是什么工作午餐。"

艾米松了口气："那你——问没问他——结婚了没有？跟那个ABC？"

"他们一大帮人的，我又得干活，哪能多聊？我只跟他讲了几句话，不过他说会帮我打听一下他以前打过工的一家餐馆要不要送餐的，他说送餐比较轻松一些。"

"你有没有对他乱讲，说我是你女朋友？"

小昆摇摇头，很坚定地说："没有，我怎么会这样说？那不是找死？你知道了不把我大卸八块？不过在我看来，现在的问题不是他怀不怀疑你的问题，而是他——根本没问起你。"

艾米懒得听他多说了，只在想着有什么办法可以找到Jason："他说没说他住哪里？"

"没有，我没问。"

她抱怨说："你什么事情都办不好，连个住址和电话号码都不知道问一下。"

小昆轻声说："对不起，下次碰见他我一定记得问他。"

艾米知道自己太过分了，赶快抱歉说："对不起，我——又犯糊涂了。我知道这不怪你，我自己去找他的地址和号码。"

小昆无奈地叫道："艾米，艾米，你这是何苦呢？我真不该告诉你这件事的，现在你又要鬼迷心窍，日夜不安了。他说不定已经结婚了，说不定都做爸爸了，就算他没有，他也已经不牵挂你了，你——什么时候才能把他忘了？"

艾米呆呆地说："我不知道，我以为我已经把他忘了。你既然知道他——已经不记得我了，不牵挂我了，为什么——你要告诉我——他回到C城了呢？"

"我也不知道为什么要告诉你，"小昆叹息说，"我犹豫了一天，不知道该不该告诉你，我——是真不想你知道，不过——我又想试试——看你忘了他没有，哪里知道——你这么不经试——唉，反正我不告诉你，你迟早会遇见他的。都在C大，总有碰头的机会——"

接下来的几天，艾米到学校的single housing（未婚者住宅区）和married housing（已婚者住宅区）附近逛来逛去，想碰见Jason，但都没有看见他。她还问了好些住在那几栋的人，大家都说不知道有个Jason Jiang住这里。她又跑到他系里去打听，但系里说不能随便泄露本系学生的情况。她找到他系里的教室去看，也没有。

她简直怀疑小昆是在骗她了，但小昆把Jason的地址给她找来了。小昆说："不过我建议你别去找他，你这样不管不顾地找他，会让人瞧不起的——"

"我只是去看一个朋友，谁会瞧不起？"

艾米傍晚就开车按地址找过去了，Jason现在住在校外，她到了他那栋楼前，没看见他的车，知道他可能不在家。她先上二楼他的APT去看了一下，确实不在家，然后她下楼来，坐在车里等他。她想，如果待会看到他跟那个ABC一起回来，她就坐车里不出来，等他们上楼了，她就悄悄回去。

快七点钟了，她才看见他开车回来了。他好像是刚打过球，手里拿着球拍，外衣搭在肩上。她从车里出来，轻轻叫了声："Jason——"

他看见了她，愣住了，肩上搭的衣服掉到了地上，他好像不知道，只站在那里，像见到了鬼一样，呆望着她。她走上去，帮他捡起衣服，拿在手里，仔细打量他。她觉得自己的眼睛有点雾蒙蒙的了，连带着觉得他的眼睛好像也是雾蒙蒙的。

他问："你——你——吃饭了没有？"

"没有，一直在这里等你——"

"找我有事吗？"他着急地问，"出了什么事？"

"没出事就不能来找你？"她有点撒娇地说，"你到C城这么久了，也不——让我知道——大家多少还算朋友吧？怎么能——"

他辩解说："一来就给你打过电话的——"

"瞎说，你打过电话我会不知道？"

他笑了一下，一语双关地说："'瞎说'是你的专利。先上楼吃点东西吧，吃饱了，才有力气兴师问罪。"

她笑笑："不是来兴师问罪的，是来看看你的。"

两个人上了楼，Jason开了门，从冰箱里拿出一些草莓，说："你可能饿了，先吃点东西垫底，我来做饭。"

艾米真是饿了，抓了个草莓就吃，Jason问："很酸的，要不要蘸着糖吃？"

"不用，不用，挺好的。"她问，"你怎么想起回来读博士？"

"被公司lay off（解雇）了，所以只好回来读博士。"

她安慰他说："听说现在电脑专业很多人被lay off了，趁机读点书也好。"

他没吭声，反而问："你——转专业了？"

"没有，想下学期跟着修些统计系的课，争取拿个统计硕士。"

"好主意。我以前也修过一些统计系的课，还有些笔记呀作业呀什么的，待会我找出来给你，说不定以后有用。"

"是吗？那太好了，"艾米兴奋地说，"你修过那些课？那我以后可以问你问题了。"

"我最近比较忙，可能没时间帮你，不过我认识统计系一个博士生，叫方兴，我找个时间介绍你们认识，你以后有问题可以问她，她比我强多了，她教过我一门课，算是我老师。"

艾米见他张罗着做饭，就说："你刚打了球，浑身是汗，去冲个澡，我来做饭。"

他上下打量了她一会，说："哇，真是——士别三日，当刮目相看啊，浑身上下闪耀着母性的光辉——外带妇女主任的——专横。你是不是真的要做饭？如果是真的，那我——就真的去冲澡了。"

"去吧去吧，做饭的事包我身上了。"

他给她说了一下东西在哪里，就去洗澡间冲澡。好像才眨个眼，他就冲完澡出来了，头发湿漉漉的来帮忙。她开玩笑说："怎么这么快？各个部位都洗到了？"

他没吭声，站在旁边看她切菜。她见他在看，越发卖弄起来，嚓嚓地切，差点把手切了，才放慢了速度。他把刀抢了过去，说："算了算了，看你切菜，我的腿都发软，不如我自己切，也少死几个神经细胞。"

饭做好了，两个人坐在桌前吃起来。可能是因为见到了他，也可能是因为饭吃晚了，反正她胃口特别好，吃了一碗，还想吃。饭锅子在他那边，他接过她的碗，帮她盛饭，盛好了，递给她的时候，很感兴趣地看着她，问："一个人吃两个人的饭？"

"我吃太多了？没饭了？"她让他把饭锅子歪过来给她看一下，还有不少饭，放了心，"没事，还剩很多呢。"

吃完饭，Jason去洗碗，艾米试探说："你现在好阔气，不跟人合住了？参观一下你的屋子行不行？"

他呵呵一笑："别客气，想勘查现场直接去勘查就行了。"

她真的不客气，到处勘查起来。她发现他的APT不像一般学生住的地方，他有不少家具，还有很多电器，很有家庭气氛，像个过日子的样子。她跑他卧室里去看了一下。卧室里放着一张硕大的床，大概是king size（特大号）的，床头堆着好些个枕头，给她的感觉是他不仅结了婚，还有了一大堆孩子。她心一沉，问道："你——在D州那边——结婚了？"

"你老人家没结，我哪敢结？"

她问："你那个ABC——跟过来了？"

他笑起来："你这么独立的女性，怎么会用个'跟'？过来了就过来了，谈不上'跟'。"

"那她现在——在哪里？"

他没吭声，好像有什么难言之隐。

"你们闹矛盾了？"她心里一阵高兴，但马上又感到自己很自私很残酷，于是安慰他说，"她是个ABC，肯定还是有些文化差异的，你——是个很成熟的人，要多担待她一些。"

他说："听上去很像个relationship guru（人际关系专家）呢，有没有跟'C城日报'写点这类的文章？把经验跟大家share一下，也算提携后进，造福C城人民。"

她发现他这次回来好像油嘴滑舌多了，不知道是因为工作了一年，还是跟那个ABC同居了一年的原因。她不理他的玩笑，试探说："你什么时候让我跟你那ABC谈谈，说不定我可以开导开导她。"

"嗯，是个好主意，我说的话她可能听不进，你说的她肯定听得进。"

她很心酸，但强撑着说："也许要个孩子就会好一些的，三角形的稳定性嘛。有了孩子，她就成熟了，母性就觉醒了。你为什么不想要孩子？"

"瞎推理了吧？我哪里有不想要？快三十的人了，还没有'而立'，凄惨凄惨——"

她想，可能是ABC这方面有什么问题，他那么爱孩子，如果他这一生不能有个孩子，那真不如叫他死。她问："是不是她太年轻，怕搞坏了身材，不愿意要小孩？"

他恍然大悟："我还没想到这一点呢。"他上上下下打量她一番，"你们女孩到了什么年纪才不怕搞坏身材了？"

艾米伤感地说："这就要看是跟什么人在一起了，如果是个自己很爱的人，那不管多么年轻，也不怕搞坏身材，只想跟他有很多很多孩子。但是如果是个自己不爱的人——恐怕根本不想跟他生孩子——”

　　她看他脸上的表情很异样，不知道是不是刚好戳到他的痛处了，赶紧声明说："这只是我一孔之见，你别当真，也许她只是贪玩，暂时还不想生孩子，过两年，她会愿意生的。你们都还年轻，不愁以后没孩子——

61

　　小昆到Jason帮他介绍的那家餐馆去见了工，可能是因为有熟人介绍，那家的老板很爽快地录用了小昆，让他送餐。那家餐馆在B城，小昆得住在那里，星期一晚上回C城，星期二休息。艾米让小昆先用她的车送餐，她自己再买一辆。

　　小昆很喜欢这份工，说送餐很轻松，不用待在厨房受热受累，还有小费拿。他几乎每天都给艾米打电话，汇报今天有几个人"打铁"(不给小费)，共赚了多少小费，到哪里去派了menu（菜单），谁家的狗吓死人，等等，讲得津津有味。小昆很快就有了一句口头禅：Waht' sup，man（啥事呀，伙计）？而且这个man（伙计，哥们）一定要读成拐弯抹角的升调，拖长长的。

　　艾米打了个电话给Jason，谢谢他帮小昆找了这个工作，Jason说："谢谢就不用了，只要不骂我就行，我还怕你怪我把小昆支这么远呢。"

　　她赶快声明："小昆又不是我的男朋友，我怎么会怪你把他支远了？"

　　"不怪就好。我这个人是不求有功，但求无过，最怕负责——"

　　接下来的几天，艾米一门心思买车，现在她已经到了一天没车就活不下去的地步。有车的时候，也没到什么地方去，但一旦没车了，就觉得有好多地方要去，都是因为没车给耽搁了。她在网上到处查找，找好了，就叫Jason带她去看车。

她很高兴有这么个借口，可以跟Jason在一起待一会，所以她看车特别刁，颜色不中意的不要，车内不干净的不要，车身有点划痕的不要。跑了四五趟，也没看中一辆车，最后Jason建议她买辆新车算了，说买新车就像找个没谈过恋爱的男朋友一样，不用为"历史问题"操心。虽然等到九月份再买当年新车会便宜一些，但她急着用车，等不到那么久了，反正多出钱，早用车，是一样的。

艾米跟小昆商量了一下，小昆也坚决赞成买新车，还说要买就买辆好的，就奔驰或者宝马吧，我付钱。我现在每个月都能挣一两千，又不打税，吃住又不花钱，给你买辆车不成问题。

艾米说，我不是要你给我买车，只是要把你那些钱先拿出来用一下，以后还你。小昆咋咋呼呼地说，你再提什么还不还的事，我死给你看。

艾米不想买什么奔驰宝马，只想买一辆跟Jason那辆一样的车，最好连颜色都一样。Jason问她是想一次付清，还是贷款。她一听说贷款就觉得是欠债，于是说："我不想欠债，还是一次付清吧。我和小昆存的钱合起来足够买一辆车了。"

他说："你不要把贷款当成一件坏事，在美国，能贷到款的人才是有信誉的人，所以能贷款的时候应该贷款，贷了款，按时还了，才能建立起信誉。有了信誉，你们以后买房子的时候，贷款就方便了。"

她知道他只在给学生上课时才会注意前鼻音后鼻音的区别，平时说话是没后鼻音的，所以"信誉""性欲"不分。她故意说："谁说我没性欲？你才没性欲。"

他自己说"性欲"跟说"信誉"一样，但他听得出别人说的是"信誉"还是"性欲"。他听她开这样的玩笑，就有点不自在，红着脸说："我指的是'信用'"。

她逗他："想歪了吧？我指的也是'信用'。"她见他脸更红了，赶快打住，说，"那我就贷款吧。"

结果到了卖车的地方一谈，发现像她这样没"性欲"的人，贷款利息高得不成名堂，而且Jason虽然有存款，但没收入，还不够资格做co-signer，要另找人。艾米好奇地问："你这么优秀的学生，怎么没奖学金？TA、RA（助教，助研）都没有？"

　　他不太情愿地告诉她："转签证的事办晚了，开学时没拿到F签证，不能做TA什么的。"

　　艾米着急地说："那我不买车了，把钱先给你用吧，听说没奖学金的话，学费很高的。"

　　"没事，就这一学期，下学期就能拿到奖学金了。我工作了一年，有存款。"

　　两个人商量了一下，觉得现在存款利息这么低，贷款利息这么高，还不如一次付清。艾米就把支票本拿出来付账。小昆没美国的SSN（社会安全号），不能开户，钱都是存在艾米名下，他也从来不过问钱的问题，发了工钱就交给艾米。不过艾米还是认认真真地记载着他交给她多少钱，准备等他需要的时候就取出来给他。

　　Jason也掏出支票本，问她："够不够？不够我这里有——"
　　"够了，谢谢你。"

　　他说："不该劝你买新车的，没想到贷款利息这么高。"

　　艾米连声说："没事没事，买新车好，小昆也赞成买新车，他还叫我买宝马奔驰呢。"

　　他说："嘀，出手这么大方——小昆很'庞爱'你呢。"艾米知道他在开她玩笑，她以前对他讲过，说她小时候老把"宠爱"读成"庞爱"。

　　车买好了，Jason就像革命成功了一样，又get lost了。艾米给他打电话，他总是说很忙，邀请他过来吃饭，他也一再推脱。她有时悄悄开车到他住的地方去，远远地看看他的住处，远远地看看他。她从来没看到过任何女的到他那里去，更不要说什么ABC了。她想即便他有过一个ABC女朋友，肯定也已经吹了。ABC大概是看他被layoff了，就不要他了。

但等她到他APT（公寓）去找他的时候，他就会把ABC抬出来挡驾，有时说得去接ABC了，有时说ABC快回来了。试了两次，她也没脸再去找他了。

她想不通他为什么要这样对待她。想来想去，觉得他有可能以为她在跟小昆同居。她把最近发生的事仔仔细细想了一遍，越想越觉得是这么回事。他说话办事，完全是把小昆当她的同居男友看待的，说什么把小昆"支得太远了"，怕她不高兴，还说"出手这么大方，小昆很'庞爱'你呢"。

她知道这不能怪他误会，因为男女这样住在一起，钱也放在一起，可能谁都会这样认为。如果他跟一个女的住在一个APT（公寓）里，她肯定要这样想，这样猜。

她很着急，不知道要怎样才能澄清这个误会。她自己已经对他声明过，但他好像不相信。星期一晚上小昆从B城回来休息，她就把自己的担心讲给他听，问该怎么办。

小昆沉吟片刻，说："那我去跟他讲清一下吧。"

艾米不干："你跑去讲，他肯定以为是我逼着你去这样讲的，那他肯定不信。"

"那我——带个女朋友去给他看看？"

"还是不行，他会以为我串通了你去糊弄他。"

小昆两手一摊，无奈地说："那你说怎么办？我只能想到这几个办法了。我住在这里，让你背了黑锅，让他产生了误会，我感到很过意不去，我愿意弥补，但我不知道怎么洗刷你。"

艾米听出小昆的不高兴，检讨说："对不起，这不怪你。我也只是乱猜的，怕他有了这个误会——"

"艾米，如果他真的还在爱你，什么样的误会他都会想法澄清的。如果他因为我住在这里，就不理你，说明他连争取都懒得争取一下，你——还留恋他干什么呢？"

"他这个人——是——很为别人着想的嘛，如果他以为你——是我男朋友，他肯定是成全你喽。"

"爱情没有什么成全不成全的，他成全我，你不爱我还是不爱我，我不相信他连这点也不懂。关键还是看他爱不爱你，他爱你，肯定是不顾一切地来追你，来争取你。既然他不来追你，说明他——不爱你。再说他也是刚知道我住在这里，但他回到C城半年了，都没来找过你，这难道还不能说明问题吗？"

艾米一言不发，愁眉苦脸，小昆无奈地说："其实我也没什么资格劝你，我自己也是这么傻，明知道你的心根本不会给我，还是这样傻乎乎地等着。早点睡吧，我会想办法澄清他的误会的。"

第二天下午，艾米从学校回来，见小昆烧了一大桌子菜，还买了红白葡萄酒各一瓶，在等她回来吃饭。她吃惊地问："你——这是——"

"来，给我饯行，我要去F州打工去了。车我开过去，我在美国买车上不了title，所以只能开你的车。"

艾米一听急了："你在这里打工打得好好的，跑F州去干什么？"

"反正我是个打工的，走到哪里都是打工，也不一定要在B城打。以前赖在你这里，只是——有那点虚幻的——前景，以为迟早你会——忘了他，再就是贪图那点——家的感觉。其实那也是很自私的，等于是把自己强加于你。我走了，成钢自然知道我们之间——没什么了。也许他仍然会认为我们以前有过什么，但你不让我去解释，我也没法。我只能做到不让他误会越来越深，不然你肯定要恨我一辈子。"

艾米傻呆呆地看着他，结结巴巴地辩白："我——真的——没——没叫你走的意思，你一个人跑F州去，孤孤单单的——何必呢？"

小昆不说话，只给两个人满上酒，见艾米不喝，便一个人一杯接一杯地喝，喝得艾米胆战心惊，劝也劝不住，只好呆呆地看他喝。喝完了一瓶白的，小昆才说："我这是借着酒劲，仗着酒胆，说你两句，这些年来，我在你面前可以说是奴颜婢膝，总是想讨你欢心，不敢说你，怕说了你会不高兴，彻底把你失去了。

现在我也没什么怕的了，就说你两句，行不行？"

艾米猛点头，把酒瓶从他面前拿走了。

小昆庄严肃穆地说："艾米啊，我觉得你到目前为止，还没弄懂爱的真谛。你爱一个人，就是要得到他，要他爱你。你总是伸着手，问他：'你的爱呢？拿来我看，拿来我看。'他给你了，你就在掌心拨拉两下，不满足地说：'就这些？就这么一点？还有呢？你都给别人了？'或者就手一翻，扔地上了，说：'这哪是爱？我要的爱不是这样的。'

你从来没有想过'我给了他多少爱'，'我这样爱，他喜欢不喜欢'。你心里爱他，想他，在乎他，但是你没行动。你不为他着想，你不站在他的角度想问题，你不设身处地想想他的心情，他的需要，他的苦衷。

他从收审站出来，真的可以说是九死一生，很多人都关得精神失常，出来后不是孤僻怪异就是暴躁伤人。他算是很不简单的了，他又要照顾到你的情绪，又要履行责任义务，就像走在鸡蛋壳子上一样，步履维艰，如果换了别人，肯定疯掉了。但是你那时总跟他闹，我早就说了，你连成钢这样好脾气的人都能搞得他发毛，你说你厉害不厉害。

现在你知道他有了一个ABC，你还到他面前晃来晃去，你这样就搞得他左右为难，不能好好爱那个ABC。他跟你有那个约定，不会在你先结婚。但他是个男人，这样禁着熬着，不难受得要死？你要真的爱他，我劝你自己找个人，好好过日子，也好让他找个女人，过过正常人的生活。"

夜晚，艾米躺在床上，越想越觉得小昆的话很对。不管Jason有没有ABC，他肯定是不爱她了，因为他回C城半年了，都没来找她，说明他已经move on了，那么也许他最希望的就是她也能move on，就像他说的那样，"还是你赶快结婚吧，免得老拖着我"。

她想，是不是干脆就跟小昆结婚算了？那样Jason也可以结婚了，小昆也开心了，岂不是两全其美？至于她自己，一旦确定不可能跟Jason在一起了，她觉得跟谁结婚都没什么区别，反正都是男人，都是那几件事。

她觉得自己就是跟Jason在一起的时候比较挑剔，因为太在乎他了，太希望他爱她了。跟别的人相处，没有处不好的，所有的人都说她大方、随和、开朗、幽默，是个好相处的人。她对自己很有信心，不要说是小昆这个爱她的人，即便是个王八蛋，她也能跟他处好。

她打定了主意，就起床上了趟洗手间，故意"开着，心想，如果小昆摸进她房间来了，她就半推半就算了，或者半推也不用了，全就了吧。如果等半小时小昆还没摸进来，她就去他房间"勾引"他。她连待会说什么话，摸哪个部位都想好了。这些事情，一旦不掺杂感情了，就成了一个纯技术问题，或者技术都说不上，手工劳动，体力活而已，处理起来很简单，根本不用动脑筋，更莫说动心了，嚓嚓嚓，快刀斩乱麻，三刀两斧头就搞定了。

过了一会，小昆去上洗手间，上完了，从她房间门前过，帮她，"关上了，在外面说："艾米，你，"闩上吧，我——怕我会做出什么——不好的事来。"

艾米坦率地说："我——是特意，"开着的，进来吧——"

小昆踌躇了一会，轻轻推开门，走到她床边坐下，试探地拥住她，见她没反对，便急风暴雨地吻了一阵，喘息着说："真是等你等到我心痛了，再等——花儿就要谢了——"

62

　　小昆吻着吻着，手就伸到艾米睡衣里去了。但她没有眩晕或者酥软的感觉，反而一阵心酸，想到自己走出这一步，就再也没有回头路了，脑子里突然冒出一句俗得不能再俗的话，"永别了，Jason"，眼泪就顺着脸颊流下来。

　　小昆似乎感到了什么，从她睡衣里抽出手，开了灯，见她满脸是泪，脱口惊叫道："What's up，man？"

　　艾米一听他那曲里拐弯的"man"，忍不住"扑哧"一声笑出来，小昆也很尴尬，跟着笑了几声，解嘲说："我说怎么你的脸是咸的呢，还以为现在流行盐水美容呢。"他叹口气，"你这是何苦呢？我不过是说你应该忘记他，把自己的生活过好，我又没逼着你嫁我。你这么凄凄惨惨的，我有什么意思？"

　　艾米申辩说："我——不是凄凄惨惨，我这是——高兴呢，真的，我们明天就去——登记结婚吧，然后请Jason来——参加婚礼，那他就知道我move on了，他——也可以——早点结婚——"

　　小昆说："你以为这是黄继光堵枪眼，董存瑞炸碉堡？咬紧牙关一扛就扛过去了？这可是邱少云的干活呀，可能比邱少云还难受，邱少云烧一阵，就死尿了，你可是要烧一辈子的。"

　　"我知道，我——都想通了。我不结婚，Jason也老是不能结婚——怪——可怜的——"她拉拉小昆的手，"那——我们——接着来？"

小昆笑了一下："你——真以为男人是电动玩具？叫下去就下去，叫起来就起来？情绪是很重要的，你刚才这一哭，把我人都哭——软了。也真是奇怪，我跟别的女人做，根本不去管她爱我不爱我，跟你就不行。一想到你做这些，都是为了成钢，我就——下不了手，宁可帮你去把那个什么ABC手刃了。可能我被你带坏了，也讲起什么'性''爱'合一来了。不早了，睡吧，别胡思乱想了，也许还没到破罐子破摔的地步。"

第二天一早，小昆就起来了，往车里搬东西。艾米赶出去，劝他说："你别去F州了，你这样赌气走，我怎么能安心呢？"

小昆说："我哪里是赌气？我这不是起个党员的表率作用吗？我这就去摸索一下经验，看怎么把爱忘掉，等我成功了，我再向你传经送宝，帮助你提高觉悟——"

艾米知道是留不住他的了，只好说："那你开车小心，到了那边给我打电话，如果那边不好，就赶快回来。"小昆开车走了，艾米提心吊胆，怕他因为心情不好，开车出事。一直到小昆到了F州，打了电话过来，她才放了心。

那年的夏季学期，艾米就开始修统计系的课。她发现Jason也在统计系上课，只不过比她上的课高级一些。他们两人都有一节上午十一点的课，两个人每次都是匆匆忙忙打个招呼，就跑到各自的教室去了。

有一天，Jason等在艾米教室外面，看到她来了，就对她说："今天上完课了，我请你跟方兴吃午饭，介绍你们认识一样，以后你有问题可以问她。"

那天上完课后，艾米就跟Jason到学生活动中心旁边的一个快餐店去等方兴，过了一会，就看见一个年轻的中国女孩走过来了。远远的，Jason就告诉艾米，说那就是方兴。艾米看见方兴，暗中吃了一惊，因为方兴的个子和长相都有点像Jane，特别是那对水汪汪的大眼睛，极像。她不知道Jason意识到这点没有，她看了他一眼，他的神情看上去好像没什么异样。

Jason给她们两人介绍了一下，就问每个人吃什么，他好过去买。两个女孩点了自己的午餐，Jason就走到服务台前买去了。方兴问艾米："你在修统计的课呀？准备拿个硕士？"

"嗯，英美文学专业找工作太难了。"

方兴说："好多别系的人都在修统计的课，有点像前几年，大家都去修电脑的课。下学期，我也去修电脑的课。"

艾米有点不懂："这两年——电脑已经不吃香了，你还修干吗？"

方兴嘻嘻笑着说："因为下学期Jason要教一门课，Web Programming（网络编程），我想去修修。他以前修过我教的一门课，说我一日为师，终生为母。等我下学习去修他的课，让他一日为师，终生为父。你也去修吧，我们还可以一起做project。"

正说着，Jason端了午餐走过来，问："讲什么呢？这么开心？"

方兴笑着说："讲你的坏话。"

方兴跟艾米似乎很有眼缘，真是一见钟情，当场就交换了电话号码和地址，方兴还把她在统计系的办公室告诉了艾米，让她有了问题可以到那里去找她。

后来，艾米有了统计方面的问题就去问方兴。方兴有个roommate，叫唐小琳，艾米去了几次，跟唐小琳也搞熟了，三个人成了好朋友。不过唐小琳因为有男朋友，没有太多时间跟她们在一起，所以大多数时间是艾米和方兴在一起。处得熟了，两个人之间就有了很多girl's talk（女生之间的私房话）。

一天，方兴到艾米住处来找她玩，艾米洗了些葡萄，两个人边吃边聊。方兴问："你以前就认识Jason，他在中国的时候有没有女朋友？"

艾米听她的口气，还不知道Jason和自己那段，决定还是不要说出来，于是说："听说有，不太清楚。怎么啦？"

"只是想看看他是不是——gay。"

"你怎么会认为他是——gay呢？"

方兴推心置腹地说："你不要告诉他我这样猜他，我怕他不高兴。我猜他是gay，主要是他——好像从来没女朋友。"

"噢？可是我听说他有个ABC女朋友呢。"

"我也听说过，而且我还看过照片，但是——毕竟没亲眼见过，有点——不太相信。"

"你见过他那个ABC的照片？是不是一张侧面像？"

方兴说："我看到过两张，一张是侧面的，还有张是他跟那个ABC的合影。如果光是侧面的那张，我是不会相信那是他女朋友的，因为在哪儿不能弄张照片来放在自己钱包里？但是那张合影——我就有点信了，你不知道那张照得有多——肉麻——"

艾米想，怎么没听甄滔说过有什么肉麻的照片？"多肉麻？总不会是——春宫照吧？"

"春宫可能算不上，不过也——太大胆了。照片上那女孩仰着头对他笑，而他——一只手搂着那女孩，另一只手就——插到那女孩胸前的衣服里去了——真看不出他还会照——那样的照片，平时看上去——挺害羞一样的——"

艾米觉得浑身发冷，如果说以前她还有百分之一的希望，认为那张侧面照是她自己，那现在这张肉麻的是绝对不会是她自己了。她跟Jason没照过多少合影，都是他为她照。有一两次她拉着过路的游人为他们俩拍了合影，但都是她挽着他的胳膊，不要说他把手插进她胸前的衣服里去，他似乎连搂着她都不敢。他在人前是个很胆小的人，不愿意做公开表演。看来他跟这个ABC是真的爱疯了，居然拍出那种照片。

方兴分析说："如果他是个gay呢，那张照片就好解释了。你说他以前在中国有过女朋友，那我就有点搞不懂了，是不是后来变成gay了？gay到底是先天性的还是后天性的？"

艾米说："我也不知道，不过你管他是gay不是gay呢？反正你又对他没兴趣——"

"我看你是个嘴紧的人，所以跟你说说，你不要告诉别人。"方兴见艾米点头了，就放心地说，"主要是我——有点喜欢他，应该说是很喜欢。我教他那年，就——开始了。我那时不好有什么——行动，怕他以为我在利用我的权力，后来我没教他了，我——试探过他几次，但他——好像没什么反应，而且还说起他的那个ABC来了。本来我也就算了，但这次他回来读博士——我不知道他是不是因为——我——"

"他说是因为他被公司lay off了。"

方兴摇摇头："我有个同学也在那家公司，我听我同学说他不是被layoff的，是他自己辞职的。公司给他办了三年的H-1，早几天还在跟我那同学谈办绿卡的事，怎么突然一下，他就辞职了。你知道，C大的电脑也不算最好，他完全可以到别的学校去读，但是他——回了C大，他说以前在C大修过一些统计课，想接着修，拿个统计硕士。而且我同学说他们住一栋楼，好像从来没看见过他有女朋友。"

艾米觉得心里很难受，但她强忍着，想替方兴高兴高兴。小昆说得对，爱一个人，不能光想着问他要爱，而应该多想想你给了他多少爱。方兴长得像Jane，Jason一定对她有种特殊的感情，他对Jane的那一腔爱可以毫无保留地倾注在方兴身上。

她鼓励方兴："我觉得很有可能，你应该——再大胆追求一下。他这个人——在爱情上——不够主动，推一下，动一下，但是如果你——追到手了，他也是很——宠你爱你的。"

方兴笑着问："你怎么知道？是不是你当年这样追过他？"

艾米赶快否定："没有，没有，我是他导师的女儿，就算我追他，他那样的人，也会顾虑这顾虑那，不敢跟我在一起。"

"你这样说，我倒是很相信。"方兴想了想，"我马上过生日，你可不可以做个主持人，请一下Jason？我一个人请他，他肯定是不会来的，但是我们好几个人请，他就比较大方一些。我们把唐小琳也叫上，这样人多势众，他就不会拒绝。"

过了几天，方兴把唐小琳和艾米都约到一起，商量她生日庆祝的事。唐小琳听了她的计划，没什么反对的，只是提出了一个担心："Jason这个人，我知道，他只要有more than one（不止一个）女孩在爱他，他就不会选择任何人。我也——骚扰过他几次，但我现在有男朋友，构不成威胁。倒是艾米这样single的，肯定会有影响。"

艾米说："你怎么把我也算进去了，我又没骚扰他——"

唐小琳像看相一样地看了艾米几眼，说："我敢打赌，你如果不是以前爱过他，就是现在掉情网里了。现在有你们两个人——我怕他不会选择任何一个人——"

艾米急忙申诉："谁说我掉情网里了？我——也有男朋友的——"

唐小琳说："你有男朋友？在哪？你掉没掉进情网，我一眼就看得出来，嘿嘿，我是群众，群众的眼睛是'刷'亮的。"

方兴的眼睛好像也被刷亮了一样，连声附和："就是，就是，你肯定是掉进情网里了，你还不告诉我，你看我把什么都告诉你了，你这个人，太不够朋友了——"

艾米说："真的，我有男朋友，生日聚会那天我带给你们看，也带给Jason看。"

唐小琳嘻笑着说："管他是不是你男朋友，带个人去就行。"

离方兴的生日还有十天左右，艾米不知道到哪里去弄个男朋友带到生日会上去，但她拿定主意要弄一个。她觉得自己经过小昆那番教育，真的是觉悟提高了。可能Jason就是像唐小琳说的那样，一定要大家都搞定了，他才能把自己搞定，那就成全他吧。小昆说得对，Jason也一把年纪了，一个男人，这么好的青春岁月都花在禁欲上了，实在是件痛苦的事。

她想来想去，想不出谁可以做她的男朋友。她自己系里没什么中国男生，别的系的男生，有过几个对她有点意思的，她也是早早就断了别人的想头，现在想一下子找个男朋友，就算自己肯厚着脸皮提这个要求，别人还不知道干不干。

她想，唐小琳说得对，其实也不必真的找个男朋友，请个人在生日会上混混不就行了？但是谁愿意这样去混混，谁又能混得不露马脚而且事后又不会夹缠不清呢？

最后她想到了一个合适的人选，是个美国人，中文名叫白瑞德。

63

　　"白瑞德"真名叫Richard White（理查德·怀特），以前在Jason班上学过汉语，艾米在Jason班上跟班辅导的时候认识的，后来"白瑞德"一直让艾米做他的家教。

　　"白瑞德"这个中文名还是Jason给他起的，Jason曾评论过傅东华翻译的《飘》，觉得傅氏对人名地名的译法，虽然今日读起来有点好笑，但在当时还是颇有积极意义的，因为那是个"南斯又在拉夫，美洲又在拉丁"的年代，中国读者被翻译小说中那些又臭又长的外国人名弄得大倒胃口，傅东华的三字人名的确起到了推动阅读的作用。

　　"白瑞德"自称"小白"，汉语说得不知道是像山东话还是像河南话。Jason说小白算是他那个班学得很好的学生，但不知道怎么回事，无论他怎么教，小白的普通话都有点地方口音。

　　小白觉得自己汉语语言已经学得挺不错的了，所以只叫艾米教他有关中国"温华"和"温雪"的知识。小白比较爱挑别人汉语的毛病，老说鲁迅的虚字眼用得不够好，比如鲁迅的文章里面总说"对了门槛坐了"，小白就批评说，这是用错了"虚字眼"，应该是"对着门槛坐着"。

　　小白总说汉语的灵魂就是"虚字眼"，同样的词，跟个不同的"虚字眼"，意思就完全不同了。比如"来了"跟"来过"就不同，不同就不同在"虚字眼"上。

可能因为太重视"虚字眼"，小白说话的时候，就没法把"虚字眼"给虚下去，总是读得跟不虚的字眼一样重，有时甚至更重。他说"我来了"，就一定说成"我来——LE–EE——EE"。这最后一个"LE"音，发得特别重特别响，而且拖得很长。每次一到艾米门口，就说"我来了——"，这个"了"要从房门口一直拖到了客厅坐下才结束。

艾米纠正了他很多次，都是纠的时候他注意了，用的时候他又忘了。艾米也没办法，只好让他"LE"来"LE"去。儿化音更是没治，都是读得特别重，"玩一会儿"一定读成"玩一会，儿——"，"吃一点儿"一定说成"吃一点，儿——"。

艾米觉得如果叫小白冒充她的男朋友去赴宴，他一定会喜欢这个idea（点子，想法）。美国人好冒险，好做些稀奇古怪的事，现在有个机会行骗，又能研究一下中国的dating（约会）"温华"，小白一定是乐于搅和一下的，而且美国人直率干脆，事后应该不会纠缠不休。

下次小白来学中国"温雪"和"温华"的时候，艾米就把这个idea给他讲了一下，小白太感兴趣了，恨不得当天就是生日聚会。艾米给他交代了一些注意事项，告诉他哪些能做哪些不能做，不要做得太过火，让人看出破绽。小白一一答应了，有的还用笔写下来了，搞得艾米有点担心，怕他老人家太认真，走火入魔了。

方兴的生日聚会很成功，唐小琳带了她的男朋友张建，艾米带了她的男朋友小白，加上方兴和Jason，正好三对。小白可以说是超常发挥，除了宣布他在跟艾米"搞对象，儿"和叫她"宝贝，儿"的时候让大家狂笑不已以外，其他都做得中规中举。

聚会完了的时候，艾米就跟小白钻进了一辆车，唐小琳也跟张建钻进了另一辆车。方兴本来是坐唐小琳的车来的，现在大家都说不顺路不顺路，让Jason送方兴一下。

艾米回到家，心里老惦记着方兴和Jason。她相信Jason对方兴有一种特殊的感情，不然就不会惦记着他的统计学位，辞职跑回C大了。她想到他们此刻可能正在互诉衷肠，觉得有点酸溜溜的感觉，知道自己的爱还是算不上无私，不知道哪天才能真正做到"爱着他的爱，痛着他的痛，幸福着他的幸福，快乐着他的快乐"。她觉得自己可能就是个小人，永远也不可能有那么高大，最多也就是faking一下高大。

她正在那里发呆，Jason突然打电话过来："艾米，你可不可以到方兴那里去看看，我有点担心她——"

艾米慌张地问："怎么啦？"

"你先去看看，但不要问她什么。如果有事就打电话给我，如果你不打电话我就知道没事了。"

艾米慌忙跑到方兴那里，敲门，没人应，她吓坏了，使劲地又敲又推，大声叫方兴的名字，差点要跑隔壁打电话了，结果方兴从楼梯上来，问："艾米，你在干什么？敲这么重，叫这么响，我还以为地震了呢。"

"我——来看看你，是——Jason叫我来的。"

"他叫你来看我干什么？"

艾米老实承认："他好像很担心你，我也不知道具体原因——"

两个人进了屋坐下，艾米问："怎么啦？不顺？"

"顺什么顺？都是你们出的馊主意。"方兴发了一会愣，说，"他又扯出他那个ABC，我就跑掉了，难道还要我坐那里听他慢慢讲他们怎么恩爱的？"

"你这样跑掉，难怪他担心。"艾米一冲动，就把Jane的事讲出来了，但把她自己跟Jason的事都省了，她总觉得方兴跟Jason还是有希望的，可能Jason还需要一点时间，才能把方兴彻底当做Jane。

方兴边听边流泪，听完了，叹一口长气，说："我一直——觉得——他心里有个什么——结，原来是这样。唉，他也蛮可怜的，难怪——他叫你来看，大概怕我也——寻了短见，其实现在哪里还有女孩会这样——傻？不过碰上过一次，难免多担一些心。你说我长得像Jane，那他可能更不愿跟我在一起了，因为我会时时让他想起那段——往事。"

艾米安慰说："你不要这样想——"

方兴坚持说："我觉得就是这个原因，我看我是没什么希望了，死了这条心吧。"方兴拿起电话，"我给他打个电话吧，免得他担心。"

"他说——有事跟他打电话，没事就——不用打。"

方兴坚持说："我还是打一下吧，跟他说说清楚，让他放心，不然他以后还为我担心。"

艾米觉得眼泪都快流出来了，知道方兴爱他，真的不比自己少。她告辞了，让方兴打电话。回到家，她想起方兴的话，有点明白Jason为什么老躲她了。他跑到国外来，是为了忘掉Jane的，但跟她在一起，他就不可避免地会想起那一段，难怪他对她是能躲就躲。

从那以后，方兴和艾米都没再"骚扰"Jason了，后来她们把Jane的事也告诉了唐小琳，叫她也别去"骚扰"Jason。唐小琳说："你们都是庸人自扰，Jason是第一大庸人。有人为他死，是他的光荣，应该感到高兴、自豪、得意，应该大力吹嘘，广为宣讲。我一直都在撺掇几个人为我打架为我死，总没有成功，TMD，也不知道现在的男人怎么这么怕苦怕死。你看我们女人多勇敢，一声不吭地就死了。"

方兴说："你可别撺掇别人为你死，如果真死了，你要负责的。"

"我负什么责？只要我没拿刀砍你，没用枪逼着你自杀，无论我说什么，做什么，你自杀了都是你自己的事。就算我骗了你，我上了你，我始乱终弃了你，那又怎么样？是你自己傻，好骗，你要自杀说明你心理承受能力太差。心理承受能力差的人，就不该活在这个世界上，这就像那些自然流产的胎儿一样，既然流掉了，就说明有问题，保存下来也是个——麻烦。"

艾米和方兴被唐小琳这番惊世骇俗的理论说得目瞪口呆，艾米说:"你——你这简直跟希特勒有一比,叫你唐特勒算了。"

方兴说:"我希望你能把你这套唐氏理论对Jason说说,好好开导他一下。"

唐小琳莞尔一笑,说:"我找抽呀?我才不会跟他说这些话呢。我跟他说的都是他爱听的话,像什么生死相恋啦,至死不渝啊之类的,投其所好,才能得其芳心嘛。不过他这人太迂腐,总要把他那小弟弟供在爱情婚姻的祭坛上,开口闭口就是'我不能给你爱情和婚姻'。

切,谁在问他要爱情婚姻?只是想跟他happy一下。他真是暴殄天物,浪费国家财产,太可惜了。你们发没发现?他鼻子又高又直,说明他武器精良。头发又黑又浓,说明他肾不亏,体不虚,精力旺盛,床上肯定厉害。

如果他不是这么迂腐,自己又能happy,又可以让别人happy,多好?有一个爱他,他就接受一个,有两个爱他,他就接受一双,大家好好安排一下,谁也不争不吵,保证风调雨顺,天下太平。过个几年,地上就有一排小Jason走来走去,那多过瘾?"

2005年的3月,艾米在Sara的生日聚会上认识了一个刚来不久的中国女孩,英文名字叫Carol(卡罗尔)。回来后她就跟方兴说:"这个Carol肯定是迷上Jason了,今天吃饭的时候,看他看得眼都不眨。我们去开导她一下吧,免得又多一个伤心的妹妹。"

方兴说:"你算了吧,说不定Jason会爱上她,咱们别多事了。"

艾米也没时间去"开导"Carol小妹妹,她正忙着找工作,因为她知道Jason在找工作,她潜意识里总是要跟他同步的。他说他是全国撒网,所以她也全国撒网。

后来艾米听说Jason要留在C大,她考虑了一下,向统计系递交了个攻读博士学位的申请,那样就可以再在C大待几年,以后拿到博士了,就在C大或者附近找个工作。

她早已不再指望跟Jason破镜重圆了,但她老想待在一个有他的地方，就是远远地看看也觉得很开心，更何况还可以逢年过节生日什么的，跟他在一起吃吃饭。她想，等到他成了家，安定下来了，他就不会老是躲她了，他们可以做个一般朋友。她一定会像静秋爱他父亲那样爱他，爱他的孩子，爱他的妻子，爱他们一家，成为他们一家的好朋友。

但到了六月，Jason突然告诉她，他已经决定回中国了，这个消息把她搞蒙了，不知道他为什么会突然作这个决定。她把方兴、唐小琳和Carol叫来开了一个"三国四方"会议。

大家一致认为Jason是因为网上网下有more than one女孩在追他，所以他老毛病又犯了，想逃跑了。最后大家都决定让Carol一个人去把他搞定，其他人赶快找个"主"，这样就把网下的more than one的问题解决了。至于网上嘛，大家决定码篇小说出来，把网上那些追求者杀个片甲不留。

过了几天，Carol把三国四方都叫到一起，问她们知道不知道Jason的女朋友是谁。几个人都说Jason没女朋友啊，你怎么想起问这个问题。Carol吞吞吐吐地告诉她们，说她"勾引"Jason了，但没成功，Jason死咬着说他有女朋友。后来她求胜心切，就做了件很愚蠢的事，把Jason弄伤了。

几个人一起问："你做了什么愚蠢的事？"

Carol把事情经过讲了一下，几个人都愣住了。唐小琳打破沉默，慨叹到："功亏一篑啊！你再多搂一会，他就投降了，你伸手去摸个什么呢？等他投降了，你还愁没得摸？不过，你也算不简单了，想我堂堂的勾家帮帮主，也还没进行到这么远。感谢你为我摸索出经验教训，看来要从后面偷袭他。Carol，不怕，不怕，很有希望，只要他坐怀能'动'，就不愁他不'乱'。"

艾米担心地问Carol："你把他哪里弄伤了？"

Carol指指右手腕，几个人都舒了口气。唐小琳说："你简直把我吓死了，还以为你把他那玩意弄伤了呢。手腕不要紧，不碍事，照做不误。实在不行，采取女上位也可以。"

方兴问："伤得重不重？"

Carol泪汪汪地说："缝了几针——"

艾米担心地问："你——到他面前去——切腕了？"

Carol乱摆头："没有，没有，我只是——拿着一把刀去了他APT，但我没有想过要去——切——他叫我把刀放下，我——就用刀在手腕那里比比画画，他就过来夺，我就——晃来晃去——也不知道怎么的，就把他——"

唐小琳说："我看还是那个老问题，你们两个说找男朋友，但是没行动，Jason看到你们三个人在追他，就肯定要逃跑——"

方兴和艾米都申辩说："谁追他了？早就get over他了，这人真是有毛病，太自作多情了——"

唐小琳说："重点问题是艾米，因为他跟你有过约定，你没男朋友，他就不会有女朋友。我看还是跟以前一样，方兴生日party（聚会）的时候，每个人都把男朋友带去，Carol你除外，我们都指望你留住Jason了，你不要泄气，继续努力。世界上没有攻不下的城堡，关键是要坚持。"

Carol看上去就没那么有信心了："你们把这么重的担子放我肩上，我挑不动，我——已经黔驴技穷了——"

唐小琳说："有我唐小琳在这里，谁敢说黔驴技穷？马上来一新招。这次我来主持吧，我们到Lake Martin（马丁湖）去玩，那里可以烧烤，可以游泳，还可以开摩托艇。Carol你到时穿性感点，我安排你跟他上一辆摩托艇，开到湖心岛附近，你就歪到水里去，他敢不去救你？等他把个湿淋淋的你抱怀里了，你就装着被水淹糊涂了，死搂着他，在他怀里扭来扭去。现在大热天的，恐怕他'春心'都不止了，该是'夏心'骚动了，就算他是杨伟哥哥，他也过不了这一关。"

64

于是艾米又开始找"男朋友"了，两年前请小白行骗一举成功，使她信心百倍，成竹在胸，知道这事最重要的是找一个优秀的骗子。她把远远近近的候选人都拿出来考虑，看谁可以召之即来，来之能骗，骗之能胜，挥之即去。头号骗子当然是小白，可惜的是小白已经毕业了，去了很远的G州，不能找来客串。小昆已经回了中国，去经营他跟人合开的那家厂去了。其他男生都太忠厚善良，一本正经，不具备骗子的基本素质。

最后真是踏破铁鞋无觅处，得来全不费工夫，一个优秀骗子自己找上门来了。

这个骗子叫何塞，农学院的，是中美洲某个巴掌大的国家的人，长得人高马大，轮廓分明，一脸络腮胡子很有男人味，但一头卷发又留得长长的，在脑后束成个马尾。这骗子经常穿一双靴子，好像还能丁零当啷响一样，腰上也是横七竖八地挂着一些什么链子类的东西。

何塞是艾米在舞蹈系修课的时候认识的，她去修那课，完全是因为Jason在修那课。可惜的是方兴也在修那课，艾米只好把Jason让给方兴，自己多半是跟何塞配对跳。

这个暑假，何塞在英文系的Writing Center（写作中心）修课，刚好是艾米做TA（助教），他经常来找艾米帮他修改作文。何塞的那一笔英文就真叫写得好，每次都差不多要帮他重写才行，他口语也很糟糕，不知道他是怎么能到美国来读博士的。

艾米觉得何塞不会讲汉语，英语又不好，太具备行骗的素质了，即便他说漏了嘴，也可以说是因为他英语不好说错了，遂决定请他行骗。等何塞下次来的时候，艾米不光帮他修改作文，还请他吃饭，把何塞吃得摇头晃脑，志满意得。艾米趁他正在兴头上，就把请他行骗的计划说了一下，何塞一口答应了，摩拳擦掌，虎视眈眈，那样子不像是去行骗，倒像是去行刺。

艾米把骗子prep好了，就带着他上门去邀请Jason参加方兴的生日party，因为唐小琳交代过她，叫她尽早让Jason知道她名花有主，最好赶在他定票之前。

Jason很爽快地答应去参加方兴的生日party。何塞看见Jason的吉他，连忙走过去拨弄起来。Jason看他一眼，问艾米："怎么？不等小白帮你办身份就换了主了？"

艾米一愣，不知道他在说什么。过了一会，才明白过来，大大咧咧地说："庸俗庸俗，难道我就是那等小人？"

"看来爱风南渐，从北美吹到中美去了，下次该找巴西的哥们了吧？"

"鼠目寸光了不是？"艾米嘻嘻笑着说，"下次得冲出美洲，走向世界了，打算到非洲去找个正宗老黑。"

"看来你是立志外嫁的了，换来换去都是老外。"

"不就两个吗？谈得上什么换来换去？"

Jason伸出一只手，帮她count（数数）："Yoshi不是外国人？小昆不是外国人？"

艾米"扑哧"一笑："小昆是什么外国人？J市土生土长的吧？"

"他是加拿大人嘛。"

艾米一愣，想了想，真的呢，小昆早以入了加籍了。这真是巧合，这四个全是"外国骗"，没一个是"国产骗"。

Jason见她愣愣的，开玩笑说："你这么崇洋媚外，当心C大的中国男生联合起来斗争你这个汉奸啊。"

她对他谦一个大虚："哪里，哪里，汉而不奸，汉而不奸，汉傻而已。"

Jason看看何塞，警告艾米说："小心哪，我记得这哥们的脾气很火暴的——"

艾米心想我又不是真的跟何塞谈恋爱，过两天就拜拜了，怕什么？于是说："切，他火暴得过我？"

方兴的生日party很热闹，但唐小琳设计的"英雄救美"进行得不顺利，她倒是把Carol跟Jason硬塞到一辆摩托艇上去了，但Carol很快就回来了。唐小琳看看表，咋呼说："这时间也忒短了吧？看来他是个快枪手，难怪——"然后注意到Carol的衣服还是干的，就问，"怎么回事，难道你歪下水之前先脱了衣服不成？"

Carol说Jason的伤口前几天在楼下劝架时震开了，重新缝合过，不能见水，所以她没好意思歪水里去。唐小琳狠狠把Carol骂了几句，说你以为你是在疼他？你这是在害他，你不把他留住，他落到国内那些小妞手里，还不几下就玩残了？

party完了之后，何塞送艾米回家，说要进去喝点水。艾米让他坐在客厅沙发上，自己到冰箱去给他拿饮料。何塞突然跟上来，把她PIN在冰箱上狂吻。艾米大惊失色，知道自己火暴不过何塞，只好来个骗中骗，恳求说先让我上趟洗手间。

趁何塞松手的一刹那，艾米逃到自己卧室去了，关上门，在里面给他解释两人的约定，说只是让你fake（假装）的，你不要当真了。何塞在外面"Te Amo（我爱你）""Te Amo"地叫，艾米听不懂，但猜到是要跟她做那事的意思，她关紧了门，不敢出来，何塞只好讪讪地走了。艾米赶快给他发了个email，谢谢他今天帮忙，但请求他到此为止，Leave me alone（别再来烦我）！

隔了一天，何塞来敲艾米的门，她一听是他，就赶快，"闩上了，叫他离开。何塞坐在她门外，弹吉他唱歌。外面很快就围了一群小孩子，在那里唧唧喳喳，嬉笑打闹。邻居出来抱怨了，何塞才离去。

后来何塞隔三差五地就跑来找她，有时就在她门口弹琴唱歌，邻居出来干涉，何塞就不唱歌了，只坐在她门外，大声念他写的作文，说是来请教TA的。如果邻居上班去了，他又唱起来。后来有个邻居向学校police（警察）报了警，但等police来的时候，何塞早已不知去向。

Police问艾米要不要press charge（起诉）。艾米想了一阵，决定还是不要press charge，毕竟何塞也没把她怎么样，而且如果抓进去几天又放出来，那他可能会变本加厉。但她吓得要命，走在路上都担心何塞会从什么地方蹦出来，拦腰抱住她，塞进一辆车，拖到哥伦比亚去卖给毒贩子。

有一天，何塞又坐在她门外弹琴唱歌，她躲在门后叫他离开，说你不离开我就要报警了。何塞就不唱歌了，但坐在门外不走，"Te Amo" "Te Amo"地叫。艾米不知道这事何时才有个了结，心想干脆报警得了。正准备打电话，却听到电话铃响，她拿起一听，是Jason，问她干吗把何塞关在门外，是不是吵架了。

她支支吾吾地说："他——简直是疯了——"

"你不就是喜欢疯狂的爱情的吗？"

她反驳说："我喜欢的是疯狂的爱情，不是疯狂，他这不是爱情，只是疯狂。"

他在电话里笑，然后说："看来他真是在对牛弹琴了，他一直在Te Amo，Te Amo地叫，就是'我爱你'的意思嘛。你以为他在骂你？"他停住笑，问，"要不要我去把他赶走？"

"你怎么把他赶走？"

"我去跟他谈，叫他不要骚扰我女朋友。"

艾米担心何塞会把她请他行骗的事说出来，那她这些天受到的骚扰就算白受了。她说："这样不大好吧？我还是报警吧。"

"别报警，你报了警，要么警方不当回事，要么就把何塞赶回去了。前一段，有个发恐吓email的学生就被C大取消学籍，丢了身份，只好回国去了。何塞不过是爱得疯狂一点，应该罪不至此吧？还是我去跟他谈吧。"

她犹豫着说："那——好吧，你——现在在哪里？"

"在你门前的停车场，刚才从这里过，看到这么亮丽的一道风景——"

然后她听见Jason在门外跟何塞说话，不过说的是西班牙语，她听不懂。过了一会，就安静了，她想，是不是两个人同归于尽了？她不顾一切地打开门，结果他们两个都不在那里了。她四面一望，没看见Jason的车，她想，完了，他们到什么地方决斗去了。

她惊恐万分，要是打起来，Jason肯定打不过何塞，因为何塞比Jason高，样子也很武野，搞不好靴子是带铁刺的，说不定腰里还别着一把刀。她痛恨自己不听Jason的劝告，惹出这事来，如果Jason出点什么事，她会后悔终生。

她想到自己曾经是那样期望Jason为她打架，现在真的打了，她心里却只有担心和害怕，再加上遗憾，因为他已经不是她的了，他只不过是在为他的人文主义打架。

她正犹豫要不要报警，Jason打电话来了，说我们要借你的APT用一下，因为我那里不方便，她连忙说没问题。过了一会，Jason在叫她开门，她打开门，Jason跟何塞抬着一个箱子进来，何塞对她说，宝贝别怕，没你的事，让我跟他settle（搞定）。

艾米结结巴巴地问Jason："你们要——要——怎么——怎么settle？"

Jason笑了一下："斗酒。"

"斗酒？"艾米知道Jason喝酒不醉，但她不知道何塞是不是更不醉。她问："这——这有用吗？"

"他提出来的。他说他是个有赌德的赌徒，说话算数的。"

何塞大叫："No Chinese！No Chinese！（不许说中文！不许说中文!）"

Jason西班牙语翻译了一下，何塞很开心地冲Jason说："You too，you too（你也是，你也是）。"两个有赌德的赌徒很知己地开怀大笑。

何塞和Jason在饭桌边坐下，叫艾米找两个大小相同的杯子来倒酒。艾米找了两个杯子，为他们倒酒，他们两个对着喝。

喝了几杯，艾米有点急了。她听说喝酒不吃菜，特别容易醉，而且这次喝的都是洋酒，她不知道Jason喝洋酒醉不醉。她想给Jason倒少点，但何塞很狡猾，一见到Jason的酒好像少一点，就嚷嚷着换杯子。艾米无法，只好倒一样多。

过了一会，她看见何塞的脸喝得青铜二色，而Jason的两颊变得粉红一片，她看着这一红一绿两张脸，只觉得恍然如梦，不知眼前C城，今夕是何年，真不敢相信，在2005年的美国，一个博士和一个准博士，在用斗酒的方式解决问题。

不知道酒过几巡了，她看见Jason头上开始冒汗，她吓坏了，说你在出汗，不能喝就不喝了吧。他说没事，出汗是好事，酒就从汗里冒出来了。何塞又大叫No Chinese！No Chinese！

艾米看看何塞，他没出汗，她想，那好，看来何塞要输了。但是何塞马上申请上洗手间拉尿，艾米怕他把酒从尿里拉掉了，问Jason要不要拉尿，Jason摇头，艾米就喊不行不行，不能上洗手间。何塞说不让上洗手间，那我就在这拉了。艾米没法，只好让他上洗手间。

两个人就一个出汗、一个拉尿地斗酒，艾米觉得Jason吃亏了，因为出汗毕竟不如拉尿来得快。她急得要命，不停地问Jason要不要拉尿，问得Jason哭笑不得。她见他不拉尿，恨不得给他把一下尿，又吹口哨又晃荡酒瓶，弄些水的响声来，逗他拉尿，但Jason还是不拉尿。正当她快急死的时候，她听见何塞说了声"You win（你赢了）"，就取下颈子上挂的一个项链样的东西，给了Jason，然后砰的一声歪到地上去了。

艾米吓了一跳，生怕他在桌子角上碰破头呜乎哀哉，那就出了人命了。她跑上去察看了一下，还好，头没碰破，只是倒在地上睡着了。

艾米再看看Jason，似乎也很难受，他对她说："帮我泡杯浓茶，我要去洗手间吐一下——"艾米抢上去扶他，他摇头，说，"去吧，别跟着我，吐起来很难看的——"

艾米只好让他自己走到洗手间去。她听见他在里面呕吐，心疼得要命，赶快去泡了浓茶，泪汪汪地站在外面等他。

然后她听见他在漱口洗脸，过了一会，他从里面出来，脸色苍白，见她站在外面，就说："我们把何塞弄到床上去吧。"他们俩生拉活扯地把何塞弄到客厅的床上躺下。何塞鼾声如雷，而且有一种特殊的pattern（模式），每一声都好像要气绝身亡一样，但绝到了顶的时候，又一拉风箱回过气来，继续鼾声如雷。

Jason一屁股坐在客厅的沙发上，来不及喝浓茶，说了声："我在这睡一下——"就躺倒睡着了。艾米想把他弄到卧室的床上去，但完全搬不动，只好坐在旁边守着他。他额头上不断有汗冒出来，背上也在出汗，她就不停地帮他擦。他好像睡得很辛苦，轻声地哼哼，像生了病一样。她搬了个椅子放在他脚那边，把他蜷着的腿放到椅子上，让他睡得更舒服一些，然后她搬了个椅子坐在他身边，看他睡觉。

过了一会，他好像很冷一样，缩着身子，她赶快找个薄被子来给他盖上。再过一会，他又出汗，把被子也掀开了。她吓坏了，他这是不是在"打摆子"？她想打电话叫救护车，但他似乎又平静下去了。半夜的时候，他好像醒了一下，睁开眼，问："我——怎么啦？"

她告诉他，说你跟何塞斗酒，醉了。

他笑了一下，问："这算不算——打架？"

艾米刚想回答，他又睡着了。

何塞睡到第二天中午才醒来，醒来就大叫头疼，艾米让他喝了一杯浓茶解酒，他又躺了一会，起来蘸着果酱一口气吃了二十片面包，才算回过神来。他跟Jason拍肩拥抱一番，就要回去。Jason怕他开车出问题，跟艾米两个人把他送了回去。

回到艾米的住处，Jason把何塞的那个项链给了艾米，说何塞应该不会来找你麻烦，这个项链的小吊坠里装是他妈妈的照片，他指着他妈妈的坟墓发了誓的，赌输赌赢都不会来打搅你了。他开玩笑说："以后招蜂惹蝶就行了，别去招惹酒鬼赌徒，我回了中国，就没人帮你斗酒了。"

艾米好奇地问："他输了给你这条项链，那——如果你输了呢？"

他举起他的左手。

艾米惊呆了："你把你的手赌上了？那你还不如——就把我赌上，反正这事是我——惹出来的。"

"傻瓜，把你赌上，万一赌输了呢？"

艾米想了想："万一输了就报警。"

他哈哈大笑："愿赌服输，这是赌徒最重要的qualification（资格）。你根本没准备遵守赌约，你没有赌德，不是个好赌徒，不能跟你这样的人赌。"

65

　　Jason定的是八月十四日的机票，他不让艾米她们去送他，说送也只能送到安检门外，跟没送一样，何必要大家跑那么远？再说他的父母和奶奶都在他走前一周从加拿大赶过来了，就让他们去送吧。

　　艾米想想也是，差不多一进机场就是安检的门，不由得把布什狠狠咒骂一通，肯定是他跟宾·拉登串通好了炸世贸的，好提高他在美国人心中的威望。不是他们炸世贸，机场怎么会这么壁垒森严？登机口挥泪告别的感人镜头，怕是只能在电影里看到了。

　　她想到Jason将会一个人孤零零地候机，孤零零地走进登机口，就觉得心里很难受。难道就没有办法通过安检的门去送他吗？她冥思苦想，终于想到一个办法：送行的人不能进安检的门，是因为他们没机票，如果有一张机票，不就能进去了吗？

　　她马上给几个女伴打电话，把自己惊人的发现告诉她们，问她们愿不愿意去机场送Jason。Carol伤心地说她不敢去，怕到时候会哭起来，会拽着Jason不让走。

　　方兴已经去CA那边上班去了，唐小琳自Lake Martin（马丁湖）一役失利，就有点委靡不振，说那样好的机会都没有得逞，现在跑到众目睽睽的机场里面，还能干什么？就算勾家帮帮主亲自出马，怕也是回天乏力了。算了，不去想他了，就当他是杨家的伟哥哥吧，反正我也就是想拿他顶替Johnny Depp（约翰尼·德普）。

既然大家都不去，艾米就决定一个人去了。她买了张票，最便宜的那种，能进安检的门就行。

到了八月十四日那天，她开车到了机场，在电脑上换了登机卡，就进了安检的门。她知道Jason的航班，就到他的登机口去等他。她不知道自己待会要跟他说什么，也许就默默地坐一会，然后让他在她的注视中登上飞机，也让他的身影永远锁在她记忆里。

她坐在那里等Jason，想象他看见她的时候，会是多么惊讶。不知道他今天还会不会躲她，他躲避跟她单独见面已经很久了，有时她跟别人一起去找他，他似乎还不那么急于躲避，但如果是她一个人，他就老是找借口避开，不知道是怕别人起误会，还是怕她会把他"就地正法"了。她有时候觉得他太过分了，虽然她跟他在一起，不可避免地有一种想扑到他怀里去的冲动，但她的理智也不是吃干饭的。

离登机还有二十多分钟的时候，她才看见Jason拖着个小旅行箱、背着个lap top（手提电脑）走过来了。她站起来，向他走过去，想走得波浪起伏以显步履轻松，也想fake一个轻松愉快迷人的笑容，结果眼泪却不争气地涌上眼眶。她停下脚步，站在那里，睁大了眼，免得泪水流出来。他看见了她，但并不吃惊，等走近了，他笑着说："我赌赢了，你果然在这里。"

她吃惊地问："你跟谁赌？"

"当然是跟Jason那家伙赌。愿赌服输，"说完，就从上衣口袋里拿出一张美元，放到裤子口袋里去了，"你作证啊，我付了赌金了。"

她忍不住笑起来："你经常这样跟自己赌吗？"

他笑着说："谁不是经常自己跟自己赌？"

她想了想，点点头："嗯，可能人的一生就是自己跟自己赌，善良的愿望跟邪恶的愿望赌，错误的判断跟正确的判断赌——"

"哇，'窄学家'呀，连赌博这种事都能上升到人生的高度，了不起。不过当心太'窄'了钻牛角尖里了。"

"你才是哲学家，"她真诚地说，"你写的那些东西，很多都是人生哲学，很启发人的。"

他嘿嘿地笑："一本正经地说就是最好的搞笑，你搞笑起来比我厉害。我写了什么？都是loser（失败者）自己安慰自己的东西，要说有人生哲学，也是颓废的，你千万不要当真。你一向活得很自我，不要搞得跟我一样了。"

"为什么你不活得自我一些呢？"

他想了想："也许不是我活得不自我，而是别人把我理解得不自我了。当别人都认为那就是你的自我的时候，你也搞不清究竟什么是你的自我了。"

两个人走到几排椅子跟前，她坐了下来，他也坐下，但坐在她对面，中间隔着一个走道。她凝望着他，不知道说什么好。他好像有点心神不定，这里望望，那里望望，像在等人或是在找人。她想，他是不是约了什么人在这里见面？或者今天有人跟他同机？难怪他不让人送他。她有点后悔没事先告诉他就跑来了，现在可能当了电灯泡了，他一定在心里怪她没眼睛。

她犹豫着问："你——你是不是在等人？如果你约了人，我可以——避开——"

"没有约人啊，为什么你——这样说？"

她笑了一下："我看你东张西望，心不在焉的，好像在——等什么人一样。"

"噢，没什么，随便望望——要走了嘛——"

她觉得他心里对美国似乎还是有点依依不舍的。她想把话头扯到别处去，免得他为即将离开美国难过。但她不知道要说什么才不会引起他的离怀愁绪，只好尴尬地坐在那里，垂着头，看自己的脚。

他慢慢地猜："谈话的topic都写在脚指头上？地上有个帅哥的像？新买的鞋？好漂亮噢——"他见她仍是不说话，就问，"你这个口水佬怎么今天没话说了？"

她抬起头，发现他正望着她，但一跟她视线相遇，他就望一边去了。她小声说："不知道说什么好了。"

他夸张地说："Wow（哇），今天忘了看看太阳是从哪边出来的了。"他想了想，说，"那我来想几个topic吧。你们写的《温柔》，准备让我怎么个死法？"

她急忙制止他："现在别讲这个，不吉利——你回去后，还会不会跟着看？"

"你老人家主笔，我老人家主角，还能不看？不过听说国内很多地方不能上《文学城》，要不你在《天涯》也贴一下吧。"

"我会贴的。"她犹豫着说，"我——还想把我们的故事写出来——如果你没意见的话——"

他扬了扬眉毛："我们的故事？我们有什么故事？"

她很伤心，但没显出来，淡淡地说："可能对你来说，那——算不上——什么故事。"

"故事，故事，就是故旧的事嘛，一个故事，只有到它完结了的时候，才好写出来。没有成为过去，怎么算得上故事呢？"

"如果你觉得不好——那我就不写了。"

"我没觉得不好，我不过是随便说说，你想写就写吧。不过不要贴在原创坛子里了，那里的人看我的名字已经看腻了，就贴你博客里吧。"

她看看时间不多了，抓紧时机问："你这个职业逃犯再度潜逃，到底是在逃避谁？是不是网上有人在威胁你要自杀？"

他望着斜对面什么地方说："没那么危险——"

她顺着他的视线望去，那里是一个书店，她想，他看着个书店干什么？是不是他约的人会在书店等他？她恳求说："你都要走了，难道还不能告诉我你为什么要走吗？开始以为你是因为好几个人在——骚扰你，你才决定逃跑的，但是现在我们不是都——get over你了吗？你为什么还是要走呢？"

"只是一个综合考虑——"

"综合考虑，"艾米叹了口气，"你当年也是这样对我说的，八年了，还是拿这作为一个理由来糊弄我——"

他也学着她叹口气，然后说："我当年说的是真话，现在还是真话，我从来没有糊弄过你。你总爱把我往复杂方面想，往高深方面想，往高雅方面想，其实我很简单，考虑问题非常不高深，也不高雅，满脑子是——平庸和——龌龊的东西——"

她饶有兴趣地说："说说看，你有多么龌龊？"

"太龌龊了，不能说，说了污染机场。"他转个话头，问，"你——H州那边的工作——定下来没有？"

她没什么心思谈这些，简单地说："定下来了，我已经办了OPT，不去工作就浪费了。"她本来想告诉他，她准备边工作边做博士论文，争取半年内答辩，拿到英美文学博士学位就回中国去，找个高校去当老师。但她怕她这样一说，又把他吓得躲起来了，她就把这一部分吞了回去。

他问："那——有没有人帮你搬家？"

"公司给了relocationfee（搬家费），可以请人搬家。嘿，别扯这些鸡毛蒜皮的事了，说点重要的吧。"

他想了一下，问："何塞没有再——打搅你吧？"

"没有，"她盯着他说，"算了，别说我了，说说你吧。你回去后有——什么打算？找个柴火妞，结婚生子，过过老婆孩子热炕头的日子？"

他呵呵笑起来："柴火妞，正中下怀——我也想去做个柴火仔，白天在田里累个半死，回到家填饱肚子，倒头就睡——"

"倒头就睡？不跟柴火妞做人了？"

"做，怎么不做呢？"他做个鬼脸，"黑灯瞎火地做——"

扩音器里开始叫登机了，艾米把那个试了几次都没敢问的问题提了出来："你——回去了会不会跟我联系？"

他看着她，没说话，她知道他是不会跟她联系的了，伤心地说："我知道你走了就不会跟我联系了，这一次，我是再也——找不到你了——"说着，就忍不住流下泪来。

"艾米，"他轻声叫，"别这样，艾米，我——别哭了，让人看见笑话——我哪里有说不跟你联系？都是你自己在那里乱猜，我会跟你联系的，你不要哭了，听见没有？"

"你发誓会跟我联系——"

"我发誓——"

她钉他一句："又是你那种'誓是用来发的，不是用来守的'誓？"

他看了她一会："有些誓是不用守的——我只是不希望——别人因为对我发了誓，就——死守着，尤其是——感情方面的。其实，你——不用守你那个誓的——"

她好奇地问："我守什么誓？我哪个誓？我怎么不记得了？"

"不记得就好。"他站起来，拖上旅行箱，"我要走了，你——保重——开心——"

"你也保重，"她突然说出一句连她自己都没想到要说的话，"你要走了，来hug（拥抱）一下吧——"说着，她向他伸出双臂。

他看着她的手臂，摇摇头，微笑着说："你怕秦无衣码字没素材？"

她不知道他为什么在这种时候把秦无衣扯了出来，她愣在那里冥思苦想，而他已经消失在登机口了。

她跑到候机大厅的玻璃窗那里，凝望Jason乘坐的飞机，看着那架飞机慢慢滑动，慢慢滑出了她的视线。起飞的跑道似乎离得很远，她没看见飞机是怎样升空的，老觉得Jason的飞机滑到一个她看不见的地方，就停下了，一辆长长的轿车等在那里，几个人压低了嗓门对他喊："快！快！"于是Jason毛腰钻进那辆轿车，飞驶而去。

她怀疑Jason回国只是一个金蝉脱壳之计，他其实是在美国什么地方，可能是找他的心上人去了。所谓回国，不过是掩人耳目，让那些爱他的妹妹死心，他就高枕无忧了。但不管他在哪里，有一点是个事实：他走了，从她的世界里消失了。

艾米无精打采地向停车场走，突然觉得告别的一刹那远不如告别之后转身向机场外走去时难受。也许告别的时候，还能看见他，就虚幻地以为他还在自己的世界里，以为生活会凝聚在那一刻。但等到转过身，才发现还有一大段没有他的日子在等着她，才会心里发空，鼻子发酸，泪如泉涌。她坐在自己车里，静静地流了一会泪，想不出剩下的日子该怎么打发。后来她想起他发过的誓，说会跟她联系的，又觉得每天还是有盼头的，生活还是有意义的。

她一边开车，一边回想他刚才的每一句话，每一个动作，哪怕是最细微的，都能一点点回忆出来。她觉得他刚才的确是在等谁，但那个人最终都没出现。她不知道那人是谁，但她觉得那个人太狠心了，怎么舍得让他等得那样心焦？

爱情世界里，太多这种故事了，A爱着B，B却爱着C，C又爱着D，每个人都爱得真而深，但每个人都不幸福。她这样巴巴地来送Jason，而他却在巴巴地等待另一个人，估计那个今天始终没出现的人也在巴巴地等什么别的人。

Achain of love. A chain of sufferers…（一连串的爱；一连串的受伤者）

66

艾米回到家，就上网做research（研究），看看Jason最后说的那句话究竟是什么意思。他当时说的是"你怕秦无衣码字没素材"，那就是说当时那件事，是可以做秦无衣码字的素材的。她想到秦无衣最近正在贴《黑在美国》，在她看来，这个"黑"至少有两个意思，一个是黑社会的"黑"，另一个是身份"黑"了的意思。

她想，是不是Jason把自己比作黑社会？那倒有点像，她听说有个FBI的recruiter（招募者）曾经试图招募他，他自己打趣说，肯定是睡糊涂了，他连美国身份都没有，当什么FBI（美国联邦调查局）？不过这个小插曲搞得她有点怀疑这次是FBI把他派回中国去的。这可能是她在机场会想到他上了一辆"长长的轿车"的原因，那不都是电影上黑社会老大们经常乘坐的吗？不过黑社会跟"hug（拥抱）"有什么关系？黑社会是hug出来的？

她想到了另一种可能，但是太天方夜谭了。如果女主角换成别人，她一下子就会推理到那上头去，但是女主角是她自己，她就不敢相信了。

她知道国际旅行时，在换登机卡时就应该把I-94交掉了。她知道I-94的重要性，因为她曾飞到加拿大去landing（登陆），学校的外国学生顾问告诉她，说到加拿大旅行，如果在三十天之内回美国，是不用签证的，但是一定要保留你自己的I-94，不然就不能免签证进入美国了。

但她那次在机场换登机卡的时候，那个工作人员可能是个新手，不由分说地就把她的I-94从护照上扯下来收走了。她很着急，说不能撕下我的I-94，我还要凭这个进美国的。那个工作人员说凡是离境的都要交上I-94，后来问了另一个工作人员，才帮她把I-94订回到护照上去了。

所以另一种可能就是：Jason不肯跟她hug，一hug他就不忍离去了，就会黑在美国，因为那时他虽然人还在机场，但他的I-94已经交上去了，从身份上讲，他已经离开美国了。

这个想法弄得她热血沸腾，夜不能寐，太激动，几乎皮肤过敏了，恨不得马上就飞回中国去向他求证一下。但她回想他说过的别的话，又似乎没那个意思，都是最一般的对话，没有什么依依惜别的感觉。再加上他那一付心不在焉的神情，她估计他最后那句话有别的解释，但她现在想不出是什么解释，只好暂时存疑，以后慢慢想，先看他回国后表现如何。

过了好几天了，Jason也没打个电话来报平安，她知道他又犯老毛病了，发了誓不守誓。她也不怪他了，因为他发誓都是被她逼的，如果她不流泪，他也不会发那个誓。

又过了一天，静秋打了个电话来，说Jason已经平安到达上海了，他早两天就叫我告诉你一下的，刚好这两天我有点忙，搞到今天才告诉你，太不好意思了。艾米忙说"没事，没事"，心里想，看来这次是错怪Jason了。

她问静秋有没有Jason的电话号码，静秋说没有，Jason还没装电话，听说要等有了一个什么ID卡才能装电话。艾米想，中国哪有什么ID卡？这两人又结成"撒谎统一阵线"了。她真的不明白，Jason为什么怕她知道他的电话号码，难道怕她顺着电话线找过去了？还是怕她从电话线里钻过去了？

静秋说："听Jason说你马上要到H州那边上班去了，我也快到I州去了，以后很难见面了。今晚过来吃顿饭吧，算是给你饯行。"

晚上，艾米带了些礼物，到静秋家去吃饭。吃过饭，静秋问："想不想到Jason的APT去看看？他让我帮他sublease（转租）的，明天有个人来看房子，我过去收拾一下。"

艾米说："那我也去，还可以帮帮忙。"

两个人来到Jason的APT，里面还有很多东西，静秋说有些家具已经有人买了，很快会来运走。艾米心里很难受，想到前不久他还在这里居住生活，现在这里的东西就一样样地被别人买走了，连屋子也要被别人sublease去了，她突然想起"人去楼空"这个词，好像现在才真正意识到他是真的走了一样，觉得心里隐隐地痛。

收拾了一会，她试探着问："你知道不知道Jason为什么突然想起回国去？"

"也不算突然想起，他一直就有回国的打算。记得他刚来时，在比较文学系读博士，每学期都是overload（超额修课），比别的人多修好几门课，他说他想在四年内拿到博士回国去。比较文学系的博士一般都做到六、七年，因为这里的比较文学系很不错，要求也很高，博士生都是要通过三门外语考试的，英语和汉语不算外语，所以Jason一来就开始学西班牙语，就为了早日读完回国。"

"那他后来怎么转专业了？"

静秋说："主要是他导师跟系里另一个教授是死对头，而Jason要考的日语和俄语都是那个人主考，因为系里只有那个教授懂这两国语言。这两个教授互相刁难彼此的学生，Jason不想成为教授矛盾的牺牲品，就干脆转了系。他那时仍然是想在最短的时间内读完了回国的，所以在CS那边也总是overload，很辛苦。后来不知怎么的，居然半途而废，跑去工作了。"

艾米不解地问："他——跟你是——好朋友，他不告诉你这些？"

静秋笑了笑说："男人都不怎么爱对人吐露心思，尤其是他那样的人，更不会对人诉说心中的秘密，如果是比较人性的东西，那就肯定当成一个弱点藏起来不告诉人了。"

"他——到底有没有女朋友？"

静秋想了想，说："这就看你怎么定义女朋友了，如果你说的是天天出双入对的那种，我看是没有的，至少我没看见过。但是我的感觉是——他还是有个女朋友的，他很爱她，但不太顺利，可能是女方的家里觉得他没美国身份，不太同意这门亲事。"

艾米觉得很难理解："可是我听说他女朋友是ABC，ABC还需要什么身份？ABC自己就有美国身份嘛。"

静秋也搞不懂了："那——可能是另外的人吧，或者是ABC家里觉得Jason是为了身份才追求他们家女儿的？"

艾米觉得这倒是有可能，ABC家里人认为Jason是贪图他们家的身份，而不是真的爱ABC，所以加以阻拦。她很替Jason不值，这么一个重情的男人，却被人怀疑为贪图美国身份。她觉得Jason有点太懦弱了，对这种家庭，完全应该奋起反抗，只要把ABC本人搞定了，她父母反对又有什么用？现在又不是梁祝的年代。

艾米问："那他——为这事难过不难过？"

"肯定是难过的，他这个人喜怒都是不形于色的，但我还是能感觉到。有一次，他到我家来吃饭，刚来时还好好的，我到楼下洗衣房去了一趟回来，发现他站在走廊上，一支接一支地抽烟，问他什么事，他说没什么事。后来我问了Sara，她说她也不知道，就看见Jason把电话砰地一挂，就跑走廊上去了。"

"想不到他这个——爱情专家也有——为爱情烦恼的时候。"

"爱情专家？"静秋笑了，"所有的'爱情专家'都是别人爱情的专家，轮到自己了，都是'爱情傻瓜'，不然就不叫爱情了。我看过他在网上贴的那些东西，他那些有关爱情的议论，如果你当成是一个爱情专家、一个情场宠儿在说话，你会觉得他很明智，很冷静。但是如果你当成是一个情场失意的人在说话，你就会发现他其实是在安慰自己，开解自己，说明他内心是很难受，很无奈的。"

艾米回到家，就把Jason贴在网上的东西找出来看，以前是当爱情专家的名言来读的，今天试着当爱情傻瓜的梦呓来读，当情场loser（失败者）的哀怨来读，真的感到有一种无奈浸润在字里行间。他在谈到"聚而厌之，分而恋之"的时候说：

"所以这句话只能当做一帖安慰剂，用在因为种种原因不能相聚的情况下。到了那时候，苦苦地想着聚有多么美好，又有什么用呢？徒增烦恼而已。那就把这句话翻出来，安慰自己：其实如果我真的跟他/她结合的话，久而久之，可能会生厌的，还不如像我们这样，离得远远的，保持你我心中美好的形象，遥祝彼此幸福。"

她觉得很心酸，想象他在写这段话的时候，一定是带着一丝苦笑，平平静静地道来。但那种平静是剧痛之后的麻木，就像一个人，看着自己辛辛苦苦建造起来的房子被烈火烧成了灰烬，惨淡地说："算了，烧了就烧了吧，省得每天要打扫。"

她不知道这个令他忧伤的女孩是谁，但她积极地为他想歪点子，很简单，两个if就能搞定。在这种场合，她比较喜欢用"if"而不是"如果"，因为两个"if"看上去就像"黑旋风李达"的那两把板斧，左右开弓，呼呼生风，过瘾。

她在心里对他说："Jason，我教你啊，对这种事，要快刀斩乱麻，嚓嚓，两个if搞定。If那个女孩真心爱你呢，你就不管她父母同意不同意，把她肚子搞大再说，让她父母去干瞪眼；if那女孩屈从于父母，就说明她不够爱你，你就屁股一拍，走人，让那女孩去干瞪眼。"她觉得有了这一"肚子"、一"屁股"，Jason的case（案例）就算彻底solve（解决）了，都是以对方干瞪眼结束，何等畅快！

不过她马上想到自己这是站着说话腰不疼，她问自己：你能做到这么干脆吗？这么多年了，也没见你一"肚子"一"屁股"地把自己的CASE搞定。虽然她那一"肚子"比Jason那一"肚子"的技术含金量高得多，但关键还是她自己下不了决心，不愿走人，不然她的一"屁股"总比他的容易些吧？

说来说去，还是个情丝缠绕的问题。能使快刀的，斩的是麻，情思是连慧剑都断不了的。

　　她知道如果女孩屈从于父母，Jason是不会怪那女孩的，一方面是因为他已经爱入膏肓了，另一方面，他从来就是一个宽容的人，他对所有的人都是宽容的，那他对那个女孩就更宽容。也许正是这种深爱与宽容使他格外痛苦，不然，跳起来大骂一通那女孩的父母，或者指责一下那女孩的软弱，或许就会好受一些。

　　她不知道他回国究竟是躲避这段爱情，还是去找那女孩了，按说ABC是不会在国内的，但谁说得准？说不定为了逃避父母的干涉，ABC就跑到中国投奔爷爷奶奶去了，让父母的父母来对付父母。

　　有那么一瞬间，她心里冒出一个大不敬的念头：也许这就是报应？但她马上打消了这种想法，太恶毒了，你不能因为他离开了你，就对他的遭遇幸灾乐祸。不管怎么说，他不幸，也不能使你幸福。

　　九月初，艾米move到H州去工作，她仍然在学校注了几个学分，准备在本学期内答辩。九月中旬，她开始写她跟他的故事。她在自己博客里贴了几篇后，越来越多的人建议她贴到坛子里去。她不知道Jason会不会答应，又没办法联系上他，正在着急，突然收到Jason一个email，很简单的几句，就说他一切都好，现在可以从他的住处上网了。

　　她知道他这只是在履行他的诺言，仿佛在说，你叫我跟你联系，我就联系，但我没什么话跟你说。她学着不生他这种冷漠态度的气，也学着写简简单单的email。不过她的简单比繁琐还繁琐。她每次先洋洋洒洒地写一大篇，然后慢慢删，慢慢删，把那些有点感情的话都删掉，再把可能被理解为有点感情的话也删掉，一直删到干巴巴了，才发出去，免得把他吓跑了。她自己写过一通，虽然没发给他，也算抒过情了，感觉比完全不写要好，用唐小琳的话说，就是"过了一把干瘾"。

　　她问他："我可不可以把《十年忽悠》贴到坛子里去？"

他回答说："你想贴就贴，你不要老是担心我会说什么，只要你开心就好。你做什么，我都是举双手双脚赞成的，我是你的超级粉丝。"

她不知道他这是不是在赌气，她也不管了，就贴到坛子里去了。他说他在跟读，他有时评价几句，开个玩笑，主要是针对那些跟贴的，对故事本身，他很少说什么。

他有时也打电话来，很少，而且不肯把电话号码告诉她。打电话的时候，他好像没什么话说一样，常常是一隔好久才说一句，她问他："你——不想跟我说话？"

"谁说的，我这不是在听你说吗？"

她有时就不好意思再说了，怕说多了，他嫌她啰唆。她发现他每天只写一个email，不管她写多少个过去，他都只写一个回来。看得出来，她写的email他都看了，而且有什么需要回答的，都回答了，但他不多写，每天只写一个。她觉得他好像是跟谁打了赌一样，正在做一个有赌德的赌徒，绝不失言。

有一两次，她试着一整天不写email给他，看他还写不写。他仍然写一个email来，问她有没有生病。她想，他是不是编了个程序在automatically（自动）回email？但是他email的内容又总是针对她写过去的email的，真是把她搞糊涂了。

她想答辩完了就回中国去看他，因为她实在太想见到他了。她早已不再指望跟他破镜重圆，她只是想见到他，单纯的见见，没有什么歪心思，很纯洁的那种；也没有什么远大目标，很目光短浅的那种；即使他是跟他深爱的女孩在一起也行，很百无廉耻的那种。她想起他最爱的一首英文诗，是雪莱的，其中有这么几句：

犹如飞蛾扑向星星，
又如黑夜追求黎明，
这一种遥遥的思慕之情，
早已跳出了人间的苦境！

她现在就觉得她对他的思慕之情，已经跳出了人间的苦境。

爱他已不再是一种痛苦，而是一种使她生活充实的东西，像她妈妈说的那样："人生在世，有一个人值得你全心全意地爱，是一种幸福，我们应该感谢那个使我们能这样无私无我地去爱的人。"当然她妈妈无私无我地爱的是她，对她爸爸的爱，老妈还是要讨价还价、不做亏本生意的。

但Jason就是那个值得她无私无我地爱的人，即便他不爱她了，他仍然是一个值得她爱的人。她想，平凡事里面写到的那种"超越了情欲与婚姻的爱"其实也就是"跳出了人间苦境"的爱，不再追求婚姻，不再追求肉体的欢愉，只是牵挂他，关心他，希望他幸福，想生活在一个有他的地方。

她先在网上把票定了，然后用email发一个copy（拷贝）给他，这样他就相信她真的买了票了。她在email里说：我要回中国来看你，我已经买了票了，请你把你的地址、电话号码告诉我。

她想，如果他叫她不回去，那就说明他实在是不想见她了，那她就不去打扰他了。不过按他的为人，她票都买了，他怎么好意思叫她不回去？到了第二天上午他通常回email的时间，她收到了他的回信。

回信里没有他的地址或者电话号码。他叫她别回中国去。

67

　　艾米没想到Jason会在她已经订票之后仍然叫她别回中国，她一看到那句，就给打晕了，呆呆地坐了一会，不想吃饭，也不想动。坐了很久，才觉得脑子又慢慢开始转动。她自嘲地想，看来我的确是跳出了人间的苦境，不过直接就落进人间的痴呆傻境去了。

　　她走回到电脑前，去跟Jason回email，但她不知道该怎么回。刚才只顾伤心，都没怎么仔细看，只好把他的来信再看一遍。这一遍读下来，才注意到他叫她别回去的理由是："你正在OPT（美国政府给外国留学生毕业后的一年实习时间）期间，如果回国的话，有可能拿不到回美国的签证，那你这么多年为之奋斗的理想不是毁于一旦了吗？"

　　她想了半天，不明白他说的"理想"是什么，难道他觉得她这些年的奋斗就是为了待在美国？她突然觉得又来了劲头，噢，原来你老人家是在操这些瞎心？真是吃饱了饭无事干，当心操白了你那卷卷头。我又不是布什，非得要在美国才能当总统？

　　她一高兴，连打字都有点手舞足蹈了，不断打错，她也不管了，反正他知道她从小就是"别字大王"。她在回信里说，这个你不用担心，反正我是准备回国工作的。我会把答辩的事弄完了再回国，如果签不到证，我就不回美国参加ceremony（典礼）了。我下星期就去把这边的工作辞了，一边准备答辩，一边收拾东西，答辩完了就打道回府。

发了email，她也不等他回信了，因为知道他今天不会回信了，他已经把今天的指标用掉了。于是她就去逛mall（购物中心）。她是个行动派，想不出该干什么的时候，就很沮丧，很难受，一旦打定了一个主意了，不管这个主意是叫她死还是叫她活，她都有事干了，也就懒得去发愁了，先把这计划执行了再说。因为忙，她很久没逛mall了，现在既然准备辞职了，以后就有的是时间了，先逛个mall，犒劳自己一下。

等她逛得精疲力尽了回来时，发现电话里有留言，红灯一闪一闪的，她走过去按了一下，惊异地发现是Jason的声音，她赶紧倒回去再听一遍，的确是他，似乎很着急，问她为什么这么久不回他的email。她想，难道我刚才写了email，忘了按一下send（发出）？

她匆匆把电脑打开，check（查）她的email，发现有好几个他发来的email。她吓坏了，不知道发生了什么事。读了一个，才安下心来。他叫她不要辞职，不要回国，说千万不要头脑发热，如果你没答辩，还有可能签回美国。既然你是准备答辩完了再离开美国的，那签不上的可能性就更大了。辞了职，就肯定签不到了。

另一封email除了问她怎么老不回信以外，又补充说你如果回了中国，你加拿大那边的身份也不好保持了。如果你待在美国，而且是从陆路进入美国的话，枫叶卡和护照上都没有记载。但如果你回了中国，你的护照上就会有记载了。按规定，加拿大永久居民五年当中要在加拿大待满两年才能保持身份，你这样会把身份弄丢的。

后面几封都是叫她不要干傻事，但态度一封比一封着急，口气一封比一封专横。她幸灾乐祸地想，现在知道你怕什么了，以后你不回我email，我就拿这个吓唬你。不过她心里还是舍不得让他着急的，所以马上来写回信。她正在写，电话铃响了，她拿起听筒，是Jason。

他一听见她的声音，就问她刚才跑哪里去了，他差点就要发动文学城的网友都去找她了。她说刚才去mall里shopping（购物）了，他笑了一下，说："好啊，你在那里东游西逛，我在这里吓得要死。"

她不解地问："这有什么吓得要死的？你怎么把美国身份当这么大回事？"她想起静秋讲的故事，心想他可能被那个ABC搞成"身份过敏症"了，忍不住嘲笑说，"哇，身份，身份，Jason的命根。"

"不是我的命根，是你的命根，"他解释说，"如果是我的命根，我干吗要回国？"

"如果是我的命根，我又干吗要回国？"她问，"美国到底是哪点好，你为什么力劝我留美国？"

他开玩笑："你没听人说过？美国只有一点好，想生多少生多少。"

她见他居然敢跟她开这种玩笑了，心里很高兴，马上以疯作邪，跟他黄上了："中国虽然有计划生育政策，至少还可以请你捐点sperm，生个一两个。待在美国，连这个机会都没有了，一个都没得生。"她邪完这句，就很后悔，怕把他吓得不敢说话了。

结果他说："你这么聪明的人，不知道sperm可以冰冻起来？"不过他很快就转了话头，说，"听我一句劝，把票退了吧。"

她挑衅地问："如果我不退呢？"

"你不退我就去你父母那里告你——"

她哈哈大笑："好啊好啊，去告吧，我求之不得。我父母肯定不会像你一样，把个美国身份看那么重，他们巴不得我回中国去——"

他想了想，说："你可以让你父母到美国参加你的毕业典礼，听说这个理由比较好签证，那样你就可以跟他们团聚了。等你转成H签证了，再回中国看他们也不迟。"

她厚着脸皮说："我是回去看你的，你能来参加我的毕业典礼我就不回去了。"

他没再说什么，只说："还是不要辞职吧，等到没签上证再辞职也不晚。"他等到她赌咒发誓地答应了，才挂了电话。

过了几天，他发来一个email，说："十一月份我在加拿大有个meeting，不如你把回中国的票退了，到加拿大来玩吧"。他把他的行程也告诉了她。

她喜晕了，马上退了回中国的票，订了去加拿大的票。她特意订了比他晚一天的票，这样他就会去机场接她。她准备在机场一见到他就对他说："我已经长大了，知道什么是爱情了，让我们重新开始吧。"如果他接受了这个建议，那她就跟他去他家，如果不接受，那就——只好打道回府了。但她觉得他应该不会拒绝，不然他为什么要邀请她去加拿大？

她估计他跟他的ABC已经吹了，所以有点一年遭蛇咬，十年怕井绳，生怕她也是个计较美国身份的人。想到他这些年勤勤恳恳地爱那个ABC，只是因为天不作美、不能在一起才转而来屈就她的，她有点难受。但是她警告自己说：不要老盯着过去，要看到未来，不要搞得像以前那样，吃太多的醋，把他吃跑了又来后悔。

感恩节前夕，艾米飞到多伦多，在机场取行李的地方就看见了Jason，她向他奔过去，但到了跟前，却又停下了，有点慌乱地把预先想好的台词搬了出来："我——我已经长大了，知道什么是——爱情了，让我们重新开始吧。"

他摇了摇头，她心一沉，不过很庆幸自己是先问这句话，而不是先扑到他怀里去，不然就难堪死了。她不甘心地问："你不想——重新开始？"

他又摇了摇头，这次她看清了，确定了，知道不是自己眼花，也不是他耳聋。她很伤心，简直有点气愤了，被他忽悠到这里来，得到的却是这个结果。她忍不住问："为什么你不愿意——重新开始？"

"不愿意就是不愿意，一定要问个理由吗？"

"你——"她说不出话，只觉得泪水涌了上来，真是悔之莫及，不知道自己怎么会这么自作多情，一见他叫她到加拿大来，她就以为他要跟她旧情复燃了，看来他只是怕她签不回美国才这样照顾她的。虽然她曾经豪言壮语过，说只想待在一个有他的地方，但真的到了伸手可及而不能及的时候，心里却只想逃开。她哽咽着说："我——还是回美国去吧。"

　　"刚才还说自己长大了，转眼就在大庭广众之下哭起来了。你把我大老远的忽悠回来了，自己又跑开？"

　　"你不愿意重新开始，我还待这里干什么——"

　　"从来就没有结束，为什么要重新开始？"

　　她愣了一会，然后扬起两个拳头，对准他就是一顿猛揣，揣得几个路过的张着嘴望他们。Jason赶快扔开行李箱，用两手抓住她的手："好了好了，再打，我要喊'非礼'了。哇，你真是恐怖分子，打起人来，不知轻重。"

　　"你才是恐怖分子，差点把我吓死掉。"

　　他一手拉着行李箱，一手牵着她往外走："你忽悠我这么多年，我忽悠你一次都不行？"

　　"我什么时候忽悠你了？"

　　"你没忽悠？"他看了她一会，说，"算了，回去再跟你算账。"

　　艾米又一次踏进Jason的家，他家里的人仍然是热情接待他，看不出跟上次有什么区别。吃过晚饭后，她悄悄问他："我——住哪里？"

　　他把她带到她上次住过的那间小屋："我妈已经为你把这间屋子收拾好了。"

　　她很失望，闹半天还是住这里。她看着被子上那些小鸭子，想起上次的遭遇，很郁闷，搞不懂Jason是怎么回事了。他在机场说的那句话，难道只是怕她在大庭广众哭起来丢脸，才说了哄她走的？她觉得极有可能，因为他在机场并没有拥抱她一下，只牵了一下手。如果是把她当恋人看待，还不抢上来就是一个熊抱？

她无奈地坐在她的小床上发愣，Jason问："不喜欢这间？"

"我没说不喜欢。我想去洗个澡，早点休息——"

"跟我来。"他把她带到地下那层，里面已经装修过了，有好几个房间。他推开一个房间门，艾米看见一间布置得很漂亮的卧室，中间是一张很大的床。

"这是——？"她好奇地问。

"是为我和我的ABC女友准备的，你要是不喜欢上面那间，可以住这间。"

她听他提到ABC，心里不太舒服，说："那怎么好？你不是说是为你的ABC女友准备的吗？"

"那怕什么？总不会睡一下就把床睡垮了吧？"他笑着说，"你不是说要洗澡吗？浴室在那边，我去帮你把你的东西拿下来。"他从衣柜里拿出一件丝质睡衣和一件缎子的浴袍，递给她，"穿这个吧。"

艾米摸了一下浴袍，光滑柔软的感觉很好，但她想，可能是那个ABC的，她不快地问："这也是为你那ABC女友买的吧？"

"你眼太尖了，什么都瞒不过你，"他哈哈笑着说，"是为她买的，不过她从来没穿过，绝对干净。"

她想了想，接过来，走进浴室。他跟进来，帮她调好了水，就走了出去，顺手"关上了。

等她出来的时候，他已经把她的东西都搬下来了。茶几上放了两盘水果，见她从浴室出来，他盯着她看了一会，说："哇，这么巧，她的衣服你穿正好。"

"你的——ABC——经常到这里来？"

"来过，也不算经常。"

"那——你们都是住这里？"

他呵呵笑了一会："没有，这床也是干净的，你放心，不干净的东西不会给你用。"

她冲口说："除了你这个人以外。"

"嫌我人不干净？那我去洗一下。"他用遥控打开电视，"你先看电视，我去洗个澡。"

艾米见他拿着浴衣，走进浴室去了，知道他今晚会睡在这里了，觉得心情好了很多，至少他没有像上次那样躲着她。这是一个好的开端，但跟她期待的不一样，他现在简直是言必称ABC，太顶礼膜拜了。她想，他跟ABC肯定是吹了，但他是不是拿她做个替身？看他那轻佻的样子，很有可能。她不知道他怎么变成了这样，可能是在中国做了一段时间的"人上人"，执行起对外开放，对内搞活的政策来了。

她觉得很别扭，穿着别人的睡袍，别人的拖鞋，待会要睡在别人的床上，跟别人的男朋友做爱——至少曾经是别人的男朋友，这并不是一种很令人激动的场面。她只能一遍遍对自己说："不要计较从前，要把注意力放在将来，两个人能走到这一步，已经是不容易的了，不要太苛刻。"

她打定主意不再提ABC，也希望他自己不再提，有过一个ABC没什么，但如果成天拿出来回味，甚至拿来做个标准，衡量后面的女友，那就有点生可忍，熟不可忍了。如果他跟ABC没有吹，只是利用她对他的那番痴情，在他加拿大逗留期间happy一下，那她是绝对不会让他得逞的。她打定主意，如果他还像刚才那样，不断地提他那ABC，她就逃到楼上客房里去。她爱他，想跟他在一起，但那是以他也爱她为前提的，"露水姻缘"的干活，她是绝对不能接受的。

她听见他从浴室出来了，她装着没注意到的样子，继续看电视，但她什么也没看进去，只在想着他这究竟是"爱"呢还是"性"。

他也坐在床头看电视，两个人离得远远的。她觉得尴尬极了，又不知道怎样打破这种尴尬，正在想着要不要走到他身边去，就听见他问：

"想不想看看我ABC女友的照片？"

68

　　艾米听Jason又提ABC，几乎要逃走了，但她的好奇心占了上风。她头也不回地向他伸出一只手："把照片拿来我看。"

　　他拍拍他身边的床："到这里来看，免得你看了不开心，把我昨天刚买的电视机砸了。"

　　"我为什么要不开心？"她故作镇定地说，"我现在胸怀宽广得很，没有这点胸怀，我来——填什么坑？"她走过去，坐在床边，伸出手，"拿来吧，看看是什么——女妖精——"

　　"我说了吧？还没看，就开始生气了，"他突然伸出两手，"让我来看看你的胸怀有多宽广——"

　　她机灵地一闪，躲到一边去了，决定先看照片，然后跟他彻底谈清楚，如果他还放不下那个ABC，她就马上回楼上客房里去，她可以等他，无限期地等他，但她绝不跟任何人share他。爱情只能有时间上的继起，不能有空间上的并存。以前她是连时间上的继起都不能容忍，那似乎太苛刻了，但她知道自己永远都不可能容忍空间上的并存。她站在离床远远的地方，问："照片在哪里？"

　　"在我钱包里——"

　　她从床头柜上拿过他的钱包，打开来，只看见一些信用卡之类的东西，她一层层翻，终于在一个有拉链的夹子里找到了两张照片，大概因为放里面太久，边角都皱折了。她看了好一会，才认出那张侧面的就是她自己，显然经过了处理，由原来的彩色变成了棕色，头发变成了棕红色，后颈上的痣不见了，面前却多了一朵花。

那张合照，上面的她仰脸大笑，她记起这是一张她认为报废了的照片，是她一个人的，而不是合照。那次他给她拍照的时候，他们正在开玩笑，不知道他说了什么，她就大笑起来，结果他拍下了那一瞬间。他说照得很好，很自然，很生活，但她觉得自己嘴张得很大，眼睛又似乎闭上了，不喜欢那张，从来都没放到影集里去过。

照片上，多了一个他，他的左手的确插在她胸前的衣服里，她忍不住问："这张合影——是怎么弄出来的？你的手——忒不老实了。"

"本来是我抱着一个同学的小孩照的，我用你的照片替换了那个小孩，但没法解释为什么我的手会在你胸前，所以干脆把手斩掉一半，看上去就像是伸到你衣服里去了一样。怎么样？够黄吧？"

她又看了一会说："难怪甄滔和方兴看不出这是我，连我自己都差点认不出来了。"

"但我以为她们认出你了，所以我就搞不懂，既然你知道谁是ABC，还在——不停地——用ABC来忽悠我，究竟是什么意思？是不是吃着碗里，护着锅里，霸着盆里？知道我还在这里发傻，就——来调戏我——背着你——男朋友——打打野食。"

"你把我当什么了？"她好奇地问，"可你为什么说我是ABC？"

"你不是学ABC的吗？"

"ABC是这个意思？"

"从来没人问我对ABC的定义是什么——"

"你可真能——忽悠啊！"

他笑起来："哪里比得上你？你都是真人秀，我不过是照片秀。你来了C大，我连照片秀都搞不成了，怕你告我侵犯肖像权。"

"为什么你——这么久都不告诉我？害我一直以为你有一个——ABC女朋友？浪费我们这么多时光？"

"嘿，嘿，怪到我头上来了？应该问问你自己，你这些年，像走马灯一样地换男朋友，现在反而怪我——浪费了我们的时间？"

"我什么时候像走马灯一样地换男朋友了？"

"没有吗？日本鬼子，加拿大鬼子，美国鬼子，哥伦比亚鬼子，你五大洲四大洋的，哪里没去弄一个？这还是我看见的，我没看见的呢？谁知道你——暗中有多少——乱七八糟的男——人？"

她哈哈大笑："哈，你说'乱七八糟的男人'的口气，简直可以算得上吃醋了。"

"我——不该吃醋吗？"

"不是你不该吃醋，而是你不会吃醋，我以前从来没见过你吃醋。"

"所以你弄——这么多男人，好让我吃醋？"他半开玩笑地说，"说实话，一直到小白，我都是心服口服的。Yoshi没说的，很浪漫，会弹钢琴拉提琴，家境也很好；小昆嘛，正符合你对疯狂的要求，为了你，肯定是杀人放火都愿意的；小白就更不用说了，不光人潇洒，还可以给你美国身份。

但那个何塞，我就不服了，我就要问一个情场loser的经典问题了：'他到底是哪点比我强？'难道你想跟他去中美洲种鸦片？切，你要种鸦片，吱个声，我马上满足你的愿望，这里有人就靠在地库种鸦片为生，我大不了把地库给你种鸦片就是了，你犯得上跑中美洲去种吗——"

艾米快笑晕了，笑够了才说："这几个鬼子都不是我的男朋友，我从头到尾就你一个男朋友。Yoshi只是个同学，小昆借住在我那里，另外两个都是弄来骗你的，好让你安安心心地去爱别人。"

"不老实了吧？你这样说说何塞我还相信，Yoshi——我有一半相信，小白——四分之一相信，你说你跟小昆没什么，打死我都不相信。"

她嘻嘻笑着说："你吃醋的样子挺可爱——"

他笑笑说："你觉得可爱？好，讲个不可爱的你听。在D州的时候，有一次，我从一本杂志上看到Yoshi的一篇文章，上面有他的电邮地址，不是C大的。我想看看你是不是也跟着他转了学，就跟他写了一封电邮，从他那里我知道你们那时——已经不在一起了，所以我就决定回来——填这个坑。开车走到一个加油站时，我往你那里打了个电话，是——小昆接的，他说你在——洗澡，他告诉你有电话，你在大声叫他把电话给你，然后你就hello一声，我就——挂了电话。"

"瞎猜了吧？我不过是从洗澡间伸个手出来把电话接过去了。那次真是你打的？我看到那个区号，是D州的，但我紧跟着打过去，就没人接了。你为什么不接？"

"接什么？我把电话都砸了。"

艾米瞪大眼："你把电话砸了？我不相信，你会砸电话？"

"砸电话是高技术活吗？我为什么不会？往地上一砸，再踩两脚，捡起来，扔加油站那个装洗车水的桶里了。"

"真的？"艾米想象他砸电话的样子，笑得前仰后合，"你也——太武断了吧？也不调查一下？"

"不调查就好了，一调查就更糟糕。下午又打个电话到你那里，又是小昆接的，可能正忙着，电话就搁一边了，我听见你在——开独唱音乐会——"

"那哪里是我？是小昆——老板的女儿Linda。你也是个不问青红皂白乱判罪的人——比我当年强不了多少。"她问，"又把电话砸了？"

"没有，是静秋家的电话，没好意思砸，不过放得重了一点。晚上我又亲自到实地堪查了一下，才走到你窗子外面，就听到你在唱无字之歌，唱得那叫一个响。没办法，太惭愧了，落荒而逃。还是小昆厉害，像开流水席一样，一日喂你三餐，我哪里比得过他？就算勉强把你弄过来了，喂不饱，你还是要跑——"

她龇着牙乱摇头："你太——黄了，难道在你心目中，我就为这事活着？想不到你这个爱情专家，也把这个放在头版头条。"

"我哪是爱情专加？爱情专减还差不多。你没听说女人总在担心自己的魅力，男人总在担心自己的能力？能力上不如人，没脸见人哪。"

"这都是误会，不过我可以理解，都是那么凑巧。但你不能说你八年之前跑掉也是因为你——听了我的独唱音乐会吧？"

他犹豫了片刻，说："那到不是，那是——因为——经费不足，怕没能力让你——开独唱音乐会。你以前说过，如果我有了别的女人，你就在我——做爱的时候打恐吓电话给我，把我吓出病来，可见你知道男人是经不起吓的——那段时间——小弟弟似乎特别fragile（脆弱），脾气又大，你在——那种时候——一打岔，他小老人家就罢工了。他一罢工，我就怕你会担心是你自己没魅力，就急于请他老人家再——出山，结果是越请，他老先生就越搭架子——搞到最后，他老人家干脆——闭关了——"

"你就为这逃跑了？"

"也不光是因为这——这不过是——一个说不出口的原因罢了，我也希望小老人家不会永不出山，但谁知道呢？他那脾气，也不是我——说了算的。你本来就不喜欢我的爱法，再加上这，软件硬件都不——合格了，我还能给你什么？那时可以说是风霜刀剑严相逼，'宫平'呀，那些小女孩呀——总而言之，还是那句话，综合考虑。"

"你走了这么久——一直不跟我联系，你不怕——我中途跟了别人？"

"如果你能爱上别人，我除了为你高兴，还能做什么？如果你不能爱上别人，等我回来时你就应该——还在这里。"

"但我也可能嫁了一个我不爱的人呢，那你不是毁了我一生？"

他很肯定地说："你不会嫁你不爱的人的，这一点我知道。就是因为知道这一点，所以一发现你跟别的人在一起，我就觉得那只能是出于爱情。"

"你怎么能肯定我不会嫁一个我不爱的人？我差点跟小昆结了婚——"她把那事讲给他听。

他固执地说："但是你最终还是没有跟他结婚，即使结了婚，你如果发现你不爱他，你也会跑掉——对你这一点，我太清楚了，因为——我们的灵魂是一个版本的。你有了男朋友，我也曾经想到要——另起炉灶，但是——心里好像有一道坎，总是翻不过去——"

"现在明白你说的'有些誓是不用守的'是什么意思了，就是不用刻意去守，你自己的心就想那样做——我想我就是这样，你那天叫我不用守我的誓，但我根本不记得我发过什么誓，因为在我看来，我发那个誓的时候，你就叫我不要对感情发那样大的誓言，所以我从来没觉得我发了那个誓。誓有点像赌约，是要双方agree upon（同意）的，既然你没同意，我的誓也就算没发。我跟你一样，只是翻不过那道坎。你离开C大去工作，是不是想帮我翻过那道坎？让我安安心心地跟Yoshi在一起？"

"一半一半吧，"他做个鬼脸，"可能更多的是不想看到你们——在一起——很早就听说Yoshi有个中国女朋友，但他们说叫emme-why（"emmey"的误读）。有几个中国哥们老叫我去把小日本强占的大好河山夺回来，但我没想过是你这个——'河山'。"

"那这次回国呢？"

"综合考虑喽，方兴说你是为我才放弃了CA（加州）那边的工作的，我还能怎么样？总不能把你跟小白拆散了吧？"

"小白是什么时候的事？两年前方兴的生日party完了，他的任务就完成了。"

"你从来就只发联手宣言，不发分手宣言，我怎么知道？"

她不相信地问："那你这么多年，就——从来没有——过别的女人？"他摇摇头，她说，"我也一样，从来没有过——别的男人。如果我把这写在《十年忽悠》里，大家肯定不相信——"

他笑了起来："听你这个口气，好像你写的别的东西大家就相信一样。我早就说了，你想写什么都可以，反正没人相信。"

"那你是说我没'性欲'？"

"正在怀疑你是不是没'信誉'，站那里滔滔不绝地讲。我这里场子也布置好了，microphone（麦克风）也——支好了，你那里却搭架子不来开唱——"

她说："等本歌星去化个妆先——"她从箱子里拿出那件很多扣子的睡衣，跑到浴室换上，然后走出来，转一圈，一个亮相，"DA——DA——"

"Wow（哇），这件演出服还在？那我有解药了。在梦里解了这些年的扣子——越心急越解不开，扣子总是越解越多——"他盯着她看了一会，说，"还是那个——小——歌星，一点没变——"他走上前来，抱起她，"我来接歌星下场子开唱——"他一边走一边问，"以后还忽悠我不？"

"不忽悠你了——"

"你不忽悠我了，干什么呢？不闲得慌？"

"我——踏踏实实——做人——"

(全文完)

438

后　记

　　《十年忽悠》乃艾米大作，黄颜越俎代庖写后记，是为
"代"。

　　一级领导艾米令黄颜写《十年忽悠》后记，说当日是她起草
了《黄颜的男人心》，口气很有要"扯平"的意思。黄颜一想到
这个"扯平"就心惊肉跳。各位只须看看艾米同学"冲出美洲，
走向世界"的扯法，就知道黄颜的惧怕并非空穴来风。

　　二级领导"Jason的小弟弟"命了题，黄颜敢不遵命用上？
(据考，该弟弟实为一妹妹。可怜黄颜堂堂男儿，竟遭一女子如此
轻薄，一哭三叹。)

　　黄颜是个棉花包，艾米指东，黄颜不敢往偏东，更莫说往西
了，所以胡写几句，交个差。写不写得好是水平问题，写不写可
就是态度问题了。态度不好，有你罪受。

　　首先感谢各位跟读忽悠，评论忽悠。这几十天，是艾米一生
中最开心、最得意的一段时间，号称"我这几天交的朋友比你一
生交的朋友还多"。

　　大家跟艾米非亲非故，从未谋面，却真心地为艾米喜，为艾
米忧，为艾米出歪点子，为艾米痛骂Jason，在此一并谢过。

　　也感谢斑竹一再置顶。艾米点火，斑竹煽风，才会有忽悠的
"火暴"。

　　最后感谢Sam Boston（山姆·波士顿）提供《十年忽悠》这

个题目，估计艾米为了扣题，才使出浑身解数，可着劲地忽悠，Sam兄功不可没，罪不可恕。

《十年忽悠》得到大家关注喜爱，一个很重要的原因，就是很多人在艾米身上看到了自己的影子。艾米常问的问题，常发的脾气，常操的瞎心，常扯的歪理，都是很多女孩共有的。

忽悠所描写的那种近乎绝望的希望，也是很多人体验过的。也许只要真诚地爱过，就难免有这种无望的感觉，有时是真的无望，有时是自己吓自己想象出来的无望。大家在艾米身上找到了一个同类，发现了一个真理：原来世界上还有人像我一样傻。

如果这个故事从艾伦的角度来写，就没什么看头了，因为艾伦自始至终都是被忽悠的对象。想象这样一个艾伦：万念俱灰，离开艾米，躲在J市某个小胡同的一间破屋子里考G考T，日常瞥见那丫头与小昆恩爱如同小夫妻。想这小昆乃"与众不同"之人，又勇于杀人放火，且深情如白瑞德。艾米觅得如此如意郎君，艾伦还能不为之欣慰？

艾伦到得C大，确也曾计划尽早回国，但绝无搅人好事之野心，至多抱抱那些肥肥的小艾米、小小昆之类。

艾米在C大的几番忽悠，文中已有记载，此处不再赘述。以Jason的小人之心来度淑女之腹，艾米的男朋友确如走马灯一般乱转，令人目不暇接。Jason处处躲避，不过是遵从古训：朋友妻，不可戏。

直到机场相送，艾米仍然是口口声声"我已经get over你了"，就算Jason愿意做秦无衣码字的素材，也没脸赖在艾米生活里。

这丫头最终忽悠得累了，愿意停下秋千，回国去过柴米油盐的日子，遂有感恩节一幕。

图书在版编目（CIP）数据

十年忽悠 / 艾米著.—北京：群言出版社，2010.9
ISBN 978-7-80256-172-4

Ⅰ.①十… Ⅱ.①艾… Ⅲ.①自传体小说－中国－当代 Ⅳ.①I247.5

中国版本图书馆CIP数据核字（2010）第180721号

十年忽悠

出 版 人	范　芳
责任编辑	盛利君
出版发行	群言出版社（Qunyan Press）
地　　址	北京市东城区东厂胡同北巷1号
邮政编码	100006
网　　站	www.qypublish.com
电子信箱	qunyancbs@126.com
总 编 办	010-65265404　65138815
编 辑 部	010-65276609　65262436
发 行 部	010-65263345　65220236

经　　销	全国新华书店
读者服务	010-65220236　65265404　65263345
法律顾问	中济律师事务所
封面设计	朱　雨
印　　刷	小森印刷（北京）有限公司

版　　次	2010年10月第1版　2010年10月第1次印刷
开　　本	620×889　　　　1/16
印　　张	28
字　　数	380千字
书　　号	ISBN 978-7-80256-172-4
定　　价	29.80元